大唐雙龍傳

【修訂版】

黃易作品集

卷九

【目錄】

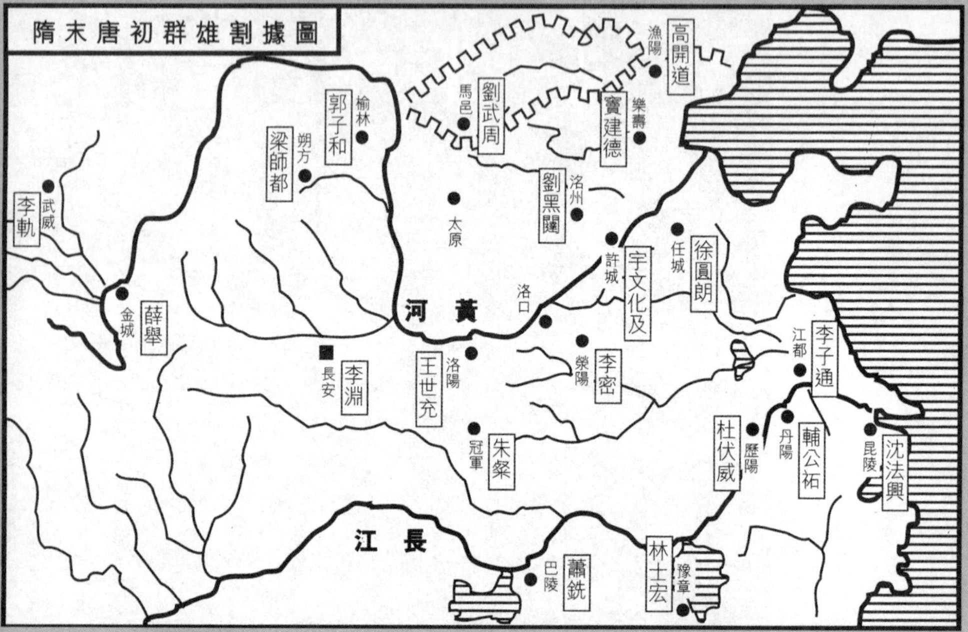
隋末唐初群雄割據圖
高開道
漁陽
劉武周
馬邑
竇建德
樂壽
郭子和
榆林
梁師都
朔方
李軌
武威
劉黑闥
洺州
太原
宇文化及
許城
徐圓朗
任城
薛舉
金城
黃河
洛口
李淵
長安
王世充
洛陽
李密
滎陽
李子通
江都
朱粲
冠軍
杜伏威
歷陽
輔公祏
丹陽
沈法興
昆陵
長江
蕭銑
巴陵
林士宏
豫章

第一章

天君席應

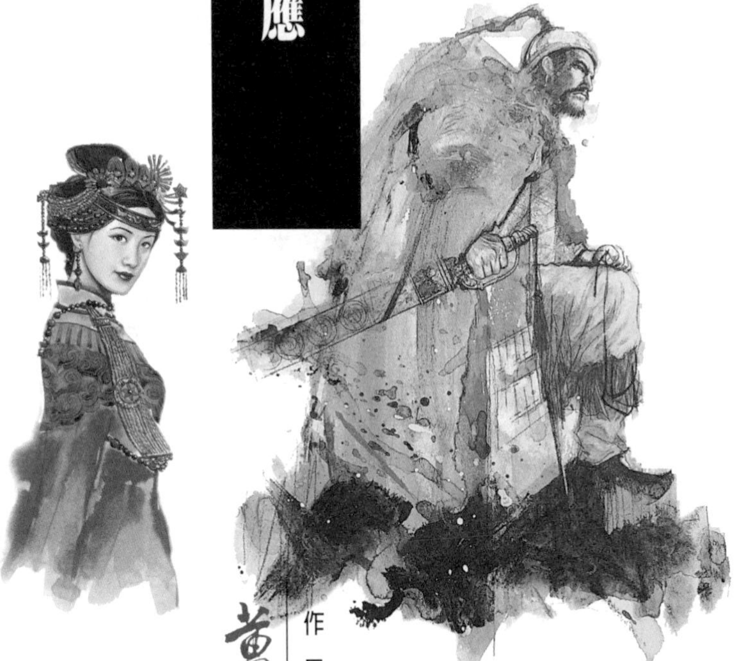

黃易作品集

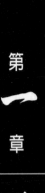

第一章 天君席應

由於兩房之間還隔著另一間廂房，裏面同樣是鬧烘烘地擠滿風流客，要在這麼多猜拳鬥酒鶯聲燕語、絲竹琴弦聲中尋找鄭石如的聲音，確非易事。不過奇怪得很，在這充斥各類聲音，由複雜多重的空間組成的聲響天地中，當鄭石如的聲音響起，而徐子陵專注力正集中搜索他的發聲時，其他聲音立時模糊起來，而這狂士的話聲頓然分外清晰，感覺奇特。

鄭石如似在回答別人的詢問道：「那位老人家確是從別處遠道來的，待會在下尚要出外打個轉，回來再陪諸位喝酒聽歌。」

立時有把女子的聲音不依道：「鄭公子今天第一次來探望我們，我們是不會讓你找藉口開溜的。」其他男女一齊起哄，鬧個不亦樂乎。最後鄭石如投降，答應聽過所有姑娘各唱一曲，始會離開，且必須於辦事後趕回來。

門開。徐子陵嚇了一跳，知自己顧彼失此，竟聽不到有人接近廂房的聲音，回頭一看，原來是俏婢送來美酒鮮果。徐子陵充內行地出手打賞，待俏婢走後，在近窗的椅子坐下，舉起婢女爲他斟滿的美酒，輕喝一口，心想這回的青樓之行並沒有出岔子，不知是否和沒有召姑娘陪伴有關。這個想法仍在腦海盤旋的當兒，足音趨近，到門外略一停步，然後敲門聲響，嬌美的女聲響起道：「清秀特來拜會，向弓爺請安。」

徐子陵大吃一驚，慌了手腳，不知如何應付這種場面，跳將起來，爲她啓門。

門外俏生生站著個漂亮動人的女郎，傲氣十足又不失風流文雅，由輪廓至身體的曲線，無不優美迷人，如絲細眉下一對明眸透出渴望的神色，但當然不是爲徐子陵的「刀疤客」弓辰春所引發的。

她頭紮彩布巾冠，穿的衣服更是別致，寬大的羅袖從袖口捲齊到肘部，露出溫柔而富彈性的小臂，長衫短裙，上衣無領，對襟不繫扣，露出紋理豐富，色彩紅艷的胸兜，衣邊裙腳套有彩色布料的緄邊，腰圍花布造的長帶子，使她纖腰看來更是不盈一握，再披上無袖坎肩，益顯綽約多姿，該屬蜀地某一少數民族的美女。

徐子陵開門時，她微露錯愕神色，然後挾著香風進入廂房，神色自若地將纖手挽上徐子陵的臂彎，嬌笑道：「弓爺是否第一次上青樓呢？」

徐子陵被她拉得打個轉，往左旁靠窗的太師椅走去，苦笑道：「大概可算是第一次吧！姑娘是怎樣看出來的？」

清秀把他「按」進椅子去，又溫柔地爲他添酒，微笑道：「慣到青樓的人當知道來這裏是讓奴家們好好侍候，但弓爺卻像掉轉過來似的。」

徐子陵疤臉下俊臉一熱，清秀半邊香軀半挨半坐地靠貼他腿側，把美酒送到他唇邊，在他拒之不及下餵他喝了一口，嬌笑道：「弓爺勿要怪責文姑，有關希白的事誰都不敢瞞奴家的。」

徐子陵對這飛來艷福大感吃不消，苦笑道：「侯兄來時見到我們這樣子不太好吧？」

清秀發出銀鈴般的嬌笑，風情萬種的道：「奴家又不是希白的髮妻，有甚麼好顧忌呢？唔！弓爺的身體很年輕。」

徐子陵愕然道：「此話怎說？」

清秀湊到他耳旁柔聲道：「不同年紀的人有不同的氣味，弓爺看來雖年近四十，但氣味卻像年輕的小伙子，健康清香和充滿生氣，教奴家不想離開你。」

徐子陵心中微懍，暗忖假若自己扮岳山，這破綻豈非更明顯？剛才他和鄭石如在橫巷說話時，一直運功收斂毛孔，否則恐怕已給鄭石如這老江湖識破。

隨口答道：「或者因爲弓某人每天練武的關係吧！」

清秀仔細打量他的臉容，搖頭道：「該與練武無關。奴家常接觸到江湖中人，其中不少且是巴蜀或各地來的武林名家，可是從沒有人有像弓爺身體的氣味，弓爺自己當然察覺不得，但奴家嗅得一清二楚，初時還以爲弓爺薰過香料，啊！奴家知道哩！是嬰孩的氣味！」

徐子陵雖爲之啼笑皆非，亦想到身體的氣味可能與《長生訣》有關，道佛兩家的養生功均能令人返老還童，了空是最現成的好例子。忽然記起鄭石如，忙側耳傾聽。

清秀緩緩站起來，來到放置古箏的長几處面窗坐下，舉起纖手撥挑箏弦，發出流水淙淙般的連串脆響，垂首輕輕道：「希白今晚是否會來？」

寇中掠進村口，立時頭皮發麻。首先入目是一對腳掛在其中一屋的窗外，其他部分則垂進屋內去。另一人則仰躺路上，死不閉眼，臉上殘留著臨死前的恐慌。最奇怪乃此人身上不見任何明顯傷痕，只是口鼻滲出些許血絲，手上仍緊握刀子。瞧兩人的黑衣勁服，該是崔紀秀的手下無疑。屍身前方有腳印往西方延展開去，旁邊則是凌亂的足印痕。

寇仲腦海中重組剛發生的情況，應是崔紀秀等一行七八人，逃進村內時被人追上，崔紀秀等回身應戰，卻給來人一舉殺掉二人，此人還故意任被打怕了的崔紀秀等人有時間逃走，過程古怪至極點。

寇仲迅速移前，十多步外再發現一條屍身，竟仰躺在一間茅屋頂處，上身陷進快要坍塌的茅草內，情景詭異可怖。寇仲這麼膽大包天，仍看得寒氣直冒，循著其中一組足印追去，轉進村旁一片被廢棄的荒田，再見兩具伏屍，都是全無表面傷痕，寇仲欲作較詳細的檢視時，東南方半里許處，傳來一下激烈的金鐵交鳴聲。寇仲無暇再理這些人因何喪命，全速趕往聲音傳來之處。

徐子陵把心神從鄭石如那邊暫收回來，不忍騙這大膽熱情的美女，對他來說無論是大家閨秀又或青樓姑娘，都應受到尊重，遂坦然道：「照我看侯兄今晚是不會來的。」只是那不知是上截還是下截的《不死印卷》，便夠侯希白頭痛，哪還有閒心閒情到這裏尋風弄月。

「叮叮咚咚！」清秀彈出一段箏音，每個音符迅快的跳躍，似在最深黑的荒原燃起一支接一支的火把，在奇詭難明的寂寞中隱見潺潺流動的生機和希望。

箏音倏止。清秀幽幽嘆道：「這是希白譜的箏曲，離開成都這麼久啦！回來後總不來見人家，告訴他，清秀掛念得他很苦哩！」言罷黯然離開。

徐子陵在她掩上房門後，心頭仍像被塊重石壓著。清秀對侯希白的憧憬最終只會變爲失望，不過有夢想和追求總比沒有好。

以前在揚州一切簡單得多，就只是如何脫離言老大的魔爪去追求一種能爲自己作主的生活方式。現在表面上似乎得到了，但肩上的擔子卻只有增加沒有減少。「過去」本身已是最沉重的包袱。想起師妃暄，又想起石青璇，她們同樣令他感到困惑。忍不住舉杯一飲而盡。

足音再起，房門「砰」一聲打開，一團彩雲挾著香風捲進房來，現出一位千嬌百媚的美人兒。徐子陵定睛一看，立感大大不妙。

寇仲從腳開始，仰首望向崔紀秀再無半點生機的面容，脊椎間寒浸浸的。崔紀秀的長劍斷作兩截，棄在草地上，人卻給掛在樹椏處，像先前的手下般，渾身不見傷痕。寇仲雖不清楚崔紀秀有多高明，但他的身法該可臻高手之列，否則也不能在這麼短的時間逃到這裏來，且至少比手下擋格住對方一招。

寇仲目睹眼前的事實，深切體會甚麼是天外有天，人外有人。此人下手的時間更似含深意，就是在他即將追上敵人的一刻，先一步把四散的敵人逐一幹掉，其狠辣迅速，寇仲自問辦不到。崔紀秀的佩劍是被這可怕的高手以利器硬生劈斷，利器雖及體而止，但發出的無形氣勁卻直侵敵體，震斷崔紀秀的心脈，如此武功，確是駭人聽聞。寇仲搖搖頭，暗呼厲害，迅速離去。

來人正是川幫大當家范卓的美麗女兒范采琪，身上的彩服勁裝益發襯得她像開屏的孔雀，腳踏小蠻靴，那晚的腰鼓被馬刀代替，來到頭皮發麻的徐子陵前方，一手扠腰，青春煥發的俏臉卻是笑容可掬，美眸在長而翹起的睫毛下晶晶閃閃的，道：「原來是前晚喪父，今晚便來散花樓鬼混的姓弓傢伙，侯希白那言而無信的騙徒滾到哪裏去了？」

徐子陵記起侯希白當晚爲脫身計，許下到川幫總壇拜會她的諾言。不用說是老侯爽約。得不到另半截《不死印卷》，侯希白恐怕連自己的名字都忘掉，哪有閒情去敷衍眼前的刁蠻女。

至此他深切體會到處處留情的煩惱，在侯希白或會甘之如飴，不過現在卻要由他來承受。只好苦笑道：「小弟也在找他，范小姐請見諒。」

范采琪嬌哼道：「你不是約他來這裏風流嗎？到此刻仍要說謊。」

徐子陵心懸鄭石如那邊的情況，只是苦無跋鋒寒一心二用之術，嘆道：「上回小弟不是說謊，而是圓謊，范大小姐請明察。」

范采琪竟「噗哧」嬌笑，退後幾步在他對面的椅子坐下，手肘枕在扶手處，托起香腮，笑意盈盈的道：「你這人外貌雖嚇人，但聲音和說話很好聽，人家便將就點把你暫收爲俘虜。除非侯小子自動現身，又或你把他交出來，否則不准你到任何地方去。」

趁她說話之際，徐子陵的注意力集中到鄭石如那邊去，剛好一曲唱罷，鄭石如似要離開。徐子陵忙長身而起，尚未開口說話，范采琪掣出彎圓的馬刀，割頸而來，威勢十足，靈巧狠辣。徐子陵一眼瞧出她刀法高明，自己在不能傷她的大前題下，想把她甩掉將大費周章。總不能邊打邊去追蹤鄭石如，此時甚至不能傳出任何打鬥的聲音，忙舉手表示投降，坐回椅裏。

范采琪的刀鋒在他鼻尖前寸許處示威地劃過，始退坐回先前的椅子裏，得意洋洋道：「原來你的手腳這麼差勁，乖乖的給我坐著。否則我在你另一邊的粗臉弄出另一道疤痕來，奴家可不是說笑的。」

聽著鄭石如的足音逐漸遠去，徐子陵只好大嘆倒楣，原先還以爲青樓運轉，現在終於曉得青樓霉運依然故我。爲今之計，只有待鄭石如遠去後，設法脫身，再作打算。無奈下只有呆瞪著她。

范采琪忽又秀眉輕蹙，嗔道：「瞪著人家幹嘛？我是生出來給你橫看豎看的嗎？」

徐子陵長身而起，悠然道：「大小姐請恕弓某失陪。」

范采琪瞪大美目，正要動手，有人在門外嚷道：「侯公子信到。」

范采琪聽得侯公子之名，立把徐子陵忘得一乾二淨，雀躍道：「信在哪裏？」

徐子陵暗忖此時不走，更待何時，就那麼和送信來的文姑擦身而過，揚長去也。

寇仲來到被燒成頹垣敗瓦的村莊，戰事早成過去，泊岸的三艘「賊船」亦已遠遁，歐陽倩的俚僚武士正在收拾殘局。他爲免應酬，繞路回到小村，找到那間小茅屋，逕自爬上土坑躺下來。避難的俚族村民仍未回來，他樂得一個人清清靜靜，心中卻思潮起伏。究竟是誰殺死崔紀秀那批人？

這沒有露面的高手，手底之硬實可與祝玉妍比擬，最奇怪他似乎在向寇仲示威似的，搶先一步幹掉崔紀秀等人，對寇仲則像不含敵意。眞想不到會在這種荒僻的地方遇上如此怪異的事。在南方，捨「天刀」宋缺之外誰人高明若此？想著想著，寇仲酣然入睡。

剛踏出散花樓的外院，橫裏有人閃出來，一把扯著徐子陵笑道：「子陵兄你好！」

徐子陵苦笑道：「拜侯兄所賜，並不太好。你見到鄭石如嗎？」

侯希白歉然道：「他像怕被人跟蹤似的，走得非常匆忙。來！這裏太礙眼，若給刁蠻女纏上，將更不妙。」

徐子陵隨他往南轉進一道小巷，再躍上瓦頂，逢屋過屋，片刻後來到一宏偉建築物的瓦脊處，在明月斜照下，四周院牆內的林木均在地上拖出長長的影子。

徐子陵奇道：「這不像一般人家，烏燈黑火的。」

侯希白露出古怪的神色，低聲道：「我不知為何會帶子陵兄到這裏來。這是李家祠，自少我便愛在晚上到此處想事情，從沒帶任何人來過，或者是因我把你當作眞正的朋友吧！」

徐子陵早把鄭石如的事拋開，笑道：「你不用研究半截的《不死印卷》嗎？為何摸到散花樓去？」

侯希白坐到瓦脊處，又招呼徐子陵坐下，環目一掃李家祠外延伸向四面八方至城牆而止的點點燈火，苦笑道：「我正因差點想破腦袋，只好到散花樓去嗅嗅女兒家的香氣，希望得到些靈思。唉，小弟現在頭痛得要命，所有句子只得下半截，似通非通，似明非明，但那確是石師的手筆。」

徐子陵沉吟道：「照殘卷來看，令師的不死印法，是否以佛門的無上功法，把補天和花間兩種極端的心法統一起來呢？」

侯希白佩服道：「子陵兄非常高明，這猜測雖不中亦不遠矣。假若補天和花間的心法是兩個輪子，那佛門的心法就是把輪子連起的輪軸，如此車子才能移動。」

徐子陵皺眉道：「你不是說過花間和補天兩派武功各走極端嗎？以輪子作比喻似乎不太妥當，因為輪子無論在結構和性能上並沒有任何分別。」

侯希白肅容道：「這是石師在卷內打的比喻，輪子本同，但因位置有異，可變成截然相反的東西。像生和死表面雖似相反，其實均由生命而來，只因一為始，一為終，遂變成相反的事物。花間派專論生機，補天派則講死氣。但若能死中藏生，生中含死，兩派便可統一，而關鍵處正是石師從佛家參詳出來的法印。」

徐子陵聽得頭都大起來，開始有點明白碧秀心為何看得縮減壽元。拋開問題不理道：「看來小弟也幫不上忙，侯兄不可太勉強自己，我尚有事要辦。」

侯希白斷然道：「當然該和鄭石如有關。我是難辭責任，若子陵兄不讓我幫忙，我的心會很不舒服。」

徐子陵忙道：「侯兄有這心意已足夠啦！侯兄還是……」

侯希白截斷他含笑道：「子陵兄如果推辭，就太不夠朋友。徐子陵可以義無反顧的助侯希白奪取印卷，侯希白難道見你有事也袖手旁觀嗎？」

徐子陵苦笑道：「我想除掉『天君』席應，侯兄是否認為有可能呢？」

侯希白失聲道：「甚麼？」

徐子陵續道：「這事極可能有陰癸派的人參與，所以我絕不會與席應正面交鋒，侯兄可以放心。」

侯希白苦笑道：「我怎會放心？席應一向排名在安隆之上，這次重返中原，擺明魔功大成，不懼宋缺，趕走大石寺的和尚更等於向宋缺公開搦戰。子陵你雖然非常高明，但坦白說比之安隆仍差一兩籌，更不用說是去硬碰『天君』席應。」

徐子陵微笑道：「多謝侯兄關心，我自有分寸。侯兄若能比楊虛彥更快領悟出不死印法，便是幫我一個大忙。」

侯希白像聽不到他說的話般，沉吟道：「席應和祝玉妍的關係一直非常疏遠，為何陰癸派敢冒開罪宋缺之險，站在席應的一方？子陵是不是弄錯了？」

徐子陵從沒想過這問題，只覺魔門中人自然是一個鼻孔出氣，此時得侯希白提醒，心中一動道：「我們先來一個假設：如果林士宏是陰癸派的人，林士宏在現今的局勢下，最高明的戰略會是怎樣？」

侯希白一震道：「當然是平定南方，攻佔大江南北的城市，那時儘管北方被其他勢力統一，也可望形成南北對峙，各佔半壁江山之局。」

徐子陵嘆道：「現在十有九成我敢肯定林士宏是陰癸派的人。若能透過席應誘殺宋缺，林士宏將可把魔爪伸往嶺南，奪得宋家的財富資源後，更可迅速擴展，趁人人只顧北上之際，在南方鞏固勢力。這正是陰癸派和席應合作的原因。否則何須如此勞師動眾，派四大長老到這裏來？」

侯希白點頭道：「子陵的分析很有說服力。如若四大長老中有邊不負在，說不定我們可找安隆幫忙。」

徐子陵失聲道：「安隆？」

侯希白道：「他兩人因多年宿怨而勢不兩立，邊不負創的『魔心連環』，名字正是針對安隆的『天心蓮環』而改。若安隆不是顧忌祝玉妍，早就宰掉邊不負。所以只要是對付邊不負，安隆會忘掉其他一切事。哈！我只是順口說說，子陵不要認眞。」

徐子陵道：「我不想找任何人幫忙。」

侯希白正容再次截斷他道：「即使席應自動送上門來，子陵怕亦沒本事殺死他，所以我這次是義不容辭。子陵先告訴我，有甚麼奇謀妙計可誘他現身呢？」

徐子陵心中猶豫，岳山的身分乃他的祕密，這樣透露給侯希白知曉似乎不太妥當。但看他盛意拳拳的熱心樣子，又有點不忍斷然拒絕，只好道：「我本想從鄭石如身上追查陰癸派長老的行蹤，但這是沒辦法中的辦法；不如我們約個時間明天碰頭，交換消息，再決定下一步行動如何？」

侯希白皺眉道：「鄭石如和陰癸派是甚麼關係？」

徐子陵低聲道：「鄭石如和陰癸派有糾纏不清的關係，詳情請恕我不便說出來。」

侯希白露出一絲苦澀的笑意，不再追問。說出見面時間地點後，疑惑地道：「子陵像要趕往某處的模樣，是否有約會？」

徐子陵想起一事，不答反問道：「有沒有尤鳥倦的消息？」

侯希白道：「這問題除我之外，恐怕沒哪個人能給你答案。他比你早些入城，前後該不超過兩個時辰。本來我也不知是他，但因我一直在監視安隆，故猜到他是『倒行逆施』尤鳥倦。」

徐子陵心中恍然，難怪侯希白對安隆方面的事瞭如指掌，原來他一直在監視安隆的動靜，幸好如此方可救回曹應龍一命。問道：「尤鳥倦會在甚麼地方？」心中同時想到若尤鳥倦不是內傷未癒，又站在安隆、楊虛彥的一方，侯希白怕未必能分到半截《不死印卷》。

侯希白道：「尤鳥倦藏身之處，包保安隆不曉得。不過他和安隆定會再碰頭，子陵說不定可從安隆處找到他。」

頓了頓笑道：「是否須小弟引路？」

徐子陵啞然失笑道：「怎敢勞煩侯兄？只要侯兄告訴我何處可尋到安隆，我已不勝感激。」

侯希白苦笑道：「我不明白為何你總是拒絕我的幫忙？安隆現在該躲在城北金馬坊的別院靜養，這是安隆的秘巢之一，我是因跟蹤朱媚，始知有此處所。」接著詳細說出別院的位置地點。

徐子陵這才去了。

徐子陵穿上長袍，戴上岳山的面具，肯定沒有破綻，從瓦頂躍下，昂首闊步地朝安隆那幢四合院的外門走去，扣響門環。長袍是石青璇給他的岳山遺物，既可掩蔽他和岳山身形的差異處，又因此乃岳山的招牌裝束，更易使像安隆這類認識岳山的人入信。

從岳山的遺卷中，曾論述邪道八大高手的交往，除與祝玉妍和席應有特別深刻的恩怨外，其他人頂多只是數面之緣，說過的話加起來也沒多少句。這情況對他假冒岳山當然有利無害。事實上岳山生前是個非常孤獨寂寞的人，不愛說話，更少朋友，只有一個人例外，就是唐主李淵。

「咿唉！」院門拉開少許，一名老態龍鍾的瘦矮老蒼頭瞇眼訝道：「大爺找誰？」

徐子陵冷哼一聲，探掌朝他面門推去。

老頭立時雙目猛睜，駭然退後，徐子陵跨過門檻，還順手掩門，低喝道：「老夫岳山，安隆躲在甚麼地方？」

矮老頭聞岳山之名色變，尚未有機會開腔說話，安隆的聲音從東廂的方向傳來道：「果然是老岳，有請！」

矮老頭垂手退往一旁，徐子陵眼尾不瞧他地昂然朝東廂跨步走去，笑道：「安胖子是否奇怪岳某人能尋到這裏來呢？」

安隆不慍不火的聲音在東廂內應道：「有甚麼好奇怪的，假設你沒死掉，當然會到成都來湊熱鬧；而到得成都來怎會不找我安胖子？這裏還有你的一位老朋友，他剛告訴我，你曾助石青璇對付他哩！」

徐子陵心叫好險，在岳山的遺卷上，提到安隆時總稱他爲安胖子，但他仍不敢肯定昔日岳山是否以這名稱喚安隆，現在則知敲對了。

東廂漆黑一片，當徐子陵進入廂廳，兩對銳利的目光同時落在他臉上。

徐子陵若無其事的道：「這麼巧！是甚麼風把尤兄也吹到這裏來呢？」

暗黑的廳堂內，除安隆外另一人赫然是「倒行逆施」尤鳥倦。

尤鳥倦怪笑道：「岳刀霸的聲音爲甚麼變得這般沙啞難聽，是否練『換日大法』時出了岔子，你的霸刀又到甚麼地方去哩？那天我還不信是你，若非安胖子說你一直暗戀碧秀心，我怎都不會明白。」

徐子陵從容不迫的在兩人對面靠窗的椅子大馬金刀般坐下，冷然道：「老尤你是不是對當日岳某人令你負傷一事仍念念不忘？照看你卻沒有甚麼長進。還是祝妖婦高明，那天在洛陽只一眼便瞧出我棄刀不用，是因練成『換日大法』，至於我的聲線爲何改變，這問題最好由宋缺回答。」

安隆和尤鳥倦同感愕然。

前者皺眉道：「得老岳你親口證實，我才敢相信傳言，可是祝后她怎肯放過你呢？」

徐子陵仰天長笑道：「她沒把握殺我，當然要放過我。難道她突發善心嗎？終有一天我要教她深深後悔。」

徐子陵巧妙地借祝玉妍來證實岳山的身分。假如祝玉妍也認爲他是岳山，外人有甚麼好懷疑的。

尤鳥倦乃陰癸派死敵，聞言後神態大見緩和，點頭不語。

安隆道：「我這幾天一直恭候大駕，自聞知岳兄重現江湖，便知岳兄會因席應而趕來巴蜀，故早在各處城門留下暗記，現終盼到岳兄哩！」

徐子陵心叫好險，他本想好一大套說辭，以解釋他爲何能尋到這裏來，幸好沒說出來，照這麼看，眞岳山和安隆的關係相當密切。

尤鳥倦沉聲道：「岳兄準備怎樣對付席應？」

徐子陵不答反問道：「兩位老兄可知祝妖婦和席應結成聯盟？」

安隆和尤鳥倦同時一震。

尤鳥倦搖頭道：「這是不可能的，席應和祝妖婆就像水和火，怎都混不起來。」

徐子陵冷笑道：「那是以前的事，現在他們有共同的目標，遂衍生另一番局面，別忘了還有邊不負在穿針引線。」

此時他說話的方式，均模仿岳山遺筆的遺辭用字，自信沒有十足也有七、八成，除非是與岳山有深交的人，否則該覺似模似樣。

安隆一呆道：「甚麼目標？」雙目湧起對邊不負深刻的恨意。

徐子陵淡淡道：「當然是宋缺，難道還有別的人嗎？」

安隆半信半疑的道：「祝后和宋缺一向河水不犯井水，怎會忽然爲席應幹這後果可嚴重至動輒令陰癸派覆亡的事？」

徐子陵見尤鳥倦嘴角露出一絲陰惻惻的笑意，心中一動道：「老尤不要裝蒜啦！不要告訴我你竟不知林士宏的出身來歷。」

尤鳥倦狠狠道：「祝妖婆的詭計可瞞過任何人，卻絕瞞不過我尤鳥倦。」

轉向安隆道：「若我沒有猜錯，林士宏該是『雲雨雙修』辟守玄的得意弟子，我曾和林士宏交過手，自信不會看走眼。現在得岳兄點出來，更可肯定。」

徐子陵大感此行不虛，至少從魔門中人口裏，證實林士宏的身分。亦心叫僥倖，皆因還是首次聽到陰癸派有這麼一號人物，若亂吹牛皮，必然露出馬腳。

安隆露出震驚神色，好一會後向徐子陵道：「老岳你來找我安胖子，對我有甚麼好處？」

徐子陵微笑道：「邊不負是你的，席應是我的，如何？」

尤鳥倦沉聲道：「『霸刀』岳山從來單人匹馬，為何這回卻要找幫手？」

徐子陵緩緩道：「合則力強，分則力弱。安胖子乃石之軒的好兄弟，自然是祝妖婦的眼中刺，老尤則因聖帝舍利和祝妖婦結下解不開的深仇。不過縱然你們不肯直接參與，岳某人也絕不會怪責你們，只須把席應藏身處透露給岳某人就成。」

尤鳥倦頹然嘆道：「問題不在我身上，而是安隆新近因事開罪了石之軒，自顧不暇，所以沒有閒心去理會別的事情。」

聽他口氣，當知尤鳥倦亦是來央安隆出手助他對付陰癸派的人，卻被拒絕。

徐子陵當然不能告訴安隆在大石寺出手的乃師妃暄而非石之軒，還要裝作驚奇地追問詳情。

安隆當然不會把經過說出來，皺眉道：「老尤不要誇大，事後我回想當時的情況，該是杯弓蛇影，不過暗襲者的身手確是非常高明。我不想捲入此事的理由，皆因我現在和解暉關係惡劣，一個不好惹得祝后親自來對付我，走得和尚走不了寺，多年辛苦經營會盡付東流，你們……」

尤鳥倦不耐煩地截斷他道：「縮起頭來捱打豈是辦法？現在有岳霸加入我們，更增勝算。誰不知岳山一言九鼎，從來不做背信棄諾的事。」

安隆大為意動，沉吟道：「我當然信得過老岳，但你尤鳥倦卻從來不是守信諾講義氣的人，教我怎敢信你？」

尤鳥倦啞然失笑道：「原來如此。不過我好像從未騙過你安大爺，假若我立下魔門咒誓又如何？」

安隆搖頭道：「仍未足夠。」

徐子陵和尤鳥倦為之愕然以對。

安隆雙目射出銳利的神色，迎上徐子陵的目光，一字一字緩緩道：「除非老岳你能證明你的『換日大法』能勝過席應的『紫氣天羅』，此事才有得商量。」

徐子陵心下恍然。

事實上安隆早公然開罪婠婠，與陰癸派的火拚已是離弦之箭，勢在必發，偏是擺出自善其身的幌子，只為要尤鳥倦保證和他並肩作戰到底，形成皇帝不急，急煞太監的情勢。而徐子陵的假岳山則是送上門來的好幫手，所以他留下只有真岳山明白的暗號，希望岳山會尋上門來。此際夢想成真，安隆自然想進一步弄清楚重出江湖的岳山的利用價值有多大？安隆確是老奸巨猾！

徐子陵冷笑道：「我就坐在這裏，接你老哥兩招天心蓮環看看吧！」

尤鳥倦愕然道：「老岳你是說笑吧？即使換成是祝妖婦和石之軒，也不敢坐著來接安隆的天心蓮環。」

徐子陵則是有苦自己知，憑他領悟回來的羅漢手印，加上真言大師的「九字真言手印」，至少有七、八成把握接得安隆的天心蓮環。但如換了是正式動手，蓮環配上蓮步，說不定會暴露出真正的身分，所以此險不能不冒。

心中發毛，臉上卻露出充滿自信的傲氣，從容道：「不如此，怎顯得岳某人的換日大法，絕不遜於石之軒的不死印或祝妖婦的天魔功？」

他心知肚明安隆前晚因真元損耗，現在更非性命相搏，頂多只會發出一個起、兩個止的天心蓮環。憑他真氣的療傷奇效，縱使被創也可裝作若無其事，然後迅速復原。

安隆露出難以相信的神色，半信半疑的道：「岳兄肯定要坐著來接嗎？」

徐子陵仰天笑道：「來吧！岳某人何時有說過的話不算數呢？」

安隆從椅上彈起，喝道：「那麼岳兄小心啦！」

腳踏奇步，肥手合攏如蓮，剎那間推出三朵蓮勁，分別襲向徐子陵左右肩井穴和面門。熱氣漫空。

三朵蓮勁連環發放，最怪異處是先發者緩，後發者速。當攻及徐子陵三處要穴，恰好不分先後地同一時間印襲到他身上去。這麼快慢由心催動勁氣，確達出神入化之境，令人為之嘆服。

在蓮勁尚未及體之前，炙熱狠辣、凝聚精煉的真氣早襲體而至，天羅地網般把徐子陵籠罩在內，其凌厲處，遠超徐子陵的估計。若給如此灼熱和充滿毀滅性的勁氣侵體而入，所造成的破壞可以想見。

徐子陵此時悔之不及，在生與死的關口前，岳山遺卷上的換日大法，真言大師的九字真言手印，至乎侯希白所說的生中藏死，死內含生的不死印法，三種與佛門無上心法有關的印契，與出自前代聖僧鳩摩羅什的五百羅漢像，以電光石火的速度閃過腦際，渾成一體。在呼吸之間，徐子陵兩手結出連串印契，始於不動根本印、接著是大金剛輪印、內外獅子印、外縛內縛印、智拳、日輪、寶瓶。每結一印，心中暗唸真言，精神全集中其上，心息相依，意與神會，體內源自《長生訣》與和氏璧的先天真氣隨著印契於奇經八脈和三脈七輪中作不同方式集結，形成朵朵像盛開鮮花般的真氣。最後以不動金剛印作結，那亦是換日大法內的脫胎換骨，移日換月後凝固所得的總印契。

萬念俱空。徐子陵在無人無我的靈空裏，像旁觀者般感到自己無限地擴展，此時三朵蓮勁同時印在他左右肩井和眉間輪處。安隆和尤鳥倦駭然失色，哪有人蠢得會不擋不格的硬受蓮勁的？

徐子陵臉往後仰，左右肩迅速聳搖。先是臉上一陣火辣，連忙仰臉，接著蓮勁被眉間輪生出的反擊勁氣，由立體變作扁平，再滑浪般沿面門生起的氣罩滑卸過去。「蓬！蓬！」另兩朵蓮勁被卸去大半後，仍餘灼熱的勁氣侵穴入脈，那種灼痛難當的感覺，令徐子陵差點慘叫。但當然不可如此窩囊，只好口吐眞言，一字一字快速喝道：「換日大法！」不動金剛印倏地轉爲內縛、外縛兩印。體內脈道眞氣交戰，早嚴陣以待的眞氣對入侵的蓮勁迎頭痛擊，在蓮勁侵上內臟前破得一乾二淨，但兩邊肩井的位置已是灼痛得麻木起來。

安隆和尤鳥倦看得目瞪口呆。能把蓮勁卸開，尤鳥倦自問可以辦到，但必須靠掌勁或拳勁一類的功法，在及體之前施行，如此以面門去迎擋，實匪夷所思。而硬受蓮勁，更是驚世駭俗的修爲。由於他們不知徐子陵的眞臉藏在假臉下，見他「面不改色」的捱過三朵蓮勁，心中的驚駭，更不在話下。事實上徐子陵是痛得臉青唇白，若安隆再來一朵蓮勁，保證立斃當場。

安隆和尤鳥倦面面相覷，前者頹然退後，坐回椅內，長嘆道：「換日大法果是不同凡響。昔年岳兄曾和我提及大法修練上的難題，說無法明白天竺手印的眞正作用，現在顯已得其眞諦，小弟由衷佩服。」

尤鳥倦眼中閃動著羨慕兼妒忌的光芒，接口嘆道：「岳霸刀棄刀不用，功力卻大勝從前，難怪令我吃了大虧，安隆你這次無話可說吧？」

安隆苦笑道：「還有甚麼好說呢？」語氣中充滿苦澀的味道。

徐子陵直至此刻才能開口說話，不用假裝聲音已是沙啞難聽，深吸一口氣，強忍著從逐漸復元的兩邊肩井穴傳來的錐骨痛楚，緩緩道：「席應在哪裏？」

初更時分。

安隆揭起馬車的布簾，指著對街燈火輝煌的散花樓，向徐子陵和尤鳥倦道：「這是成都的散花樓，邊不負這傢伙在今晚前曾來過兩趟，都是指名找花嫁姑娘，今晚他訂下廂房，我們進去和他打個招呼如何？」

尤鳥倦皺眉道：「席應是否和他一道呢？」

安隆道：「上兩次邊不負是一人來胡混，還留宿至天明。雖說席應以前最愛和邊賊一起去胡天胡地，可是在這宋缺隨時會到巴蜀的時刻，席應怎敢去荒唐？」

尤鳥倦搖頭道：「安胖子你是知其一不知其二，紫氣天羅霸道至極點，一個不好，會反噬其主。功法愈高愈需調和，就像我殺人後，總要到賭場調劑一下才成，不信可問老岳，誰比他更清楚『天君』席應？」

安隆邪笑道：「不是要找個小相公來玩玩吧？」尤鳥倦聞言淫笑不語。

徐子陵聽得汗毛倒豎，又不得不強充在行，當然更怕說錯話露出馬腳，沉聲道：「進去打個轉不是甚麼都清楚嗎？」

安隆淡然道：「若只得邊不負一人，老岳你打算怎辦？」

徐子陵心中大罵。安隆這一招陰毒之極，假設他眞是岳山，如此公然助他對付邊不負，等於正式向陰癸派宣戰。而能否幹掉席應仍是未知之數，對眞岳山自是有害無利，只會泥足深陷，以後不得不站在安隆的一方。

不過對假岳山徐子陵來說，則是有利無害。當然他不可爽快答應，因爲絕非城府深沉的眞岳山作風，冷哼道：「到時再隨機應變，在你安胖子的天心蓮環下，他的魔心連環只是個笑話，我和尤鳥兒保證不讓其他人插手其中。」

尤鳥倦不悅道：「我最不喜歡被人喚作尤鳥兒，只有祝妖婆會這麼叫我的。」

徐子陵怎知岳山遺卷上寫的尤鳥兒，竟是創自祝玉妍，只好閉口。

安隆雙目閃動殘酷凶毒的邪芒，伸舌舐唇，像嚐到邊不負的鮮血般，緩緩道：「好！兩位老哥給小弟押陣，二十多年的賬，在今晚來個總結算。」

接著向驅車策馬的老僕喝道：「到散花樓去！」

安隆第一個步下馬車，文姑親率兩婢來迎，安老闆前安老闆後的奉承得無微不至。

安隆漫不經意地介紹過兩人，拉著文姑到一旁交頭接耳一番，文姑領路前行，安隆則退到兩人身旁，苦笑道：「席應眞的來了！」

尤鳥倦立時色變。他的滿肚子壞水，尤過於安隆，只一心想拖岳山落水對付陰癸派，從沒想過眞的要和席應作正面衝突。在邪道八大高手中，首推的當然是祝玉妍和石之軒，接著輪到「魔師」趙德言和「天君」席應，都是絕不好惹窮凶極惡的邪人。剛才尤鳥倦雖強調席應會出現的可能性，但純粹是爲誆徐子陵這假岳山上鉤入局。豈知誤打誤撞下眞的要碰上席應，現在無法中途退出，唯有暗嘆倒楣。

徐子陵不知該興奮還是害怕，只看安隆的笑容和尤鳥倦的怯色，便知「天君」席應的威勢。而席應明知此時成都高手雲集，仍公然和邊不負到青樓鬼混，可知他是有恃無恐，不把解暉、師妃暄等放在眼裏。自己會否是燈蛾撲火，不自量力？

徐子陵硬著頭皮道：「他在哪間廂房？」

安隆道：「西廂二樓北端的丁房，我們則是隔兩間的乙房，頭房是川幫的范卓和巴盟的『猴王』奉振，丙房是幾個成都著名家族的世家子弟，今晚眞是熱鬧。」

尤鳥倦低聲問道：「范卓和奉振知不知道另一端是邊不負和席應？」

安隆嘆道：「你當我是他們肚裏的蛔蟲嗎？」

徐子陵卻心中暗罵，安隆根本早打定主意對付邊不負，所以預訂只隔一間的廂房，否則即使文姑賣他面子臨時急安排廂房，也不會這麼巧只隔一間。

此時三人隨文姑登上二樓，徐子陵把心一橫道：「岳某人過去先和兩位老朋友打個招呼。」

安隆和尤鳥倦同是魔門出身，自少過著刀頭舐血的日子，事到臨頭，自然而然拋開一切顧慮，暗忖若能以雷霆萬鈞的方式一舉擊斃兩人，實是非常理想。

安隆點頭道：「最好誘他們到園內動手，那麼旁人很難有藉口干預，我們會爲你押陣的。」

要知像散花樓這樣名聞全國的青樓，如非由像「槍霸」范卓或「猴王」奉振那類武林大豪經營，亦必由他們照拂，假設徐子陵不顧及在廂房內陪侍姑娘的安危，在房內動手，范卓和奉振等絕不會袖手旁觀，更會因而結下樑子。事後徐子陵和尤鳥倦當然拍拍屁股溜之大吉，只苦了在巴蜀落地生根的安隆，平白多添兩個分別領導川幫和巴盟的勁敵。倘再加上解暉，安隆還怎在巴蜀過活？

尤鳥倦乃老江湖，湊近安隆道：「你可否先和奉振等招呼一聲，他們該不會對席應和邊不負有甚麼好感的。」

安隆苦笑道：「只恨他們對我亦沒有甚麼好感。」

文姑剛推開房門，笑臉迎人的道：「三位大老闆請進。」

徐子陵深吸一氣，越過文姑，朝北廂房大步走去。文姑爲之愕然，給安隆摟挽著腰肢，擁進廂房內。

徐子陵功聚雙耳，立把西廂四房的聲息盡收耳內，認得的只有邊不負的淫笑聲。說不緊張就是假的，前晚他拒絕師妃暄的幫忙，斷然決定單槍匹馬去收拾席應，實有點意氣用事。不過想起跋鋒寒挑戰曲傲的豪情壯氣，又心中釋然，如不將自己放在那種九死一生的環境，如何能作出武道上的突破。

徐子陵在北房門前立定，尚未敲門，一把柔和悅耳，低沉動聽男聲從房內傳出道：「是哪一位朋友來哩？」

房內倏地靜至落針可聞，顯得鄰房更是暄鬧熱烈。徐子陵心中一懍。他一路走來，肯定沒有發出任何聲息，但仍給這該是席應的人生出感應，只此當可知席應的武功是如何高明。

正要推門，房門自動張開，迎接他的是一對邪芒閃爍的凌厲眼神。席應一身青衣，作文士打扮，頎長高瘦，表面看去一派文質彬彬，舉止文雅，白皙清瘦的臉上掛著微笑，絲毫不因「岳山」的出現而動容。不知情的人會把他當作一個文弱的中年書生，但只要看清楚他濃密的眉毛下那對分外引人注目的眼睛，可發覺內中透出邪惡和殘酷的凌厲光芒，眸珠更帶一圈紫芒，詭異可怕。邊不負坐在另一旁，兩人各擁一女坐在腿上，正調笑戲玩。

徐子陵目光掃過邊不負，再回到席應臉上去，負手冷笑道：「席應你還未死嗎？」

兩女初時還以爲席邊兩人眞的有朋友來訪，臉上笑意盈盈，到看清楚「岳山」的尊容和陰冷的神色，聽他充滿挑戰意味的說話，始知不妥，嚇得噤若寒蟬，花容失色。

鄰房喧鬧聲止，顯是發覺這邊的異樣的情況，安隆的廂房當然不發出聲音，接著奉振和范卓兩人停止交談。整個西廂立時瀰漫著不尋常的氣氛。

席應從容笑道：「老岳你不是約小弟三更見面的嗎？這麼來擾小弟的興頭，是否多活兩個時辰仍感到不耐煩？」

徐子陵悠然踏進房內，筆直走到席應左旁的大窗前，迎著拂來充滿秋意的晚風，凝望下方遍植花草的寬敞林園，微笑道：「岳某人非是不耐煩，而是想得你太苦。自隴西一別，一直沒機會和席兄敘舊，今番重逢，只盼席兄的紫氣天羅不會令岳某人失望，否則岳某人的換日大法就是白練哩！」

邊不負搖頭笑道：「岳老兒你縱使練成換日大法，仍是死性不改，只愛大言不慚。誰都知換日大法乃天竺旁門左道的小玩意，或能治好你的傷勢，但因與你一向走的路子迥然有異，只會令你功力大幅減退。若非掌門師姊看破此點，怎容你生離洛陽。」

席應好整以暇地輕拍腿上女郎豐臀，示意她離開，伸展筋骨的笑道：「念在岳山你一片苦心，今晚讓我送你上路，好去和妻兒會面。」

徐子陵仰望夜空，心中爲岳山湧起感同身受的義憤，僅餘的一點畏怯消失得無影無蹤。岳山論年紀比席應大上十多年，成名時席應尙是剛出道。席應因本門和岳山的一些小怨，登門搦戰，僅以一招之差落敗，含恨下竟趁岳山不在以凶殘手段盡殺其家人，由此種下深仇。

深吸一口氣，徐子陵緩緩道：「今晚不是你死就是我亡，讓岳某人看看練至紫瞳火睛的天羅魔功，究竟能否保住你兩人的小命。」

席應和邊不負尚未有機會反唇相稽，南端廂房傳來沉雄的聲音道：「不才川幫范卓，請問那邊說話的是否岳霸主岳山和『天君』席應賢兄？」

另一聲音接下去道：「另一位朋友如奉振沒有猜錯，該是邊不負邊兄吧！大駕光臨成都，怎麼招呼不打一聲？也好讓我們稍盡地主之誼。」

范卓奉振，均是在巴蜀武林八面威風響噹噹的名字，但對席應和邊不負這種名震天下的魔門高手，在巴蜀除解暉外，誰都不放在心上，只是互視一笑，露出不屑神色。

徐子陵答道：「兩位猜得不錯，恕岳山無禮，今晚乃料理私人恩怨，兩位請置身事外，岳某人會非常感激。」

席應冷哂道：「岳老頭你何時變得這麼客氣有禮哩！」

范卓的聲音冷笑道：「岳霸主請放心，巴蜀武林這點耐性仍是有的。」

安隆的聲音響起道：「席兄邊兄你們好，小弟安隆衷心問安。」

邊不負面容不改的哈哈笑道：「原來安隆大哥也來趁熱鬧，想親眼目睹一代刀霸岳老兒的悲慘下場。我還以為你縮在你那肥殼裏，一聲不吭的做縮頭烏龜呢。」

尤鳥倦既緩且慢、陰聲細氣的招牌聲音回應道：「邊兄是死性不改才眞，岳兄此次重出江湖，怎會毫無分寸把握。是誰大言不慚，動手便知。哈！邊兄不但可憐，更是可笑。」

席應雙目紫芒大盛，邊不負卻首次露出凝重神色，推開懷中嚇得渾身抖顫的俏女郎，向席應打個眼色。

席應微一點頭，往只隔一几一椅，面向窗外的岳山瞧去，淡淡道：「岳兄要在甚麼地方動手？」

徐子陵仰天長笑，穿窗而出，落在散花樓西園一片青草地上，從容道：「席兄請！」

「天君」席應躍到草地上，徐子陵才知席應身段極高，比他尚要高出寸許，且氣勢逼人，兩腿撐地，頗有山亭嶽峙的威猛雄姿，再無絲毫文弱書生之狀。他站的姿勢非常奇特，就算穩立如山之際，也好像會隨時飄移往某一位置。

在岳山的遺卷中，曾詳細論及席應的魔門奇技紫氣天羅，否則徐子陵不會知道當此魔功大成時，會有紫瞳火睛的現象。紫氣指的非是眞氣的顏色，而是施功時皮膚的色素，故以紫氣稱之。紫氣天羅最厲害處，是當行功最盛之際，發功者能在敵人置身之四方像織布般布下層層氣網，縛得對手像落網的魚兒般，難逃一死。假若席應眞能練至隨意布網的大成境界，那他將是近三百年來首位練成紫氣天羅的人。岳山雖在遺卷內虛擬出種種攻破紫氣天羅的方法，但他自己實沒有信心可以成功；何況他與席應交手時，席應的紫氣天羅尙未成氣候。

他在打量席應，席應亦在仔細觀察他，繞著他行行停停，無限地增添其威脅性和壓力。徐子陵根本不怕席應在背後出手，憑他靈銳的感覺，會立生感應，作出反擊。西廂四房向著這面的窗均人影綽綽，不肯錯過這場江湖上頂尖高手的生死決戰。

繞了兩個圈，席應傲然在岳山對面立定，嘴角逸出一絲不屑的笑意，雙目紫芒大盛，語氣卻出奇的平和，搖頭嘆道：「自席某紫氣天羅大成後，能被我認定爲對手者，實屈指可數。但縱使席某知道岳兄仍在人世，岳兄尙未夠資格列身其中。不過有像岳兄這樣的人物送上門來給席某試招，席某還是非常感激。」

徐子陵從他眼露紫氣，更可肯定他的內功與祝玉妍的天魔大法同源而異。天魔功運行時，會生出空間凹陷的現象。但席應的紫氣天羅正好相反，以席應為中心產生出膨脹波動的氣勁，如空間在不斷擴展似的。

事實上席應那兩個圈子繞得極有學問，一方面在試探對手的虛實破綻，另一方面則挑引他出手，豈知徐子陵雖沒手捏印契，實質體內真氣已結成大金剛輪印，穩如泰山，雖不攻不守，卻是不露絲毫破綻。

徐子陵聞言啞然笑道：「席兄你的狂妄自大，仍是依然故我，你接過這一招再表示感激吧！」

在樓上眾人期待下，徐子陵緩緩舉手，五指先是箕張，再緩緩攏指合拳，霎時生出氣凝河嶽般的狂飆。如此功夫，不要說見所未見，連聽都未聽過。席應首次露出凝重的神色，只有他明白對手每一下動作均是針對他紫氣天羅而發的奇招。他剛才大言不慚的直指岳山沒資格作他的對手，非因狂妄自大，而是要故意激一向性格暴戾的岳山出手，那就會掉入他的陷阱。紫氣天羅或者可用一個以氣織成的蜘蛛網去比擬，任何獵物撞到網上，愈掙扎愈纏得緊，詭異邪惡至極點。假若對手率先搶攻，席應會誘對方放手狂攻，然後再吐出絲勁，以柔制剛，直至對方縛手縛腳，有力難施，然後一舉斃敵。怎知這像變成另一個人似的岳山有如看破他居心般，來一招似攻非攻，似守非守，看來毫無作用的奇招，反令他完全失去預算，一時不知該如何應付，只好靜待其變。

徐子陵嘴角逸出一絲笑意，忽然大喝一聲：「著！」

拳頭合攏，真氣如流水般經過體內脈穴的千川百河，匯成洪流，雖沒有出拳作勢，但龐大凌厲的勁氣竟透拳而去，重重擊在席應無形有實的天羅氣網最強大的一點上，準確得教席應大吃一驚。

樓上各人無不瞧得目瞪口呆，誰都猜不到徐子陵可如此運勁發功，整個人就像投石機般將眞氣形成的萬斤巨石發出去。

「蓬！」勁氣交擊。席應渾身劇震，橫移一步。徐子陵只是上身微晃，並非因功力勝過席應，而是在於集中和分散，拳勁與網勁的分別，故佔盡上風。席應終於色變，知道讓徐子陵這麼發招下去，最後他只會陷進一面倒的挨打局面。

厲嘯一聲，席應腳踩奇步，臉泛紫氣，飄移不定的幾個假身後，搶往徐子陵左側，左手疾劈，看似平平無奇，可是樓上衆人無不感到他的掌勁之凌厲大有三軍辟易，無可抗禦之勢，不論誰人首當其鋒，只有暫且退避一途。更令人震駭的事發生在徐子陵身上，只見他竟閉上眼睛，應掌橫移側身，似能先知先覺般二掌豎合，十指作出精奧無倫的動作，鮮花綻放般絲毫不讓的先一步迎上席應驚天動地的劈掌。

就在天君席應避拳橫移的剎那，徐子陵清楚把握到席應整個天羅氣網的移動和重心的移轉，遂索性閉上眼睛，不爲其步法所惑，硬拚他凌厲無匹的招數。「轟！」

席應悶哼一聲，往後飛退，一副唯恐徐子陵趁勢追擊的神態。徐子陵只是上身往後一晃，回復穩如泰山的姿勢，同時心中大定。剛才他用的是「九字眞言手印」中內縛和外縛兩印，先把席應的勁氣照單全收，透指卸解發散，再狠狠以子之矛攻子之盾，射刺在席應罩體而來的天羅氣網上，即使以席應的高明，也只有立刻撤走的唯一選擇。

席應退後尋丈方停止下來，雙目凶光閃閃，冷然道：「這算是甚麼鬼門道？」

徐子陵微笑道：「紫氣天羅不外如是。假設席應你技止於此，明年今日此刻就是你的忌辰。」

大喝一聲，隔空一拳擊出。樓上人人鴉雀無聲，皆因直至此時，仍無法分清楚哪一方佔到上風。

席應見徐子陵出拳強攻，不驚反喜，兩手高舉，如大鵬展翅，十指伸張，再迅速合抱，盤在胸前，同時探步趨前，迎向徐子陵大有無堅不摧之勢的拳風，招數怪異非常。

徐子陵長笑道：「你中計啦！」

猛又收拳，拳化為掌，掌化為施無畏印。勁氣以螺旋的方式往掌心回收，形成一個類似天魔功的空間凹陷。這招是向婠婠偷師學來的，那晚在大石寺，憑一個天魔勁場，不但令楊虛彥不敢進犯，更乘勢追擊安隆，殺得他慌惶逃命。但若非在棧道時，婠婠透過他的經脈向尤鳥倦施功，他亦不能把握其中的奧妙。現在憑旋勁造成的眞勁力場，雖然比之天魔大法的千變萬化，邪詭精奇要遜上幾籌，卻是恰到好處的對症下藥，剛好剋制席應的全力一擊。

席應正施展紫氣天羅，利用兩手織出以千百計遊絲般交錯組成的天羅氣網，再往對方「撒」過去。這張無形的網不單可抵禦敵手的拳風掌勁，且收發由心，可隨時改變形狀。當他兩手盤抱聚勁，天羅收束為車輪般大小的氣勁，打橫往徐子陵割去，正期待可割破他的拳勁，予徐子陵重重一擊，驀地天羅氣勁變得虛不著力，最令他大吃一驚的是氣輪竟不能保持原狀，被對方掌印生出的強大旋轉吸勁，扯得由橢圓變為長條形，往對方掌心傾瀉過去。席應魂飛魄散下，連忙收功，比上次退得更為狼狽。

徐子陵暗呼好險，假若席應不是誤會他在施展天魔功，仍是原式不變的和他硬拚一掌，憑他現在比自己至少勝上一籌的魔功，而自己又不能像婠婠般隨心所欲的吸勁借勁，多少要吃個大虧。幸好席應非常合作，不進反退，哪還肯錯過良機，長笑一聲，如影隨形的往席應追殺過去。旁觀的人雖看得不明所以，但誰都可瞧出席應是無功而退，失去主動。

「蓬！」席應終是魔門宗師，退出丈許遠近後回掠過來，側擊徐子陵，雙方各以精奧手法硬拚一招。兩人倏地分開，再成對峙之局。

觀者仍有呼吸困難的緊張情況，皆因兩人衣袂拂揚，均是全力摧發勁氣，準備下一次石破天驚的攻勢。

席應厲喝道：「岳兄剛才用的恐非換日大法吧？」

徐子陵冷笑道：「究竟是何功何法，請恕岳某人不便透露，請問席兄現在尚有多少成勝算？」

上面的安隆大笑道：「老席你不用破例說眞話啊！」尤鳥倦則發出一聲嘲弄的怪笑。這樣的戰果，實大出他兩人意料。

徐子陵則心叫僥倖，若非剛才憑模擬出來的天魔力場冒險成功，現在會是另一番局面。

席應不怒反笑，兩掌穿花蝴蝶般幻起漫空掌影，隨著前踏的步法，鋪天蓋地的往徐子陵攻去，游絲勁氣，籠罩方圓兩丈的空間，威霸至極點。他全身露在衣服外面的皮膚隱透紫氣，更使人感到他天羅魔功的詭異神奇。

雖是在對方驚濤駭浪的全力進攻下，手結不動金剛印的徐子陵心神通透靈動若井中水月，絲毫不爲敵手所動。就在數縷遊絲勁氣襲體的一刻，他迅速橫移，朝虛空連續劈出三掌，擊出一拳。無論席應想像力如何豐富，也從未想過徐子陵會以這種手法應付他的紫氣天羅。天羅勁最厲害的地方，是遊絲眞氣可以迴繞的方式從任何角度襲向敵人，徐子陵的三掌看似劈在全無關係的虛空處，實際上卻把他三股遊絲勁切斷，最後那拳則重轟在他掌勢最強處，封死他所有後著。

席應發覺再無法瞭解眼前這「老朋友」的造詣深淺。以前岳山從來沒有這類充滿創意，天馬行空般的即興招數。「蓬！」螺旋勁發，由慢而快地直鑽進席應經脈去，這一著更是大出席應意料之外，登時被徐子陵破開因催發天羅勁氣而難以集中防守的掌勁，五臟立受重傷。在衆人一瞬不瞬的瞪目注視下，席應踉蹌跌退，威風盡失。

徐子陵暗叫好險，他已把壓箱本領，渾身解數全搬出來對付席應，欺的是對方只知岳山而不知有他徐子陵。先是「眞言手印」，接著是模擬的「天魔大法」、「奕劍術」，到最後以看門口的《長生訣》與和氏璧螺旋奇勁一招剋敵，若席應仍能像適才般化解，將輪到他捱揍。此際當然是另一回事，精神大振下，徐子陵全面搶攻，一時拳勁掌風瀰漫全場，失去先機的席應落在下風守勢，不但無法展開天羅氣網，還要千方百計保著小命，在一個狹小的空間，被動地抵擋徐子陵似拙實巧，不著痕跡、充滿先知先覺霸氣的狂攻猛擊。觀者無不動容。勁氣交擊之聲響個不絕，更添此戰風雲險惡的形勢，兩道人影此進彼退，鏖戰不休，人人看得透不過氣來。

近身搏鬥下，兩人是以快打快，見招拆招，在這樣的情況下，席應更是吃虧。問題在徐子陵的招數根本是毫無章法，舉手投足，均是隨手拈來，針對形勢的創作，兼且眞氣變化多端，打得席應發揮不出紫氣天羅五成的威力，無法扳轉敗局。

「轟！」兩人四掌交擊，各自退後，凌厲的眼神卻彼此緊鎖不放。邊不負還以爲席應搶回主動，大喝一聲「好」。

徐子陵從容笑道：「換日大法滋味如何呢？」

席應胸口忽地劇烈起伏，狠狠道：「你不……」

徐子陵怎容他說出「你不是岳山」整句話，手結大日輪印，驚人的氣勁排空切去，及時截斷席應吐至唇邊的下半句話。席應厲吼一聲，拚死力抗。「砰！」人影倏分。徐子陵挺立原地，穩如山嶽。席應卻像喝醉酒般滿臉赤紅，往後跌退打轉，眼力高明者都瞧出他致命之傷，是給徐子陵重踢在小腹的一腳。

「砰！」另一下響音從上傳來，邊不負破窗而出，就這樣往院牆方向落荒逃去，安隆和尤鳥倦怎肯放過他，穿窗疾射而出，往他投去。

徐子陵一對虎目仍盯在席應身上，絲毫不敢放鬆，立刻運氣療治自己體內說輕不輕的傷勢。這近乎不可能的事，終在千辛萬苦下完成。風聲驟響，兩道人影躍落園內，把席應所有逃路封死，顯是怕他仍有力量逃走。四周鴉雀無聲。席應終於站定，背脊撞在樓牆處，似想說話，卻變爲「嘩」一聲噴出一蓬血雨，染紅身前大片的草地，接著緩緩貼牆滑坐，頭往左側，氣絕斃命。

來到園內那個手足特長，形相如猴，使人一眼便可分辨出是巴盟大首領「猴王」拳振的六旬老者尙不放心，移了過去，小心檢視席應這大魔頭是否眞的氣絕斃命。

與范采琪長相有六、七分相像的中年錦衣大漢，川幫幫主范卓向徐子陵施禮祝賀道：「岳老此戰，既爲我巴蜀武林除害，更重振昔日雄風，日後定會廣泛流傳，爲人所津津樂道。」

徐子陵倒沒想過會爲岳山重振聲威，深吸一口氣，道：「老夫得雪此仇，心懷暢快，煩請范幫主代爲處理席應遺體，死者已矣，讓他入土爲安吧！」

正要乘機離開，奉振喚道：「岳老請留步。」

徐子陵沒有轉身，淡淡道：「奉盟主有何指教。」

奉振來到他旁，微笑道：「岳老客氣！小弟只想知道岳老是否仍會在成都盤桓兩天，若是如此，可否賞臉讓小弟和范兄略盡地主之誼？」

徐子陵淡淡道：「兩位好意岳某人心領啦！只是本人一向不善應酬，且另有要事，請恕失陪。」言罷逾牆而去。

天明時分，避難的村民陸續回來，見到村莊安然無恙，均是興高采烈。那俚族小姑娘透窗看到寇仲好夢正酣，也不擾他，任他留駐夢鄉。

寇仲本醒轉過來，樂得在茅屋內清靜自在，正思索昨夜殺死崔紀秀等人的高手是何方神聖之際，屋外一陣騷亂。寇仲嚇了一跳，提刀衝出，只見眾人又開始逃亡，大惑不解，那小姑娘一臉惶恐的邊隨村民撤往山區，邊讓道：「賊船又來哩！」摸不著頭腦之際，村民逃得一個不剩。

寇仲暗忖難道是崔紀秀的援軍來犯，照理歐陽倩的俚僚戰士該仍在鄰村，絕不會讓林士宏的賊兵得逞，順步往沙灘方向走去。穿過一片樹林，大海在前方漫天陽光下無限擴展，果然見有一艘船沿岸巡弋。寇仲定神一看，怪叫一聲，直撲往沙灘去，同時發出長嘯聲。赫然是卜天志的改裝戰船。

當寇仲躍上甲板時，卜天志擁他一個結實，其他人團團圍著兩人，歡聲雷動。

寇仲大笑道：「你們沒事吧？」

眾人齊聲應道：「沒事。」

卜天志抓著他肩頭，呵呵笑道：「雖明知那些高麗人奈何不了少帥，仍教我們擔心足兩天兩夜。」

寇仲笑道：「這叫天助我也，若非那場來得及時的風暴，鹿死誰手尚未可知，但現在金正宗那艘樓船該回歸木料，願海神爺爺保佑他們。」

各人縱聲狂笑，氣氛熾烈。

寇仲振臂高呼道：「弟兄們！我們立即開赴嶺南。」

眾人轟然應喏。

徐子陵醒轉過來，原來早日上三竿。經過整整四個時辰的調息，因席應而來的內傷已不翼而飛，心中一陣感觸。

自離開揚州開始亡命天涯的日子，他和寇仲從兩個籍籍無名的小子，到合力刺殺任少名，嶄露頭角，至乎現在獨力在決鬥中使名列邪道八大高手之一的「天君」席應飲恨斷魂，其中的離奇曲折，多采多姿，恐怕十天十夜仍說不完，更難以盡述。昨夜在席應的壓力下，他把所有功法融會貫通，尤其最後的近身搏鬥，開始的時候，交替使出李靖傳授的血戰十式、屠叔謀的截脈手法、眞言手印，又自創奇招，到戰至酣暢時，所有招數渾融爲一，意到手到，那種暢快愉美的感覺，動人至極。這無比頑強的對手，令他在武道的修行上，跨出重要的一大步。忽然記起侯希白的約會，忙脫下岳山的面具，收起長袍，搖身變成「疤臉客」弓辰春，離開藏身的人家後院，往約定的下蓮池街酒樓尋去。

來成都過中秋的商旅遊人，大多仍未離去，所以城內特別興旺。若說洛陽是漢胡雜處的城郡，成都就是漢人和眾多巴蜀各少數民族交易往來的中心，充滿不同民族的風情和特色，爲成都平添活潑的生機和氣氛。藏在疤臉下的徐子陵吸引力顯然大幅下降，不過由於高昂挺拔的優美身形，間中也會惹來幾個媚眼兒。但徐子陵的心神只放在立即離境的思量上，赴過侯希白的約會後，他決立即離川，然後讓這幾天發生的事成爲日漸遙遠的過去。石青璇的似有情卻無情，對他造成很大的傷害。當有壓力和威脅時，他可以拋開不去想她，可是像現在心閒無事的當兒，難免觸景生情，甚至怕自己會按捺不住再去尋她，可憐兮兮的看看是否會有轉機。石青璇不像師妃暄般自開始打正旗號不涉足男女之情，而令他最動心的一刻，是初抵成都在燈下的驚鴻一瞥，那驚艷的感覺，至今仍縈繞心頭。他不想再被男女之情困擾，唯一方法是儘快遠離。

成都內有多條街道均是以河湖橋樑來命名，像他這刻走的下蓮池街，還有適才途經的王家塘街、青石橋街、拱背橋街、王帶橋街等等，到得街上時，會知道不久後就會跨過同名的橋樑，是很有趣的感覺。

目的地在望時，侯希白的聲音從一道小巷傳來道：「弓兄這邊來！」

徐子陵循聲入巷，見侯希白春風滿面的樣子，訝道：「侯兄是否在不死印法方面有突破呢？」

侯希白親熱地挽著他臂彎，往小巷另一端走過去道：「可以這麼說，昨晚小弟見到妃暄，傾談整個時辰，獲益良多，心情當然不會差到哪裏去。」

徐子陵暗忖原來如此，看來師妃暄確對他相當不錯，微笑道：「那眞要恭喜侯兄，我們不是約好在樓內見面嗎？」

侯希白眉頭大皺道：「小弟給范采琪那刁蠻女纏得差點沒命，絕不能在公衆地方露面，子陵可知席應死了？」

徐子陵裝模作樣地失聲道：「甚麼？」

侯希白長長吁出一口氣道：「這可能是近年來武林最轟動的大事。重出江湖的『霸刀』岳山，昨夜在安隆和尤鳥倦的押陣下，破去席應的紫氣天羅，當場擊斃席應，據目擊者所言岳山的換日大法當得上神乎其技的形容，不用動刀子而收拾了不可一世的席應。子陵再不用爲席應傷腦筋啦！」

以徐子陵的淡泊，亦聽得心中自豪，表面當然裝模作樣，不露痕跡，還反覆詢問，最後乘機道：「小弟在成都諸事已了，想立即離開，他日有緣，再和侯兄喝酒談天。」

侯希白愕然道：「子陵為何急著要走的樣子，也不差這麼一天半日吧？難得無事一身輕，不如讓小弟帶路往西郊的浣花溪一遊，留下美麗的回憶再走不遲。」

徐子陵搖頭道：「我急著要走是因約了寇仲——」

侯希白截斷他灑然笑道：「既然子陵堅持，請讓小弟送你一程。你入川經由盤山棧道，離川何不改由三峽？小弟自會安排一切。」

徐子陵為之心動，大自然的美景比之甚麼其他東西對他更具吸引力，當然點頭答應。

黃昏時分，帆船遇到一陣長風，速度倍增，橫渡南海。

卜天志來到挺立船首的寇仲旁道：「右邊遠處的陸岸是合浦郡，左邊的大島是珠崖郡，也是南海派的大本營。」

寇仲欣然道：「難怪有人說讀萬卷書不如行萬里路，又說耳聞不如目見，無論先前你們怎樣去形容嶺南的風光景色，及不上現在的一目了然。嘿！那種高達五丈的樹叫甚麼樹？形狀很古怪。」

卜天志答道：「那是椰樹，是珠崖特產，四季常綠，且周身是寶，樹幹可用來建屋，果實肉豐汁多，果殼更可供製作各種器皿，甚或抗禦海風。」

寇仲遠眺過去，椰樹密密麻麻的排滿島岸，樹影婆娑，一片濃綠，迎風沙沙作響，與海濤拍岸的音韻互相應和，在黃昏的光線下幾疑是人間仙境，世外桃源。靠岸處十多艘漁舟正揚帆回航，只看重甸甸入水頗深的船身，當是滿載而歸。蕩漾清澈的海水中隱見千姿萬狀，色彩繽紛的珊瑚礁，寇仲暗忖若非急著趕路，潛下去尋幽探勝必有無窮樂趣。

有感而發輕嘆道：「看來仍是陵少比我聰明，天地間那麼多好地方，怎都遊歷不完，這麼辛苦去打天下幹嘛？」

卜天志以過來人的資格笑道：「有時志叔也會像你般生出倦怠之心，但轉眼又忘得一乾二淨。人是需要玩樂和休息的，少帥太累啦！」

寇仲尷尬道：「我只是隨口說說！南海派我只記得一個晁公錯，掌門的好像是個年輕有爲的人，叫甚麼呢？」

卜天志道：「是梅洵，今年該是二十七、八歲的年紀，善使金槍，乃嶺南新一代最著名的高手，排名僅次於宋師道，但武功卻絕不下於宋師道，只因宋缺威名太盛，連帶宋師道也給看高一線。」

寇仲好奇的問道：「南海派和宋家因何交惡？」

卜天志道：「這叫一山難藏兩虎，南海派對沿海的郡城尙有點影響力，深入點便是宋家的天下，你說南海派怎肯服氣？」

寇仲大感興趣道：「以宋缺的不可一世，爲何不尋上珠崖，打到晁老頭跪地求饒，那不是甚麼都解決了嗎？」

卜天志啞然失笑道：「少帥說這些話時，眞像個天眞的大孩子。擊敗晁公錯，對宋缺或非困難，可是卻會與南海派成爲勢不兩立的死敵，於雙方均無好處，所以還是和平相處上算點。」

寇仲道：「今晚我在哪裏上岸？」

卜天志道：「兩個時辰後，我們會駛進欽江，少帥可在遵化登岸，北行抵鬱水，渡水後是鬱林郡，宋家山城就在鬱林城西郊處，我已預備好詳細的路線圖，少帥可毫無困難尋到宋三小姐的。」

寇仲失笑道：「連志叔也來耍我哩！」

徐子陵獨坐客棧飯堂一角喝茶休息，侯希白輕輕鬆鬆的回來，坐下欣然道：「幸不辱命。近日因下游形勢緊張，客船商旅均不願去，還好小弟尚有點面子，找上最吃得開的烏江幫，現在只有他們經營的客運船不受政治形勢的影響，晚膳後小弟送子陵登船。」

徐子陵沉吟道：「是否因蕭銑和朱粲交戰正烈？」

侯希白嘆道：「大概如此吧！你該比我更清楚，三天前雙方在巴東附近的江上打過一場硬仗，朱粲的水師全軍覆沒，蕭銑方面亦損失頗重。」

徐子陵暗忖蕭銑方面的戰船很可能由雲玉真指揮的，想起這個女人，心中一陣煩厭，且自認對她完全不能理解。她以前的諸般行爲，究竟會爲她帶來甚麼好處？

侯希白續道：「朱粲和蕭銑分別派人到巴蜀來作說客，希望至少令巴蜀三大勢力保持中立，只是李閥現在聲勢如日中天，說甚麼恐怕都是徒勞無功。」

徐子陵苦笑道：「朱粲的說客該是朱媚吧，比起師妃暄就像太陽和螢火的分別，她可以有怎樣的結果？」

侯希白喚來夥計，點好酒菜，猶豫片刻，才道：「現在形勢明顯，能與李閥爭天下的，論實力有王世充、竇建德和劉武周三方面，論人卻只有一個。」

徐子陵愕然道：「此話怎說？」

侯希白道：「這不是我說的，而是妃暄分析出來的。李閥之所以能爭得今天的有利形勢，全因有李世民在主持大局，他若似天上的明月，天下群雄只是陪襯的點點星光。王世充、竇建德和劉武周三方目前實力雖可與他抗衡，但最後會因政治和軍事比不上李世民而敗陣。竇建德和劉武周還好一點，前者有劉黑闥，後者有宋金剛，均是智勇雙全的猛將。王世充則有名將而不懂重用，該敗亡得最快最速。」

徐子陵點頭道：「這個我明白，但論人只有一個指的是何人？」

侯希白定神瞧他半晌，沉聲道：「妃暄指的除了你的好兄弟寇仲外還有何人？」

徐子陵苦笑道：「師妃暄是否過分看得起那小子？」

侯希白搖頭道：「妃暄是不會隨便抬舉任何人的。李世民兼政治軍事兩方面的長處於一身，豁達大度，又深懂用人之道，古今罕有，而唯一能與他爭鋒的人，就是寇仲。假如子陵不是無意爭天下，改而全力匡助寇仲，李世民恐怕亦要飲恨收場。」

徐子陵啞然失笑道：「侯兄莫要高捧我們，我兩個只是適逢其會吧！照現時的形勢看，根本不能也不可以有甚麼作爲。」

侯希白笑道：「坦白說，當時我也是以類似的說話回應妃暄對寇仲的高度評價，她卻笑而不語，顯是深信自己的看法。」

徐子陵思索片刻，道：「可否問侯兄一個私人的問題？」

侯希白灑然道：「子陵請直言，我眞是把你視作知己的。」

徐子陵迎上他的目光，緩緩道：「你身爲花間派的傳人，令師究竟對你有甚麼期望，總不會只爲酣歌妙舞、閨閣情思、樽前花下而生活吧？」

侯希白失笑道：「子陵莫要笑我，因我確實對這種生活方式非常嚮慕沉迷。不過我追求的不是事物表面的美態，而是其神韻氣質，如此才能表裏一致，相得益彰。子陵這番說話，暗示對小弟用心的懷疑，以我的性格，一向不會作出解釋，但子陵問到自是例外。唉！我也不知怎麼說才好。」

徐子陵淡淡道：「若是難以啓齒，不說也罷。」

侯希白苦笑道：「石師對我唯一的期望，該是統一魔門的兩派六道，令《天魔策》六卷重歸於一，你說在如今的情況下，是不是不可能呢？」

徐子陵疑惑地道：「侯兄和曹應龍均說《天魔策》只得六卷，但師妃暄卻說《天魔策》有十卷之數，究竟是怎麼一回事？」

侯希白道：「《天魔策》本有十卷，但現今遺傳的只餘六卷，就是如此。」

酒菜來了。兩人互敬一杯，徐子陵不解道：「侯兄既是魔門傳人，爲何卻和其他魔門中人有這麼大的分別，至少跟楊虛彥是不同的兩種人。」

侯希白抓起一個饅頭，遞給徐子陵道：「怕是與先天和後天均有點關係。我雖是率性而爲的人，但因對諸般技藝如畫道等的愛好，使我對權力富貴沒有甚麼野心。事實上這亦是花間派的傳統，追求自我完善，絕不隨波逐流。」

徐子陵不解道：「那花間派爲何會被視爲邪魔外道？」

侯希白嘴角露出一絲無奈的笑意，平靜地答：「首先是花間派的武功源自《天魔策》，此乃不爭的事實，誰都沒有話說。其次是因花間派的心法講求入情後再出情，始能以超然的心態把握情的眞義，對很多人來說這正是不折不扣的邪異行為。」

徐子陵點頭道：「這確是很難令人接受。若侯兄擺明車馬當其無情公子，旁人反沒得話說。」

侯希白嘆道：「敝派的心法微妙非常，難得子陵一聽便明。石師之所以千方百計創出不死印法，正是要突破花間心法，否則將因碧秀心而永不能進窺魔宗至道，只得其偏，不得其全。」

徐子陵心中一動道：「侯兄無法將師妃暄繪於扇上，是否亦因能入不能出呢？」

侯希白一震道：「終給子陵看破。敝派是要徜徉群花之間，得逍遙自在之旨，有情而無情，一旦著情，會為情所蔽，為心魔所乘。所以《不死印卷》雖只得半截，對我卻是關係重大。」

徐子陵微笑道：「時間該差不多啦！讓小弟敬侯兄一杯。」

抵達碼頭，早有男女老幼數十人等候登船，徐子陵仍是「疤臉客」弓辰春的樣貌身分，以免惹來不必要的麻煩。

侯希白知他不喜張揚，道：「小弟送子陵至此為止，子陵只須向船上烏江幫的人報上名字，不用理會其他，小弟已給足船費，一切均安排妥當。」

徐子陵順口問道：「烏江幫為何這麼大面子？」

侯希白道：「烏江幫的沙老大經營三峽客貨運送生意足有多年的歷史，信譽昭著，因其與巴陵幫一向關係良好，又為蕭銑負責在巴蜀買糧後付運等事宜，所以很吃得開。子陵可以放心。」

徐子陵道：「原來如此，難怪這麼大的一條船，只有那麼二、三十個乘客，該是以運貨為主，載客只是兼營吧？」

侯希白笑道：「但眞正賺錢的卻是客運生意，船資看情勢隨時調整，由於艙房只有十五間，想弄個床舖不是有錢便辦得到，我是找上沙老大說話才爲子陵辦妥此事的。」

徐子陵拍拍他肩頭道：「多謝侯兄的安排，小弟要起程哩！」

侯希白依依不捨地道：「若非小弟要覓地潛修，鑽研《不死印卷》上的心法，定要陪子陵暢遊三峽，子陵珍重。」

徐子陵和他握手爲別，朝碼頭走去，乘客剛開始登船，徐子陵排在隊尾，回頭時侯希白已不見蹤影。

自離開揚州，他還是首次乘搭這種遠程的客運船，感覺新鮮有趣。最不明白的是爲何要在晚上啓航，頗有點逃難的感覺。在掩映的風燈下，江水黑壓壓一片，只聞江水拍打船身和岸堤的聲音。碼頭和城市被一片樹林阻隔，燈火透林隱隱傳來，像另外一個世界。

除烏江幫的客貨帆船外，江水上游處還泊有數十艘大小風帆，此時全是烏燈黑火，偌大的碼頭只他們登船處活動頻繁，另有數十名大漢不住把放在棚帳下的貨物，送往船上。負責點算客人上船的四名勁裝大漢倒相當客氣有禮，還幫客人把沉重的行李抬上船。排在徐子陵前面的是一家三口的小家庭，男的似是個讀書人，女的秀麗端莊，夫妻都是二十來歲的年紀，帶著個四、五歲的小男孩。他們見到徐子陵的疤臉，顯然有點戒心，甚至禁止小孩回頭來瞧他。其他客人大多是商旅打扮，三五成群，只有五、六個該是江湖中人。

到徐子陵登船報上名字，烏江幫的大漢更是有禮，還大叫道：「頭兒！弓爺來啦！」

前面那媳婦兒抵不住好奇地回頭瞥他一眼，徐子陵點頭微笑，竟嚇得她慌忙垂首，匆匆走上甲板。

徐子陵混慣江湖，立刻想到這一家三口定是惹上麻煩，否則不會像現在這副驚弓之鳥的樣子，不由暗暗留上心。

抵達甲板，一名五短身材的壯漢迎接道：「弓爺你老人家好，小人林朗，乃烏江幫梅花堂香主，沙老大吩咐下來，對弓爺的招待絕不可怠慢，請這邊來。」

徐子陵很想告訴他不用特別禮待自己，但知道說出來也不會起作用。像侯希白這種名聞全國的高手名人，地方幫會自然是出盡方法巴結，大賣人情，將來有起事來，侯希白當要爲他們出頭撐腰。

這艘船結實寬大，船艙分上中下三層，徐子陵竟是獨佔一個艙房，出乎他意料之外。林朗說過一番好話後，欣然離開。徐子陵來到艙窗處，往外望去，貨棚內的貨物已全被搬到船上，心中一陣感觸。巴蜀確是個很有特色風味的地方，但他卻只想著盡快離開，好把在這裏發生的一切事忘掉。最主要的原因就是爲了石青璇，一個曾令他在某些剎那動眞情的女子。席應終給自己一手宰掉，她或師妃暄會怎樣想呢？船身一震，啓碇開航。

蹄聲轟鳴，十多騎旋風般穿過樹林，往碼頭趕來，高呼停船。烏江幫的人顯然不清楚他們是甚麼路數，撐桿齊出，加速離岸，順水往下游直放，初時仍見那批騎士沿岸疾追，轉眼已把他們拋在遠方。

徐子陵十多天沒有好好睡過，往床上一倒，立時酣然入夢鄉。

在晨光之中，四周奇峰林立，險嶺嵯峨，如經斧削，層岩疊石上翠色濃重，景觀層出不窮。寇仲雖看得嘆爲觀止，亦知自己迷失在往鬱林郡的路途，否則憑昨晚急趕整夜路後，不會一條官道的影子都找不到。在這山重水複的崇山峻嶺間，想找人問路也難以辨到。他本沿鬱水北岸走往西方，豈知山川擋路，想繞路繼續前行，兜兜轉下來到這前不見村，後不見人的地方。寇仲一氣下索性望其中一座高峰攀上去，此峰巍峨聳立群山之上，走到一半已是雲霧繚繞，怪石奇樹間溪流交錯，到抵達峰頂，朝西瞧去，十多里下有個村寨，隱現在林木覆蓋的丘巒之間，屋寨大門有迂迴石徑連接，梯田層層疊疊，水光瑩然。值此秋冬時節，林葉金黃片片，在山環水抱間，頗有遺世獨立，不知人間何世的味道。

寇仲瞧得悠然神往，心想若非身有要事，能在此盤桓十天半月，必是非常寫意。同時想起宋玉致，哪還遲疑，忙朝村寨趕去。

風帆順流東行，一夜時間，駛經眉山、犍爲、瀘川三郡，徐子陵吃過船上的早膳，來到船頭迎風卓立，欣賞沿江美景。這段河道水深流急，怒潮澎湃，兩邊懸崖對峙，險峻峭拔，帆舟隨著滔滔水流，直有一瀉千里之勢。

徐子陵看得心曠神馳，深感不虛此行，更感謝侯希白這個好的提議，暗忖若有寇仲在旁，談談笑笑，當會更是暢美。不由又想起師妃暄曾陪侯希白遊三峽，一時百般滋味在心頭。

正思忖時，林朗來到他旁，道：「正午時分，我們會經過巴郡，由巴郡到巴東那段水路更是險要，如若順風，明天黃昏可抵酆郡，逗留一晚，那裏寺廟衆多，弓爺若有興趣，可到城內走走。」

徐子陵問道：「甚麼時候入峽？」

林朗答道：「過白帝城後個許時辰就是峽口，我們看慣的可沒甚麼，若弓爺是初次遊峽，那種山峰夾江聳崎的險峻形勢，確可令弓爺嘆爲觀止的。」

徐子陵極目前方，長江如一條浩淼的玉帶，直延至群峰的盡處。點頭道：「未入峽景色已這麼壯觀，入峽後當然是更有看頭。」

林朗似是隨意的問道：「昨晚追著來要我們停船的人，弓爺是否認識？」

徐子陵心知這才是他來找自己說話的目的，搖頭道：「該與我沒有關係，林香主知道他們是何方神聖？」

林朗疑惑地道：「小人弄不清楚他們的身分，順口問弓爺一聲。這麼看可能是與船上其他客人有關，弓爺不必放在心上。」

再聊兩句，林朗返回自己的工作崗位，徐子陵心中卻浮現起那對年輕夫婦和小孩子。假若那批騎士鍥而不捨地乘船唧尾窮追，那在酆郡逗留的一晚將會有事發生。想到這裏，細碎的足音從後奔來。

徐子陵回頭一看，見是那小孩子跳蹦蹦的走過來，忙一手把他拖著，皺眉道：「小孩子怎可在船上亂闖？」

小孩生得唇紅齒白，眉清目秀，非常精乖，撒嬌道：「伯伯抱抱，傑兒要看。」

徐子陵環目一掃，出奇地見不到他的爹娘，想起小陵仲，心中湧起無限憐惜，一把將他抱起，柔聲道：「看到嗎？」

小傑黑白分明，不染半點成人渾濁之氣的大眼睛閃閃生輝，好奇地顧盼。徐子陵一陣感觸，只有小孩子對事物的好奇和聯想力，才能以赤子之心，全情全意投進「看東西」這行動去。自己雖看得出神，但心內卻是思潮起伏，想著成人世界充滿煩擾的得失，遠及不上小傑純眞的專注和用心。

輕微的足音傳來。徐子陵心中微懍，這是一個有武功的女子的足音。

果然是那秀麗的小媳婦來到身後，責道：「傑兒！你怎麼不聽話，煩擾這位大叔哩！」

徐子陵把不依的小傑放回甲板去，轉身和小媳婦打照面，她微嗔地把小傑抱起，垂首避開他的目光，低聲道：「不好意思，劣兒煩著大叔哩！」

徐子陵微笑道：「沒關係！」

在娘親懷抱裏遠去的小傑，仍笑嘻嘻的向他揮手，就在此刻，徐子陵下定決心，若小傑和他的父母有甚麼麻煩，絕不會袖手旁觀。

寇仲愈接近村寨，愈感到這地方風景迷人，清幽奇絕。一道河流從西北流來，蜿蜒穿過村寨中心，往東南流去。一組組以四至六間木瓦搭成長屋聚而成寨，散布在河岸兩旁。坐落水邊或斜坡的，底下一律以木柱作基，撐起屋台，形成吊腳的樣子，很有特色。寨子小的也有十多戶人家，大的更由上百戶組成，或藏林樹之中，或建於山崖高處，小徑縱橫交錯。

尚未入村，犬吠傳來。一群俚僚婦女十多人圍坐村口，一邊閒聊，一邊刺繡，見有陌生人來，均露出戒備神色。鐘聲響起。

寇仲有過上一次的經驗，不敢冒失入村，停下步來，高叫道：「有沒有人懂漢語，我只是途經問路罷了！」

迎接他的是近十頭大小惡犬，奔到離他丈許處伏首作勢狂吠，幸好沒直撲過來。不知是否村內的男人到外頭打獵，村口處只多出一群老人和小孩，人人像瞧怪物般對他指指點點，顯然沒有人聽得懂他的話。寇仲暗忖縱入村內也不會有甚麼結果，還會惹起不必要的誤會，看來只好靠自己「天生對地理的敏銳直覺」去尋路一法。

轉身欲去時，後方一把動聽女音響起道：「寇仲！你到這裏來幹甚麼？」

寇仲劇震轉身，不能置信地瞧著出現在村口一身勁裝、英風凜凜的宋玉致，這幾天來令他朝思暮想的美人兒。

徐子陵返回艙房，小傑的爹正和林朗在說話，後者則不住搖頭。

徐子陵順口問道：「甚麼事？」

小傑的爹警戒地瞥他一眼，顯然不喜歡他多事插口。

林朗道：「弓爺你來評評理，這艘船說好是到九江去的，走甚麼路線泊哪幾個碼頭，早定好了，怎可隨便更改。這位韓澤南先生總不明白。」

韓澤南苦惱道：「在下不是不明白，只是求林大哥行個方便，讓我們在巴郡下船而已！」

林朗不悅道：「還要我說多少遍，巴郡是長江聯的地頭，我們烏江幫最近和他們有些爭執，這麼忽然泊岸，會有麻煩的。」

徐子陵心知肚明是怎麼一回事，也知林朗這老江湖在玩甚麼手段。昨夜那群騎士一看便知非善男信女，如若他們追上來後發覺烏江幫中途放人，說不定不肯罷休。但若韓澤南夫妻三人在巴東郡泊岸之後離開，林朗可推個一乾二淨。這是江湖規矩，誰都沒得說話。

徐子陵道：「讓我來勸勸韓兄好了。」

林朗恭敬道：「弓爺果然是明白人。」說罷逕自離開。

韓澤南頹然若失。

徐子陵微笑道：「韓兄可否借一步說話？」

韓澤南怒瞪他一眼，冷然道：「有甚麼好說的。」就那麼走回艙房去。

第二章

名刻刀石

黃易作品集

第二章　名刻刀石

寇仲隨在宋玉致身後，來到河旁一方大石處，宋玉致背著他止步道：「你來做甚麼？」

寇仲壓下心中波動的情緒，柔聲道：「當然是爲了我的宋三小姐，我是專程來道歉賠罪的。」

宋玉致搖頭嘆道：「寇仲怎會是如此拖泥帶水，糾纏不清的人？當日在洛陽大家說好一刀兩斷，便是一刀兩斷，以後各不相干。小心玉致會看不起你哩！」

寇仲苦笑道：「玉致切勿誤會，我這次絕不是央你重修舊好！」

宋玉致嗤之以鼻道：「不要往自己臉上貼金，誰曾和你好過，有甚麼舊好可以修的？」

寇仲現出本性，笑道：「那次在滎陽沈落雁的宅外小巷中，我們不是好過嗎？」

宋玉致氣得杏眼圓睁，大怒道：「你試試再說一遍！」

寇仲想起在楊州做小混混的日子，若有人叫你多說一遍，而你眞的再說一遍，就是大戰的開始，忙搖手道：「致致息怒，請恕我胡言亂語，嘿！言歸正傳，我只是想來見你一面，再無其他痴心妄想。」

宋玉致美目一瞬不瞬的凝視他，沒有說話，似在觀察他說話的誠意。

寇仲對她是愈看愈愛，輕輕道：「致致消瘦了！」

宋玉致不悅道：「與你寇少帥無關，坦白點說出來吧！爲何要不辭勞苦的趕到嶺南來？」

寇仲嘆道：「坐下再說好嗎？在這能洗盡塵俗的桃源勝地中，難道我們仍不可好好地聊一會嗎？就算你不當我是……嘿！總可以當是個相識一場的朋友吧！」

宋玉致呆瞪他半晌後，點頭道：「好吧！」逕自在岸沿坐下，一對小蠻靴在水流上輕柔地搖晃。

寇仲小心翼翼和她並肩而坐，隔著尺許的「遙距」，自言自語的道：「坦白說，我本從沒打算到嶺南來，皆因清楚致致沒有轉彎的性情。可是不知如何，在中秋月滿當頭的一刻，忽然心中湧起一個強烈的願望，是趁兵敗身死前，見致致一面，向你說出心底裏的眞話。」

他的語氣中透出一種毫無掩飾的眞誠，宋玉致聽得芳心顫動，黛眉輕蹙道：「不要騙我，你寇少帥新近大展神威，先後挫敗宇文化及和李子通，奪得彭城、梁都、東海等二十多個城池，更破去曹應龍、蕭銑和朱粲三方的聯軍，竟開口閉口一副隨時落敗身亡的樣子，是否在博取人家的同情呢？」

寇仲緩緩道：「我現在的些微成就，似若天上的彩虹般，雖是美麗奪目，但既不實在，更是轉眼即消。李小子已收得關中，又有以慈航靜齋爲首的白道武林全力支持，人心歸向，我落敗只是早晚間事，不來見致致一面，我寇仲會死不瞑目。」

宋玉致閉上美目，一字一字道：「既是如此，你爲何不退出爭天下的旋渦，像你的好兄弟徐子陵般傲嘯山林，豈非亦可不負平生嗎？」

寇仲搖頭嘆道：「若我可這樣，早就金盆洗手了。大丈夫馬革裹屍，死也要死得像點樣子，要我向李小子俯首認輸，是絕不可能的，就算戰至最後一兵一卒，我也要和他李家周旋到底。」

宋玉致沉吟片晌，螓首低垂地輕輕道：「既是如此，你來找人家幹嘛？」

寇仲劇震失聲道：「致致！」

宋玉致長身而起，俯首看他，眼中射出複雜濃烈的情緒，柔聲道：「假如爭天下和玉致兩者之間，只能選擇其一，寇少帥會怎樣決定？」

寇仲頹然苦笑，道：「致致該知我是泥足深陷，致致怎忍心逼我作出這麼殘忍的選擇？」

宋玉致露出個鮮花盛開般燦爛卻淒艷的笑容，平靜地道：「殘忍的是你而非我。玉致避返南方，正是要把你忘記，為何你仍要來見甚麼最後的一面呢？這是何苦來哉？」

寇仲自責道：「是我不好，還以為這麼做可討致致的歡心，讓致致留下一片美好的回憶，到此刻我才知道致致對我用情之深。」

宋玉致愕然道：「誰對你用情深哩？」

寇仲糊塗起來，抓頭道：「致致若不愛我，為何要避情南方力求忘記我？」

宋玉致側起俏臉用神思忖片晌，點頭道：「我曾想過這個問題，最後得出個結論，你想聽嗎？」

寇仲嘆道：「不用說出來小弟已可猜到不會是甚麼動聽的話。罷了！說吧！哀莫大於心死。」

宋玉致大嗔道：「你這麼善用策略，這一招是否叫扮作可憐蟲呢？」

寇仲苦笑道：「情場如戰場，總要有些戰略部署才行，不過現在看卻毫不奏效，夠坦白吧？」

宋玉致曲膝重坐石上，忍俊不住嬌笑道：「差點被你氣死。」

寇仲打蛇隨棍上道：「可以輕輕親致致左右臉蛋各一下嗎？」

宋玉致立時霞生玉頰，嗔怒道：「你當我宋玉致是甚麼人？」

寇仲慌忙岔開道：「致致尚未說出對我們愛恨交纏的關係的看法哩！」

宋玉致垂首把愛恨交纏低聲唸兩遍，柔聲道：「我的結論是之所以和你糾纏不清，有三分是憐才，三分是朋友，其餘四分才牽涉到男女之情，但在這四分中卻是恨多愛少，人家也說得夠坦白吧？」

寇仲拍腿笑道：「只要有一分是男女之愛，我寇仲已歡欣若狂哩！」

宋玉致沒好氣道：「虧你說得出口。」

寇仲肅容道：「致致信也好，不信亦好，我這次專誠來訪，眞是情不自禁，渴想見致致一面。我們何不拋開一切，從頭開始，無憂無慮地玩他娘……嘿！不是！只是相敬如賓的相處三天，然後我就要與陵少趕往關中尋寶，至於以後如何，只有盡人事聽天命。」

宋玉致色變道：「李家正張開天羅地網在關中等你，你兩人仍要去送死？」

寇仲大訝道：「還說恨多愛少？致致原來這麼關心我。」

宋玉致俏臉微紅，嗔道：「從沒見過人的臉皮比你更厚，你和徐子陵是玉致的朋友，難道眼睜睜瞧著你們去死不哼半句？」

寇仲回復本色，笑嘻嘻道：「李小子愈準備充足，嚴陣以待，關中之行愈是有趣。我寇仲從小是不甘寂寞的人，李小子肯陪我玩，我感激他才對。」

宋玉致美目深注地瞧他片刻後，垂首道：「難怪爹說你是天性桀驁不馴的人哩！」

寇仲愕然道：「你爹見過我嗎？」

宋玉致淡淡道：「知不知道爲何會在這裏遇到人家嗎？」

寇仲茫然搖頭。

宋玉致緩緩道：「我是要找附近的俚僚兄弟幫忙，好及早將你截著，不讓你到我家山城去。」

寇仲一頭霧水，奇道：「我到你家的山城去會有甚麼問題？」

宋玉致露出一絲無奈的苦笑，垂首道：「爹要殺你！」

寇仲失聲道：「甚麼？」

徐子陵進入艙廳，七、八名旅客佔了兩張圓桌的其中之一在高談闊論，鬧烘烘一片。有人想和徐子陵打招呼，可是見他神態冷漠，那副疤臉尊容又令人覺他不是善男信女，忙把話吞回肚子去。徐子陵背著他們在另一張桌子坐下，面對窗子，聽到衆人說的都是有關做生意賺錢的事，哪有閒心聆聽，心神轉到韓澤南一家三口去。假設追兵在半途中追上他們，事情反易辦得多，他可直接出手將追兵擊退。如果抵酆郡後他們離船逃亡，他就很難幫忙，總不能長期暗躡在他們身後，既不實際更不可行。唯一方法是在抵酆郡前和韓澤南開心見誠地好好交談，看能否說服他。他絕非好管閒事的人，但小傑兒卻令他想起小陵仲，怎可讓無辜的小孩子任由惡人魚肉。想到這裏，暗罵自己愚蠢，要知道韓澤南的麻煩，明查不來自可暗探。

正要起身回房，忽然有人來到他身旁，豪氣的把一罈酒放在桌上，笑道：「五湖四海皆兄弟，老哥有沒有興趣陪我喝杯水酒呢？」

宋玉致淡淡道：「之前爹曾離城外出十日，前天回來，返城後把智叔、魯叔和我召到他的『擱刀聽雨堂』說話，指你會在三天內來山城。」

寇仲吁出一口涼氣道：「原來是他老人家親自出手殺崔紀秀，難怪像表演似的，爽脆俐落。」

宋玉致愕然道：「你見過爹？」

寇仲解釋一番後，問道：「我和你爹今日無冤，往日無仇，他爲何和我過不去？他難道不知道若幹掉我，他的寶貝女兒以後會不認他作爹嗎？」

宋玉致兩邊晶瑩如玉的粉頰各飛起一朵嬌艷欲滴的紅雲，大嗔道：「爹若宰掉你這小子，人家不知多麼感激他才眞。」

寇仲故作謙卑模樣的道：「三小姐請開導寇小子，既然三小姐樂見寇小子被宰掉，為何又要來警告小子，著我逃命？」

宋玉致神情微怔，接著耳根紅起來，垂下螓首，軟弱地為自己解圍道：「你是人家朋友嘛！」

寇仲緩緩探手，往她臉蛋撫去。

宋玉致嬌軀顫抖，嬌吟道：「寇仲啊！不──」

寇仲的大手撫上她嬌羞熱得教人魂銷的臉蛋，指尖輕輕拂掃她圓潤的耳珠，湊前情深如海的道：「我們不要再自己騙自己而吃苦下去，好嗎？噢！」

宋玉致堅定的豎起一對纖指，按在寇仲欲吻她香唇的大嘴處，攔截著他乘勝追擊的行動，聲音卻出奇地平靜，低聲道：「你不是說過只是來見玉致一面，又說過甚麼相敬如賓，究竟是否算數？」

寇仲感覺著她臉蛋吹彈得破的嬌嫩玉膚，纖指按唇的動人滋味，入目是她嬌羞不勝又強作冷靜不動心的絕美姿容，嗅到是她如蘭的香氣，一時心神皆醉。

寇仲的手從她的臉蛋移往她秀長潔美的頸項，目光從她顧盼生妍的美眸移到長在頰邊的迷人小酒窩，呼吸困難的嘆道：「所以我才說不要再自己騙自己，我決定擺明車馬，向未來岳父大人正式提親。」

宋玉致大吃一驚，從夢裏清醒過來般兩指前推。

寇仲全無防備下往後便倒，兩手張開地躺在地上，高聲嚷道：「我快樂得要死哩！」

宋玉致俏臉通紅地悻悻然站起來，低罵道：「再敢說半句輕薄話兒，我一劍殺了你這大膽無禮的小子。」

寇仲坐直虎軀，雙目精芒閃閃，微笑道：「我們何時到山城去？」

宋玉致一震道：「人家不是跟你說笑的，爹把你的名字刻在磨劍堂內的磨刀石上，那代表你是他下一個對手。」

寇仲從地上彈起：「致致是他的寶貝女兒，卻不及我這未來女婿更明白他老人家的心意，他是想看看我對他女兒的誠意，更要秤秤我寇仲的斤兩。」

宋玉致沒空計較他以未來女婿自居，失聲道：「你根本不明白爹這個人，凡給他刻名在磨刀石上的人，最終都會變成他刀下遊魂，那可不是說笑的。唉！最多人家陪你三天，但三天後你必須有多遠逃多遠，以後不准再來。」

寇仲搖頭嘆道：「若我就那麼落荒而逃，將永遠失去得到致致的資格。知不知道爲何我比致致更明白你爹呢？皆因我們是同一類的人。」

宋玉致大嗔道：「你又故態復萌。」

寇仲微笑道：「我是爲超過三天之期而奮鬥，致致該欣賞我的勇不畏死才是。擁有致致一分的愛後，我忽然恢復生機，充滿信心去和李小子爭一日的短長。生命從未曾如此美好，致致可否再提供一些獎勵？」

徐子陵別轉頭來，朝那驚擾他思潮的不速之客瞧去，來人年紀在三十五、六間，個子高瘦，臉龐尖窄，只下頷留有一撮山羊鬚，看上去那張臉就像馬和羊的混合體。走起路時似力圖把本是弓背哈腰的體型弄得挺胸突肚，一副裝腔作勢的樣子，更活像個四處矇混的江湖騙子。身上衣著光鮮，無論用料手工，均是貴價貨，不過徐子陵卻一眼看穿此君非像他表面的浮薄簡單。他的眼神沉著而機敏，像不斷在找尋別人的弱點似的，露在衣服外的皮膚泛起一種奇異的光澤，那是長期修練內家眞氣的現象；兩手修長整潔，縱使在誇張的動作中，仍予人有力和敏捷的感覺，其左手更缺尾指，像給人齊指斬掉的模樣。

他毫不客氣的坐在徐子陵身旁，又爲徐子陵斟酒，自我介紹道：「小姓雷，人人喚我作雷九指，喚得我連爹娘改的本來名字都忘掉啦！老哥高姓大名？」

另一檯的旅客停止說話，看熱鬧般留意徐子陵的反應，聽他們的對答。

徐子陵淡然道：「誰人令你從十指變成九指呢？」

雷九指雙目神光一閃，旋又斂去，繼續以誇張的手勢和表情道：「那是爲玩藝未精付出的代價。」又湊近過去壓低聲音道：「老哥有沒有興趣發一筆大財？」

徐子陵冷然道：「沒興趣！」

雷九指露出個看透一切的了解神色，挨回座椅，舉杯道：「好漢子！雷九指敬老哥一杯！」

徐子陵暗忖不愧是出來混的，深懂見風轉舵之道。下逐客令道：「雷兄如果來找本人只是說這些話，可以請便。」

雷九指哈哈笑道：「且容小弟再說兩句。」又湊過來低聲道：「老哥必以爲我是個在江湖混飯吃的人，對嗎？」

徐子陵皺眉道：「那你是甚麼人呢？」

雷九指肅容道：「我是個賭遍大江南北，精研各種賭術的人。」

徐子陵啞然失笑道：「那和江湖混混有何區別？」

雷九指放下酒杯，傲然道：「當然大有分別，且聽小弟詳細道來。」

徐子陵心叫上當，但悔之已晚。

另一檯的人由於聽不清楚他們的說話，早回復前況，繼續談天說地。

徐子陵嘆道：「我對賭博全無興趣，雷兄另找別人去說吧。」

雷九指笑道：「雖小道亦必有可觀焉！老哥只因不了解，故不感興趣。事實上賭博能流傳千古，不但千門萬類，且博大精深，只要懂其一二，可終生受用無窮。」

徐子陵哂道：「說到底還不是輸或贏兩個字嗎？我若對發財沒有興趣，學來幹嘛？兼且我和你素不相識，爲何雷兄忽然要來便宜我？」

雷九指雙目放光道：「老哥果然是明白人，這處人多耳雜，可否換另一個地方說話？」

徐子陵自他過來兜搭，一直摸不清他的門路，此時心中一動，問道：「昨晚起航前那批來截船的漢子，與雷兄有甚麼糾紛和樑子？」

雷九指愕然瞧他，現出個要重新估量他的神色，沉聲道：「老哥確是高明，聯想力更是非常豐富。我雷九指若仍左遮右瞞，老哥定會看不起小弟。沒錯！昨晚那幫人確是衝著我而來的，乃川南賭坊的人。」

徐子陵心中叫好，想不到無意中解決韓氏夫婦的難題，剩下的是如何讓韓澤南曉得那批人不是他的仇家，只是一場誤會。

長身而起道：「到我的房裏再說吧！」

雷九指大感意外，想不到對方拆穿自己後，反變得友善，一時呆了起來。

宋玉致大發嬌嗔道：「你再和人家說這種輕薄話，我以後不理你。」

寇仲笑道：「致致中計哩！我只是愛看你現在的動人的模樣，故意說輕薄話兒。嘿！言歸正傳，你家山城在哪個方向。」

宋玉致給氣得杏眼圓瞪，翹手胸前，搖頭道：「休想我告訴你。」

寇仲移前低聲下氣的道：「凡事應從大處想。試想想假若我因你爹把我的名字刻在磨刀石上，竟嚇得屁滾尿流落荒逃走，他日再要提親，以你爹的英雄了得，怎會要這種窩囊女婿？信我吧！你爹只是想試試我的膽色，我可以保證登上山城時，他老人家會大開中門來歡迎我。」

宋玉致差點要捂耳朵，嘆道：「你的吹牛話比你的輕薄話更難聽。」

寇仲傲然道：「這正是我寇仲對三小姐最有價值的地方，是令三小姐接觸到以前從未夢想過的東西。」

宋玉致幾乎要伸手把他喉嚨捏斷，跺足道：「鬼才夢想這些東西！你或許是個一流的刀手，卻是第九流的說客，快給我滾，以後不想見到你。」

寇仲慌忙陪笑道：「是我不好！致致眞正的心意，我是明白的。」

宋玉致愕然道：「甚麼眞正的心意？」

寇仲湊到她耳旁，把音量壓至低無可低的道：「你是怕你爹殺我，於是裝作無情要我滾吧！對嗎？」

宋玉致忍不住「噗哧」苦笑，道：「眞拿你沒法。你這人最大的缺點是沒有自知之明，臉皮又厚，說話更不知所云。唉！算我怕你，寇少帥眞要到山城送死嗎？」

寇仲信心十足道：「事情還不夠明白嗎？你爹若要殺我，那晚便可動手。」

宋玉致道：「這只因你不明白他而已！爹的行爲從來都出人意表，難以猜度的。不妨一併告訴你，爹曾問過我願不願意嫁給你，我爲表示決心，已在歷代祖宗前立下誓言，絕不會嫁給你，所以爹根本不會視你爲未來女婿。」

寇仲像給人當胸重擊一拳般，跌退三步，臉上血色盡褪，失聲道：「甚麼？」

徐子陵領雷九指朝艙房走去，當經過韓澤南夫婦的艙房，故意揚聲道：「雷兄因何事與川南賭坊的人結怨，令他們昨晚要不惜一切的來截船呢？」

雷九指瞥他一眼，射出奇異的神色，卻沒有答他。

徐子陵心中暗讚，知他不愧是在江湖混飯吃的人，從自己提高音量看出端倪。不過既達到目的，也不計較其他。同時功聚雙耳，立即聽到那女的對韓澤南道：「相公！你聽到嗎？」韓澤南以「唔」的一聲作回應。

徐子陵推開房門，道：「雷兄請坐。」

雷九指毫不客氣地在靠窗的兩張椅子之一坐下，提著的小酒壺順手放在几上，待徐子陵在另一邊坐下後，脊骨一挺，像變成另外一個人似的，軒昂而有氣度，語調從浮誇改爲沉穩，嘆道：「真看不出老哥原來是這麼熱心腸的人。適才我見你關注韓氏夫婦的事尙以爲你另有目的，甚或見色起心，現在方知你眞的是爲他們好。」

徐子陵愈來愈感到此人大不簡單，非是一般江湖混混，淡淡道：「雷兄既知韓氏夫婦誤把川南賭坊的人當作仇家追兵，爲何不點醒他們？是否另有居心？」

雷九指從容道：「我這樣貿貿然的去和他們說，人家肯相信嗎？」

徐子點頭道：「好吧！撇開那方面不談，雷兄因何看上弓某人？」

雷九指別頭往他瞧來，道：「原來是弓兄，弓兄理該在江湖上大大有名，可是小弟卻從未聽過。不過只看烏江幫的人對弓兄特別禮遇恭敬，便知弓兄是有頭有臉的人，此事非常奇怪。」

徐子陵不悅的冷哼道：「雷兄可知查根究柢乃江湖大忌，雷兄請小心言行。」

雷九指的瘦臉竟露出欣然之色，道：「弓兄萬勿見怪，剛才我是用言語試探，再從弓兄的反應來肯定小弟的看法，弓兄請恕小弟言語不敬之罪。」

徐子陵皺眉道：「你要試探甚麼？」

雷九指肅容道：「我想看看弓兄是否確是俠義中人，若弓兄是邪道人物，剛才的話已可爲小弟招來殺身之禍，憑弓兄的武功，收拾我該只是舉手之勞。」

徐子陵想不到他竟能單憑觀測看出自己的武功深淺，大爲懍然，沉聲道：「雷兄一是清楚道出來意，一是請便，勿要浪費弓某人的時間。」

雷九指微笑道：「此事說來話長。首先要問弓兄一事，就是弓兄肯否替天行道，同時又可發一筆大財？」

徐子陵淡然道：「雷兄怕要另覓人選，皆因弓某有要事在身，故難以相助。」又不解道：「雷兄若要躲避追兵，大可跳江逃走，那追兵將會斷去跟蹤的線索，值此天下紛亂的時刻，誰人有本事可遍天下地去搜尋你？」

雷九指避而不答道：「弓兄既無意援手，小弟只好自己想辦法。請恕失陪！」

宋玉致淒然道：「你忘了玉致吧？以你寇仲的條件，天下美女誰不為你傾倒，若你真是對玉致好，以後請勿踏入嶺南半步。」

寇仲終於退定立穩，大口的連喘幾口氣，搖頭嘆道：「宋玉致你對我太無情啦！」無意識地揮手道別，往後飛退，剎那間沒進林內。宋玉致緊咬櫻唇，俏臉煞白，猛地櫻唇張開，吐出一口鮮血，往後倒下。橫裏人影閃出，在她墜地前攔腰抱起，再往寇仲退走的方向掠去。

寇仲一口氣在荒野中奔出二十餘里，心中仍是塡滿憤懣傷痛的情緒。在愛情上他是徹底的失敗，先是李秀寧，後有宋玉致。來時他充滿希望，但現在所有憧憬和幻想均被宋玉致幾句話摧毀。忽然他發覺自己在官道上走著，路上尚有其他車馬行人，這時他甚麼都不去想，只想找個有酒賣的地方大醉一場，醒後再作打算。對宋玉致他是完全絕望了。

糊裡糊塗的來到城郡入口處，赫然竟是鬱林郡，繳稅入城後逕自在大街找到間酒舖，遂入內買醉。這酒舖非常別致，呈長形的空間是內外兩進合成，中間以一個露天的天井相連，天井中央有個橢圓形的魚池，四周擺滿盆栽。換在平時，寇仲必細心觀賞，此刻則只朝盡端處走去，在靠角的桌子坐下。夥計熱情的來招呼道：「這位大爺定是從外地來的，我們見龍齋的酒和菜在鬱林是首屈一指的，大爺眞有眼光。」

寇仲環目一掃，見店內只疏疏落落的有六、七檯客人，哪會信他的吹噓，更沒興趣說話，道：「不要菜只要酒，還要最烈的酒。」夥計倒是機伶，二話不說的去了。

寇仲想起宋玉致的絕情，心中一陣撕心裂肺的痛楚，呼吸困難，差點大哭一場，偏是哭不出半滴眼淚，始知自己對宋玉致用情之深，大大出乎意料。旋又安慰自己，一切會變成過去，就像那次爲李秀寧喝得酩酊大醉那樣，當他酒醒後，會盡力把宋玉致忘記，這亦是他唯一可以做的事。他並不瞭解宋玉致，且是首次發覺沒法揣摩她內心的眞正想法。這出身高門大閥的天之驕女明明是喜歡自己的，縱使以前有甚麼恩怨過節，見到他寇仲朝聖似的於百忙之中，不畏萬水千山的遙遠路途來找她，也該拋開過往不愉快的事來迎接他吧！豈知卻是如此結局。

酒來了。寇仲忽感有異，抬頭瞧去，提酒來的赫然是「銀龍」宋魯，嚇得連忙起立。

宋魯親切地搭著他肩頭，慈和的道：「坐下再說。」

「咯！咯！咯！」徐子陵正在研究新近習得的「眞言手印」，聞敲門聲道：「進來！」

來的是林朗，帶些緊張的道：「點子追來了！」

徐子陵立即對川南賭坊的人重新估計，皆因其能在這麼短的時間追及他們，道：「林香主打算怎辦？」

林朗憤然道：「一切依足江湖規矩辦事，這是我們烏江幫的船，若對方要在船上拿人，即是不給我們烏江幫面子，那我們以後如何在江湖立足？抵九江後，我們當然不會再管別人的閒事。」

徐子陵心中暗讚，難怪侯希白說烏江幫信譽昭著，同時對林朗好感大增，所謂來者不善，善者不來，對方敢啣尾追來，自然有實力和把握可吃定烏江幫的人。

微笑道：「知不知道對方是甚麼人？」

林朗搖頭道：「沒有任何可供辨識的旗幟，照看該有百多人。眞奇怪，在大江幹買賣的幫會同道，大多和我喝過酒套過交情，縱然沒甚麼關係的，至少也曾點頭打招呼。但這批人卻面生得很，不知是甚麼來路？」

徐子陵道：「我剛聽到消息，追兵有可能是川南賭坊的人。」

林朗色變道：「消息從何而來？」

徐子陵道：「是從船上的客人處聽回來的。」

林朗憂心忡忡的道：「若眞是川南賭坊的人，會非常棘手。川南賭坊是成都最有規模的賭場，解暉亦要賣他們的賬，難怪如此橫行霸道，不把我們放在眼內。」

徐子陵好整以暇的問道：「甚麼人有這麼大的面子？」

林朗道：「川南賭坊的大老闆是『金算盤』霍青橋，乃巴蜀有數的高手，聲名僅次於解暉、范卓、奉振等一方霸主之下。其子霍紀童出名橫行霸道，好勇鬥狠，他霍家還兼營青樓生意，眞不明白韓澤南爲何要惹上這種人？」

徐子陵試探道：「林香主會不會因對方是川南賭坊的人而改變態度？」

林朗嘆道：「那要看看他們有沒有站得住腳的理由。我們烏江幫也不是那麼好惹的，老大和解堡主一向有交情，川南賭坊的人也要講規矩道理的。」

徐子陵微笑道：「有林香主這番話就成啦！如果對方只是恃強凌弱，橫蠻無理，由我把整件事攬到身上。」

林朗愕然道：「弓爺犯不到這麼做吧！若弓爺有事，教我們沙老大怎向侯公子交代？」

徐子陵知林朗因對方是川南賭坊的人而生怯意，怕把事情鬧大，遂道：「林香主不用擔心，我弓辰春在江湖混了這麼多年，甚麼惡人未見過，到時我會見機而行，絕不會留給對方任何口實。」

林朗見他這麼明白事理，欣然道：「弓爺義薄雲天，確是我烏江幫的朋友。」

徐子陵長身而起，淡然道：「讓我看看川南賭坊的人是否三頭六臂吧！」

寇仲瞧著宋魯把酒注進杯子，道：「魯叔怎知我在這裏？」

宋魯舉杯相碰，兩方一飲而盡，笑道：「鬱林是我宋家的地頭，有甚麼風吹草動，瞞不過我們；更何況我是專誠在此恭候大駕，只不過給你先遇上玉致罷了！」

寇仲烈酒入喉，鑽入愁腸，感觸叢生，苦笑道：「魯叔既見過玉致，當知我為何要到這裏喝酒，她現在是否在城中？」

宋魯友善地伸手拍拍他的寬肩，慈和地笑道：「小仲你勿要怪她。她是為一個難以啓齒的原因，硬起心腸拒絕你，我也是最近才知道。」

寇仲嘆道：「她已告訴我，宋閥主把我的名字刻在磨刀石上。唉！是否眞有此事呢？」

宋魯點頭道：「此事的確不假。我曾親口問過大哥，他卻笑而不語，令人莫測高深，不過我指她拒絕你的事，卻與此無關。」

寇仲苦惱道：「那究竟是爲甚麼？」

宋魯爲他的杯子添滿酒，徐徐道：「她不想因你而使我宋家直接捲入爭霸天下的紛爭中。」

寇仲失聲道：「甚麼？」

宋魯肅容道：「在我們宋家內，對天下的形勢有兩種看法，一系認爲此乃振興宋家的最佳時機，此系可稱爲主戰派，以宋智爲首，力主以嶺南爲基地，再向長江擴展，建立一個以南人爲主的皇朝，至不濟也可和北人平分春色。」

寇仲點頭道：「另一系當然是主和派，只要宋家能穩保嶺南，由於有重洋高山偏阻之險，無論誰人得天下，只可採羈縻的政策，山高皇帝遠，宋家等於劃地爲主。只有別人要買你們的賬，只不知此派以何人爲主？」

宋魯道：「就是師道和玉致，而我則認爲兩種策略均屬可行。但師道和玉致卻不忍嶺南唯我們馬首是瞻的俚民，爲我們的榮枯拋頭顱灑熱血。」

寇仲明白過來，亦產生新的疑問，道：「閥主他老人家究竟傾向哪一派的主張？」

宋魯道：「他從來沒表示過立場。」

寇仲一呆道：「怎會是這樣的？」

宋魯無奈的道：「大哥的行事從來令人難解的。一方面任由宋智招募兵員，進行種種訓練和做戰爭的準備功夫；另一方面又指時機未至，要宋智按兵不動。現你該明白爲何智兄對你和玉致的事那麼熱心，而玉致明明對你情深似海，卻仍要擺出對你無情的樣子，致糾纏不清。」

寇仲整個人像給解除毒咒般哈哈一笑，舉酒道：「來！敬魯叔一杯。」宋魯欣然和他對飲。

接著輪到眼內回復神采的寇仲為他添酒，且笑道：「我現在快樂得想對酒高歌一曲，原來致致內心是喜歡我的。這事不難解決，若我真能得天下，便來迎娶致致，不幸戰敗身亡，此事自然作廢。我根本不用你們一兵一卒，只需你們物資上援助我就成。」

宋魯道：「此事關係重大，必須大哥點頭才行。問題是他既把你的名字刻在磨刀石上，照慣例你已成為他目標對手，讓你去見他實吉凶難料，所以玉致阻止你去見他，智兒也為此事煩惱。」

寇仲問道：「致致在哪裡呢？我想先見她一面。」

宋魯捋鬚道：「她已返回山城，我也是收到山城的飛鴿快訊，知你和她碰過頭。」

寇仲舉杯喝個一滴不剩，虎目閃閃生光道：「我們立即到山城去，一刻我都不願再等哩！」

風帆不住追近，船頭處高高矮矮的站立十多人。徐子陵目力遠勝林朗，見到其中兩人是女的，年紀大的是一個滿頭白髮的婆婆，年輕的則身段豐滿迷人，均是穿上色彩繽紛的苗服裝束，由於相距仍達里餘，故看不清楚容貌。

徐子陵奇道：「竟有個老婆婆在船上，不知是誰？」

林朗色變道：「弓爺的眼力真了得，這婆子是否一頭白髮，手執拂塵？」

徐子陵功聚雙目，點頭道：「確像拿著柄似拂塵的東西，這位老人家是誰？」

林朗劇震道：「不會吧？通天姥姥夏妙瑩一向不問江湖的事，霍紀童雖是她的誼子，亦該請不動她。」

徐子陵心想夏妙瑩三字非常耳熟，旋記起曾聽翟嬌提起過她，說她有通靈神術，能與地府陰曹內的死者對話。還說要到四川找她，看看翟讓死後的情況，會否投胎諸如此類。怎想到忽然會在這裡和她碰頭，且在這樣情況難明的環境當中。

又問道：「她旁邊尚有個苗女，長得相當美貌。」

林朗倒抽一口涼氣道：「那定是巴盟的『美姬』絲娜，她是夏妙瑩的得意弟子，更是合一派的繼承人，聽說夏妙瑩將於短期內把派主之位讓給她。」

接著面有難色地道：「合一派和巴盟均是我們烏江幫惹不起的大幫大派，這回恐怕我們沙老大罩不住了。」

徐子陵待要說話，夏妙瑩中氣十足地喝過來道：「果然是你弓辰春，我還以爲你死了哩！」

只聽她聲音傳越這麼遠的距離仍字字清晰，可知她的內功已臻爐火純青的境界。

徐子陵感到整塊臉燒得火辣一片。尤其在林朗愕然瞧來的灼灼目光下更感尷尬。自己擺出見義勇爲的樣子，豈知事情竟是直衝「自己」而來，幸好有弓辰春的臉皮遮羞，否則眞要找個洞鑽進去躲避。

只好對林朗苦笑道：「林香主把船駛近岸邊，我上岸和她們把事情解決吧！你不用理我。」

林朗訝道：「弓爺分明不認識夏妙瑩，爲何她卻像和弓爺是老相識的樣子？」

徐子陵知他起疑，無奈道：「此事一言難盡，情況緊迫，林香主請把船駛近陸岸吧。」

林朗低聲道：「弓爺有多少成把握應付對方？」

徐子陵凝神觀察已追至五十丈內的「敵人」，搖頭道：「很難說，若他們一起出手，勝敗難料，但脫身該沒有問題。」

林朗一震道：「通天姥姥乃一派之主，絕不會和其他人聯手群攻，弓爺既有此自信，便待他們過來時在手底下見個眞章，請恕我們不能插手，弓爺見諒。」

徐子陵感激道：「林香主非常夠朋友。此事無論如何發展，我弓辰春絕不會把貴幫牽涉在內。」

就在此時，雷九指的聲音在兩人身後響起道：「弓兄若不嫌棄，小弟願與弓兄共同進退。」

徐子陵和林朗愕然以對，完全不明白爲何雷九指蠢得要淌這渾水。

宋家山城位於鬱水河流交匯處，三面臨水，雄山聳峙，石城由山腰起依隨山勢磊砢而築，順山蜿蜒，主建築物群雄踞山巔開拓出來的大片平地上，形勢險峻，有一夫當關的氣概，君臨附近山野平原，與鬱林郡遙相對望，象徵著對整個嶺南區的安危的主宰力量。沿鬱河還建設了數十座大貨倉和以百計的大小碼頭，寇仲隨宋魯乘舟渡河時，碼頭上泊滿大小船舶，河道上交通往來不絕，那種繁榮興盛的氣勢，教他大感壯觀。

寇仲嘆道：「群山縈繞，鬱水環流，崎嶇險阻，縱使我有數萬精兵，恐亦難有用武之地。」

宋魯拈鬚微笑道：「這山城耗用了不知多少人力物力，仍要歷三代百多年時間，方建成現在這般規模。城內長期儲備超過一年的糧食，又有泉水，清甜可口，泡茶更是一絕。」

寇仲目光落在盤山而上，可容五馬並馳的斜道，笑道：「那我定要多喝兩口哩！」

宋魯道：「山城的建設，主要貪其奇險難下，但若沒有鬱林郡的富足，那山城只徒具雄奇之表，現在則可相輔相成，且兼水陸交通之利，可通達全國。」

小舟泊岸，早有十多名宋家派出的青衣勁裝漢子牽馬迎接，人人精神抖擻，虎背熊腰，無一不是強悍的好手，對寇仲均執禮甚恭，露出崇慕尊敬的神色。兩人飛身上馬，在衆宋家好手前後護擁下，離開碼頭區，往山上馳去。置身登城山道，每當馳至山崖險要處，似若臨虛懸空，下方河水滾流，奇境無窮。寇仲看得心曠神舒，想起即將可安慰玉人，忍不住一聲長嘯，夾馬催行。

衆人應嘯加鞭，十多騎旋風般跑盡山道，敞開的城門降下吊橋，久違的「地劍」宋智出迎道：「閥主有命，請少帥立即到磨刀堂見他。」

在烏江幫的風帆減慢速度下，敵船迅速追近，徐子陵再無暇去問雷九指因何要「見義勇爲」，只沉聲警告道：「雷兄萬勿插手，弓某人自有方法應付。」

風聲驟響，人影連閃，七個人從敵船騰空而起，向他們投過來，三人連忙後移，讓出船頭的空間。只看敵人登船的身法速度，高下立判。「通天姥姥」夏妙瑩最是從容，只斜上丈許，忽然改向增速，一馬當先的橫過兩丈多的空間，首先踏足船頭的甲板處。若有人以她躍起的角度和快慢試圖攔截，必因她的驀然改向而估計錯誤。一派之主，果是不同凡響。她令徐子陵想起陰癸派的「銀髮艷魅」坦梅，兩人均是一頭白髮，卻保存著徐娘風韻。分別只在坦梅仍有艷色，而夏妙瑩則予人乾枯陰冷的印象，鼻頭起節，無論頭、頸、手、腰、腳都掛上以寶石、美玉、珍貝等造成的各類飾物，在空中掠來時叮噹作響，但珠光寶氣和孔雀般的彩服卻掩不住她雙目射出的陰鷙狠毒的異芒。加上她長得要彎曲起來的尖利指甲，活像從靈柩中帶著所有陪葬品復活過來的女僵屍。

「美姬」絲娜卻是個漂亮動人的年輕苗女，一頭又長又亮的黑髮，出奇地沒有戴上帽飾或紮以彩帶，縱使像現在般躍過來動手拚命，仍是巧笑倩兮，似是滿腔熱情，每時每刻在盡情享受人生的模樣。

她的顴骨頗高，若非有個同樣高挺的鼻樑，配搭得宜，定會非常礙眼，現在只是使她看來傲氣十足，但又風情萬種。她和乃師夏妙瑩穿的同是褶裙，但她的裙子及膝而止，露出曲線極美的綁腿和一對牛皮長靴，整個人散發著含蓄的挑逗意味。不過她顯示出來的功力只略遜於夏妙瑩，緊隨其後落在船頭處，踏地後不晃半下。

徐子陵從她在右肩斜伸出來的劍鞘移往第三個到達的年輕男子身上，此君該就是成都的小惡霸霍紀童，勁裝上披上華麗錦袍，腰掛長刀，體型健碩，皮膚黝黑，稱不上英俊卻有股強悍的男性魅力，最不討人喜歡的是一副傲慢的神態，彷似不把任何人放在眼裏，目空一切。

待三人以夏妙瑩為首品字形立定船頭時，其他四人先後趕至，兩個是苗人，另兩個漢人該是霍紀童的手下。

林朗首先拱手為禮，向三人以江湖禮數招呼，說過開場白後道：「姥姥仙駕既臨，我……」

夏妙瑩眼角都不朝他瞧來，只狠狠盯緊徐子陵，揮手截斷他的話道：「少說閒話。」然後陰惻惻道：「弓辰春你的膽子真大，龜縮這麼多年，竟敢大搖大擺的到散花樓作樂，是否欺我夏妙瑩老得忘掉你以前的所作所為，不再和你計較？」

瞧見她眼神內怨毒憤懣的神色，徐子陵直覺感到她和弓辰春間不是一般仇恨那麼簡單，而是有男女糾纏不清的恩怨夾纏在內，心叫倒楣；更知道只要自己一開腔，會立即露出馬腳，但又不能不說話，只好嘆一口氣，搖頭苦笑。

「美姬」絲娜杏目圓瞪，嬌叱道：「大師姊因你始亂終棄，至含鬱而死，你弓辰春萬死不足以辭其咎。」

徐子陵心叫僥倖，更是好笑，初時還以為「自己」和夏妙瑩有瓜葛，原來是和她的大弟子，苦笑道：「內中情況異常複雜，諸位可否聽我解釋？」

霍紀童雙目凶光閃爍，怒喝道：「只看你聞死訊而毫無悲戚之情，立知你弓辰春是個無情無義，狼心狗肺之徒。」

雷九指在徐子陵身後陰陽怪氣地笑道：「霍紀童你能好到哪裡去，成都給你既姦且棄的女子數不勝數，阿大別說阿二啦！」

夏紀瑩等的目光首次從徐子陵處移開，落在又變為哈腰弓背的雷九指身上。

霍紀童「唰」的一聲，拔出腰刀，排眾而出，厲喝道：「你是誰？」

徐子陵知道難以善罷，唯一方法是令對方知難而退，但最大問題是絕不可露出「岳山」擊敗席應時的武功，倏地移前，冷哼道：「你若能擋我三招，弓某願束手就擒，任憑處置，但若擋不了，你們須立即退走，並要答應永不再來煩我，霍紀童你有資格作主嗎？」

霍紀童怒喝道：「廢話！」同時搶前運刀疾劈。刀風呼呼，林朗慌忙退後。

船上烏江幫的人除掌舵者外，大部分集中在看台處瞧熱鬧，其他旅客亦從船艙擁出，擠在艙門內外觀戰，韓澤南是其中之一。徐子陵從容一笑，覷準對方刀勢，右手探出，似爪似掌，到迎上對方刀鋒時才撮指成刀，「蓬！」氣勁與刀勁硬拚一記，霍紀童有若觸電，連人帶刀給徐子陵劈得倒退六、七步。觀者無不動容。事實上徐子陵只用了小半力道，若全力施為，恐怕霍紀童要當場噴血。

夏妙瑩大喝道：「紀童退下！」

「美姬」絲娜閃電移前，防止徐子陵乘勝追擊，嬌叱道：「假如你能在三招內令我落敗，我們立即掉頭走。」

霍紀童悻悻然的退回夏妙瑩身旁，雖不服氣，但因全身血氣翻騰，欲戰無力。

徐子陵眼力何等高明，心知絲娜功力遠勝霍紀童。不過若能如此退敵，實非常理想，把心一橫道：「一言為定，若弓某人三招內不能贏你，就束手就擒，絕不食言。」

夏妙瑩方面立時響起嘲弄譏笑的聲音，認為他不自量力。烏江幫和衆旅客亦嗡嗡聲起，在心理上，他們是站在同舟的徐子陵那一方，自然為他不智的決定擔心和惋惜。要知「美姬」絲娜乃巴盟四大首領之一，名震巴蜀，勝她已不容易，何況要在三招內擊敗她。假若徐子陵現在是「岳山」而非「弓辰春」，當然是另一回事。

絲娜嬌笑道：「弓辰春你確是傲氣可嘉。」

「鏘！」寶劍離鞘。

徐子陵微笑道：「且慢！」

夏妙瑩厲喝道：「是否想反悔哩！」

宋家山城外觀和內在會給人兩種完全不同的感覺，若前者令人想起攻守殺伐，那後者只會使人聯想到寧逸和平。城內分布著數百房舍，以十多條井然有序，青石舖成的大道連接起來，最有特色處是依山勢層層上昇，每登一層，分別以石階和斜坡通接，方便住民車馬上落。道旁遍植樹木花草，又引進山上泉水灌成溪流，在園林居所中穿插，形成小橋流水，池塘亭台等無窮美景，空間寬敞舒適，極具江南園林的景致，置身其中，如在一個山上的大花園內。主要的建築群結集在最高第九層周圍約達兩里的大平台上，樓閣崢嶸，建築典雅，以木石構成，由簷櫓至花窗，縷工裝飾一絲不苟，營造出一種充滿南方文化氣息的雄渾氣派，更使人感受到宋閥在南方舉足輕重的地位。

寇仲隨宋魯和宋智兩人，在亭台樓閣、花木林園中穿插，來到位於山城盡端磨刀堂入口的院門外。

宋智止步道：「我兩人應否陪少帥一起進去見大哥呢？」

宋魯嘆一口氣道：「聽你這麼說，大哥應該是指定要單獨會見小仲。」

宋智點頭苦笑。

寇仲一怔道：「魯叔和智叔是否怕閥主拿我來試刀？」

宋智憂心忡忡的道：「試你的刀法是必然的事。問題是他會不會下手殺你？照慣例被他把名字刻在磨刀石的人，無不命喪於他刀下。」

寇仲不解道：「他為何忽然要殺我，殺我對他老人家有甚麼好處？」

宋智道：「大哥從來行事教人難以測度，前一陣子他暗裏離開山城，回來後就把你的名字刻在磨刀石上。我曾多次試探，他都不肯透露半點口風，所以此事只能賭你的運氣，若少帥立即離城，我們絕不會怪你。」

寇仲哈哈一笑，道：「我寇仲豈是臨陣退縮的人？我更有把握可活著出來找兩位喝酒呢。」

言罷灑然跨進院門。

徐子陵淡然笑道：「姥姥請勿誤會，我只是看看可否找人借刀子一用。」

衆人大為驚訝。工欲善其事，必先利其器。縱使是同一個鐵匠打製出來的刀子，亦在輕重鈍快上有分別。故習武者對隨身兵器非常重視，因爲沒有經過一段長時間去掌握兵器的特性，會受拖累而發揮不出本身在招數和功夫的最高境界。像徐子陵現在要在三招內擊敗「美姬」絲娜，能否發揮兵器的特性更有關鍵性的影響，而他這麼臨急去借一把不稱手的兵器，最大的可能是尚未把握清楚兵器特性，早過三招之數。

林朗解下佩刀，遞給徐子陵道：「弓爺看看這把是否合用？」

霍紀童冷哼一聲，顯是不滿林朗此舉。

徐子陵接過長刀，緩緩拔出刀子，左鞘右刀，雙目射出凌厲的電芒，遙罩夏妙瑩身旁的霍紀童，沉聲道：「無論事情如何發展，我和你們的事與烏江幫絕沒有任何關係。假若我弓辰春落敗遭擒，當然沒資格說話。但如果弓某人僥倖取勝，而霍紀童你卻在事後尋烏江幫的麻煩，我弓辰春於此立下誓言，不論事情大小，必取爾之命。」

當他拔刀出鞘的一刻，一股灼熱的刀氣頓時以長刀爲中心散發，像暗湧般往敵方襲去，配合他豪情逼人，堅決肯定的說話，實具有無比的威嚇力量。首當其衝的「美姬」絲娜，想也未曾想過竟有人能利用拔刀的氣勢，發出這麼強大奇異的氣勁，登時身不由主的後退一步，擺開劍式，對抗對方無形有實的龐大刀氣。夏妙瑩亦爲之色變。

霍紀童早給他的眼神瞧得心生寒意，當刀氣潮湧而至，竟不得不退後兩步，一時間連反駁的話都不敢說出來。其他人均覺得徐子陵這番話合情合理，皆因「美姬」絲娜身爲四川合一派的繼承人，又屬巴盟四大領袖之一，若她在三招之內落敗，那四川可能只「武林判官」解暉一人有本領保護霍紀童的小命，其他人全不行。而霍紀童如此不顧江湖規矩，恃強在事後找烏江幫的人洩憤，以解暉一向公正的作風，是絕不會插手去管的。

徐子陵知道已將霍紀童鎮住，目光轉到「美姬」絲娜身上，刀鋒遙指。奇異的事發生了，滾滾翻騰的灼熱刀氣，忽然消斂無蹤，代之而起是陰寒肅森的寒氣。夏妙瑩終駭然一震，厲喝道：「娜兒退下！」探手拔出拂塵。

此時所有人均知道「弓辰春」武功之強，遠超乎夏妙瑩想像之外，使她對絲娜硬拚三招的能力，完全失去信心。絲娜性格倔強，哪肯一招未過而認輸，咬牙叫道：「師傅放心！」長劍幻出重重劍影，反客為主，猛然出擊，鋪天蓋地往徐子陵灑去，也是威勢十足。

以人奕劍，以劍奕敵。徐子陵每下動作，每句說話，都依從奕劍術的法詣，終逼得絲娜主動出擊，省去不少工夫。如果她一直保持守勢，因三招之數而落敗的可能是他。事實上他是合法的取巧。當拔刀時，他借勢施出《長生訣》灼熱勁氣，忽又轉為寇仲那一套《長生訣》法，化熱為寒，故雖一招未出，實際上早已出手。若絲娜在氣勢對峙上落敗，那他在氣機牽引下全力出手，只一刀就可將勝利摘取到手。絲娜早被他的刀氣逼退一步，剛站穩陣腳，豈知對方竟能化熱為寒，登時方寸大亂，如再不反攻，只有後退一途，確是有苦自己知。在氣勢對峙上，她完全敗下陣來，心中更清楚明白絕非徐子陵對手，只是希望能藉劍法捱過三招。高手相爭，若志氣被奪，信心受創，功力自然大打折扣，而絲娜正掉進徐子陵精心布下的陷阱中。無論才智武功，兩人間的差距實在太遠。

夏妙瑩拂塵揚起，緊追在絲娜背後，意圖加入戰圈，但已遲了一步。徐子陵後退半步，右手刀子在空中畫出一道美麗的弧線，舉重若輕的一刀劈在空處。絲娜的劍氣像被他一下子吸個半滴不剩，只餘有形無實的虛招姿勢，還生出要往他的刀子衝過去受死的樣子，魂飛魄散下，哪還顧得三招不三招之數，忙撤劍後退。

夏妙瑩跟她一進一退，擦身而過，拂塵挾著呼嘯的眞勁，往徐子陵拂去。徐子陵則心叫僥倖，他藉刀子施出模擬得有三、四成近似的「天魔大法」，兵不血刃地將這充滿異族風情的美麗苗女驚退，此時見拂塵掃至，想也不想的使出李靖「血戰十式」中的「兵無常勢」，覷準夏妙瑩最強一點那「遁去的一」掃去。

「噗！」夏妙瑩的塵拂被他看似隨意的一刀掃個正著，所有精妙變化後著同時給封死，一股沛然莫可抗禦的刀氣透拂而來，悶哼一聲，雖是心中不服氣至極點，仍是毫無辦法的硬被劈退。徐子陵刀勢變化，從「兵無常勢」轉爲第十式「君臨天下」的起手勢，攻守兼備，遙制對手。以夏妙瑩之能，也感到在此下風情況再度出擊，必是自招其辱的結局，一時間竟再往後退，打消反攻的念頭。

雙方回復初時對峙的形勢。

徐子陵當然不會逼人太甚，抱拳道：「此戰作和論，弓某人根本沒有把握在三招內勝過絲娜當家，只是利用潛隱多年悟出來的小玩意兵行險著，是否仍要打下去，姥姥一言可決。」

這番話可說給足對方面子。

夏妙瑩與絲娜交換一個眼色，猛一跺足道：「敗就是敗，不用你來爲我們說好話，我們走。」

進門後是一道橫越池塘花圃的曲廊，沿廊前行，左轉右曲，放眼四方，綠蔭遍園，步移景異，意境奇特。曲廊盡端是座六角石亭，恰是池塘的中心點，被石橋連接往環繞庭院一匝的迴廊處。石橋直指另一進口，隱見其中是另一個空間，古樹參天，茂密碩壯，生氣勃勃。寇仲穿過石亭，過橋登廊，通過第二重的院門，眼前豁然開闊，盡端處是一座宏偉五開間的木構建築，一株高達十數丈的槐樹在庭院中心氣象萬千的參天高撐，像羅傘般把建築物和庭院遮蓋，在陽光照耀下綠蔭遍地，與主建築渾成一體，互相襯托成參差巍峨之狀，構成一幅充滿詩意的畫面。

寇仲大感暢快，繞槐樹一圈緩行欣賞個夠後，緩步登上牌匾刻上「磨刀堂」三字的建築物的白石台階。磨刀堂偌大的空間裡，一人背門立在堂心，身上不見任何兵器，體型像標槍般挺直，身披青藍色垂地長袍，屹然雄偉如山，烏黑的頭髮在頭頂上以紅巾繞成髻，兩手負後，未見五官輪廓已自有股不可一世，睥睨天下的氣概。兩邊牆上，各掛有十多把造型各異的寶刀，向門的另一端靠牆處放有一方像石筍般形狀，黝黑光潤，高及人身的巨石，爲磨刀堂本已奇特的氣氛，添加另一種難以形容的意味。

以寇仲這麼不守常規和膽大包天的人，面對這被譽爲天下第一刀手的超卓人物，亦有點戰戰兢兢，老老實實向他的背脊施禮道：「後輩寇仲，拜見閥主！」

一把柔和好聽的聲音回答道：「你來遲啦！」

寇仲愕然道：「我來遲了？」

宋缺旋風般轉過身來，冷然道：「你來遲至少一年。」

寇仲終面對著威震天下，出道後從未遇過對手的「天刀」宋缺，他心上人的父親。

雷九指追在他身後進入艙房，徐子陵不悅道：「你跟來作甚麼？」

雷九指關上房門，隔斷其他人的目光，走近徐子陵背後低聲道：「當然是有要事商量。」

徐子陵冷哼道：「我和你以前沒有任何關係，以後也不會有。識相的給我滾出去，否則莫怪弓某人不客氣。」

雷九指笑道：「弓兄勿要唬我，你這人外冷內熱，更非恃強凌弱之徒，只要你肯聽我幾句話，保證會對小弟改觀過來。」

徐子陵轉身面向他，點頭道：「你先答我，剛才你爲何要強出頭？」

雷九指雙目精芒閃閃，沉聲道：「因爲你戴著我恩師親製的面具。」

徐子陵皺眉道：「雷兄確是眼力高明，不知你所說的恩師高姓大名？」

雷九指露出一絲苦澀的笑容，頹然道：「我雖視魯妙子大師爲師，他卻從不肯承認我是他的徒弟。但我雷九指之所以有今天的成就，全拜他所賜。」

徐子陵毫不動容地冷冷道：「你甚麼時候看破我戴面具的。」

雷九指答道：「我只是猜出來的。我一對耳朵受過特別的鍛練，不但能聽到盅內骰子轉動時聲音上的微妙差別，更可在遠距離竊聽別人的說話。當我發覺你竟不知夏妙瑩是衝著你來時，便猜到你不是眞正的弓辰春，而事實上你比弓辰春要高明百倍。所以我故意走到你背後，留心觀察頭膚和面膚的分別，始肯定你是戴上面具。亦只有出自魯師妙手的面具，可以如此全無破綻。」

徐子陵在靠窗的椅子坐下，淡然道：「魯先生既從不認你爲徒，那你跟魯先生究竟是甚麼關係？」

雷九指在另一張椅子坐下，露出緬懷的神色，緩緩道：「那是二十多年前的事，我當時只有十五歲，在關中一所賭場當跑腿，有一天魯妙子來賭錢，以無可比擬的賭術狠狠贏了一筆錢。他離開時我追在他身後，懇求他把贏錢的手法教我，唉！當時我還以爲他只是個手法比人高明的賭徒。」

徐子陵可以想像魯妙子的反應，微笑道：「他怎麼說？」

雷九指撫臉道：「他賞我一記耳光，然後大笑道：『急功近利，想以騙人技倆一朝致富的人，永遠成不了賭林高手，我既打過你，就傳你兩字訣法吧！』」

徐子陵此時至少信了雷九指七、八成。皆因這正是傲氣十足的魯妙子的說話風格，興趣盎然問道：「是哪兩個字？」

雷九指嘆道：「是『戒貪』兩字。」

徐子陵啞然失笑，道：「魯先生眞絕。你還有甚麼話可說？」

雷九指道：「我當時啞口無言，魯師卻續道：『憑我的賭術，可輕易把這樣一個賭場贏過來。但我只贏五十兩便離場，這就是戒貪。只有能完全控制自己貪嗔癡的人，才有資格去贏別人的錢，所以我絕非胡謅。』」

徐子陵在腦海中勾畫出魯妙子當時說話的表情神態，想起天人遠隔，心中一陣痛楚。魯妙子的死亡當時並沒有給他帶來多大的悲傷，但在事後每當憶起他的音容笑貌，孺慕思念反與日俱增。

對素素他卻是不敢去想，因爲那是太沉重和痛苦！

雷九指的聲音傳入耳內道：「當我以爲魯師會捨我而去，忽然他又走過來摸摸我的頭，喃喃自語的道：『你這小子有副很不錯的頭骨，眼也生得精靈，橫豎我正要一個助手，你跟我一段時間吧。』事情就是那麼開始的。那是我一生中最快樂的時光，他從不教我任何東西，卻不阻我在旁偷看偷學。可惜只有短短半年時間。他老人家好嗎？」

徐子陵沉聲道：「魯先生早已仙去。」

雷九指長軀劇震，淚水汨汨流下。

第三章 天刀宋缺

黃易作品集

第三章　天刀宋缺

那是張沒有半點瑕疵的英俊臉龐，濃中見清的雙眉下嵌有一對像寶石般閃亮生輝，神采飛揚的眼睛，寬廣的額頭顯示出超越常人的智慧，沉靜中隱帶一股能打動任何人的憂鬱表情，但又使人感到那感情深邃得難以捉摸。宋缺兩鬢添霜，卻沒有絲毫衰老之態，反給他增添高門大閥的貴族氣派，儒者學人的風度。又令人望而生畏，高不可攀。配合他那均勻優美的身形和淵亭嶽峙的體態，確有不可一世頂尖高手的醉人風範。他比寇仲尚要高寸許，給他目光掃過，寇仲生出甚麼都瞞不過他的不安感覺。

宋缺仰首望向屋樑，淡然自若道：「自晉愍帝被匈奴劉曜俘虜，西晉覆亡，天下陷於四分五裂之局，自此胡人肆虐，至隋文帝開皇九年滅陳，天下重歸一統，其間二百七十餘年，邪人當道，亂我漢室正統。隋室立國雖僅三十八年，到楊廣爲宇文化及弒於揚州而止，時間雖促，卻開啓了盛世的契機，誰能再於此時一統天下，均可大有作爲。」

目光再落在寇仲臉上，冷哼道：「少帥可知楊堅因何能得天下？」

寇仲沉吟道：「該是時來運到吧！」

宋缺仰天長笑，道：「說得好，當時幼帝繼位，楊堅大權在握，古來得天下之易，未有如楊堅者也。楊堅自輔政開始至篡位建立隋朝，首尾只是區區十個月，成事之速，古今未見。」

又微笑道：「少帥可知楊堅因何能這麼快成不朽之大業？」

寇仲心中慶幸曾熟讀魯妙子的史卷，道：「敵手無能，北周君威未立，楊堅遂可乘時挾勢而起，這只是小子一偏之見，請閥主指點。」

宋缺點頭道：「少帥所言甚是，只是漏去最重要的一點，就是漢統重興。」說罷露出思索的神情，舉步負手，踱步而行，經過寇仲左側，到寇仲身後五步許處挺立不動，目光射出深刻的感情，凝注在庭院的槐樹處，悠然道：「北魏之所以能統一北方，皆因鮮卑胡人勇武善戰，漢人根本不是對手。但自胡人亂我中土，我大漢的有志之士，在生死存亡的威脅下，均知不自強難以自保，轉而崇尚武風，一洗漢武帝以來尊儒修文的頹態。到北周末年，軍中將領已以漢人為主，楊堅便是世代掌握兵權的大將，可知楊堅之所以能登上皇座，實是漢人勢力復起的必然成果。」

寇仲嘆道：「閥主看得真透徹，我倒從沒這麼深入的去想這問題，難怪現時中土豪雄輩出，興旺熱鬧。」

宋缺沉聲道：「但能被我看入眼裏的，只有兩個人，一個是李淵次子世民，另一個就是你寇仲。」

寇仲老臉一紅，有點尷尬的道：「閥主過獎啦！」

目光不由落到像神位般供奉在堂端的磨刀石上，從十多個刻在石上的名字搜索，赫然發覺自己的名字給雕寫在石上最高處，不由暗覺驚心。

宋缺聲音轉柔，輕輕道：「自漢朝敗亡，天下不斷出現南北對峙之局，究其因由，皆因有長江天險。少帥可知關中李家已與巴蜀諸雄達成協議，假若李家能攻陷洛陽，以解暉為首的巴蜀將歸降李家，那時南方將因李家得巴蜀而無長江之險可守，只要有足夠舟船戰艦，李家大軍將順流西下，到時誰可力抗？」

寇仲倒抽一口涼氣，他最害怕的事，終於發生。師妃暄比之千軍萬馬更厲害，兵不血刃的替李世民取下半壁江山。沒有多少人比他更清楚王世充的虛實，縱有堅固若洛陽的大城，仍遠非李世民的對手。

宋缺嘆道：「假如一年前你寇仲能有今天的聲勢威望，我宋缺定會全力助你，更會透過解暉令巴蜀站在你的一方。可惜現在形勢已改，除非你在磨刀石前立誓退出這場爭天下的紛爭，否則你今天休想能活著離開磨刀堂。李世民雖有胡人血統，追源溯流，宋缺仍可視他為漢人，讓他來收拾這四分五裂的爛攤子吧！不過若非他李家現在與突厥劃清界線，宋某人亦絕不會作此決定。」

寇仲聽得頭皮發麻，至此明白自己的名字為何會被刻在磨刀石上，而宋玉致則千方百計阻止自己來見他，確是他始料所不及。

一種荒謬絕倫的感覺湧上心頭，寇仲仰天大笑道：「既是如此，寇仲樂於領教閥主的天刀秘技，請！」

徐子陵待雷九指情緒回復過來，除下面具，道：「我徐子陵直到雷兄真情流露，終於相信雷兄的話。」

雷九指用神看他，壓低聲音道：「小心駛得萬年船，徐兄弟這種態度是對的。唉！我早該猜到你是徐子陵，子陵是否另有一副岳山的面具？」

徐子陵點頭應是。

雷九指接著詢問徐子陵與魯妙子相遇的情況，然後惋惜地道：「憑子陵能搏殺『天君』席應的驚人實力，若能助我，事情當可水到渠成，但我當然知道子陵有更重要的事在身，只好自己設法解決。」

徐子陵道：「雷兄何妨說出來研究一下。」

雷九指沉吟片晌，道：「我正與巴陵幫的香貴鬥法，而霍家父子，表面上與香家沒有關係，事實上卻是巴陵幫在巴蜀的負責人，專營妓院和賭場。」

香貴正是香玉山的老爹，徐子陵聞言後大感興趣，問道：「難怪雷兄見霍紀童追來，誤以爲他們是來尋你晦氣，可否說得再詳細一點？」

雷九指道：「此事說來話長。江湖上一直盛傳巴陵幫不但爲死鬼楊廣在中土和域外搜索美女，又暗中從事販賣女子的可恥勾當，但始終沒有人能抓得甚麼確實證據，但卻給我在一個偶然的機會中，碰到他們在雲南大理一帶從事這種活動。」

徐子陵皺眉道：「這該是以前的事吧？」

雷九指嗤之以鼻道：「這麼有厚利可圖的事，他香家怎肯放棄？照我看蕭銑也給蒙在鼓裡，而變成他香家自己的生意。如此即使將來蕭銑兵敗，他香家仍可享盡榮華富貴，嫖賭兩業，自古以來均從未衰敗過。」

徐子陵心忖在公在私，他和寇仲絕不能讓香玉山再這麼喪盡天良的幹壞事，且又可富貴安享不盡，道：「他們販賣人口的事怎能保得這麼密呢？」

雷九指道：「他們有兩種保密的手段，首先是不讓人知道那些賭場或青樓是屬於他們旗下的；其次是專在偏遠的地方，以威逼利誘的手段，賤價買入稚齡女子，再集中訓練，以供應各地青樓淫媒。以前有隋廷的腐敗官僚爲他們掩飾，現在則是天下大亂，誰都沒閒情去理他們。」

徐子陵道：「雷兄有甚麼計劃對付他們？」

雷九指露出充滿信心的笑容，道：「我要把香貴逼出來和我大賭一場。」

宋缺又從寇仲身旁緩步經過，微笑道：「少帥無論膽色武功，均有資格作我宋缺的對手。不過卻有個極大破綻，注定你必死無疑。」

瞧著宋缺雄拔如松柏山嶽般的背影往磨刀石走去，寇仲苦笑道：「閥主說得好，我寇仲怎能對心上人的親爹起殺機呢？」

宋缺倏地立定，厲喝道：「如此你不如自盡算了！若不能捨刀之外，再無他物，你多練一百年刀法，也不能臻刀法之極至。」

寇仲哂道：「世上豈有極至可言，若有極限，豈非代表某種停滯不前？」

宋缺旋風般轉過身來，閃亮得像深黑夜空最明亮星光的眼神異芒大作，利箭般迎上寇仲目光，完美無瑕的容顏卻仍如不波止水，冷然道：「這只是無知者之言。每個人在某一時間，自有其極限，就像全力躍高者，不論其如何用力，只能到達某一高度。但如若身負重物，其躍至極限高度當會打個折扣，其他全是廢話。」

寇仲愕然道：「我剛才說的是另一種情況，是從大體上去思考，不過對閥主來說恐怕仍是廢話。」

宋缺傲然道：「確是廢話。用志不分，乃凝於神，神凝始可意到，意到手隨，方可言法，再從有法入無法之境，始懂用刀。」

寇仲露出思索的神色，沉吟道：「神和意有甚麼分別？」

宋缺往牆上探手一按，「錚」的一聲，其中一把刀像活過來般發出吟音，竟從鞘子內跳出來，和被人手握刀柄拔出來全無分別，看得寇仲心中直冒寒氣。宋缺再隔空虛抓，厚背大刀如被一條無形的繩索牽扯般，落在他往橫直伸的左手掌握中。奇變突至。寇仲感到就在厚背大刀落入宋缺掌握的一刻，宋缺的人和刀合成一個不可分割、渾融爲一的整體，那完全是一種強烈且深刻的感覺，微妙難言。

宋缺雙目同時神光電射，罩定寇仲，令寇仲感到身體裡外，沒有任何部分可瞞得過這位被譽爲天下第一用刀高手的觀察，被看通看透，有如赤身裸體，暴露在寒風冷雪之中。於宋缺掌刀的剎那，一堵如銅牆鐵壁、無形卻有實的刀氣，以宋缺爲中心向寇仲逼來，令他必須運氣抵抗，更要逼自己湧起鬥志，否則必然心膽俱寒，不戰而潰。如此武功，非是目睹身受，人家說出來都不敢信是眞實的。

宋缺的神情仍是好整以暇，漫不經心的淡然道：「神是心神，意是身意，每出一刀，全身隨之，神意合一，像這一刀。」

說罷跨前一步，龐大的氣勢像從天上地下鑽出湧起的狂飆，隨他肯定而有力的步伐，挾帶冰寒徹骨的刀氣，往寇仲捲來。

「鏘！」寇仲適時掣出井中月，只見宋缺的厚背刀破空而至，妙象紛呈，在兩丈許的空間內不住變化，每一個變化是那麼清楚明白，宛如把心意用刀寫出來那樣。最要命是每個變化，立令寇仲擬好的對付方法變成敗著，生出前功盡廢的頹喪感覺。用刀至此，已臻登峰造極，出神入化的至境。刀勢變化，步法亦隨之生變，寇仲甚至沒法捉摸他最後會從哪個角度攻來。面對如此可怕的強敵，寇仲反生出強大的鬥志，一對虎目迸射出前所未見的精芒，眨也不眨地注視對手。到敵刀離他只三尺許，刀氣狂湧而至，他冷喝一聲，往前搶出，井中月疾迎而去，大有不成功便成仁，壯士一去兮不復還之勢。

「鏘！」兩刀交擊。寇仲悶哼一聲，連人帶刀給宋缺的厚背刀掃得踉蹌跌退三步，但亦封死宋缺的後著變化。

眼看臉上失去紅潤之色的寇仲，宋缺刀鋒遙指這年輕的對手，並沒有乘勢追擊，仰天長笑道：「少帥果然了得，心神竟能不露絲毫破綻，看出這一刀只有冒死硬拚，始有保命機會。換過一般俗手，必因看不出其中諸多變化，而採取守勢或試圖躲避，會招來立即敗亡的結局。現在你當知道甚麼是身意吧？」

寇仲臉色復常，點頭道：「我根本看不出閥主的刀勢變化，但當我把自己置身於死地的一刻，我的手竟似知道如何保住小命的樣子，這大概是身意吧！」

宋缺微笑道：「身意就是過往所有刻苦鍛練和實戰經驗的總成果，心知止而神欲行，超乎思想之外，但若只能偶一爲之，仍未足稱大家，只有每招每式，均神意交融，刀法方可隨心所欲。看！這是第二刀。」

寇仲心叫救命，直到此刻，他體內翻騰的血氣，痠痲不堪的手臂勉強回復過來，心知肚明無論內功刀法，均遜於對方不止一籌。而從剛才宋缺那一刀推之，他可肯定宋缺確有殺他之心，故出手全不留餘地，擋不過就要應刀身亡，連宋缺自己都改變不了這必然的結局。幸好他心志堅毅，絕不會因自問及不上對方而失去鬥志，冷哼一聲，主動出擊。

宋缺踏前一步，發出「噗」的一聲，整座磨刀堂竟像搖晃一下，隨其步法，一刀橫削而出，沒有半點花巧變化，但卻破掉寇仲所有刀法變化。寇仲感到宋缺看似平平無奇的一刀，大巧若拙，能化腐朽爲神奇，除去擋格一途，再無他法，主動立即淪爲被動。「錚！」寇仲又給劈退另三步。

宋缺刀鋒觸地，悠然道：「少帥可看出本人這一刀的玄虛？」

寇仲暗中調息，點頭道：「千變萬化，隱含在一個變化之中，那微妙處怎都說不出來。」

宋缺嘆道：「孺子可教也，可惜卻要送命宋某人刀下。」

寇仲哈哈一笑，井中月迅疾劈出，登時風雷並發，刀勢既威猛無倫，其中又隱有輕靈飄逸的味道，令人覺得他能將這兩種極端相反的感覺糅合爲一，本身便是個教人難以相信的奇蹟。宋缺大喝一聲「好」，銳目亮起異采，英俊無匹的臉龐卻不含絲毫喜怒哀樂，手中厚背刀往前急挑，變化九次，正中寇仲的井中月刀鋒處。

以寇仲對自己刀法的信心，也要心服口服，這一刀乃他出道以來的顛峰之作，本以爲怎也可搶得些許先機，豈知宋缺看似隨便的一個反擊，就像奕劍術般把主動全掌握在手上，使他所有後著沒半寸施展的餘地。宋缺的氣勢更不住澎湃增強，令他壓力大增，有如手足被縛，用不出平時一半的功夫。

「嗆」！兩人乍分倏合。轉眼雙刀交擊十多下。若有人在旁觀戰，宋缺每一刀均似是簡單撲拙，但身在局中的寇仲卻知道對方刀起刀落間，實醞藏千變萬化，教人無法掌握其來蹤去跡，只能見招拆招，甚麼「以人奕劍，以劍奕敵」之術在這種情況下是提也休提，更遑論找尋對方那「遁去的一」。

擋到宋缺忽輕忽重，快慢由心，可從任何角度攻來的第二十七刀後，寇仲的內氣已接近油盡燈枯，不及補充的絕境。在宋缺無可抗衡、驚天地泣鬼神的刀法下，他就像在驚濤駭浪，暴雨狂風的大海中掙扎求存，只恨這一刻他已筋疲力盡，面臨沒頂之禍。寇仲趁尚有少許餘力，驀地一個旋身，井中月猛掃對手長刀。「噹！」這一著妙至毫顚，就在旋身之時，寇仲借螺旋之力神蹟般逸出宋缺刀風鋒銳所籠罩的範圍，然後再投往宋缺刀勢最盛處，以宋缺之能，亦被迫要硬架他一刀。一出一入，刀法彷如天馬行空，勾留無跡。交戰至今，他尚是首次爭取回少許主動。

「鏘！鏘！鏘！」趁剎那間的時間，寇仲從三個不同的角度，向宋缺劈出連綿不斷，中間沒有任何隙縫破綻的三刀。他自忖必死，所以這三刀全不留後勢，登時生出強大無比的凶厲之勢，充滿一往無還的氣魄。宋缺長笑道：「痛快！痛快！從未這麼痛快。」就那麼刀勢翻飛地連接他三刀。

三刀過後，寇仲無已爲繼，此時宋缺一刀掃來，把他連人帶刀劈得往後拋跌，就那麼滾出門外，坐倒庭院之中。「嘩！」寇仲終忍不住，噴出漫天鮮血。

當他自盼必死，宋缺的聲音傳出來道：「太陽下山時，我們再續此未了之緣吧！」

雷九指眼睛明亮起來，沉聲道：「不瞞子陵，老哥十多年來，可說賭遍全國大小賭城，人稱的『北雷南香』，北雷是我雷九指，南香當然是香貴，即使沒有販賣人口的事，我早晚要和香貴在賭桌上決勝負。」

徐子陵不解道：「你就算能在賭桌上勝過他，與他販賣人口的事有何關係？」

雷九指道：「香貴在兩年前宣布金盆洗手，再不理江湖的事，也裝模作樣把人所共知的旗下多間賭場妓院結束，其實卻是掩人耳目，讓有心者失去偵查他的線索。現在誰都不知道香貴隱居何處，但若我能把他引出來，說不定可從他身上追出線索來。以他這麼大的一盤生意，定有可堆成小山般的帳簿名冊等物，記載所有交收往來，只要公諸天下，香貴的罪惡皇朝將頓時崩潰，爲人唾棄。」

徐子陵仍是一頭霧水，問道：「他既金盆洗手，怎肯食言出來和雷兄決勝賭桌之上？」

雷九指道：「他的金盆洗手只是個幌子，事實上香家內野心最大的人是香貴的幼子香玉山，據聞最近他已離開蕭銑，轉而全力拓展家族生意。原因則衆說紛紜，其中一說是他開罪了一些沒人敢惹的敵手，所以要隱匿行蹤。哈！若連蕭銑都護不住他，這回闖的禍定是非同小可。」

徐子陵道：「此事容後再說。雷兄先說有甚麼方法可把香貴父子引出來？」

雷九指思索半晌，才道：「當我贏到香貴沉不住氣，他惟有出來與我大賭一場。」

徐子陵沉吟道：「你怎知哪所賭場是他香家開設的呢？」

雷九指微笑道：「賭場自有賭場的諸多禁忌、布局和手法，只要我入場打個轉，立可曉得是出自何家何派所主持設計，休想瞞過我。現在我正一家一家的在香貴的賭場狠贏下去，而每次我都以不同的容貌打扮出現，該已惹起香貴的注意，所以我誤以爲霍紀童來找我算賬。香玉山不知是否爲應付你們，近年在各地重金禮聘多位高手，以增強實力，亦令我的處境非常危險。」

徐子陵道：「既是如此，你的計劃怎行得通？香貴根本不須和雷兄在賭桌上見高下，只要派出高手用武力將你解決，說不定還可追回你以前所贏的錢財。」

雷九指胸有成竹道：「當然不會那麼簡單。目前是他旗下的賭場被我搞得風聲鶴唳、惶惶不可終日。是他擔心要把事情解決，而非我緊張他會不會出來和我大賭一場。只要他公開向我下決戰書，自然須全依江湖規矩辦事。但在這情況發生前，我要分外小心保命之道，因此有之前邀你合作的提議。」

徐子陵苦笑道：「於公於私，我和寇仲都要管這件事，待見過寇仲，我們再商量行事的細節吧？」

雷九指大喜道：「有子陵和少帥相助，香家勢必難逃此劫，待我把多年來領悟回來的賭術，向子陵詳細解說。」

徐子陵愕然道：「又不是我出手去賭，教會我有甚麼用？」

雷九指露出個帶點狡猾意味的微笑道：「你已成爲我的副手，怎能對賭術一竅不通？」

寇仲從深沉的坐息醒轉過來，太陽早降至目光不及的院牆下，一群鳥兒在槐樹茂密的葉蔭中追逐嬉鬧，吱吱喳喳吵個不停，他卻是渾身舒泰。繼大海餘生後，他是第二度用盡體內眞氣，而這回只短短兩個時辰多一點已完全回復過來，眞氣更趨精純澎湃，證明他先前的推論是正確的，就是當眞氣耗盡，再恢復時會有更奇異的增長。

對一般人來說，這種情況極少發生，一般的情況是當眞氣無以爲繼時，只落得例如在激戰中力盡而亡，少有人能像他那麼迅快復元。上次在大海是因以內呼吸在海水裡潛泳，致耗盡眞氣；這回卻因宋缺驚天動地，無有休止的刀法，使他勁竭神疲，眞氣在散而復生下快速增長。

以往對著強如婠婠的對手，他怎都有回氣的間隙，但宋缺的天刀卻好比怒海的巨浪，使他連一絲調息的時間都難以爭取。遇上這樣的敵手，只能和他比拚誰的氣脈更悠長，現在他顯然遠遠及不上宋缺。這是不可能的，他寇仲始終年輕力壯，習的又是《長生訣》加上和氏璧兩大玄之又玄，奇上加奇的先天眞氣，縱使火候及不上宋缺，也不致在對方仍是充盈有餘時，他卻先倒了下來。其中定另有關鍵。想到這裡，腦際靈光一閃。

宋缺的聲音傳來道：「少帥請進，這次若你能擋過八十刀，宋某人可讓你再想一晚。」

寇仲心中喚娘，適才一戰只不過三十來刀，劈得他滾出磨刀堂，現在再來八十刀，他可能連滾出堂外的僥倖都沒有。但形勢至此，還有甚麼好說的！彈起身來，昂然走進像張口鯨吞的磨刀堂去。昏黑的大堂內，宋缺挺身傲立，右手抓著刀鞘，左手正緩緩把長刀拔出鞘子。寇仲功聚雙目，定神瞧去，見刀體薄如綢緞，像羽毛般輕柔靈巧，還滲出藍晶晶的瑩芒，鋒快至若非目睹，定不敢相信世間竟會有此異寶。寇仲的心登時涼了半截，他先前所想種種應付宋缺的方法，均以他的厚背刀爲假想目標，豈知他竟換過另一把截然不同的寶刃，可推想會是另一種不同路子的刀法，使他擬定的對策完全落空，派不上用場。

宋缺的目光在刀身來回逡巡，柔聲道：「此刀名水仙，本人曾就此刀的特性，創出『天刀八訣』，每訣十刀，共八十刀。刀下無情，少帥小心啦！」

「鏘！」寇仲掣出井中月，立時黃芒大盛，喜怒不露諸形色地淡淡道：「這八訣有甚麼好聽的名字，閥主可否說來讓在下開開耳界？」

宋缺的目光離開水仙寶刃，朝他瞧去，啞然失笑道：「甚麼開開耳界？不過你的不守成規，正是你的長處。我『天刀』宋缺自出道以來，從沒有人敢與我刀鋒相對，絲毫不讓地硬拚三十多刀，代價只是一口鮮血，所以我破例讓你歇息後再戰，非是我改變主意，肯饒你一命。」

寇仲哈哈笑道：「『天刀』宋缺也太多廢話。我幾時想過閥主會刀下留情？閥主偏要這麼說，是否因殺我之心不夠堅定，所以須先把話說滿呢？」

宋缺微一錯愕，然後點頭道：「你這番話不無道理。如說玉致對我殺你的決心沒絲毫影響的話，自是騙你。少帥可否再考慮宋某人勸你退出這場爭天下的紛爭的提議？」

寇仲失笑道：「閥主仍摸不清我寇仲是哪一類人嗎？」

宋缺審視他好半晌，訝道：「你若身死此地，還爭甚麼天下？所謂好死不如惡活，你或許不怕死，這麼死去卻是毫無意義。」

寇仲灑然聳肩道：「都怪閥主你不好，自訂八十刀之約，不怕告訴你，小子根本不相信閥主能在八十刀內宰掉我。再有一晚的思索，說不定明天我可揚長而去哩！」

宋缺把刀鞘隨意拋開，左手揚刀，仰天笑道：「好！自古英雄出少年，『天刀八訣』第一式名爲『天風環珮』，意境是有天仙在雲端乘風來去，雖不能看到，卻有環珮鏗鏘的仙樂清音。」

寇仲嘆道：「果不愧天刀的起首一式，只聽聽便知是神龍見首不見尾的奇招。閥主看刀！」有過前車之鑑，他不敢再讓宋缺主攻。當然面對如此可怕的大敵，他也不敢貿然進擊，當下提刀逼去，雙目緊盯宋缺。龐大的刀氣，立時朝宋缺湧去，寒氣漫堂。

宋缺雙目閃過訝色，點頭稱許道：「難怪少帥口出狂言，原來不但功力盡復，且尤有精進，確是非常難得。」

寇仲倏地搶前，揮刀猛掃，化作黃芒，疾取宋缺胸口，凌厲如電閃。宋缺不動如山地瞧著井中月尚差尺許就往胸脅掃至時，略往後移，手中水仙薄刃化作千百道藍汪汪的刃芒，把寇仲連人帶刀籠罩其中，刀法精妙絕倫，令人難以相信。寇仲心知不妙，更知迅快飄忽至此的刀法根本是無法捉摸，無從掌握。刀風呼嘯聲在四面八方響起，寇仲猛一咬牙，於此生死懸於一線的危急時刻，純憑直覺去揣測宋缺殺氣所在，於殺氣最盛處，化繁爲簡，身隨刀走，一刀劈去。「叮！」一聲清響後，藍芒與黃芒不斷交擊。寇仲連擋宋缺接踵而來，有若鳥飛魚游，無跡可尋的連續九刀，殺得他汗流浹背，差點棄刀逃亡。兩人倏地分開。寇仲橫刀而立，暗自調息，一時說不出話來。

宋缺從容不迫地撫刀笑道：「少帥現在明白甚麼是刀意嗎？」

寇仲苦笑道：「想不明白也不行，原來感覺是這麼重要。不過若我沒有猜錯，閥主並非眞的想殺我，否則一出手就是這甚麼娘的『天刀八訣』，恐怕我只能在地府中去領悟甚麼叫刀意。」

宋缺長嘆道：「你這麼想可是錯了。只因你不知道我是如何寂寞，難得有你這麼一個好對手，故不肯輕易讓你迅快歸天。」

寇仲調息完畢，信心大幅增強，微笑道：「小心愈來愈難殺我，第二訣又是甚麼名堂？」

宋缺欣然道：「愈難殺愈好。第二訣名為『瀟湘水雲』，雖是十刀，卻如霞霧繚繞，隱見水光雲影，流轉不盡，意態無窮，看刀！」

寇仲忙喝道：「且慢！」

宋缺淡然道：「若我發覺少帥是在拖延時間，少帥將會非常後悔。」

寇仲哂道：「我寇仲從不會為這種事後悔，更沒興趣拖延時間，只因閥主的一訣十刀之數而想起一套名『血戰十式』的凌厲刀法。閥主若能只守不攻，任我施展刀法，保證會是非常痛快暢美的享受。」

宋缺大笑道：「我還以為你會說刎頸自盡。不過這『血戰十式』確使本人聞之心動，儘管使來看看。假若名不副實，休怪本人沒有看下去的耐性。」

寇仲暗忖最要緊是你肯接受，嘿然笑道：「閥主小心啦！」

立時提刀作勢，弓起腰背，上身微俯向前，井中月遙指宋缺，雙目厲芒電射，鷹隼般一瞬不瞬的緊盯對手，作勢欲撲。那種逼人的氣勢，換作一般高手，怕要立即不戰自潰，棄械逃生。

宋缺持刀傲立，點頭道：「果然有點對壘戰場，浴血苦戰的味道。」

寇仲沉聲喝道：「這一式正是『兩軍對壘』。」

話猶未已，井中月化作黃芒，直向丈半外的宋缺射去。由於不用顧忌宋缺會以攻對攻，所以去勢分外凌厲，大有一往無回之勢。宋缺目射奇光，寇仲這一刀最厲害處不是刀法，而是刀意。從他提刀作勢，至撲前狂攻，所有動作均渾成一個無可分割的整體，雖是右手運刀，但這一刀卻包含全身全靈的力量，教人不敢小覷。而最令宋缺又好氣又好笑的，是寇仲分明看準自己這把水仙寶刃利攻不利守，遂故意以言語誆得自己只守不攻，眼睜睜的吃虧。

「噹！」宋缺錯往一側，左手水仙刃往上斜挑，正中寇仲刀鋒。寇仲手中刀芒大盛，冷喝道：「鋒芒畢露！」千萬點刀光，像無數逐花的浪蝶般變招灑往宋缺，氣勢如虹。

宋缺喝一聲「好」後，單手抱刀，嗆嗆嗆的連閃三步，竟在刀光中穿插自如，最後運刀斜削，劈在井中月離刀把三寸許處。寇仲下一招「輕騎突出」竟使不下去，改為第四式「探囊取物」，疾挑宋缺腰腹。

宋缺哂道：「少帥技窮啦！咦！」

只見寇仲挑來此刀，其「刀意」正隨速度和角度不住變化，所以雖是表面看來簡單直接的一刀，落在宋缺這大行家眼內，卻知因其無法捉摸的特性，如若被動的等待，必然擋格不住。縱是能勉強守過此招，接續而來的攻勢將會令高明如宋缺也要落在下風，其後要扳平將非易事。在寇仲眼中，見到宋缺神情略一猶豫，心知宋缺終於中計。

由上次交手到現在此刻，不論他如何努力爭取，卻從未曾搶佔得上風，又或奪得主動的形勢，可以說是給宋缺牽緊鼻子來走。苦無辦法下終給他心生一計，就是先以有形的「血戰十式」，誘使宋缺生出輕敵之心，再以剛從宋缺那裏偷學過來的「刀意」，以子之矛，攻子之盾，逼宋缺改守為攻，那在心理上宋缺已像輸了一著，氣勢自然因此心態而有所削減。眼前宋缺臨陣遲疑的情況，正是中計的如山鐵證。

宋缺冷笑一聲，左手水仙刃立時化為彷如水光雲影的刀光，層層疊疊地迎向寇仲的井中月，終於放棄只擋不攻。

寇仲大笑道：「我都說不可能只守不攻的哩！」倏地橫移，運刀劈在空處。他終於首次看破宋缺的刀法，施展奕劍之術。

宋缺生性高傲，寇仲這句話比劈中他一刀更令他難受，登時殺氣劇盛。豈知寇仲忽然退往他刀勢最弱的位置，劈出的一刀更如天馬行空般妙至毫巔，若他原式不變，等於把水仙刃送上去給他砍劈的樣子。而且寇仲的身法忽然變得奇詭難測，就像水中的魚兒，縱使一動不動，但只要你攪動附近的水流，他隨時可迅速竄退溜動。那種靜中帶有強烈游移不定的特性，以他自問能洞穿所有變化的眼力亦大感頭痛。剎那間宋缺已知剛才的略一猶豫，卻被這天才橫逸的小子搶佔得主動和上風。

他的「瀟湘水雲」再使不下去，不怒反笑的吟道：「石上流泉！」

似水流不斷的刀式，驀地化作一道碧光冷冷、穿岩漱石的清泉活水，水仙刃畫出一道藍芒，循某一條優美至超乎任何言語所能形容的弧度，直取寇仲。寇仲往另一方錯開，橫刀格擋，看似迅疾，其實卻寓快於慢，化巧為拙。「蓬」！接著連串兵刃交擊之音不絕如縷，宋缺的刀勢雖不住擴張，但寇仲已非完全處在捱打和受盡凌辱的劣勢，更非宋缺要他向東便向東，往西便朝西的無法自主，而是有攻有守，且不時有令宋缺頭痛的自創奇招。

最大的得益是寇仲終於學會了如何在宋缺驚濤駭浪般的刀法中回氣的方法，那是繫乎輕重的把握，攻中藏守，守中含攻。每在全力出擊或格擋後稍留餘力，以調節體內眞氣，當中微妙處，非是臨陣對敵時，是沒法掌握的。有點像每潛游一段時間後，冒出海面透透氣，而不是死命在水底捱下去，直至力竭氣盡。在宋缺的龐大壓力下，寇仲將渾身解數毫無保留地施展出來，把過去所有領悟回來的刀法發揮得淋漓盡致，配合從宋缺身上新學到的東西，愈打愈得心應手，暢快至極點。

宋缺刀法忽變，高吟道：「梧葉舞秋風！」整個人旋動起來，水仙刃似是隨意出擊，全無痕跡刀路可尋，更因其怪異的身法，寇仲一直力保的優勢立時冰消瓦解。「噹！」寇仲雖千萬般不情願，仍被宋缺這令他陣腳大亂，只能苦守致沒法回氣，神乎其技的刀法殺得一籌莫展，到第十刀時又給宋缺連人帶刀劈得踉蹌跌退，最後「咕咚」一聲坐倒門外，只差一步就像先前般滾下石階去。宋缺移至門前，低頭凝視寇仲，目現奇光。

明月不知何時偷偷爬上院牆，透過槐樹的濃蔭灑在庭園中。

寇仲苦笑道：「我沒空去計算閥主究竟用了多少刀，希望不是七十九刀吧！」

宋缺臉上泛起冷酷的神色，雙目殺機大盛，沉聲道：「你不怕死嗎？」

寇仲聳肩道：「說不怕是騙你。但也相當好奇，死後究竟會是怎樣一番情景呢？煩閥主告訴致致，我對她確是真心的。」

宋缺嘴角逸出一絲笑意，立即將他冷酷的神情和眼中的殺氣融解，淡淡道：「這些遺言留待明早再說吧！」

轉身返回磨刀堂內。

雷九指道：「陵爺熟識哪種賭法？」

徐子陵道：「不要再爺前爺後的喚我，我會很不習慣。少時在揚州常見人玩骰寶，也有玩番攤的，但只有看的分兒。哈！我指的『看』是看哪個是贏錢的肥羊。」

雷九指問道：「揚州盛行哪種骰寶的賭法？是分大小二門押注，十六門押注，還是以各骰子本身的點數押注？」

徐子陵答道：「是以前兩種方法混合一起來賭，可以押兩門，也可押十六門。爲甚麼要問這種問題？」

雷九指聳肩道：「只是隨口問問。眞正玩骰寶的高手，甚至會用天九牌的方式互賭，只三顆骰子可配成各種天九牌，再根據天九的規則比輪贏，趣味更濃。」

徐子陵道：「揚州也有幾個出名的賭徒，我們的言老大是其中之一，不過從不肯教我們。他最喜歡把骰子中間挖空，灌進水銀去騙人。」

雷九指不屑道：「無論灌水銀、鉛或象牙粉的骰子，均叫『藥骰』。稍高明者塞入鐵屑，再以吸鐵石在桌下搖控，配合手法，確可要單開單，要雙開雙。但這都是低手所爲，眞正高手有聽骰之術，只憑骰子落在骰盅底部時，互相碰撞摩擦發出的尾音，可把一點至六點是哪個向下的聲音區別出來，把握點數。以我來說，可達八成的準繩。」

徐子陵咋舌道：「難怪你逢賭必贏了。」

雷九指道：「這世上並沒有必贏的賭術，騙子亦會被揭穿，看！」

徐子陵望著他攤開比一般人修長的手掌，掌心處正是三粒象牙製的骰子，皺眉道：「我對巧取豪奪的勾當從來不感興趣，若換過是寇仲，你想不教他都不行。」

雷九指微笑道：「只要子陵想著此乃一種替天行道的手段，贏來的錢全用來買糧濟民，賭博再非巧取豪奪哩！」

徐子陵惟有以苦笑作答。

寇仲從最深沉的睡眠中醒轉過來，發覺自已仍是盤膝結迦而坐，脊樑挺直，不但體內眞氣盡復，且又再精進一層，五官的感覺更勝從前。睜眼一看，半闕明月早從院牆處悄悄移到頭頂上，在月兒青綻綻的光濛外，閃亮的星星密密麻麻地嵌滿深黑的夜空，動人至極。

寇仲取起擱在膝上的井中月，心中狂湧起一種前所未有的感覺，宛如寶刀已和他結成一個血肉相連的整體，刀子彷似獲得新的生命，再非只是死物和工具。他情不自禁的舉刀審視，另一手愛憐地撫摸刀身，整個人空靈通透，不染一塵。「鏘！」井中月倏地來到頭頂，往下疾劈，平胸而止。刀氣像波浪般往兩旁翻湧開去，把庭園老槐的落葉捲上半天。「鏘！」井中月回鞘。

「這一刀還像樣子！」

寇仲向出現在門外台階上的宋缺瞧去，淡淡道：「我還以爲閥主睡了哩！」

宋缺左手收在背後，右手輕垂，悠然步下台階，來到寇仲身前兩丈許處立定，雙目灼灼生輝，微笑道：「如此良辰美景，錯過豈非可惜。少帥剛才那一刀，已從有法進入無法之境，心中不存任何罣礙成規，但仍差一線始可達眞正大家之境。」

寇仲對他的刀法佩服得五體投地，聞言謙虛問教，道：「請問閥主，小弟差的是甚麼？」

宋缺仰首望向天上的星月，深邃的眼神精光大盛，一字一字的緩緩道：「有法是地界的層次，無法是天界的層次，有法中暗含無法，無法中暗含有法，是天地人渾合爲一的最高層次。只有人可將天地貫通相連，臻至無法而有法，有法而無法。」

寇仲思索半晌，搖頭道：「我仍是不明白。對我來說，所謂有法，是循早擬好的招式出手，即使臨陣隨機變化，仍是基於特定的法規而衍生出來；無法則是不受任何招數成規所限制，從心所欲的出招，故能不落窠臼。」

宋缺悠閒地把收在身後的左手移到胸前，手內赫然握有另一把造型高古、沉重異常的連鞘寶刀，當他右手握上刀把時，同時俯首瞧著右手將寶刀從鞘內拔出，柔聲道：「天有天理，物有物性。理法並非不存在，只是當你能駕馭理法，就像解牛的庖丁，牛不是不在，只是他已進入目無全牛的境界。得牛後忘牛，得法後忘法。所以用刀最重刀意。但若有意，只落於有跡；若是無意，則爲散失。最要緊是在有意無意之間，這意境你明白就是明白，不明白就是不明白。像這一刀，」寶刀脫鞘而出，似是漫不經心地一刀劈向寇仲。

庖丁解牛乃古聖先哲莊周的一則寓言，講善於宰牛的庖丁，以無厚之刃入於有間的骨隙肉縫之中，故能迎刃而解。寇仲正思索間，哪想得到宋缺說打便打，根本不容他作任何思考。兼且宋缺這一刀宛如羚羊掛角，不但無始，更是無終，忽然間刀已照臉斬來，刀勢封死所有逃路，避無可避，最厲害是根本不知他的刀最後會劈中自己甚麼地方。尤有甚者，是這重達百斤、樸實黝黑的重刀在宋缺手中使來，既像重逾千鈞，又似輕如羽毛，教人無法把握。只看看已可教人難過得頭腦昏脹。別無選擇下，寇仲忙掣出井中月，運刀擋格。

井中月隨宋缺的刀自然而然地變化改向。「噹！」兩刀相觸，凝定半空。龐大無匹的眞氣，透刀襲來，寇仲幾乎使盡全身經脈之氣，勉強化掉對方第一輪的氣勁。

宋缺露出一絲笑意，一邊不住催發眞氣，往寇仲攻來，淡淡道：「少帥能否從這一刀看出玄虛？」

寇仲正力抗他入侵的氣勁，只覺宋缺的刀愈來愈沉重，隨時可把他連人帶刀壓個粉碎，聞言辛苦地道：「閥主這一刀於不變中實含千變萬化，似有意而爲，又像無意而作，不過我也擋得不差吧！哈！有意無意之間。」

宋缺猛一振腕，硬把寇仲推得跌退三步，兩人分開。

寇仲心叫謝天謝地，再退三步，到背脊差點碰上槐樹，擺開陣勢，準備應付他的第二刀。

宋缺左鞘右刀，狀如天神般卓立庭中，全身衣衫無風自拂，神情欣悅的道：「剛才的一刀，方是我宋缺的眞功夫，縱使寧道奇親臨，也決不敢硬擋，你卻揮灑自如的擋了。你若想聽恭維的話，我宋缺可以讓你聽，只要再有一段時間，你的成就將可超越我『天刀』宋缺，成爲天下第一刀手。」

寇仲苦笑道：「所以閥主已下了必殺我的決心，否則怎肯恭維我，對嗎？」

宋缺搖頭道：「你錯了，由始至終我從沒想過要殺你，不是這樣怎能令你跨出這一大步？」

話雖這麼說，可是他的氣勢卻是有增無減，把寇仲壓得透不過氣來。

寇仲劇震道：「可是閥主你出手攻我時，確是招招奪命，一個不小心，我會把命賠上，連閥主都控制不住。」

宋缺仰天笑道：「若非如此，怎能將你潛藏的天分逼出來？如若你命喪吾刀之下，你也沒資格得到本人的愛寵和欣賞。」

寇仲苦笑道：「既是如此，你現在爲何仍像要將我置於死地的樣子？」

宋缺沉聲道：「你可知宋某人手上此刀的名堂？」

寇仲一愕道：「這把刀又有甚麼好聽的名字？」

宋缺雙目電芒激盛，一字一字的道：「這把正是宋某藉之橫行天下，從無敵手的天刀。」

井中月突化黃芒，直取宋缺。若再待下去，他可能多片刻也捱不住。宋缺目露笑意，隨手揮刀，從容蕭灑，配合他英俊無匹的容顏，傲如松柏的挺拔體形，說不盡的悅目好看。

雖是隨意的一刀，但寇仲卻感到無論自己刀勢如何變化，位置角度時間如何改動，最後都會被宋缺擋個正著。更知絕不可後退避開，因為在氣機牽引下，宋缺的天刀會像崩堤的大水，從缺口湧來，把一切擋著的東西摧毀。「嗆！」天刀生出龐大的吸力，將寇仲的井中月牢牢吸實。兩刀相抵，四目交投。

宋缺搖頭嘆道：「你仍有最大的缺點，是能發不能收，如果你現在這一刀是留有餘力，不可能會被我以內勁緊吸不放。這也是太著意之敝，小子你明白嗎？」

「鏘！」刀氣潮湧，寇仲整個人被拋跌開去，差點變作滾地葫蘆。宋缺挺刀逼來，刀鋒湧出森森殺氣，籠罩寇仲。寇仲凝立不動，天刀劃出。寇仲健腕疾翻，連續七、八個變化，堪堪擋住，又被劈退三步。宋缺喝道：「好！」又一刀掃來，既威猛剛強，又靈動奇奧，無痕無跡。

寇仲心知宋缺每一刀均是全力出手，如若一個擋格不住，就是身首異處的結局，誰都改變不了，忙奮起神威，一刀格去。悶哼一聲，這次只退兩步。宋缺呵呵大笑，照頭一刀劈至，刀勢如日照中天，光耀大地。寇仲殺得性起，井中月往上疾挑，「叮」的一聲，斜斜挑中天刀，然後往外飛退。

宋缺橫刀立定，點頭道：「寇仲你可知如論天分，天下可能無人能出你右，這三刀已深得收發由心之旨。現在儘管我眞的想殺你，亦必須大費工夫。來！攻我幾刀看看。」

雷九指按著几上的骰盅，目瞪凝神傾聽的徐子陵道：「多少點？」

徐子陵道：「應是一個三點和兩個五點。」

雷九指揭開骰盅，嘆道：「你出師啦！」

徐子陵道：「原來是這麼容易的。」

雷九指苦笑道：「我的陵大少，你知不知道『天君』席應也栽在你手上，天下雖大，能作你對手的人，豎起指頭恐怕都多過那人數。憑你的武功，加上你的天分，別人一輩子學不來的東西，你在兩個時辰內便學會。在巴東停船時，你可去初試啼聲，贏些老本來作下一站之用。」

徐子陵皺眉道：「你不是身懷鉅款嗎？」

雷九指指著自己的腦袋道：「魯師『戒貪』那兩個字，永遠盤旋在我腦海中，所以當袋內的銀兩每達到一定數目，我會把錢財散發給有需要的人，故現在囊內只有十多錠黃金，若是在九江的大賭場，這數額將不敷應用。」

徐子陵道：「你準備在九江登岸後，立即大賭一場嗎？」

雷九指道：「九江的『因如閣』名列天下十大賭場之七，乃長江一帶最著名的賭場。主持的人叫『賭鬼』查海，乃賭林響噹噹的人物，更是香貴手下四大將之一，若能把他賭垮，香貴想不親自出手都不行。」

徐子陵道：「名列第一的賭場在哪裡，是否與香家有關？」

雷九指道：「天下賭場首推關中長安的明堂窩，位於最著名青樓上林苑之旁，主持的是赫赫有名的『大仙』胡佛，乃『胡仙派』的掌門人，是賭門最受尊敬的老撇。」

老撇是江湖術語，指的是以賭行騙的人。

徐子陵不解道：「胡仙不是狐狸嗎？這胡佛擺明是騙人的，誰肯到他的賭場去呢？」

雷九指道：「做老撇是胡佛初出道時的事哩！發財立品，胡佛二十年前當衆以整體豬羊上供胡仙，立誓不再騙人，還保證在他的賭場內絕不容人行騙，所以到他的明堂窩，比到任何地方賭更可放心。」

徐子陵道：「這麼看，胡佛該不是香貴的人吧！」

雷九指道：「不但沒有關係，還是對頭。香貴曾派大兒子到關中開賭，卻給胡佛贏得棄甲曳戈而逃，損失慘重。所以如果香貴想與我交手，我會指定在長安胡大仙的明堂窩舉行，想想都覺風光，哈！」

徐子陵苦笑道：「你老哥知我和寇仲到長安後是不能張揚的，皆因見光即死。而我這副樣貌，李世民手下已有人見過，會知道是我徐子陵來的呢。」

雷九指道：「除賭術武技外，我還跟過魯師學過易容之術，到時自有妙法。現在最重要是不讓任何人曉得我和你們的關係。晚了！再不阻陵少休息。」

「噹！」寇仲也不知自己攻出多少刀，但宋缺卻像高山峻嶽般，任由風吹雨打，亦難以搖撼其分毫。不過寇仲感到的是前所未有的痛快，像宋缺這般強橫的對手，在這裡才可尋到。兼之他不住指點，每句評語均切中要害，一晚的時間，可等於別人半世的修行。

寇仲倏地收刀後退，畢恭畢恭的道：「多謝閥主指點，他日有成，當是拜閥主今晚所賜。」

宋缺還刀入鞘，微微一笑道：「我們之間不用再說廢話，天快亮啦！吃過早膳才走吧！」

寇仲呆了一呆，始隨宋缺離開磨刀堂，一處他永遠不會忘記的地方。

宋家山城由數百大小院落組成，院落各成體系，又是緊密相連，以供奉歷代祖宗神位的宋家祠堂爲中心。每個院落均分正院偏院，間隔結構，無不選材精良，造功考究。在熹微的晨光裡，寇仲與宋缺並肩來到與磨刀堂毗鄰的明月樓，步入庭園，一位白髮斑斑的老人正在修剪花草，斜斜瞥兩人一眼後，便視若無睹的繼續工作。

寇仲心中大訝，宋缺笑道：「方叔是山城內唯一不怕我的人，因爲自幼由他侍候我。」

寇仲點頭表示明白。穿過兩旁花木扶疏的長廊，是一道跨越池塘的長石橋，四周樹木濃深，頗有尋幽探勝的氣氛，池塘另一邊是門上正中處懸有刻上「明月樓」三字木雕燙金牌匾的兩層木構建築物。木門槅窗均是以鏤空雕花裝飾，斗拱飛檐，石刻磚雕，精采紛呈。

宋缺在橋中停步，憑欄俯首，凝視正在池內安詳游動的魚兒，道：「你的身法是否從魚兒領悟出來的？」

寇仲佩服道：「閥主眞厲害，這也讓你瞧穿看透。」

宋缺搖頭嘆道：「到現在我終於明白甚麼是天縱之才，徐子陵比之你如何呢？」

寇仲道：「子陵是這世上唯一能令我眞正佩服甚或害怕的人，幸好他是我最好的兄弟。如若他肯全力助我去取天下，我會輕鬆得多。」

宋缺道：「人各有志，不能相強。來吧！不要讓他們久等哩！」

寇仲爲之愕然，誰在等他們呢？

徐子陵給小孩的叫聲驚醒過來，接著是韓澤南夫婦撫慰孩子的聲音，小傑睡回去後，韓澤南低聲道：「小裳！你覺得那弓辰春是怎樣的人？」

徐子陵本無心竊聽人家夫妻間的私話，但因提到自己，自然功聚雙耳，看韓妻怎樣回答。

被稱爲小裳的韓妻壓低聲音道：「他的樣貌雖凶悍，但言談舉止均像極有修養的人，對小傑相當慈祥愛護，相公是否想請他幫忙？唉！人心難測，相公請三思而行。」

沉吟片晌後，韓澤南道：「他雖名不傳於江湖，但只看他毫不費力逼退合一派的人，此人武功之強，足可與解暉之輩相媲美，若他肯幫忙，我們或能擺脫那些人。」

小裳嘆道：「他爲何要惹禍上身？」

韓澤南道：「他若拒絕，我們也不會有損失。我有個奇怪的感覺，他似乎眞的很關心我們。」

小裳道：「這正是妾身最害怕的地方，最怕他是另有居心。」

韓澤南苦笑道：「憑他的身手，在這天下紛亂的時勢，要對付我們一家三口實在易如反掌，何須轉折折。那個姓雷的江湖客和他閉門談了一整天，不知會說些甚麼話。」

小裳道：「到九江再說吧！說不定我們可把追兵撇甩，那時海闊天空，可任我們飛翔哩！」

徐子陵睡意全消，起床穿衣，往甲板走去。

寇仲跟在宋缺身後，進入與磨刀堂同樣規模宏大的明月堂，只見數名宋家的年輕武士，正爲他們擺開一桌豐盛的早膳，宋智、宋魯兩人則虛位以待。見到宋缺時兩人神態恭敬，顯示出宋缺在宋閥內無上的威權。

分賓主坐下後，宋缺揮手示意衆年輕武士退出樓外，向宋魯道：「玉致呢？」

宋魯答道：「她剛才仍在梳洗整裝，該快到哩！」

寇仲此時深切體會到宋缺行事莫測高深的風格。只是桌上熱氣騰升，精巧講究的各式菜餚，便知廚子至少要在半夜起來工作，而那時他正和宋缺在打生打死。可見宋缺早在這之前已對自己作出準確的判斷，始有眼前的筵會。想起即將見到宋玉致，心中實是既喜且驚，皆因既不知宋玉致會如何「款待」自己，更不知宋缺會如何「處置」他們。

宋缺神采飛揚，興致勃勃的爲三人斟酒，向寇仲道：「這是杭州特產桂花酒，不但酒味醇厚，柔和可口，兼且有安神、滋補、活血的作用，多飲亦無害。」

寇仲瞧著杯中色作琥珀的美酒，透明清亮，一陣桂花的幽香，中人欲醉，不用喝進口內已有飄然雲端的曼妙感覺。單看桌上所用器皿，無論杯、盤、碗、碟，瓶、樽、砵、盞，均是造工精細，情趣高雅。最特別是皿具所用釉彩，狀似雨點，於黑色釉面上均勻布滿銀白色的放射狀小圓點，大者如豆，小者若粟，銀光熠熠。亦只有這種名貴的器皿，才配得起宋閥超然於其他諸閥的地位。

宋智見寇仲留神觀看桌上用以盛載名酒美食的器具，笑道：「這種雨點釉，又稱天目釉，尺瓶寸盂均被視爲不世之珍，甚至碎片亦可與金玉同價。我們蒐尋多時，只能集齊此套。」

這是第二次與宋智坐下說話，感覺上有天淵之別。寇仲從宋智親切的口氣，清楚曉得他把寇仲當作自己人。

出奇地由宋魯領頭舉杯祝酒，笑道：「近十年來，尚是首次見到大哥這麼多笑容，這杯先敬大哥，下一杯輪到小仲。」

宋缺啞然失笑道：「魯弟定是把這話在心內憋足十年，到今天乘機傾情吐露。哈！乾杯。」

接著輪番敬酒，數巡過後，宋缺忽然淡淡問道：「師道是否愛上那高麗來的女子？」

寇仲在猝不及防下，有點手忙腳亂的答道：「這個嘿！閥主請勿爲此動氣，實情是……唉！我也脫不了關係，因爲……」

宋缺截斷他道：「其中情況，我們從他遣人送來的書信知道詳情，故不用重複。我只想知道憑少帥的觀察，師道是否愛上那叫傅君瑜的高麗女子？」

寇仲不敢騙他，苦笑道：「嚴格來說，二公子該是愛屋及烏，但會否因此漸生情愫，則非常難說。」

宋智和宋魯由宋缺問起宋師道開始，不敢置一詞半語，可推想宋缺曾爲此大發雷霆，故沒人敢插嘴。

宋缺沉吟片刻，忽然舉筷爲寇仲夾菜，像忘記了宋師道的事般微笑道：「這是麻香雞，趁熱吃才酥脆可口。聽說你和子陵曾在飛馬牧場當過廚子，該比我們更在行。」

寇仲嚐過一口，動容道：「比起弄這麻香雞的高手，小子差遠哩！」

宋缺轉向宋智道：「『天君』席應那方面有甚麼新的消息？」

宋智道：「據前天收到來自獨尊堡的飛鴿傳書，席應尚未露面，但陰癸派的婠婠卻曾在成都現身。」

寇仲的心中打了個突疙，不由爲徐子陵擔心起來，忍不住問道：「『天君』席應是甚麼傢伙？」

宋魯笑道：「席應是『邪道八大高手』榜上名列第四的魔門高手，僅次於祝玉妍、石之軒和趙德言之下，昔年曾慘敗於大哥手下，逃往域外多年後最近重返中原，還公然向大哥示威，該是魔功大成，故這麼放肆。」

宋智冷哼道：「若他眞的有種，該登上山城正式挑戰，現在卻遠遠躲在四川張牙舞爪，顯然心懷不軌。」

宋缺面容變得冷酷無比，緩緩道：「就算祝玉妍膽敢撐他的腰，他也難逃魂斷我宋缺刀下的宿命。」

足音輕響，宋玉致來了。這風姿綽約的美女不施脂粉，秀髮在頭上結了個簡單的髻飾，身穿白地藍花的褂裙，腰圍玉帶，清麗宛如水中的芙蓉花。帶點蒼白的臉色，減去她平日三分的剛強，多添幾分楚楚動人、我見猶憐的美態。她故意避開寇仲灼熱的目光，坐到宋缺的另一邊。宋魯愛憐地爲她添酒。

宋缺有點不悅道：「致兒何事擔擱？」

宋玉致輕垂螓首，低聲道：「剛接到成都解堡主的飛鴿傳書，『天君』席應於前晚被重出江湖的岳山空手擊殺於成都散花樓，親眼目睹者尙有川幫的范卓和巴盟的奉振。」

寇仲失聲叫道：「甚麼？」

宋缺等的目光全集中到他身上，宋玉致亦忍不住朝他瞧來，不明白他的反應爲何比在座任何人急速和激烈。

寇仲定過神來，尷尬一笑，又趁機迎著宋玉致清澄的眼神深深一瞥。

宋智把目光移向神情肅穆的宋缺，道：「此事確是非同小可！難道席應的紫氣天羅，仍未臻大成之境？」

宋玉致道：「據范卓和奉振覆述當時的情況，席應的紫氣天羅威力驚人，只是敵不過岳山赤手空拳施展的換日大法。此戰立令岳山重新登上頂尖高手的位置。」

宋魯吁出一口涼氣道：「岳山此人一向心胸狹窄，此番練成換日大法，定會到山城來生事。」

宋缺悠然道：「我最怕他不來。」忽然仰天長笑，道：「好一個『霸刀』岳山，請恕我宋缺低估了你。」

轉向宋玉致吩咐道：「立即通知成都那邊，不論他們用甚麼方法，也務要找到岳山的行蹤，我已因出門對付崔紀秀那幫人而錯過席應，這次再不容有失。」

寇仲心叫乖乖不得了，無奈下只好苦笑道：「閥主恐怕這回亦要失望哩！」

眾人愕然朝他瞧來。

寇仲硬著頭皮道：「因爲這個岳山是假的。」

宋缺神色不變道：「此話何解？」

寇仲挨到椅背處，拍桌嘆道：「殺席應的只是戴著個由魯妙子親製的岳山面具的徐子陵，這小子眞行，在邪道高手榜上排列第四的人竟也給他宰掉。」

包括宋缺在內，眾人無不動容。

寇仲再解釋一番，道：「小陵定是在武道上又有突破，否則不會厲害到這等地步。」

這次輪到宋缺苦笑道：「這叫一場歡喜一場空，將來的中原武林，怕該是你和徐子陵兩人的天下。」

接著平靜地宣布道：「我已代表宋家和少帥達成協議，我們宋家雖不直接捲入少帥爭天下的戰爭中，但卻在後援各方面全力支持他。假若少帥兵敗，一切休提，如若他終能統一天下，玉致就是他的皇后，諸位有否異議？」

宋智和宋魯沒有說話，只宋玉致俏臉倏地飛紅，霞色直延至耳根，垂下頭去。

宋缺長身而起，來到寇仲身後，探手抓緊他肩頭道：「膳後玉致會送少帥一程，至於其他行事細節，你們仔細商量吧！」

言罷哈哈一笑，飄然而去。

徐子陵卓立船頭處，欣賞河光山色，心中思潮起伏。韓澤南兩夫婦的武功相當不俗，韓妻小裳更是高明，足可置身江湖名家之林，究竟是甚麼仇家令他們如此慌張害怕？憑他「弓辰春」擊退合一派的威風，小裳仍以「惹禍上身」來形容他的出手幫忙，可知他們的仇家實力龐大，且有至少能與他相捋的高手在其中，因而好心腸的小裳害怕會連累自己。

正思忖間，林朗來到身後恭敬道：「弓爺原來是眞人不露相，難怪以侯公子的恃才傲物，也肯爲弓爺奔走安排。」

徐子陵心中好笑，他從未說過自己武功低微，故何來眞人不露相可言；但他也的確沒有露相，皆因戴上面具。順口問道：「今天是否會泊岸呢？」

林朗點頭道：「前方的大城是巴東郡，我們會在那裡停半個時辰，好補充糧水。」

徐子陵極目瞧去，隱見城牆的輪廓，兩岸林木間的房舍數目大增，不像先前的零落。此時雷九指來了，兩人遂結伴到艙廳吃早膳。他兩人是最早起床的客人，坐好後，烏江幫的人爭著侍候他們，雷九指當然是叨了徐子陵的光。閒聊幾句後，雷九指三句不離本行，又講起賭經來，這次說的是牌九，幸好他表情多多，口角生春，尙不致落於沉悶。

只聽他道：「賭場有個禁忌，就是沒有『十一』這數目，也不准說十一，因爲在牌九中由『五』和『六』兩牌組成的十一點，幾乎是必輸無疑。還有是『十』，因爲十點在牌九中是最小的，罵人話『鱉十』，正是來自這張牌。『二板六』也是罵人的話，因二板爲四點，配上六剛好是十點。哈！」

徐子陵笑道：「你這麼說，我會較容易體會。」

雷九指得意洋洋以誇張的語氣說道：「牌九的訣要，在『趕盡殺絕』四字眞言上，最傷感情。」

此時船身微顫，緩緩減速，往左岸泊去。

雷九指讚道：「烏江幫操舟之技確是一絕，難怪多年來過三峽的沉船事故屢有所聞，卻從未發生在他們身上。」

風帆終於停在碼頭。徐子陵正想低頭多喝一口稀粥，衣袂破風之聲振空響起。兩人愕然對望，一陣怪笑從甲板處傳來道：「本座有事須料理，誰若敢管閒事，莫怪我杖下無情。」

另一把嬌柔浪蕩女子聲音道：「小裳啊！姐姐來向你問候請安哩！還不給我滾出來。」

徐子陵心中一震，終知道韓澤南夫婦害怕的是甚麼人。他們確有害怕的理由。

第四章

此地一別

黃易作品集

第四章　此地一別

宋玉致陪寇仲來到碼頭處，一艘小型風帆正張帆恭候。一路走來，宋玉致沒說過半句話。寇仲知她脾性，不敢惹她。

寇仲嘆道：「此地一別，不知是否尚能與致致有再見之日。假若我在關中尋不到楊公寶藏，我根本沒有本錢去和李小子爭天下，令尊亦不會讓你嫁我；即使眞的得到楊公寶藏，跟李小子的實力相比，我仍是輸多贏少的劣局。因爲戰爭並非以錢財多寡來決定勝負，否則楊廣不會失天下。」

宋玉致平靜地道：「你是不應該來的，事而至此，玉致還有甚麼話說。」

寇仲苦笑道：「事既至此，致致還不能和我說兩句知心話嗎？」

宋玉致目光投在滔滔河水上，搖頭道：「爹是明知不可爲而爲，所以不肯直接派兵助你。李閥的聲勢與日俱增，你還在爲楊公寶藏癡人說夢。好啦！假設眞給你尋得寶藏，你又怎樣把東西運離李閥的地頭？少帥啊！理性點好嗎？算人家求你吧！」

寇仲低沉而肯定的聲音傳入她耳內，緩緩道：「不要看我愛嘻嘻哈哈的，一副薄皮無賴的樣子，但我對致致的愛卻是此生不渝的。致致定會怪我爲爭天下捨你而去。固然我現在已是泥足深陷，難以言退。但眞正的原因，是男兒必須爲自己確立一個遠大的目標，然後永不言悔地朝目標邁進，不計成敗得失。子陵和我的分別，只在於目標的差異。且看看你身邊的人吧！有哪一個是眞正快樂和滿足的？我們唯一能做的事，就是苦中作樂！於平凡中找尋眞趣，已與我寇仲無緣。只有在大時代的驚天駭浪中奮鬥掙扎，恐懼著下一刻會遭沒頂之禍，才可使我感受到自己的價值和存在。現在我只能在自己劣勢的環境中，儘量做得最好。在江湖中作三兩人間的爭雄鬥勝，再不能使我動心，只有千軍萬馬決勝於沙場之上，那種勝敗始能令人顚倒。我本是個一無所有的人，也不怕再變爲一無所有，但只要我知道致致的心曾向著我，寇仲已可不負此生啦。」

說出心底的話後，寇仲騰身而起，往船上投去。

聽罷他似無情又多情的情話，瞧著他軒昂不可一世的雄偉背影，宋玉致的視野模糊起來，再分不清哪一片是淚光，哪一片是水光。她想把他喚回自己的身旁，但聲音到達咽喉處，化作哽咽。此刻一別，還有再相逢的一天嗎？

徐子陵掠出艙廳，韓澤南夫妻正帶著兒子從艙房倉皇奔到通道上，忙喝道：「韓兄勿要出去，一切由我來應付。」

兩人愕然回頭瞧他，徐子陵來到他們身旁，探手愛憐地拍拍小傑兒的臉蛋，向從後趕來的雷九指道：「雷兄也不要露臉。」

韓澤南搖頭嘆道：「弓兄千萬不可捲入此事中。弓兄或者不會把這兩個人放在眼裏，但他們出身的家派，卻是非同小可，纏上後除非死掉，否則休想有安樂日子過。」

雷九指來到衆人旁，道：「一個是『惡僧』法難，另一個是『艷尼』常眞，從沒人知道他們的出身來歷的。」

此時法難大聲在艙外叱喝道：「洪小裳你今天插翼難飛，若再不乖乖的隨我們回去，我們便要大開殺戒。」

洪小裳淒然道：「南哥珍重，好好照顧傑兒。」

又向徐子陵道：「大恩不言謝，弓爺請送他們到安全地點去。」

韓澤南一把抓著洪小裳，熱淚盈眶道：「要死就死在一塊兒，我們永遠不會分開。」

小傑呆望爹娘，一臉茫然，顯然弄不清楚是怎麼一回事。

徐子陵淡然自若道：「韓兄和嫂夫人請放心。法難常眞乃祝玉妍的嘍囉走狗，本人知道得一清二楚，更清楚自己惹上的是哪一類的麻煩。待我去把他們收拾後，回來再和韓兄和嫂夫人商量下一步該怎麼走吧。」

韓澤南夫婦不能置信的瞪著他，徐子陵順手借來他手上長劍，跨過艙門來到甲板上。只見林朗和十多名手下人人兵器在手，與船尾的常眞和法難成對峙之勢。

見到「弓辰春」出來主持大局，林朗鬆一口氣道：「弓爺請爲我烏江幫主持個公道。」

徐子陵對林朗以至整個烏江幫立時好感大增，難怪驕傲如侯希白亦要讚烏江幫信譽昭著。假如法難和常眞依足江湖規矩，先禮後兵，向林朗說明原委，要與韓澤南夫婦解決私下間的恩怨，那林朗絕不會從中作梗。說到底韓澤南夫婦只是他們的顧客，非親非故。可是像法難和常眞現在這樣恃強硬闖上船，視烏江幫如無物，又口口聲聲要大開殺戒，實犯了江湖大忌。江湖人最講面子，明知非對方敵手，林朗等也要撐下去。

法難和常眞的目光同時落在徐子陵身上，生出警戒神色。

徐子陵低聲對林朗道：「此事全由我攬到身上，林香主千萬別惹上身，快著各兄弟收起兵器。」

林朗心中感激，惡僧艷尼兩人在長江一帶早臭名遠播，出名難惹，若有選擇，誰願和他們結怨。

聞言後林朗喝道：「今天的事，我烏江幫不再插手，收起兵器。」

衆手下應命退下，齊聚在徐子陵身後，變成旁觀者。

「惡僧」法難的銅鈴巨目凶光閃閃，把徐子陵由頭看到腳，冷笑道：「來者何人？是否想代人出頭送死？」

「艷尼」常眞媚態畢呈地嬌笑道：「是不是那條像毒蟲般難看的疤痕害得沒女人喜歡，所以活得不耐煩啦？」

徐子陵踏前一步，從容笑道：「少說廢話，有種的不要夾尾巴落荒溜掉。」

常眞花枝亂顫的笑起來，向法難拋個媚眼兒道：「師兄聽過這麼大言不慚的話嗎？」

言罷一個旋身，披在身上的「銷魂彩衣」像一片雲般冉冉升起，坦露粉臂，把她惹火身段表露無遺的一身勁裝服，配上她的光頭，反更增誘惑妖媚的騷勁。誰都清楚她渾身都是毒刺，沾惹不得。法難一頓手中重鐵杖，甲板受擊處登時木屑濺飛，現出裂痕。正在替泊在碼頭另外十多條船上貨下貨的人，均停下手腳，遙看熱鬧。韓澤南等亦移到艙門處，當然誰都不會為「弓辰春」擔心，比起合一派的「通天姥姥」夏妙瑩和「美姬」絲娜，這兩人惡名雖盛，但仍有一段頗遠的距離。

「嗖！」常眞接著旋身甩下銷魂彩衣，纖手分別抓著領口和下襬，蹬個筆直地蓋在高聳的胸膛上，道：「讓奴家先陪你玩兩招吧！」說到最後一個字，倏地化作一片彩雲，飛臨徐子陵斜上方處，既詭異又好看。

聽她的話，人人以為她會單獨出手對付徐子陵，豈知法難二話不說，人隨杖走，運杖便往徐子陵胸口搗去，威勢十足。最厲害處是衣柔杖硬，一輕一重，配合得天衣無縫。徐子陵看也不看，右手長劍疾往上挑，左手則運掌劈出，落在旁觀者眼中，似是簡單不過，平平無奇，但身在局中的常真和法難，均感對手像未卜先知似的預先把握到自己進攻的角度和時間，縱想變招卻偏差一點點。兩人合作二十多年，應付強敵無數，立時心中叫妙，均貫注全身真勁，不留餘力的力圖一招斃敵。心忖無論這人如何高明硬朗，總敵不過他們合起來近六十年火候的聯手一擊，更何況兩人一剛一柔，最是難擋。豈知徐子陵正是要誘他們這樣去想去做。

若非聯手作戰，兩人誰都及不上「美姬」絲娜，但合起來卻比絲娜更厲害。且因魔功層出不窮，真的廝殺下去，徐子陵說不定要露出壓箱底的功夫才能取勝，曾兩度與他交手的法難和常真，有很大可能會「感到」他是徐子陵，那就非常不妥。

徐子陵以前的功夫可說是打出來的，而現在則是「另一種」的打出來。為了掩飾「徐子陵」的身分，他要絞盡腦汁去創出新招，以另一種讓人不會聯想到他是徐子陵的風格出現，無心插柳的逼得他要在其他方面作出嘗試和突破。對於體內眞氣的運用，他已變成工多藝熟的戲法師，能變出種種匪夷所思的戲法來。這回他當然不可用只有五成的天魔大法，而是用吸取和氏璧異能時領悟回來的行氣方法。

「霍！」長劍先挑中當頭撒來的銷魂彩衣，然後左掌劈中法難的重鐵杖頭。剎那的差別，決定了誰勝誰負。在時間的拿捏上，徐子陵精確至分毫不差，否則吃虧的會是他。

以柔制柔，以剛制剛。常眞的銷魂彩衣被長劍挑中的一刻，竟有無處著力，如石沉大海的駭人感覺，正要迴身飛退，長劍已化作多朵劍花，狂風暴雨般往她罩來，由於根本無力可借，凌空的常眞猛一咬牙，施出師門絕技，彩衣全力往敵劍捲去。徐子陵左掌重劈鐵杖，同時體內暗結大金剛不動輪印。常眞見他全力應付法難，心中大喜，倏地劍花斂去，敵劍已給她的彩衣纏個結實，忙運勁猛扯，心想只要對方分出一半力道來對付自己，肯定會被法難的重杖擊得負上內傷。豈知長劍應衣脫手，輕飄飄的竟沒有半點力道，心知中計，但已遲了。「蓬！」沛然莫測的先天眞氣，透杖而入，把法難攻來的勁氣全部物歸原主，並有額外贈送，法難慘哼一聲，踉蹌跌退，連噴兩口鮮血，「咕咚」一聲坐倒甲板，臉色蒼白如死人。捲帶長劍的常眞騰空而起，難過得差點吐血。她也是了得，見法難有禍，彩衣拂揚，長劍化作長虹，迴刺徐子陵，自己則凌空一個盤旋，落在法難身前。

船岸上的旁觀者瞧得目瞪口呆，誰猜得到名震長江流域，橫行無忌的惡僧艷尼，只一個照面就吃上大虧。

徐子陵瀟灑的隨意一個旋身，待長劍擦身掠過，一把抓著劍柄，再面對兩人，長劍遙指，冷笑道：「給我有多遠就滾多遠，否則莫怪我大開殺戒。」

「大開殺戒」正是法難剛才說過的話，徐子陵照本宣科的說出來，旁觀的人無不暗中稱快。

常眞眼中射出怨毒和仇恨，點頭道：「好！今天算你狠！不過你已惹上天大麻煩，很快你就知道甚麼叫後悔。」玉手穿過法難的左脅，把他的巨軀扶挾起來，再一聲嬌叱，掠往碼頭，轉瞬遠去。

徐子陵心中暗嘆，陰癸派有名陰魂不散，難纏至極。這一戰雖勝得輕鬆容易，但若惹來對方元老級的高手，自己又要保護韓澤南一家三口，形勢便非那麼樂觀。

寇仲靠窗安坐，起伏的思潮終從對宋玉致的懷念轉到這兩晚與宋缺的比拚上。

「鏗！」他把井中月從鞘內抽出，在透窗斜照進來的陽光下，刀身閃閃生輝。忽然間，他清楚知道在宋缺毫無保留，別開生面的啓發下，他在刀道的修爲上邁出無可比擬的一步。

步入宋家山城的寇仲和離開山城的寇仲，宛如頑石和寶玉的分別，雖在外形大小上完全相同，但其中的涵蘊卻迥然有異。他的精氣神和手中寶刀結合爲一，渾成一體，達至「意即刀，刀即意」的神妙境界。宋缺和他雖無師徒之名，卻有師徒之實。

假設打一開始宋缺就以天刀全力攻他，恐怕他早落敗橫死。宋缺先把寇仲置於必敗的絕地，再以生死的要脅和壓力，按部就班的啓發他，激發起他的潛能和靈智，使他從石頭脫胎爲美玉。那種地獄式的訓練，令他全面地改進了刀法和內功。

抵九江後，他將登岸北上襄陽，與徐子陵會合。他本可原船北上，由大江轉漢水直抵襄陽，但那樣太過張揚，而他現在最要緊就是行蹤保密。趁這幾天坐船的安樂日子，他要精進勵行，好好把從宋缺那裏得來的絕世刀法心得，融會貫通，爲關中尋寶的壯舉作好準備。在這剎那，他把其他一切完全忘掉，除井中月外，心中再無他物。

徐子陵聽盡衆人歌功頌德的話，好不容易偕雷九指返回艙內去，豈知韓氏夫婦早人去房空。兩人面面相覷，無言以對。

雷九指攤手苦笑道：「他們是好人，可能不想連累我們因此一走了之吧！」

徐子陵無奈道：「早已連累，只有希望他們吉人天相。」

後面的林朗探頭瞥一眼，道：「有人見到他們從船頭偷偷下船，沿江而逃，那段路很不好走。他們眞蠢，有弓爺照拂他們，還有甚麼好怕的。」

雷九指雙目一轉，問林朗道：「巴東郡有沒有像樣的賭場？」

林朗道：「要賭當然最好到九江的因如閣，不要說大江南北的賭客趨之若鶩，連不愛賭的人都要去見識一下，且現在正是因如閣一年一度的賭會舉行的時刻。」

徐子陵皺眉道：「我們在這裡只有個許時辰，哪夠時間去賭呢？」

雷九指笑道：「我只是順口問問，只要時間足夠，我們泊到哪裡賭到哪裡，否則你哪來練習的機會。」

林朗心癢難熬的道：「要賭還不容易，船上賭具一應俱全，讓我們玩兩手如何？」

雷九指搭著他肩頭笑道：「怎好意思贏林香主辛苦賺來的錢？到鄱郡後我們三個結伴去賭個天昏地暗，無論贏多少都分作三份，保證林香主回烏江後可起大屋納美妾。」

林朗懷疑地道：「既然這麼容易贏錢，老哥爲何又要奔波勞碌？」

徐子陵沒興趣聽他們瞎纏，正要返回艙房，給人截著道：「弓爺可否借一步說話？」

徐子陵認得是船上其中一個客人，年在三十許間，有點讀書人清秀文弱的樣子，身材適中，作商旅打扮。點頭道：「入房再說。」

那人隨他入房後，自我介紹道：「小人複姓公良，小名寄，乃清化郡人。這回到九江去，是想收回一筆欠賬，若弓爺肯出手幫忙，我願分一半給弓爺，唉！若收不到這筆賬，我也不知怎辦才好。」

徐子陵心中苦笑，不過聽他語氣眞誠，眼正鼻直的一副老實人模樣，亦難以斷然拒絕，只好問道：「究竟是怎麼一回事，公良兄請詳細道來，但千萬不可有任何隱瞞。」

公良寄嘆道：「事情是這樣的，我們公良家數代相傳都是做藥材生意，五個月前一個叫賈充的人來向我們訂下大批名貴藥材，講明以黃金交易。於是我們遂往各地蒐羅，集齊後一手交貨，一手收金。豈知當時明明是金錠，回來後全變作石子，才知受騙。賈充其實是假充。爲了付藥材的欠賬，我已是傾家蕩產，變得一無所有。」

徐子陵皺眉道：「他既是騙子，怎會讓你知道他住在九江？」

公良寄愁容滿臉的道：「我也不知自己是好運道還是霉運當頭，得一個江湖朋友告訴我這人是九江著名的騙棍，外號『點石成金』的賴朝貴。弓爺請爲小人主持公道。」

徐子陵正要說話，雷九指推門而入，道：「賴朝貴不但是大騙棍，還是個嫖賭飲吹樣樣皆精的流氓，到九江時我們順道收拾他吧！」

寇仲是第三次到九江來。第一次是刺殺任少名之行，使他和徐子陵一戰成名，威震天下。第二次是往解飛馬牧場之圍時途經此城，還誤打誤撞下救回駱方。由於這是蕭銑的勢力範圍，所以寇仲分外小心，不但戴上面具，化成絡腮滿臉的鈎鼻漢子，又把井中月用布纏刀鞘，這是很平常的做法，並不礙眼。雖說宋家和蕭銑關係良好，但值此非常時期，寇仲不敢在碼頭登岸，吩咐送他來的宋家子弟將他在九江下游里許處放下，再沿岸趕赴九江。他的計劃是在抵九江後，乘坐客船沿長江漢水北上襄陽，既省力又快捷。且在與船上其他客人混熟後，一起進城會不那麼礙眼。

不一會工夫他抵達九江城外，這長江水道的重鎮，繁榮熱鬧，沿岸泊有近千艘大小船舶，舳艫相連，帆旗蔽天，岸上驢車馬車，往來不絕。蕭銑的大梁王朝軍隊在險要和交通匯集點均設置哨站關卡，刁斗森嚴，令人望之生畏。九江城乃蕭銑的梁軍和林士宏的楚軍鬥爭的焦點。誰能控制這高度戰略性的城市，等於扼緊鄱陽湖以西大江水道的咽喉。現在既落入梁軍手上，林士宏縱然能控制鄱陽和南方水道，但既不能西往，亦不能北上，致動彈不得。東方則有杜伏威、李子通和沈法興，更令林士宏難作寸進。不過由於朱粲和蕭銑交惡，多場火併後雙方均元氣大傷，一直被蕭銑壓得透不過氣來的楚軍，又見蠢蠢欲動。據宋家的情報，林士宏正在鄱陽湖集結水師，意圖進犯九江。

寇仲身懷宋家發出的通行證，毫無困難的進入九江城，舊地重遊，自不覺一番感觸。經過七天的潛修，他不但把從宋缺處領悟回來的刀法融會貫通，進一步吸收，更趁這忙裏偷得的罕有空閒，把這幾年來從實戰得回來的經驗作全面的思索和整理，當他離船登岸時，感覺煥然一新，好像在刀道上的修行，在這一刻才算得上大有成就。正要找家客棧落腳，一輛剛進城的馬車從身旁駛過，隱約傳出女子說話的聲音，寇仲聽得心中一懍，聲音竟是這麼熟悉，一時卻記不起是誰。更奇怪爲何在這擠滿人車的喧鬧大街，自己竟能清晰聽到一輛快速馳過的馬車內的說話聲音，在以前這根本是不可能的。心中一動，吊緊馬車追去。

目標馬車沿北門大街南行，接而轉進另一條往東的大街去。寇仲功聚雙耳，偷聽馬車內兩女的說話對答。

只聽那頗爲耳熟的女音道：「我們已查得弓辰春的身分來歷，該是多年前曾在雲貴橫行一時的高手，後來不知因何事犯眾怒，自此消聲匿跡，想不到這次重出江湖，竟變得這麼厲害。他是因臉上那道刀疤而得『刀疤客』之名的。」

寇仲心中一震，難道她說的是徐子陵扮的刀疤大俠？

另一把女聲冷冷道：「他能在法難和常眞的聯手下一個照面重創法難，其武功已臻驚世駭俗的境界，江湖怎會平白無端的冒出這麼一個人來？會不會是徐小子假扮的？他和寇小子都有易容改裝的本領。」

寇仲心中叫妙，他不但可肯定這個甚麼弓辰春就是徐子陵，還因法難、常眞而猜到兩女一是白清兒，另一個則是陰癸派的元老高手，在洛陽曾有一戰之緣的聞采婷。眞是夠巧的。

白清兒道：「開始時我也有同樣的懷疑，因為時間地方均頗為吻合。可是據傳來的消息，這弓辰春是個不折不扣的賭鬼，船到哪裡就賭到哪裡，賭得又狠又辣，你說徐子陵會是這種人麼？無論如何，今晚他的船靠岸後，我們可摸清他的底子。」

聽她這麼說，寇仲立即信心動搖。沒有人比他更清楚徐子陵，他既不好賭，更不懂賭。

聞采婷顯然被白清兒說服，道：「照你這麼說該不會是徐子陵。但不管他是誰，能否將小裳擒回來已是次要，掌門師姊親下嚴令，要不惜一切下手將這人誅除。有沒有你邊師叔的消息，在成都失散後，我一直沒見過他。」

白清兒嘆道：「邊師叔在安隆和尤鳥倦聯手下受到嚴重內傷，幸好被師姐及時救回送往秘處療傷，聞師叔可以放心。」

車子此時駛入一所大宅，寇仲不敢冒失闖進去，悄自離開，同時心中暗喜。陰癸派當是在此集結人手，以對付一個叫弓辰春的賭徒，這傢伙也算厲害，竟能驚動祝玉妍派出元老級的高手到這裡對付他，倒要看看他是否三頭六臂？此時他也像聞采婷般，不相信「疤臉客」是徐子陵的疤臉大俠，暗忖就在九江混一晚，假如今晚那弓辰春沒有來，自己就摸上陰癸派巢穴打她們一個落花流水，最重要當然是試試讓宋缺薰陶後的刀法。

想到這裡不由心情大佳，剛步入北門大街，一隊騎士策馬入城，領頭的赫然是與他不斷恩怨糾纏的巨鯤幫幫主雲玉真。寇仲早想過在這裡碰見她的可能性，只沒想過甫進城不久就見到她，新仇舊恨湧上心頭，悄悄追去。

徐子陵仍沉醉在對三峽美麗風光的回憶中，雷九指推門進來，坐到他身旁道：「還有一個時辰到九江，林朗會安排我們住在與他們有聯繫的客棧去，今晚我們去踢賭鬼查海的場子。」

徐子陵道：「你覺得公良寄的人品如何？」

公良寄便是被騙棍賴朝貴騙得傾家蕩產的藥材商人。

雷九指道：「我問過林朗，公良寄所說全是實話，公良家是清化出名的大善人，對窮人贈醫施藥，所以藥材生意雖做得很大，家底卻不厚。烏江幫的沙老大把他送來九江是分文不收的，還著林朗設法為他央九江幫會有頭臉的人幫忙，但當然及不上我們弓爺的手粗拳硬。」

經過多日來的相處，兩人混得稔熟，說話再不用客氣。

徐子陵道：「我想先處理好公良寄的爛賬後，才到賭場去。」

雷九指道：「所謂財到光棍手，一去沒回頭。殺了他也於事無補，不如我們看看可否在賭桌上把公良寄的欠賬一舉贏回來。」

徐子陵沒好氣道：「你這番話不嫌自相矛盾嗎？若他早把騙來的錢花掉，那時用刀子或用賭術又有甚麼分別，結果仍是取不回那筆錢。」

雷九指好整以暇道：「我們喊打喊殺的去逼他還錢，他肯按江湖規矩還五成已相當不錯，但在賭桌上，他卻不能不守賭場規矩，輸多少付多少。賭場最重信譽，怎輪到他胡來。」

徐子陵眉頭大皺道：「你有甚麼方法引賴朝貴來和我們狠賭一場？」

雷九指胸有成竹道：「從公良寄和林朗口中，我已知曉此人的行事作風。若論賭騙，甚麼欲擒故縱，虛張聲勢，偷天換日，他連作我徒孫的資格都沒有。只要陵少你肯在九江多留兩天，我保證教他上鈎。」

徐子陵正容道：「就給你兩天時間，否則須依我的辨法進行。」

雷九指沉吟道：「眞奇怪，爲何陰癸派全無動靜？」

徐子陵分析道：「陰癸派以婠婠爲主力的派內高手均到了巴蜀去。祝玉妍又因自重身分而不會親自出手，要調兵遣將自然費時間，不過九江是他們的最後機會，以後要找我們就沒那麼容易。」

雷九指笑道：「他有張良計，我有過牆梯，只要你這弓辰春突然消失人間，祝玉妍親來又如何？」

徐子陵搖頭道：「避得一時避不開一世。我始終要和祝玉妍等人見過眞章，就藉這機會和他們打場硬仗。你與公良寄和林朗千萬不能與我走在一起，卻可通過秘密的聯絡手法遙相呼應，不是更有趣好玩嗎？」

寇仲在客棧的澡堂痛痛快快梳洗乾淨後，來到街上剛是華燈初上的時刻，街上鬧烘烘一片，往來者都是從各地來的商旅和各式各樣的江湖人物。先前跟蹤雲玉眞，直至她進入代表九江政權，位於城市核心處的官署鎭江樓後，他才投店休息。

直到這刻，他仍未想到如何去處置她。若採暗刺的手段，憑他現在的刀法、身手和經驗，成事後仍可從容離開，但他卻心知肚明自己下不了手。對女人他一向是心軟的。

他選了可監視北門入口的一間店子用膳，若那叫弓辰春的傢伙是從巴蜀坐船經三峽來九江，理該泊在城外的碼頭處。九江本有水道直抵城內，但限於只供梁軍的水師船隻使用，其他船舶，一律只准泊在城外。

靠門的兩張桌子早給人佔據，其餘的位置看不到店外的情況。寇仲施展他的絕技「財可通神」，取出三兩銀，來到其中一桌，把銀兩「砰」的一聲拍在桌上，微笑道：「若你們肯把這桌子讓我，銀子讓你們分了。」

那三人顯是朋友，想都不想取去銀兩，結賬離開，惟恐走遲半步，這出手闊綽，模樣醜惡的傻大漢會反悔。

寇仲又重重打賞夥計，不理會全店側目的眼光，道：「給我擺滿碗箸，我要招呼朋友。」

夥計如奉綸旨般遵命照辦，伺候得無微不至。

寇仲大馬金刀般坐下，又把井中月從背後解下放在桌上，這樣除非有人吃了豹子膽，否則誰都不敢坐到他這一桌來。

點了酒菜後，寇仲凝望入城大道，仍不斷有外來商旅入城，繁榮得有點不合常理。

夥計奉上美酒，寇仲順口問道：「想不到九江城這麼熱鬧。」

夥計陪笑道：「大爺有所不知，他們是來湊因如閣每年一度賭會的熱鬧。」再壓低聲音道：「有運道的不但可贏錢，尚有美女陪夜，大爺你說誰肯錯過這種機會？」

寇仲心中一動，暗忖這所賭場的風格頗像香玉山的賭場格局，九江現時又是巴陵幫的地頭，說不定因如閣就是由他香家主理。想到這裡，心湧殺機，表面卻不動聲色的哈哈笑道：「原來有這麼好玩的去處，說到賭錢我一向運道不錯，到因如閣的路怎麼走？」

夥計不厭其詳的說出來後，轉頭去招呼別的客人，寇仲正沉吟間，一把聲音在旁必恭必敬的響起道：「大爺請恕小人打擾之罪。」

寇仲抬頭瞧去，說話者年齡在四十許間，身材瘦小，臉色帶種酒色過度的蒼白，雖試圖以一種坦率老實的神情示人，但細長的眼睛卻露出他狡猾的本質，長相還可以，但有經驗的人都能看穿他是在江湖上靠偷搶拐騙來混飯吃的人。

寇仲知道自己犯了「財不露眼」的江湖大忌，致惹起這混混的垂涎。不過既閒來無聊，這類人又是進一步探聽有關因如閣諸事的適當人選，遂道：「坐下說吧！」

那人受寵若驚地坐在他左旁，諂媚道：「小人劉安，大爺高姓大名？」

寇仲心中生厭，強壓下惱人的情緒後，不耐煩的道：「有甚麼話儘管說出來，不要盡說廢話。」

劉安誠惶誠恐的道：「大爺息怒。只因小人見大爺相貌出衆，又滿臉奇光，一副鴻運當頭的相格，所以有一個包保大爺滿意的好提議。」

寇仲心中暗笑，自己現在這副模樣確是出衆之極，只不過是醜陋不堪的那一種出衆。表面卻裝出照單全收的樣子，瞪著他道：「若說出來後我感到不滿意，就一刀宰了你。」

劉安忙陪笑道：「大爺眞愛說笑。」接著湊近他壓低聲音道：「大爺不是有興趣到因如閣去賭幾手嗎？小人不但可爲大爺引路，還可令大爺技壓全場，人財兩得。」

寇仲沒好氣道：「你當我是大傻瓜嗎？若你有這麼好的路數，為何不自己去技壓全場，卻把這便宜送給我？立即給我滾蛋，否則真宰了你。」

劉安忙道：「大爺請容小人解釋。實情是這樣的，賭會的重頭戲是天九大賽，明晚舉行，誰能贏得最多的籌碼，就是贏家。不過想參賽的人須在三天前報名，臨場再抽籤決定賭桌和對手，看！」

右手攤開，向寇仲顯示一個形製獨特的銅牌，上面刻有編號和因如閣的標誌名字，紋理精細。

寇仲一呆道：「你是否想把這銅牌賣給我，哼！真懂得做生意。」

劉安收起銅牌，笑道：「我的問題是欠缺賭本，皆因賭會規定參賽者必須以二十兩黃金購買籌碼，輸光立即出場，所以想找大爺合作。」

寇仲沒興趣和他說下去，搖頭道：「對不起，本人身上東湊西湊只得十二兩黃金，所以雖是賭術高明，卻尚差八兩才夠資格，你滾去找第二頭肥羊吧！」

以為他會知難而退時，劉安鼠目一轉，面不改色地笑道：「沒有關係，只要大爺肯合作，要贏八兩金子還不是易如反掌。今晚九江整條街擠滿肥羊，只要手上賭本足夠，小人可和大爺合作發大財。」

此時飯菜來了，寇仲敷衍道：「待我想想吧！」

劉安道：「當然！當然！大爺若對小人的提議有興趣，待會可到因如閣來找小人。小人最善相人氣色，大爺現時是必贏的格局，否則小人絕不會多費唇舌。」

寇仲沉吟道：「假若夠本去換籌碼，究竟是你下場還是我下場？」

劉安道：「當然是由大爺親自出馬，事後只要分給我一成，小人便心滿意足。」

寇仲點頭道：「好吧！若我有興趣，今晚到因如閣找你。」

劉安還以為說動了他，歡天喜地的離去。

寇仲心中竊笑，正起箸夾菜，徐子陵的疤臉大俠從城門大搖大擺的走進城來。

甫下船時，徐子陵即感到被人暗中監視，繼而瞧見白清兒的座駕舟，顯示襄陽的錢獨關至少在表面上與蕭銑關係不錯。林朗親自打通城門的關節，發給他一張臨時的通行證，讓他繳稅入城。走上車水馬龍的大道，徐子陵生出重回凡世的感覺，這段三峽的旅程，會是歷久難忘。

不到十多步，徐子陵驀地生出一股難以形容的異感，活像給冰水灌頂倒下，渾體冷浸，他頓生感應，往右方店舖瞧去，接觸到是一對如有實質、亮如電閃、神光充足、淩厲無匹的目光。然後他看到「寇仲」。忽然間，他知道寇仲就像他那樣，在分別後武功有了令人難以置信的突破，再非昔日的寇仲。

寇仲正舉杯向他致敬，一臉燦爛「醜惡」的笑容。但沒有被遮藏的一對虎目卻射出深刻動人的濃烈感情，充滿久別重逢的欣悅和興奮。徐子陵遙打眼色，倏地加速，沒進一條橫巷去。

舖內的寇仲放下酒杯，大喝道：「三兩銀子，換最靠後門的檯子。」

徐子陵撇下跟蹤的人，從後門進入舖內，寇仲早斟滿一杯美酒，恭候他大駕光臨。

一杯既盡，兩人四目交投，相視而笑，在這時勢中，能活著已是難得。

寇仲再為他添酒，壓低聲音嘆道：「小子眞棒，竟連『天君』席應都給你宰掉。」

徐子陵愕然道：「你是不是長了對順風耳？消息竟靈通至此。」

寇仲得意洋洋道：「是玉致告訴我的。幸好我告訴宋缺岳山是你扮的，否則你這小子給宋缺殺了都不明白是怎麼一回事。你不是親眼目睹，絕不會知道他的天刀厲害至何等地步，差點把我的卵蛋割出來。」

他把粗話憋滿整肚子，大有不吐不快之概。

徐子陵苦笑道：「你竟偷偷溜往嶺南去會佳人，可憐我還答應宋玉華，不讓你去見她爹。」

寇仲一呆道：「我又不是山精妖魅，她爲何要透過你去阻止我見她的老爹？」

徐子陵雖有千言萬語，卻不知該從何說起，岔開去道：「你怎會想到在這裡等我進城？」

寇仲夾菜送到徐子陵的碗內去，湊近點道：「有這後果當然有前因。今天我狹路相逢的碰上兩批老朋友，一批是密謀要將你五馬分屍的陰癸派妖女妖婦，另一位則是雲玉眞那臭婆娘。唉！見到你眞好，不用只得我一個人去傷腦筋。」接著呆瞪他變得精瑩如玉，潔美光潤，舉箸夾菜的手道：「究竟發生甚麼事？爲何能令你像脫胎換骨似的？」

徐子陵邊吃邊道：「此事說來話長，我現在要趕到賭場去，邊走邊說吧！」

因如閣坐落九江最繁榮的商業區，與兩人行刺任少名的春在樓只隔七、八間樓房，規模宏大，主建築組群是處於中軸線的五座木構建築，以走廊貫通，廊道兩邊是水池石山，花草盆栽，另外尚有十多座較小型的房舍院宅，衆星拱月般襯托起中心處的五座主堂，周遭以高牆圍繞。此時全閣亮如白晝，面向主街的外牆掛滿綵燈，入口處車馬大排長龍，緩緩進入。附近的街道擠滿人群，有些只是來看熱鬧，一些卻因沒有銀兩繳交賭會的入場費，故不得其門而入。

九江有頭有臉的人全來了，冠蓋雲集，盛況空前。

寇仲和徐子陵隔遠看到門外的熱鬧情景，爲之咋舌，前者心生感觸道：「就像那回到王通大宅聽石青璇吹簫的歷史重演。轉眼又這麼多年！那時每天在逃亡，現在就算祝玉妍和寧道奇來尋我們晦氣，我們兩兄弟都不怕他的娘啦。」

徐子陵給觸起石青璇的心事，垂頭不語。

寇仲還以爲徐子陵是似自己般感慨叢生，沒有在意，逕自道：「有空時定要找個機會，試試你的九字眞言手印如何厲害。」

徐子陵收拾心神，笑道：「早猜到你不肯放過我。別怪我不預作聲明，若被我一時失手打傷，你甚麼面子都丟盡哩！」

寇仲哈哈笑道：「小子休要逞口舌之快，把話說得太滿。我寇仲豈像席應般浪得魔名，虛有其表。」

兩人很久沒有互相戲謔，均感有趣，相視大笑後，舉步往因如閣的入口走去。橫裏一個人衝出，把他們截住，錦衣華服，卻是面容陌生。寇仲正要喝罵，徐子陵看出是雷九指扮的，忙道：「是自己人，他就是雷大哥。」雷九指卻弄不清楚寇仲是誰，經介紹後，頓時喜出望外，相見甚歡。由於魯妙子的關係，寇仲與雷九指自然是一見如故。三人避往橫巷，商量大計。

徐子陵奇道：「雷大哥不是要以雷九指的身分去逼香貴出來嗎？爲何扮成這樣子？」

雷九指微笑道：「這才是『雷九指』的『眞面目』，謂之以假作眞。不扮『雷九指』時，我可由九指變作十指，魯師正是這等弄虛作假的大師，我是有樣學樣罷了！」

寇仲道：「今晚賭甚麼呢？聽說天九大賽明晚舉行。」

雷九指訝道：「少帥的消息眞個靈通，今晚和明晚的分別，是明晚的天九大賽只限於被邀請的人士，不是一方巨賈、幫會頭領，便是賭林內有名有姓的人。」

寇仲苦笑道：「原來那小騙棍拿假牌子來騙我，不過倒假得似模似樣。」

雷九指翻開手掌，露出他的圓銅牌，笑道：「眞的銅牌該是這樣子的。」

寇仲愕然道：「正是此牌，只是編號不同。」

再經寇仲解釋一遍，雷九指問道：「少帥能否記起那編號？」

寇仲哈哈笑道：「雷大哥問對人哩！陵少是一目十行，我是過目不忘，好像……哈！好像是四十八，唔！待我想想，該是二十八，一定是二十八。」

雷九指道：「若眞是二十八，那就叫天網恢恢，疏而不漏。」

轉向徐子陵道：「『點石成金』賴朝貴的編號正是二十八。」

徐子陵不能置信的道：「你比我只早一刻下船，爲何這麼快查到賴朝貴的編號？」

雷九指笑道：「重賞之下，必有勇夫這句話，對賭徒的威力比甚麼更靈驗有效。這次來參加賭會的人，很多是我的老朋友，查這種事情只是舉手之勞！」

寇仲茫然道：「賴朝貴是甚麼人？」

雷九指道：「少帥請先向我們形容一下那劉安的外貌和身型，照道理以賴朝貴的身分地位，不會幹這麼下流的事。」

寇仲遂形容一番，並把經過道出。

雷九指嘆道：「這傢伙確是死性不改，這劉安只是賴朝貴的『媒』，趁天九大會前四處尋找肥羊上轎，先狠贏一筆。令你以爲是串通去騙別的肥羊的錢，其實你自己才是肥羊。這種賭騙叫『放鴿子』，先讓你小贏，然後大輸。事後還把失誤推在你身上。」

徐子陵欣然道：「賴朝貴明晚該沒賭本參賽哩！」

入場的費用實是抽給當地政府的一項賭稅。值此處處需財的時刻，各地治權抽稅的方式更是五花八門，巧立名目。因如閣的入場稅由政府派駐的賭官直接收取，然後撥入政府庫房，不經賭場。自戰國時期開始，由於賭博爲禍甚深，往往令人傾家蕩產，又引致種種破壞社會秩序和風氣的弊端，故有禁賭的法律。始皇一統天下，由李斯制定禁賭的法律，輕則「刺黥紋面」，重則「撻其股」。漢代亦續施賭禁。至魏晉南北朝，士族興起，法禁鬆弛，雖有禁法條文，卻名存實亡。隋朝末年，政治弛廢，官吏奸商遂同流合污，大興賭業，聯手發大財。隋滅後此風更變本加厲，各地政權樂得收入大增，變成像因如閣般官商合作的局面。

寇仲繳過入場稅，進入賭場。因如閣不愧長江流域最負盛名的賭場，陳設華麗講究，以走廊相連一進接一進的大廳，擺設諸種賭具，尙設有貴賓間，供身分特殊的人享用。此刻每座大堂各聚集三、四百名賭客，但卻絲毫不覺擠迫氣悶，通明的燈火下，絕大部分均爲男賓，女賓雖佔少數，但都長得異常漂亮，似是來自例如春在樓的紅姑娘，有些賭得比男人更狠。尤添春意的是在賭廳內穿梭往來的女侍，無不是綺年玉貌的美女，且酥胸半露，玉臂紛呈，性感迷人。

寇仲對賭並不在行，巡行一遍後，最熟悉的就只骨牌接龍、骰寶、番攤三種賭戲，正思量是否該賭上兩手，劉安不知從哪裡鑽出來，熱情地扯他的衣袖，走到一角供賓客休息的紅木椅坐下，笑道：「大爺眞的來哩！小可剛看準四條肥羊，可任大爺挑選其一，便可到貴賓室發大財。因如閣只會抽一成佣金，所贏來的錢，大爺出本的當然該佔七成，小人得兩成已心滿意足。夠本後，小人把牌子讓出來給大爺參賽，大爺若獲全勝，再攤分兩成給小人，否則小人分文不收，大爺意下如何？」

寇仲裝出粗魯的樣子，揮手示意趨前侍候的女侍走開後，擺出貪婪的神態，道：「四條肥羊在哪裡？爲何他們肯和我們對賭？」

劉安壓低聲音道：「當然須玩些小小手段，就是先裝佯作態，讓他們以爲大爺是肥羊，自然樂於奉陪。大爺放心，到時小人自會安排一切，現在第一步是揀羊。這四條肥羊面帶破財的氣色，必輸無疑。」言罷領寇仲揀肥羊去也。

徐子陵和雷九指比寇仲遲半個時辰入場，這時雷九指又變成個白髮蒼蒼頗有富貴氣派的「十指」老人家。要到明晚，他才會以「雷九指」的面目出現。

徐子陵仍是疤臉樣，隨雷九指來到二進大廳有近百人圍賭的番攤檔，主持的是個充滿風塵氣味的半老徐娘，手法純熟。

番攤又名攤錢或掩錢，玩法是由賭場方面的人作莊家，賭時莊家抓起一把以短小竹籌做的「攤子」，用碗盅迅速蓋上，使人難知數目，待人下注，然後開攤定輸贏。算法是把攤子四個一數扒走，餘數成一、二、三、四的四門。押一門是一賠三，叫「番」，押二門中一門是一賠一，叫「角」。

兩人來到時，這番攤正連開三次二攤，賭氣沸騰，喧鬧震天。很多平時該是道貌岸然者，此刻都變得咬牙切齒，握拳揮掌，高喝自己買的攤門，好像叫得愈響，愈能影響攤子的數目。

雷九指湊到徐子陵耳邊低笑道：「這個扒娘名列九江賭林四傑之一，是賭鬼查海的得力助手，手法相當不錯。」

徐子陵訝道：「你所說的手法是否指騙術，表面看這賭法很難弄鬼哩！」

雷九指道：「十賭九騙，甚麼都可以騙人。最普通的番攤騙術有『落冧』和『飛子』兩種。落冧是在攤子做手腳，必要時攤子可一分爲二；飛子則是把攤子以手法飛走。無論任何一種方法，均有同夥在旁『撬邊』，以噴煙或其他方法引去被騙者的注意力，好使主持的老撇施術。像因如閣這種大賭場自然不會用下流手法，但在街頭巷尾臨時擺的番攤檔，大多是此類騙人的把戲。」

這些時日以來徐子陵從雷九指的臨場施教學會不少關於賭博的竅妙，好奇問道：「對這種賭法雷兄有甚麼必勝術？」

雷九指笑道：「除非是行騙，否則哪來必勝之術。但若能十賭五贏，因其賠率高，等於必勝。當莊家把攤子撒在桌面，以碗盅蓋上前，憑目視耳聽，會有五成準繩。」

徐子陵咋舌道：「雷兄眞厲害。」

此時碗盅揭起，扒開攤子，竟又是二攤，人人唉聲嘆氣，大叫邪門。

兩人朝三進走去，此廳以賭骰寶爲主，人數遠比前兩廳多，每張賭桌均被圍得插針難下，氣氛熾烈。雷九指環目一掃，仍見不到寇仲的蹤影，遂往四進廳走去。這裡以牌戲爲主，甚麼樗蒲、雙陸、葉子戲、骨牌、天九、牌九、馬吊等應有盡有。徐子陵經過多日在賭場打滾，已很明白爲何賭博屢禁不絕，在賭場那令人沉溺的天地裡，其能提供的行險僥倖的刺激，確非在一般情況下能得到的。

雷九指忽道：「看！」

徐子陵循他目光瞧去，只見一張特別熱鬧的牌九桌，座位上有一位年輕女子在下注。此女長得眉如彎月，眼似秋水，容貌皮膚均美得異乎尋常，足可與沈落雁那級數的美女相媲毫不遜色。特別誘人是她玲瓏飽滿的身段曲線。旁觀的人不住增多，乃必然的事。

雷九指低聲道：「這是胡小仙，大仙胡佛的獨生女兒，想不到她會來湊熱鬧，明晚的天九大賽將會更有趣。」

徐子陵記起胡佛是胡仙派的掌門大仙。在關中開了全國最著名的賭場明堂窩，胡小仙是他愛女，自得他賭術的眞傳。

雷九指忽地在他背後暗推一把，道：「你去和她賭幾手玩玩。」

徐子陵皺眉道：「我對牌九並不熟哩！」

雷九指笑道：「沒有生手怎會有熟手。這裡的規矩是凡牌局可由賭客輪流推莊，賭場只是抽水。你看那賭場莊家給她殺得兩眼發直，子陵就去接莊玩玩，保證那莊家會對你非常感激。」

徐子陵頭皮發麻，砌詞拒絕道：「我們辛苦賺來的銀兩不是要留待明天的天九賽用嗎？若被我輸個一乾二淨，還拿甚麼去賭天九賽？」

雷九指笑道：「這正是最精采的地方，這幾天你從不擔心輸錢，故能賭得瀟灑從容，全無壓力，今天可視爲對你的一次考驗和挑戰。只要你將老哥教你的賭法和戰術，像你和敵人生死決鬥般應用在賭桌上，贏下這一場你便可出師哩！」

徐子陵苦笑道：「我們不是約好寇仲去宰肥羊的嗎？怎可以節外生枝。」

雷九指啞然失笑道：「不要再左推右搪，你當胡小仙是惡僧艷尼那樣便成。」說時把整袋換來的籌碼塞到他手上去。

在雷九指連推帶扯下，徐子陵只好硬起頭皮擠到莊家旁，道：「我來推幾口莊吧。」

眾皆愕然，心想怎會有這麼蠢的人，竟在莊家手風不順時接莊。

胡小仙不屑地瞥他一眼，吃吃嬌笑道：「有甚麼不可以的，莊家大哥還求之不得哩！」

眾人發出一陣附和的哄笑聲。徐子陵感到面具下的皮膚一陣灼熱，不過此時勢成騎虎，只好坐到讓出來的莊家位置去。

在最後一進大廳的角落處，劉安向寇仲笑道：「小人沒說錯吧！四條肥羊全是外來的，不知哪個較合大爺的心意？」

寇仲心中大訝，剛才劉安指點給他看的四個人，其中一個確是「扮肥羊」的「點石成金」賴朝貴，但另三人照看真是外來的肥羊，不由大惑不解，若他挑不中賴朝貴，劉安豈非騙計難成。

這一進賭廳全是清一式的天九賭桌。天九和牌九用的是同樣的骨牌，只是玩法不同。明天的天九大會，該就是在這三十張賭桌進行，此時每張賭桌均聚集過百以上的人，鬧烘烘一片。

劉安又湊近寇仲耳旁道：「不如由我們依先後次序把這四人分成四門，大爺押哪兩門？」

寇仲心念一轉，道：「後面那兩門吧！」其中並沒有賴朝貴在內，看看劉安有甚麼辦法。劉安竟喝一聲采，悠然道：「大爺眞本事，看出後兩門沒前兩門的羊兒那麼好宰，確是眼光獨到。前兩門的肥羊又以穿藍袍那姓賈的肥羊賭色最差，這自然瞞不過大爺的法眼。」

寇仲又好氣又好笑，這種騙混手法，他也有得出賣。表面看來是你的選擇，其實卻是對方在玩手段。

不過釣人者人亦釣之，寇仲裝糊塗道：「這個當然。」

恰好此時見到雷九指進廳來，忙揮手招呼，雷九指則微一頷首，逕自擠入其中一張賭桌去下注。

劉安愕然道：「是大爺的朋友嗎？」

寇仲壓低聲音道：「若說肥羊，這頭才是眞正的大肥羊，他在江西有十多間陶廠，家底豐厚，隨時輸一、二千兩銀子都面不改色。」

劉安一對鼠目立即發亮，道：「何不邀他一起去賭個痛快？」

寇仲搖頭道：「這裡又不是沒得賭，且他知我賭術高明，怎會隨我們去賭？」

劉安鼓其如簧之舌道：「話是這麼說，可是現在賭場人擠，只能押別人的牌局，怎及得自己拿牌和人對賭般過癮刺激。」

寇仲皺眉道：「我們不是已找到肥羊嗎？」

劉安道：「兩條肥羊當然好過一條。現在待我們定下一些手法暗號後，可去分頭行事哩！」

徐子陵連輸三把，賠掉大半籌碼，四周的人愈聚愈多，均把彩注押在胡小仙那副牌上，包括原本在座推牌的賭客，演變爲徐子陵和胡小仙對賭，而後者則代表所有押注者之局。對徐子陵來說，不論輸贏都是非同小可，但胡小仙至多只是輸掉一局的押注。給她那對烏溜溜的美目靜如止水的緊盯，徐子陵差點要鑽個洞躲進去，只好詐作低頭洗牌，不去看她，心中暗罵不知所蹤的雷九指。

牌九是以兩骰的點子組合成共三十二張牌子、二十一種牌式，九種爲單數，十二種爲雙數。一般賭法是二至四人，據擲骰的點數，各領六張，莊家多領一張並率先打牌，接著依次摸牌、或碰吃或出牌，凡手中的牌能組成兩副花色加一夷牌，可推牌得勝，按花色的采數和夷牌的點數計算贏注。

正要擲骰子發牌，一把清甜柔美的聲音響起道：「且慢！」

眾人愕然瞧去，一位千嬌百媚的美人兒不知用甚麼身法擠到最前列的位置，以一個優雅動人的姿勢坐進胡小仙和徐子陵間的座位去，含笑晏晏的道：「奴家來湊熱鬧。」

眾人看得呆了，又是眼花撩亂，一時全忘記抗議好事被阻延。像胡小仙這種姿容，已是世間罕見，但這新來的美女卻似更稍勝小半籌。赫然是婠妖女的師妹白妖女清兒。倏忽間，徐子陵完全冷靜下來，心中明朗如井中水月，不染半絲雜念。胡小仙亦好奇地打量這美艷逼人的加入者。

徐子陵迎上白清兒清澈澄明的眼神，從容笑道：「既是如此，待我們重新把牌子洗過。」

白清兒作個聳肩表示不介意的漂亮動作，淡淡道：「請隨便！」

徐子陵探手洗牌。眾人不知如何，心中都緊張起來，不再喧譁，屏息靜氣的全神注視。白清兒的目光則落在徐子陵晶瑩如玉的修長手掌上，一眨不眨地瞧，似要從而窺出徐子陵的底子深淺，像胡小仙般放棄洗牌的權利。

劈啪連聲，徐子陵把牌子疊得整齊妥當。直至此刻他因強敵在旁，成功收攝心神，施展雷九指教的洗牌疊牌術，以獨門手法擦牌撞牌，再憑聽牌法去記緊其中幾張牌。最理想當然是記得全部三十二張牌，但這是不可能的。雷九指也只能辨記六至八張牌，而五張牌則是徐子陵的極限，但已非常管用。

胡小仙首次露出凝重神色，顯是因徐子陵的手法而「聽牌」失敗。眾人紛紛押注，這方面由賭場的人負責，采數賠率一手包辦，不用徐子陵操心。

徐子陵微微一笑，把骰子遞給胡小仙，淡然自若道：「這一局不如由小姐擲骰，如何？」

胡小仙怔了怔後，接過骰子，擲往桌面。徐子陵朝白清兒瞧去，雙目神光驟現。白清兒猝不及防下給他望得芳心微懍，徐子陵腳尖輸出一注眞氣，沿桌足上行，游往仍在桌面滾動的骰子處，這一招不要說雷九指辦不到，天下間能辦到的也數不出多少個。

由於徐子陵和胡小仙、白清兒三者間的微妙關係，令這一角籠罩異乎尋常，像拉滿弓弦，蓄勢待發的緊張氣氛。徐子陵目光轉到骰子時，骰子停下，全體三點向上成九點。旁觀者中驚嘆迭傳。

胡小仙忽然道：「尚未請教閣下高姓大名？」

徐子陵漫不經意的答道：「本人弓辰春。」轉向代表賭場的攤官道：「請代發牌。」

攤官到此刻才醒悟到徐子陵是箇中高手，還以爲他早先只是裝蒜，忙爲三人發牌。衆人伸長脖子，全神注視。四周雖喧鬧震廳，這裡卻是鴉雀無聲。

徐子陵完全回復對敵時的自信從容。當每人各有一組兩隻牌時，忽然叫停，道：「不如我們來鬥大小，掀牌決勝負如何？」

胡小仙眼尾不看覆在桌上的牌，秀眉輕蹙地瞧著徐子陵，首次感到自己落在下風。這種賭法倒不是徐子陵新創的。原來牌九有多種賭法，其中之一是以兩張牌爲一組，擲骰後，根據點數各拿自己的一份，拿後直接攤出以決勝負，俗稱此法爲小牌九。但像徐子陵這樣臨時改變賭法卻是非常罕有，但更添刺激，衆人大感痛快。

胡小仙似有點不敵徐子陵的目光，望向白清兒道：「這位姐姐意下如何？」

白清兒迎上徐子陵銳利冷酷的目光，徐徐道：「是否容許加注？」

徐子陵心中暗笑，知道她瞧不穿自己曾做過手腳。這也難怪她，無論她如何高明，亦難看破傳自天下第一巧匠魯妙子的賭技。

徐子陵道：「當然可以。」

白清兒面不改色道：「那我加押十兩黃金，依你的方法攤牌決輸贏吧！」

眾皆譁然。

寇仲領雷九指與劉安在賭場一角碰面，雷九指傲然道：「賭錢最講痛快，要賭就拿眞金白銀出來賭，還要我看過眞的有銀兩才成，賒借免問。」

劉安陪笑道：「這個沒有問題，老闆高姓大名？」

雷九指道：「我姓陳。」

劉安道：「原來是陳老闆。不知陳老闆想賭多大，哪種賭法？」

雷九指道：「當然是賭天九，當是賽前熱身子，每注一兩黃金，四張夠本，五張贏一注，沒牌輸四注，結牌勝出五注計，至尊不論勝負每人賞兩注，若以至尊作結另每人賞四注，明白嗎？」

劉安大喜，心想你這傻子如此豪賭，不贏得你傾家蕩產才怪，最妙是有另一個傻子配合，此賭可說立於有勝無敗之局，忙道：「一切全照陳老闆的意思，請這邊走，賈老闆正在偏廳貴賓室恭候兩位大駕。」

徐子陵還以爲她最多是加百兩白銀，那已是大手筆的重注，足夠一般平民百姓蓋間頗像樣的房子，豈知竟是十兩黃金，立即心叫糟糕。

白清兒把黃澄澄的金子撒在桌上，嬌笑道：「莊家若輸掉這手，夠錢賠嗎？」

眾人目光集中到徐子陵剩下的籌碼去，無不搖頭。這時誰都知道白清兒是衝著徐子陵來的。

胡小仙微笑道：「弓兒要不要奴家借筆錢給你應急？」

這下不要說旁人，徐子陵自己都糊塗起來。若他是以眞面目示人，還可解釋是胡小仙看上他。現在他的疤臉尊容，攬鏡自照亦不敢恭維，胡小仙爲何會對他這麼好？

一把徐子陵熟悉的女聲響起道：「這十兩黃金就讓我雲玉眞替他墊了，清兒夫人該不會反對。」

怪事一波一波的接踵而來，眾人大感暈頭轉向，不辨東西。人陣裂開缺口，在一個面目陰鷙，臉膚泛青白的中年男人陪伴下，雲玉眞姍然來到徐子陵身後。

那男子向胡小仙和白清兒施禮道：「九江查海，見過小仙姑娘和清兒夫人。」竟是因如閣的大老闆「賭鬼」查海。

查海又道：「假如弓兄能贏這一手，小弟將贈弓兄參賽牌，以表敬意，但卻有一個條件。」

徐子陵猜到雲玉眞和查海一直站在他身後，目睹整個過程，雲玉眞更從背影和他的聲音將他認出來。唉！該怎麼對待這女人才好。

胡小仙毫不在意地取起那兩張牌，大力一拍，發出一下令人驚心動魄的脆響，再隨手翻開，攤在桌面。押注她身上的人爆起一陣歡呼。

翻開來一對四，在牌九是「人牌」，屬於文子大牌，除「天牌」和「地牌」外，再沒有其他組合可勝過她，故贏面甚高。

白清兒亦翻牌示眾，由武子四和五組成的紅九，雖不及胡小仙的「人牌」，但亦勝算極高。

徐子陵「面無表情」的瞧著兩對牌，沉聲道：「敢問查當家要提出的是甚麼條件？」

諸人這才記起查海適才意猶未盡的話。

查海油然道：「弓兄能否在翻牌前把牌底當眾說出來？」

眾人一陣譁然。若在這種眾目睽睽的情況下，徐子陵仍可出術，確是神乎其技。

徐子陵搖頭嘆道：「查當家眞厲害，那我這手就只贏清兒夫人的十兩黃金，其他的分文不取。」

眾人均感難以指責他，因爲他大可來個矢口不認，誰都沒有證據指他作弊。

查海仰天笑道：「有種！」

胡小仙微笑道：「弓兄莫要一時失手說錯哩！」

徐子陵聳肩道：「錯便錯吧！有甚麼大不了。這是一對老么，請給弓某揭牌。」

查海向攤官打個眼色，後者依命開牌，果然是一對老么「地牌」，剛好吃掉胡小仙的「人牌」。圍觀者頓然起鬨。

徐子陵卻是暗抹冷汗，他只能記得四隻牌，其他都是碰運氣，所以想出各拿一對後直接攤比的方法來取勝，贏得極險。

白清兒把黃金一股腦兒撥往他那方向，俏然立起道：「希望弓兄的手法運氣永遠是那麼好吧！」言罷率先離開。

雲玉眞道：「弓兄可否借一步說幾句話？」

化名賈充的賴朝貴外貌不但不像騙棍，還相貌堂堂，長得一表人才。年紀在四十上下，打扮得文質彬彬，一派富貴之氣。說話慢條斯理，嘴角常掛討人歡喜的笑意。寇仲和雷九指心中都想到難怪公良寄會被他騙得傾家蕩產。四人在貴賓室碰頭，由一個年輕美麗叫玲姑的女莊官負責發牌，此乃賭場的規矩，凡用貴賓房的賭客均要遵從。

雷九指擺出傲氣凌人的高姿態，從囊中取出三十兩黃澄澄的金子，放在桌上示眾，道：「誰有本事，就把這些金子贏去，那明早我便搭船回去。」

賴朝貴和劉安兩對眼立時明亮起來。

寇仲裝出尷尬神色，主動把全副身家十八兩金子掏出來，苦笑道：「少些賭本成嗎？」

這些金子大部分是跋鋒寒「義薄雲天」分給他的，若真輸掉就得打回原形，變成一文不名。兩人合起來是四十八兩黃金，在當時來說足夠買三、四艘樓船，所以莊官玲姑亦看呆了眼。雷九指的目光落在賴朝貴和劉安身上。

賴朝貴哈哈笑道：「陳兄和宗兄果是豪賭之士，小弟當然奉陪。不過小弟卻沒學得兩位老兄般囊內有這麼多金子……噢！」

雷九指拂袖而起道：「沒金子賭有啥樂趣。」探手就把金子取回囊中。

賴朝貴忙道：「且慢，陳兄可否給小弟一刻鐘時間去取金子？」

雷九指坐回椅內，道：「我只等一刻鐘，不要讓我浪費時間。」

第五章

十賭九騙

黃易 作品集

第五章 十賭九騙

雲玉眞把貴賓室的門關上，道：「現在沒有人可聽到我們的說話，這裏的牆壁是特製的，可免聲音外洩，影響別人。」

徐子陵在一旁坐下道：「查海知不知道我是誰？」

雲玉眞在他左旁坐好，道：「我當然不會告訴他你是徐子陵，只說和你相識，有點交情。我一向交遊廣闊，他該不會懷疑，誰想得到子陵的賭術這麼厲害。」

徐子陵嘆一口氣，苦笑道：「我們還有甚麼好說的？」

雲玉眞沉默片晌，輕輕的問：「寇仲有來嗎？」

徐子陵感到無法再信任她，搖頭道：「我是與朋友來的，卻不是寇仲。」

雲玉眞往他瞧去，咬著下唇道：「那晚在巴陵，你為何不殺香玉山和我？」

徐子陵給勾起心事，虎目射出悲哀的神色，搖頭道：「我不知道！眞的不知道！若我對香玉山狠不下心來，對你更下不了手。唉！到現在我仍不明白，為何你要助香玉山來害我們？」

雲玉眞垂首淒然道：「你們信也好，不信也好。我確從沒想過事情會發展到這個地步。而我雲玉眞亦遭到報應，弄得眾叛親離，巨鯤幫名存實亡，終日只像行屍走肉般過活，甚至痛恨自己，想到與其這樣苦度餘生，實在不如一死，我是徹底的失敗了。」

徐子陵皺眉道：「但表面看來你仍很風光哩！」

雲玉真道：「對香玉山來說，我只是個有利用價值的玩物。現在我的用處大幅減少，而他身邊卻是美女如雲，且富可傾國，還要我雲玉真來作甚麼？只恨到今天我才醒悟過來。香玉山的武功倒不怎樣，但若論陰謀詭計，卻是高手中的高手，你們的體會該比我更深刻。」

徐子陵暗忖實在太深刻了，沉聲道：「香玉山近況如何？」他蓄意扮作對香玉山的情況一無所知，以試探雲玉真是否仍在維護他。

雲玉真道：「自大梁軍北進的大計給你和小仲粉碎後，香玉山再不看好蕭銑，稱病引退。實際上卻是脫離巴陵幫，憑他香家二十多年來的辛苦經營，自立門戶。為怕你們的報復，連我都不知道他在哪裡。」

徐子陵心想這大概是你醒悟過來的原因，道：「蕭銑並非是善男信女，香家父子豈能說走便走？」

雲玉真道：「我也為此而大惑不解。照猜估該是雙方間有某種互利的協議，一旦兵敗，蕭銑仍會因香家而富貴不衰。唉！未嘗過富貴權力的機會倒沒甚麼，嘗過後很難返轉頭去過平淡的生活！得而復失的滋味最令人難堪！」

徐子陵開始明白她現在徬徨無依的心境和苦況。輕吁一口氣道：「你有甚麼打算？」

雲玉真熱淚泉湧，垂頭搖首道：「我不知道，我已一無所有。甚至不願去想，連說句話，想一下都似要費盡全身的氣力。唉！你殺我吧！」

徐子陵苦笑道：「若我能下手，早下手了。」

雲玉真拭去淚水，低聲道：「你和小仲是否打算到關中去？」

徐子陵默然不語。

雲玉眞道：「香玉山故意派人散播這消息，弄得天下無人不知。你們若不能取消此行，定要萬分小心。皆因你和小仲的體形氣度均是萬中無一，非常易認。」

徐子陵心中湧起對香玉山的仇恨，心想雖然狠不下心來殺他，但若能揭破他香家販賣人口的勾當，又害得他傾家蕩產，毀掉他的賭場，會比殺他更令他痛苦難受。

雲玉眞道：「子陵可安排我見小仲一面嗎？」

徐子陵道：「你最好不要見他，他絕不會有好話說給你聽的。」

雲玉眞淒然道：「我還有甚麼好害怕的。」

徐子陵長身而起，道：「我先和他說說吧！怎樣可以找到你呢？」

雷九指瞧著賴朝貴把三十兩金子放在桌上，往劉安瞧過去道：「你的金子在哪裡？」

劉安從囊內取出八兩黃金，道：「陳爺若能把我的金子贏掉，小人立即出局。」

雷九指一搖頭上白髮，意氣飛揚地喝道：「我們輪番擲骰洗牌！」

玲姑把牌推往桌心，讓四人探手洗牌，登時劈啪連響，氣氛熾熱起來。

賴朝貴一看兩人手勢，寇仲明顯是生手，雷九指亦好不到哪裡去，心中大樂，道：「陳兄要如何賭法？我倒有個好提議，可賭得更爲痛快。」

雷九指皺起眉頭，搖首道：「賭開是怎樣便怎樣，怎可隨便更改。」

賴朝貴向劉安打個暗號，而劉安則和寇仲打暗號，寇仲只好苦忍著笑，對雷九指道：「先聽賈兄如何說然後陳老再決定吧！我們當然以你老人家的意見爲依歸。」

雷九指咕噥一聲，表示聽聽無礙。

賴朝貴壓下心中狂喜，道：「這賭法在九江非常流行，就是每人各執八張牌，任意組成四雙來互較勝負。先不讓人見，組成後四家同時攤出，當然大小仍依牌規，以對子最大，不成對的則以點數比大小。超過十點的以尾數計算，如『么五』、『么六』合起來共十一點，但只作一點計。如二牌之和是十點，那就是必敗的『蹩十』。方法簡單易明。」

寇仲在劉安的暗號下，忙附和道：「這樣賭確是痛快非常，直截了當。」

雷九指盯著玲姑以熟練的手法爲衆人疊牌，勉爲其難的道：「好吧！但誰若能四張全勝，彩注加倍。莊家全勝，其他三家也加倍賠注，並可連莊。」

玲姑嬌笑道：「陳老闆眞豪氣，這樣賭很刺激哩！」

雷九指又從囊內掏出半錠金子，塞到玲姑手上，順手擰她的臉蛋，呵呵笑道：「娘兒的嘴眞甜。」

賴朝貴和劉安見他囊內尚有金子，又出手闊綽，一副千金不惜一擲的模樣，心兒都熱得像一團火炭。

玲姑眉開眼笑，先嬌聲嗲氣地湊近雷九指耳旁低聲道謝，然後把骰子撒在桌上，以決定誰先作莊家。

賭局終於開始。

徐子陵重返賭廳，林朗來到他旁低聲道：「賴朝貴入局啦！」

徐子陵低聲問道：「有沒有方法另覓藏身的地點，我們現在太過張揚。」

林朗說出一個地址，道：「弓爺最好早一步離開，公良寄正在那裡等我們的好消息。」

徐子陵點頭答應，朝大門方向走去，忽然有人從旁趨近，香風隨來，他看清楚是美艷嬌俏的胡小仙時，這出身賭博世家的美女已挨到他左旁，並肩而行的笑道：「以弓兄驚世的技藝，奴家卻從未聽過弓兄的名號，不是很奇怪嗎？弓兄一向在哪裡發財？」

徐子陵謙虛道：「只是雕蟲小技，加上點幸運成分，怎配入小仙姑娘法眼。弓某一向在雲貴一帶活動，少有到中原來。」

胡小仙輕扯他衣袖，離開通往第一進廳堂的走廊，來到一個魚池旁，微笑道：「小仙對弓兄絕無半點敵意，只是好奇吧！弓兄萬勿介意。」

徐子陵見她說得客氣，生出好感，道：「小仙姑娘是否想知道我出身何家何派？」

胡小仙搖頭道：「這是弓兄的私隱，小仙縱想知道，亦不便探詢。只想問弓兄明天會不會參加天九賭會，因爲小仙輸得並不服氣。」

徐子陵啞然失笑，答道：「此事我尚未作決定。事實上我收手多年，只是這些日來賭興突然發作，忍不住手而已。」

胡小仙失望道：「那眞是非常掃興，希望弓兄不會避陣。小仙這次遠道來九江，是要一會有『賭俠』之稱的雷九指，此人賭藝已達出神入化，能呼風喚雨的境界，弓兄認識他嗎？」

徐子陵不願騙她，微笑道：「這問題在下可否不答？」

胡小仙橫他一眼道：「弓兄總是處處透出高深莫測的味兒，若非你十指俱全，我會認定你是他。你那對手真漂亮。」

徐子陵無可無不可地微聳肩頭，灑然道：「多謝姑娘讚賞。在下因身有要事，必須告辭，請姑娘恕罪。」言罷逕自離開。

胡小仙叫道：「希望明晚可見到弓兄。」

目送徐子陵遠去的背影，胡小仙心中湧起一種難以言喻的感覺。這上了年紀的男子外型粗獷挺拔，雖與英俊沾不上半點邊兒，卻是威武逼人，充滿男性的魅力。兼之他聲音悅耳，措辭溫文爾雅，不亢不卑，舉手投足無不瀟灑動人；加上賭技超群，行藏充滿神祕的味道，致使一向只愛年輕俏郎君的她也不由為之心動。明天會不會見到他呢？

牌來牌往，四人賭了十多手，每人做過三次莊。寇仲依照劉安的指示，在排牌上故意輸給一假一眞的兩條肥羊，擺出欲擒先縱的格局。當然只能讓對方小勝，否則金盡出局。對他來說，眞肥羊是賴朝貴，假肥羊則是雷九指；在劉安和賴朝貴來說正好相反，還多加寇仲這頭肥羊。形勢複雜微妙。

這次輪到雷九指做莊，攤開來後，雷九指的牌由右至左是「么三」、「三三」、「五六」、和「四五」，除「四五」是武子外，其他都是文子有名堂的好牌，即使是「四五」亦是武子中的紅九，點數最大。

「么三」更是大牌。「三三」俗稱十二巫山，「五六」為楚漢相爭。攤比之下，竟是莊家通吃之局。依先前定下的規矩，三家都要賠雙倍。玲姑發出讚嘆的聲音，看牌時半邊身子挨到雷九指肩膀去。

賴朝貴和劉安卻面不改色，雖然他們直到此刻尚未施展騙術，只是用手號來把握牌點，定下排對之策。由於寇仲肯與他們合作，一直沒有出問題，將牌局完全操縱在手裡，這一回更是故意讓雷九指大勝，好拋磚引玉。

雷九指又伸手去摸玲姑臉蛋，還裝出不可一世的神態唉聲嘆氣道：「手風實在太順哩！三位還要賭下去嗎？」

劉安陪笑道：「陳老闆不是坐得氣悶吧？」

雷九指笑道：「贏錢怎會氣悶？只是想和美人兒去談心尋樂子罷了！」

玲姑吃吃嬌笑，模樣兒誘人至極點。寇仲醒悟過來，想到玲姑其實是賴朝貴方面的人，皆因像因如坊這種大賭場，絕不容許賭場人員公然和客人打情罵俏。而賴朝貴和劉安也會怕玲姑爲求打賞偏幫雷九指。

賴朝貴把桌上剩下的二十多兩黃金一次全推往桌心，從容道：「陳兄既急於尋樂，不如我們一次大賭一鋪，以決輸贏，陳兄以爲如何？」

雷九指哈哈笑道：「賈兄就算贏了，也只能贏掉我手上一半的錢，輸光便要出局，賈兄最好想清楚一點。」

賴朝貴好整以暇地又從囊中取出另十多兩黃金，連剛才的金子堆起一個小山，微笑道：「這又如何？」

雷九指和寇仲裝出貪婪神色，一瞬不瞬瞪視桌上金子堆成的小山。

劉安向寇仲打個眼色後，也把僅餘的六兩金子推出，嚷道：「我也盡賭這一鋪啦！」

三人的目光來到寇仲處時，寇仲先露出猶豫的神色，然後咬牙切齒的道：「就跟你這一鋪。」

賴朝貴掏出菸管，點燃菸絲，深吸一口後道：「洗牌吧！」

玲姑又往雷九指湊過去，香唇揩擦他耳朵道：「陳老闆帶人家到哪裡尋樂兒哩？人家要到三更才可回家呵！」

雷九指一邊洗牌，一邊裝出色授魂與的樣子，嘿嘿淫笑道：「不要說只是三更天，就算等一年半載，我也要等到你。」

劉安則不斷向寇仲打出暗號，忽然賴朝貴噴出一口濃煙，桌面立時煙霧瀰漫。

就在這人人視線受蔽的一刻，賴朝貴展開迅疾無倫的手法，依循某一組合的方式把自己的牌子疊好。最妙是當賴朝貴全神疊牌，劉安忙於向寇仲打眼色引開他的注意力，而玲姑則向雷九指施媚術的當兒，雷九指卻以精妙的手法將骰子掉包。這一切無一能瞞過寇仲的銳目。

雷九指在玲姑臉蛋香一口後，兩手剛把牌子疊好。

玲姑坐直嬌軀，笑道：「陳老闆請擲骰子。」

雷九指把骰子合攏手中，口中唸唸有詞，吹一口氣後，往桌面擲去。賴朝貴和劉安同時色變。

雷九指哈哈笑道：「是七點，玲姑快分牌。」

賴朝貴變臉喝道：「且慢！這副骰子有鬼。」

寇仲伸手拿起一粒骰子，略一運功，象牙骰子立時化成碎粉，皺眉道：「有甚麼鬼呢？是否因裡面的鐵屑不見了，致吸鐵石不靈光，反變成有鬼？」

賴朝貴、劉安和玲姑同時給震懾，臉色難看如死人。要知象牙骰子耐用堅固，即使是武林好手，要捏碎它亦須費一番工夫。像寇仲般毫不費力將它捏碎，且變爲粉末，只是這份功力，九江城肯定沒有人能辦得到。

雷九指冷然道：「願賭服輸，賈充你這一鋪肯否認輸，一句話便夠。」

被人叫出「賈充」的假名字，賴朝貴當然知道騙人者反被人騙，額上汗珠冒出，沉聲道：「閣下究竟是誰？」

雷九指手摸了噤若寒蟬的玲姑臉蛋一把，揮手示意寇仲把桌上所有金子收入囊中，傲然道：「本人就是『點石成金』賴朝貴，賈充兄不要忘記。」

賴朝貴等三人同時一震，始知對方早識穿自己底細，且是針對自己而來，只恨知道得太遲。

寇仲故意把重甸甸的腰兜舉起，淡然道：「賈兄若能擋我十刀，這袋金子全送給你，不過擋不了的話，我會斬下你一對手，這叫禮尚往來，賈兄想碰碰賭運以外的運氣嗎？」

雷九指拂袖長身而起，暗藏鐵屑的骰子從袖內飛出，嵌進堅實的桌面內，剛好與桌面齊平，不多一分，不少半毫，露出漂亮的一手。

賴朝貴重重一掌拍在桌上，跳起來狂喝道：「好，我賴朝貴今晚認命啦！」

「鏘！」寇仲從背後拔出井中月，從椅內彈起，往賴朝貴一刀劃去。賴朝貴藏在另一手內的十多粒鐵彈子尚未有機會發出，全身被淩厲的刀氣籠罩，眼睜睜地瞧著刀鋒向自己持暗器的左手劃過來，偏是無法躲避。「呀！」賴朝貴發出一聲驚天動地的慘嘶，往後跌退，「砰」一聲撞在門旁的牆壁去。齊腕斷去的左手和鐵彈子同時掉在地上，發出連串脆響。

「鏗！」寇仲還刀入鞘，目光掃過手指都不敢動半根的劉安和玲姑，像幹了微不足道的事般，微笑道：「賴兄果然有種，敢為金子拚命，只可惜太不自量力，竟擋不住小弟一招。」

又向劉安道：「下次再有肥羊，記得找我這另一個賈充合作。」

劉安哪敢答話。

雷九指離桌來到寇仲旁，往痛得臉上血色褪盡，正運功點穴止血的賴朝貴笑道：「希望賴兄的點石成金術是用右手施展的，否則怕以後要改過別的綽號。」

兩人縱聲大笑，不屑一顧地推門離開。

徐子陵踏出賭場的大門，來到車水馬龍的街上，朝春在樓的方向走去。嫖和賭彷似一對難捨難離的冤家愛侶，當你見到其中之一個，另一個會在附近。

春在樓的熱鬧情況毫不遜色於因如閣，絲竹弦管，笑語聲喧。想起當年在慘中敵人埋伏，九死一生的情況下險險刺殺「青蛟」任少名的情景，時光有如倒流回到那一刻去。當時素素已嫁給香玉山；雲玉眞、卜天志、香玉山等和他們聯袂來行事，現在卻是人事全非。對雲玉眞他再無恨意，事實上，恐怕連她自己都解釋不出自己爲何這麼對待他們。人生瞬息萬變，一時間的判斷失誤，會引發連串的後果，是事前無法預料的。在形勢所逼和來自各方面的影響壓力下，意志不堅定的人便難以爲己作主。

雲玉眞從來不是個意志堅定的人，在男女關係上更是如此。她最初的目標可能只是光大巨鯤幫，但碰上狡猾善辯的香玉山，事情的發展不再受她控制。他也相信雲玉眞不是蓄意去害他和寇仲，只是想拉攏他們投向蕭銑的一方，而因他們的不肯就範，致事情終發展至這令人憤恨的地步，結下解不開的深仇。說到底雲玉眞只是一條不知自己在做甚麼的可憐蟲，在被香玉山拋棄後，幡然醒悟自己被人利用的愚蠢，罪魁禍首仍是香玉山。

他轉入一條僻靜的横街去，依林朗的指示往目的地邁步。他感到一種來自賭博刺激後虛耗的餘奮，對他而言那並非美好的感覺。嘗過賭博的滋味後，他愈不喜歡這玩意，唯一的好處是使他明白到賭徒的心態。大概每個人都存在一種戰勝對手的潛在傾向，追求因壓倒另一個人油然而生的快感。賭桌把貪求物欲的功利性與智力思維的技巧性，通過針鋒相對的競爭結合起來，其刺激處確是無與倫比。但這正是賭博最危險的地方，一旦沉溺其中，勢將難以自拔，更助長貪婪、狡詐、僥倖的心態，再也不能作一個有自制能力的正常人，對自己和家庭，會帶來嚴重的破壞。

戰爭是另一種賭博，賭的不再是金錢，而是人的性命，其破壞力比賭錢更可怕千萬倍，但卻像賭錢般從未受禁絕。正思索間，心中忽生警兆。

兩人從偏廳返回後進大堂，仍大感痛快，寇仲笑道：「恐怕賴朝貴做夢也想不到有今天一日，這叫騙人者人亦騙之。老哥你真行，我明明見你沒看過桌面半眼，爲何卻能知道他們怎樣疊牌，還可擲出相應的點數，連賴朝貴的褲子都贏掉？」

雷九指欣然道：「皆因老哥袖內暗藏鏡子，不要以爲去摸玲姑臉蛋是藉機佔便宜，事實卻是讓衣袖滑下，借鏡窺視敵情。」

寇仲扯他往出口走去，興致盎然地問道：「骰子又沒灌水銀，爲何你能隨心所欲輕輕鬆鬆擲出心目中的點子來？」

雷九指躊躇志滿的搭著他一邊肩頭，在他耳邊道：「首先你要把握骰子的形狀，以特別的方法將骰子夾在指隙處，選定角度，摸清楚桌面的木質，使用一定的力道和手法，可要么得么，要六得六。仲小弟你若有興趣，老哥我絕不藏私，哈！你的刀法確臻出神入化的大家境界，你和子陵走在一道，恐怕寧道奇亦要退避三舍。」

寇仲大喜道：「難得老哥你這麼慷慨大方，我早想學習這門手藝，以作傍身之寶，只是苦於無人指點罷了！」

雷九指失笑道：「你也要找手藝來傍身，眞懂說笑。」

在走廊中段，林朗迎上來，見到兩人一副凱旋而歸、春風得意的模樣，大喜道：「成功啦！」

寇仲一拍鼓起的腰兜，道：「這次輪到『點石不成金』賴傢伙傾家蕩產，還附送左手一隻。從今以後他怕要在『點石不成金』上再加上『獨手』兩字。哈！『獨手點石不成金』，多麼古怪彆扭的綽號。」

雷九指和林朗笑得彎下腰去。

懲治騙子確是最大快人心的事。對這種人說甚麼都沒用，只有不留餘地的擊倒他們，才是上策。

雷九指另一手搭上林朗肩頭，三人興高采烈地向因如坊出口走去。

雷九指問林朗道：「手風如何？」

林朗道：「沒有你雷老哥在旁照拂，我怎敢下注？這些日子來贏的錢足夠我風光許多年，所以決定以後再不賭半個子兒。」

寇仲大訝道：「我還以爲林香主嘗到甜頭，會更迷上賭博！」

林朗苦笑道：「見過雷老哥的賭術後，若仍要去賭，就是不折不扣的蠢蛋。」

這番話登時引得兩人縱聲狂笑，若不是在喧鬧震天的賭場內，必會令人側目。

三人同時跨過門檻，步下長石階，來到院門外停滿車馬的廣場中，異變突起。數十武裝大漢分別從車馬後擁出來，把他們圍個水洩不通。

一聲冷哼從身後台階處傳下來道：「本人『賭鬼』查海，三位仁兄確是膽色過人，竟敢在查某人的地方騙財傷人，走得那麼容易嗎？」

林朗是唯一色變的人，吃驚道：「真糟糕，弓爺還先回去了。」

他不知寇仲的真正身分，又未見過他出手，當然全無信心。

雷九指湊到他耳旁道：「林香主放心，等看好戲吧！」

寇仲含笑拍拍林朗肩頭，好整以暇地轉過身來，面對被另十多名賭場好手簇擁的「賭鬼」查海，從容道：「笑話，你縱容像賴朝貴那種江湖小角色，我未對你興問罪之師，查兄該可還神作福，現在竟敢來責我不是。」

查海見他在重重圍困中，仍輕鬆得像個沒事人似的，心中驚疑，皺眉道：「閣下高姓大名，是哪條道上的朋友？」

寇仲大笑道：「本人行不改名，坐不改姓，香玉山是也，連我都不識，竟敢在我巴陵幫的地頭開賭。」

查海一方的人無不勃然大怒。「鏘！」寇仲掣出井中月，反手一刀，接連掃在從後撲上兩名大漢的兵器上，兩人同時兵器斷折，往後跌退，然後面無人色地坐倒地上，卻沒有受傷。這一手不但鎮懾對方所有人，更安撫了林朗變得脆弱的心情。

寇仲還刀鞘內，笑道：「香某人的刀法挺不錯吧？這只是試招，所以點到即止，若再有人敢逞強，莫怪香某人刀下無情。」

查海的臉色陣紅陣白，卻是難以下台。

就在這尷尬難堪的時刻，一把聲音從院門處傳來道：「我兒別來無恙，且刀法大進，老夫何憾之有？」

這次輪到寇仲變色，只是沒有人能看見。

三道人影，分由屋簷躍下，把徐子陵圍在中心處，只看其迅如鬼魅的身法，所採取的角度和選取的位置，便知對方精於聯戰。

徐子陵環目一掃，微笑道：「三位姑娘既敢當街攔截弓某，爲何卻以重紗覆臉，不敢以眞貌示人？是否怕攔截不成時，把身分洩漏？」

這三個盛裝女子身段迷人，縱使沒露出顏容，已足使人感到她們長相不會差到哪裡去。

其中一女道：「我們根本沒想過洩密的問題，就算被你看到我們的面貌，你也不會知道我們是誰。」

另一女嬌叱道：「你和洪小裳是甚麼關係，爲何要替她出頭？」

徐子陵聳肩道：「說出來諒你們不肯相信，我們只是萍水相逢的朋友。只因看不過法難和常眞的氣燄，遂出手教訓他們，請問三位姑娘和法難常眞又是甚麼關係？」

餘下一女冷笑道：「到地府後你再問閻王吧！」

一指點出，其他兩女同時發動攻擊，龐大的壓力罩體而至。

陰癸派的元老確是不同凡響，徐子陵雖自問功力大進，與前判若兩人，亦難以抵受對方聯手下的全力一擊。尤可慮者是清兒妖女尚未現身，她乃婠婠的師妹，只要有婠婠七、八成的厲害，在旁伺隙偷襲，保證會教他飲恨九江。

打不過就逃，一向是他和寇仲的戰略。這次他有何逃走妙計呢？

眾人愕然瞧去，只見一個頭頂高冠，身披長袍，身材極高，面容古拙而呆木的人正從院門處悠然走進廣場來。「賭鬼」查海心叫邪門，自己早吩咐手下把大門關上，暫時不准任何人出入，待把事情解決後方再重開。但此人無聲無息的來到這裡，不聞半點攔截爭執的聲響，可知這怪人大不簡單。此人視賭場眾好手如無物，筆直朝寇仲走過來，自有一股逼人氣勢。眾漢因先前寇仲一刀擊得己方兩夥伴兵折人倒的前車早嚇破膽，心志被奪，竟不由自主往旁退開，任由怪人如入無人之境。

雷九指和林朗心生驚疑，弄不清楚寇仲和怪人是甚麼關係。寇仲則頭皮發麻，瞧著怪人來到身旁，苦笑道：「父親大人近況如何？」

怪人深瞥他一眼，露出一絲與他刻板面容似是全無關係的笑意，淡淡道：「沒給你氣死我可酬答神恩，還有甚麼好或不好的。」

查海趁機下台，抱拳道：「這位前輩高姓大名？」

他在江湖混了這麼多年，眼力高明，心知吃不住對方，只有好言相待。

怪人瞥他一眼，搖頭道：「若蕭銑親自開口問我，倒還差不多，你可差遠哩！」

查海勃然大怒，旋又想起一個人，登時寒氣直冒，不敢再發言。

怪人把手伸向寇仲，柔聲道：「我們父子不見多時，不如先找個地方喝酒談天？」

寇仲毫不猶豫地讓他握緊自己的手，向雷九指和林朗道：「兩位老哥可先回去，稍後再見。」同時打出眼色，著他們跟在背後。

怪人拉起寇仲，雷九指和林朗緊隨兩人身後，在查海等眼睜睜下揚長而去。

在剎那間，徐子陵將形勢完全掌握，同時知道若不全力出手，而仍左瞞右瞞自己的眞正功夫，等於借敵人之手來自盡。換言之他只能在暴露身分和被殺之間選擇其一，那不用人教都知該如何決定。

陰癸派的三位元老高手，兩人從前方兩側處攻來，兵器一長一短。長的是尾部連繫幼索的鐵環，短的是能藏在袖內的雙鉤。一長一短配合得天衣無縫，即使徐子陵騰上半空，亦逃不過飛環凌厲的追擊。後方攻來的是一把特別窄長的利劍，三樣性質完全不同的兵器，走的全是險毒奇詭的路子，功力十足，一時陰寒之氣大盛，勁風刺骨，以徐子陵的強橫，身在局內，亦感呼吸困難，舉動維艱，壓力重重。

徐子陵暗捏不動金剛輪印，登時心如止水，剔透玲瓏，暗忖即使寧道奇在自己現在的處境中，怕也不敢硬架三人聯手一擊，心念電轉間，他往左閃開。這一閃內中暗含無數玄機，且得之不易。敵人最厲害處，是虛實難測，徐子陵雖然戰鬥經驗豐富，眼力高明，但由於對方均爲魔門中的特級高手，縱然單打獨鬥，也不會差他多少，所以看似同時攻來，事實上卻可隨時生變，令他摸錯門路，那時敵人將可在數招之內置他於死地。他是絕不能出錯，失去主動的代價將是立斃當場。這一閃正是爭取主動的關鍵。

純憑直覺，他感到最先攻至的既非擅於遠攻的飛環，更不是交叉畫出無數迎頭罩來幻影的雙鉤，而是後方刺來的尖窄劍刃，前兩者只是惑他耳目心神，爲使尖窄劍刃的聞采婷助攻。就在尖窄劍刃無聲無息擲背刺來之際，他的身子往後虛晃，裝作抵受不住前方環鈎合成的龐大壓力。聞采婷果然中計，劍刃立時嘯風狂起，加速增勁地全力擊至，變得搶在飛環和雙鈎之前。徐子陵正是要製造出這種形勢，於刃尖及背的千鈞一髮之時，往橫閃去。三女不約而同各自「咦」的一聲，表示出對他高明判斷的驚訝，手底卻絲毫沒有猶豫，變招應變。仍在頭頂盤旋的飛環「颼」的一聲彎彎斜掠而至，如影隨形地疾割向改變了位置的徐子陵，若他繼續左閃，等於把自己送給飛環切割，另一元老高手則連人帶鈎往他撞來，只要被她纏著，他將完全陷進受制的局面。後方的聞采婷卻改攻爲守，幻起漫天劍網，把他的退路完全封死。

徐子陵還是首次遇上這麼厲害的聯手戰術，不但虛可變實，攻可化守，最要命是她們的內勁同源同流，合而匯成彷似天羅地網的勁力場，身在其中如入冰窖，且寒勁不住增加，致令被圍攻者功力大打折扣，更糟是勁力輕重變化萬千，絕難捉摸。徐子陵一無所懼，長笑一聲，倏又往右閃去，同時旋身，長袍轉飛，掃往劍網鈎影處，左手拍向飛環，同時右手暗揑獅子印，沉喝一聲「咄」。三女見他奮起反抗，都是心中大喜，暗忖在三人聯手之勢下，定可將他重創，豈知就在眼看成功之際，徐子陵的眞言貫耳而入，登時把瀰漫全場的慘烈森殺之氣消去。此音有若夜半時從禪院響起的梵誦鐘聲，似乎遠在天邊，又若近在耳旁，感覺玄異無倫，能令人心撼神移，奇妙至極點。三女乃魔門中人，天性受這種佛門禪音所剋，兼之猝不及防，爲之心神劇震，手底不但緩了一線，功力亦因而大幅削減。「霍霍」連聲，徐子陵揚起的外袍分別掃上劍鈎，左手擊中飛環。三女同時被震退，再組不成合圍的優勢。

徐子陵一聲「承讓」，右掌虛按地面，斜飛而起，待到半空時，使出急速換氣的獨門奇招，改變方向，避過三人的追擊，落向遠方房舍，迅速消沒。三女看他的速度，知難以追及，氣得呆在當場。

白清兒從徐子陵逃走的方向躍落場中，駭然道：「這人是誰？」

聞采婷扯下面紗，美目深注地凝視徐子陵消失的方向，沉聲道：「若非此人身具佛門獅子吼奇功，我會猜他是寇仲或徐子陵所扮的，但事實顯非如此。」

另一女道：「無論這叫弓辰春的人如何高明，只要他再次現身，定難逃殺身之禍。正事要緊，杜伏威才是我們這次的目標，走吧！」言罷四女迅速飄離。

在酒舖寧靜的一個角落，杜伏威露出沉思的凝重神色，瞧著杯內的美酒，沒有說話。寇仲恭候他發言，沒有絲毫不耐煩的情緒。一路走來，直到剛才對飲三大杯，杜伏威仍未說過半句話。

杜伏威終於綻出一絲充滿自嘲意味的笑容，啞然失笑搖頭道：「換成是昨天，我定會調兵遣將，不顧一切將你這忤逆子殺死，以洩心頭恨意。但現在卻只有憐愛之情，父子之愛，你說人生是不是很奇怪？」

寇仲劇震道：「老爹你終給師妃暄打動啦！」

這回輪到杜伏威猛顫一下，目射奇光地朝他瞧來，難以置信的道：「難怪你這小兒能橫行天下，竟可從我一句發自眞心的感慨推測出言外的事實，這根本是不可能的。」

寇仲苦笑道：「孩兒不是才智高絕，而是一方面知道師妃暄正爲李小子遊說天下群雄，一方面知悉你的老拍檔輔公祐乃魔門中人，更清楚老爹你逢場作戲的心態，所以猜到你老人家今天剛秘密見過師妃暄。唉！李世民又多一壁江山。」

杜伏威舉杯笑道：「這一杯是爲老爹我感到如釋重負，渾身輕鬆舒泰而喝的，乾杯！」

寇仲歡喜地和他碰杯，兩人一飲而盡。

杜伏威訝異地用神打量他，好判辨他的歡容是否發自眞心，奇道：「看來你是眞的爲我高興。這實在有違常理，你該爲李世民勢力日增而失意才對。」

寇仲放下酒杯，環目掃視舖內其他幾桌的客人，始坦然道：「我這人最看得開，就算擔心煩惱也留待和爹喝完酒後再計較思量。現在只會陪爹開懷暢飲，更不會問爹和李小子間合作的細節，免陷爹於窘惱爲難。」

杜伏威拍桌嘆道：「不愧我杜伏威看得起的人，只有如此方當得起英雄了得的讚語。老爹亦有幾句肺腑之言，希望小仲你能平心靜氣去考慮考慮。」

寇仲頹然挨到椅背去，苦笑道：「若爹是勸孩兒以爹你爲榜樣，爹可省點力氣留來喝酒。」

杜伏威微笑道：「杜伏威可以投降，寇仲豈能如此！所謂知子莫若父，我只是想提醒你，希望你取消往關中尋寶一事。因爲不知誰人傳出消息，令天下無人不知你和子陵正打算北上關中，你們若堅持要去，實與自投羅網無異。」

寇仲咬牙切齒道：「還不是香玉山和雲玉眞幹的好事？這定是他們借刀殺人的陰謀，不過我和小陵怕過誰來？」

杜伏威嘆道：「有楊公寶藏又如何？古來爭天下者，從沒有人是靠寶藏起家的。你若仍要硬闖關中，只是逞匹夫之勇，又或像撲火的燈蛾，自尋死路罷了！」

寇仲平靜下來，面容變得冷酷而不現半絲情緒，緩緩道：「我現在一是向李小子跪地求饒，一是奮戰到底，而爹該知我會作何選擇。」旋又嘻皮笑臉地道：「我的娘！孩兒已是走投無路，唯一法寶就是看看寶藏內有甚麼能起死回生的寶物，碰碰運氣。哈！愈艱難的事孩兒愈覺有趣。」

杜伏威皺眉道：「那並非艱難與否的問題，而是根本沒有可能的。李世民的天策府固是高手如雲，李閥門下更是能人衆多，如果你覺得還不夠的話，尚有佛道兩門和整個與佛道有關係的白道武林，豈是你兩人能擋架得住？」

寇仲一呆道：「爹是否暗示師妃暄會親手對付我們？她和子陵的關係很不錯哩！」

杜伏威沉聲道：「這只是你們不明白師妃暄的行事作風，絕對公私分明。兼且她一直以來因憐才而對你兩人非常容忍，故不住好言相勸，可說盡過人事，你還可對她有甚麼奢求？」

寇仲無言以對。

杜伏威淡淡道：「你猜我怎會知你身在九江？」

寇仲立時頭皮發麻，怔了好一會才道：「難道是她告訴你的？」

杜伏威苦笑道：「給你一猜即中，她是要我來給你最後一個忠告：不要到關中去。」

寇仲不解道：「她怎知爹和孩兒的關係？」

杜伏威眼中射出充滿感情的罕有神色，柔聲道：「因爲我向她道出歸降李世民的其中一個條件，是不論在甚麼情況下，也不與你和小陵正面作戰，這大概是甚麼虎毒不食子吧！」

寇仲一震道：「爹！」

杜伏威哈哈笑道：「只有這聲『爹』是發自眞心，老夫大堪告慰。」

旋又肅容道：「你兩人武功均臻大家境界，即使以師妃暄之能，亦沒把握獨力收拾你兩人，兼且她坦然承認沒法對你們痛下辣手，但她卻務要阻止你兩人赴關中尋寶，你可猜到她會用甚麼手段？」

寇仲呼出一口涼氣道：「她不是要請寧道奇出馬吧？」

杜伏威搖頭道：「寧道奇乃道門第一人，身分地位非同小可。身為佛門的師妃暄若非別無選擇，不會輕易驚動他老人家。且據聞寧道奇由於你們的武功來自道家寶典《長生訣》，彼此大有淵源，故曾親自請求慈航靜齋只將你們生擒囚禁，待李家平定天下後，再放你們出來。只此便可知他不願出手對付你們。」

寇仲色變道：「我的娘，我情願被殺也不願被囚。」

杜伏威失笑道：「這是你第二次喊娘，眞的是何苦來哉。」

寇仲頹然道：「我現在唯一想做的事，是要小陵退出這尋寶的遊戲，他最愛自由自在，我則是自作孽，與人無尤。」

又問道：「靜齋的齋主是誰，會不會率領大批師姑和尙來捉我們？」

杜伏威搖頭道：「靜齋現在的主持身分神秘，但她在佛門的地位等同寧道奇在道門的位置，不會輕易出山妄動干戈。照我聽師妃暄的暗示，她會請出佛門的四大聖僧，所以你喊娘是應該的。」

換了以前，寇仲恐怕眉頭都不皺一下，皆因不知四大聖僧是何許人也。但剛剛聽過徐子陵說連石之軒都給四大聖僧殺得落荒而逃，現在驟聞要來擒他和徐子陵的正是這四人，不大吃一驚才是怪事。

四大聖僧就是天台宗的智慧大師、三論宗的嘉祥大師、華嚴宗的帝心尊者、禪宗四祖的道信大師，四人再加上師妃暄甚或了空，他兩人哪有還手機會？

霍地立起身來，苦笑道：「孩兒有急事須趕回去和小陵商量，爹保重啦！差點忘記告訴爹陰癸派有大批人馬來了九江，爹要小心些兒。」

杜伏威一言不發地放下酒資，陪他站起來走往鋪外，值此夜深人靜之時，道上行人疏落，倍覺淒清。

夜風吹來，杜伏威道：「我這做爹的眞窩囊，說了這麼多話仍不能打消仲兒北上之意。師妃暄選這時間要爹來作警告，其實是一番苦心，不願你兩人到關中後和李家正面衝突，致結下解不開的深仇。」

寇仲嘆道：「若我就這麼給嚇得屁滾尿流，龜縮不出，下半生的日子怎麼過？」

杜伏威搖頭道：「話不是這麼說的。昔年韓信亦有胯下之辱，所謂大丈夫能屈能伸，只要你躲回彭梁的大本營去，師妃暄能奈你們幾何。但像你們現在這般投向關中，只是以卵擊石，螳臂擋車，不自量力的行爲罷了！」

寇仲雙目奇光迸射道：「不能力敵，便要智取，總會有辦法的。」

杜伏威邊行邊哂道：「只看師妃暄對你兩人的行蹤瞭如指掌，便知你們落在絕對的下風，只有捱打待擒的分兒。」

寇仲灑然笑道：「爹該比任何人都明白，由出道開始，我們一直捱打，到今天這形勢仍沒好轉過來，只是對付我們的人愈來愈厲害而已！只要我能安抵關中，恐怕寧道奇也要視我爲夠資格的對手。」

杜伏威停下步來，仰天笑道：「寇仲畢竟是寇仲，我也不再勸你，只盼你能免去被擒之辱，我們就此爲別。」

寇仲恭敬施禮，斷然離開，才走數大步，杜伏威的聲音從背後傳來，道：「尚有一事忘記告訴我兒，就是李密正式臣服李家，還率衆入關，此事轟傳天下，更添李家的聲威。」

寇仲一震停下，苦笑道：「還有甚麼其他的壞消息？」

杜伏威豪情忽起，拍手唱道：「對酒當歌，人生幾何；譬如朝露，去日苦多。慨當以慷，憂思難忘。何以解憂？唯有杜康。」

杜康就是造酒之神，可見杜伏威無意爭逐江湖，只想退隱的心態。

歌聲遠去。寇仲沒有回頭，感受杜伏威歌聲中的荒涼之意，心中感慨萬千。識時務者爲俊傑，在這方面他寇仲顯然不及老爹杜伏威。但這正是生命最有趣的地方，從不可能中追求那微妙的可能性。他現在最想見的人是徐子陵。

徐子陵依林朗的指示來到秘巢，雷九指、林朗和公良寄正憂心忡忡的等候他和寇仲，徐子陵聽罷立即猜到那人是杜伏威，笑道：「那確是他的義父，諸位放心。」

同時心中大惑不解，杜伏威乃江淮軍的龍頭大領袖，怎會孤身一人到蕭銑的地頭來？而且對寇仲全無惡意。

正思量間，林朗低聲問道：「那怪人是否江淮軍的『袖裡乾坤』杜伏威？」

因杜伏威的形相特異，林朗事後終於猜到是他。

徐子陵迎上林朗和公良寄充盈好奇光芒的兩對眼睛，微笑道：「我當你們是自己兄弟才說實話，不錯，那人正是橫行江北的杜伏威，兩位亦不難猜到我們是誰？」

林朗一震道：「弓爺這模樣是假的啦！」

徐子陵脫下面具，露出俊秀無匹的面容，淡然道：「在下徐子陵，見過林兄和公良兄。」

兩人爲之目瞪口呆。

好一會林朗始能吁出一口氣道：「那另一個當然是名震天下的『少帥』寇仲。眞想不到，嘿！」

公良寄熱淚泉湧，感動萬分地嗚咽道：「難得徐爺這麼古道熱腸，讓小人的家當失而復得，小人來世結草銜環，也不足報大爺的恩典於萬一。」

雷九指伸手摟上公良寄肩頭，哈哈笑道：「爲何要哭哭啼啼的？萍水相逢也可作兄弟啊！兄弟間爲何要謝來謝去？」

徐子陵不好意思的道：「公良兄言重，正如雷兄所說，大家兄弟計較來作甚麼？更不要爺前爺後的弄生疏了。」

林朗激動的道：「好！徐兄這麼說，那大家以後是兄弟，先讓小弟弄些酒菜來爲大破『點石成金』賴朝貴一事慶祝。」

公良寄拭去淚痕，興高采烈地道：「我最拿手是火鍋子，林兄有甚麼好材料？」

林朗站起來道：「我早想到可能要躲在這裡避避風頭，故糧貨充足，想知道有甚麼隨小弟到灶房看看吧！」

公良寄歡喜地跟他去後，雷九指皺眉道：「所謂逢人只說三分話，你這麼對他們推心置腹，不怕出問題？」

徐子陵淡淡道：「我這人一向憑感覺行事，經過多天的相處，林朗和公良寄都是值得交往的人，我是眞的當他們是朋友。」

雷九指讚許道：「子陵對人確是沒有任何架子。我見過不少所謂江湖名人，不是拒人於千里之外，就是自重身分，講究名氣地位身家，教人看不順眼。」

徐子陵微笑道：「這些只是未成氣候的人！像李世民師妃暄之輩又何須對人擺架子來顯示身分地位？而我則更沒有炫耀的資格，只是僥倖混出點名堂，其實一無所有，浪得虛名。」

雷九指待要說話，寇仲神色平靜地走回來，閒話兩句後，扯了徐子陵到後院的小亭說話，先問徐子陵為何除下面具，才把杜伏威代傳的警告說出。

徐子陵皺眉思忖片刻，道：「師妃暄定是從侯希白處得悉我坐烏江幫的船來九江，亦因這線索查到你坐宋家的船抵此。侯希白根本沒想過事情有這麼多的後果，否則絕對會為我保密。」

寇仲道：「她是如何知道不再重要。現在我只有一個請求，就是子陵你須立即和我分開，以免被我拖累，說到底是我拖你來淌這潭混水。」

徐子陵笑道：「一世人兩兄弟，我怎能在這關鍵時刻捨你而去？四大聖僧便由他娘的四大聖僧吧！石之軒既可落荒而逃，我們這兩個逃生專家怕他的鳥兒。正如老跋所言，只有在壓力和挑戰下才可作出夢寐以求的突破！你想剝奪小弟這磨練的千載良機，眞是休想。」

寇仲最明白他不愛爭鬥的性格，尤其對手是正義的化身師妃暄和四大聖僧，心中一熱道：「若我說多餘話，再不配做你的兄弟。不過縱使我們如何自負，仍難與石之軒相提並論。何況我們因入關中而讓敵人有跡可尋，非如當年石之軒般可上天下地的逃竄，形勢更為不利，你有甚麼妙計？」

徐子陵苦笑道：「事實上我們對師妃暄的行事手段所知不多，只知她有整個白道武林在背後為她撐腰，而她則對我兩人瞭若指掌，包括我們改頭換面的本領，看來不打幾場硬仗是不行的。」

寇仲大感頭痛，沉吟道：「每一個人都有弱點，師妃暄的弱點或者是對你的情意。」

徐子陵不悅道：「又說這種話。」

寇仲低聲下氣道：「我只是以事論事。若換過師妃暄是婠妖女，我們大可主動出擊，趁四大禿頭來到之前殺他娘的一個落花流水，現在卻是難以辣手摧花。何況師妃暄擺明是要生擒我們，這麼有情有義，更教我們硬不起心腸去動她。」

接著雙目奇光一閃，道：「我們可否爲求入關而不擇手段？」

徐子陵搖頭道：「你是否想利用陰癸派的力量去制衡師妃暄？這樣就算能安抵關中，又有甚麼光采可言？我剛才差點命喪陰癸派三位元老級高手的圍攻下，能夠脫身可算執回一身采。」

寇仲一震道：「三大元老級高手？」

徐子陵把事情說出，寇仲色變道：「不好！她們絕不會因區區一個弓辰春而勞師動衆，此事定衝著老爹而來，我們該怎辦呢？」

徐子陵陪他變色，心念電轉下道：「因有師妃暄在城內，陰癸派的人只會在城外伏擊他，我們立即趕去！否則遲恐不及。」

寇仲不待他說完，早彈起來，騰身而去。

寇仲剛飛過一座瓦頂，倏地伏下，後至的徐子陵陪他一起探頭瞧去，捕捉到一個女子的優美背影，融入一組房舍之旁的樹木暗影裡。此女渾身夜行勁裝，論輕身功夫足可臻一流高手之列，且非常眼熟。

寇仲皺眉道：「此女是誰？我定曾在某處見過的。」

此處離城外碼頭只是普通人約走一刻鐘的腳程，當然指的是當城門大開而言。現在若要出城，便需高來高去的本領。九江城高達十多丈，即使寇徐的身手，也要藉助攀城的工具又或互相借力才可踰牆離城。

徐子陵點頭道：「此女當是我們共同認識的人，因爲我也甚爲眼熟。照看這座房舍該是旅館客棧一類的地方，其中尙有幾個房間透出燈火，會不會和老爹有關？」

寇仲低聲道：「我正是這麼想，在這時刻出現在九江武功高強的女子，很可能是陰癸派的妖女，但這個人肯定不是白清兒，高度近似，卻缺少她那神出鬼沒似若幽靈般的味道，唉！究竟是哪個妖女？」

徐子陵一震道：「我知是誰啦！難怪差點想不起來。」

寇仲問道：「究竟是誰？」

徐子陵在他耳旁道：「是榮妖女。」

寇仲喜道：「確似她的體態風姿，若是如此，她們該失去老爹的蹤影，否則不用走來走去有如喪家之犬。」

話猶未已，榮姣姣從樹木的暗影裡閃出，往城牆方向掠去。

寇仲扯下面具，笑道：「在被人生擒前，不如我們生擒個妖女來玩玩好嗎？」

徐子陵答道：「正有此意。」卻給寇仲一把拉著，只見榮姣姣立定在三十丈許外一處瓦面上，另一人正從遠處逢屋過屋地往她奔來，赫然是邪道八大高手之一的「子午劍」左游仙。

兩人看得直冒涼氣，假若再有榮鳳祥和輔公祐，配上陰癸派三大元老高手和白清兒，即使加上他兩人亦不幫不上杜伏威。可見這次對付杜伏威一事他們是志在必得。

杜伏威孤身來此見師妃暄，當然是爲避開拍檔輔公祐的耳目，竟然會洩出消息，可推測出他身邊的近人中有內奸。假若能成功伏殺杜伏威，身坐第二把交椅的輔公祐將名正言順坐上江淮軍大總管的寶座，然後南連林士宏，說不定眞有爭霸天下的希望。所以成功與否確是非同小可，但顯然現在出了問題。

榮姣姣的聲音傳來道：「怎麼到處都不見他？」

她雖蓄意壓低聲音，相隔距離亦遠，但因他兩人功力大進，仍能一字不漏地收進耳內去。

左游仙來到榮姣姣之旁，雙目精光閃閃掃視遠近，沉聲道：「這是不可能的。一邊的人瞧著他出城，另一邊的人卻眼睜睜看見他折返城內，就這麼失去影蹤，還令兩邊的人都以爲另一邊的人跟躡上他。」

寇仲湊到徐子陵耳邊道：「不愧是我們的老爹，這招我們要虛心學習。幸好我曾警告他陰癸派的人來了。」

徐子陵點頭同意，不用說杜伏威是借城樓的通道離開，方法非常簡單，卻直接有效，若非有他的身手，亦難以制伏守城的兵衛，不動聲息地溜掉。兩人均有放下心頭大石的輕鬆感覺。

榮姣姣苦惱道：「這次我們是痛失良機，待他回到歷陽，要殺他便不容易。」

左游仙沉吟片晌，道：「走吧！」

兩人伏在長江旁密林中，遙觀白清兒的官船，左游仙和榮姣姣剛沒入燈火黯淡的船艙內。

寇仲道：「你有甚麼好提議？」

徐子陵笑道：「我知你是手癢啦！不過若我們出手，例如放火燒船，會暴露我們的行藏，只爲我們徒添煩惱。」

寇仲道：「你記不記得當日在洛水不動聲息地把獨孤閥那條船弄沉的事？我們來個照本宣科，也可洩心頭一口惡氣，順便偷聽他們的密話。」

徐子陵大為心動，正要動身，寇仲又一把扯著他道：「不要以為我們可在水底永遠閉氣，這可是非常耗費真元的。」

接著把在大海死裡逃生的可怕經驗說出來，兼道：「不過當真元耗盡時，回復功力後卻會有奇異的增長。假若這種情況可永無休止的繼續下去，終有一天我們可變成會飛的神仙。」

徐子陵一震道：「其實這正是換日大法的關鍵訣要，破而後立，敗而後成。但增長以第一次最厲害，其後功效將迅速遞減。你可說是在無意中練成換日大法。」

寇仲失望地道：「我還以為可找個地方試試你的九字真言奇功，大家鬥個筋疲力盡，那就連四大禿頭都不用害怕。」

徐子陵苦笑道：「哪有這麼便宜的事？還要不要鑿沉白妖女的船，他們正等我們回去吃火鍋。」

寇仲道：「洩憤只是一時之快。說起我們的師仙子和四大禿頭，我卻有個好主意。」

徐子陵愕然道：「你想到甚麼？」

寇仲用下頷指指白清兒的官船，得意地道：「只要我們查清楚白清兒的官船何時啓航返回襄陽，或可連船費也省掉，且可保證我們的仙子會忽然失去我們的蹤影，更省卻眾妖婦妖女找你弓大爺的晦氣。」

徐子陵同意道：「此計妙絕！來吧！」

雷九指三人等得急如熱鑊上的螞蟻，兩人渾身濕透的回來，神情卻像打贏勝仗，意氣飛揚。換衫的換衫，擺火鍋的擺火鍋，不片晌五人團團圍著熱烘烘的火鍋，轟然對飲，氣氛熱烈。林朗和公良寄大感能和徐寇兩人共席對飲，實乃無比榮幸的快事。但離別在即，且公良寄明早隨林朗返川，故分外珍惜這個聚會。幾杯下肚，五人再不客氣，衆箸齊舉，大吃大喝起來。

寇仲給火灼紅的臉露出燦爛的笑容，問雷九指道：「我剛聽到一個消息，洛陽的榮鳳祥會參加明晚的天九大賽，你聽過這個人嗎？」

雷九指一怔放下筷箸，道：「當然聽過，此人的賭術在洛陽非常有名氣，我也沒一定把握能贏他，你這消息是從何處得來的？」

徐子陵道：「是剛偷聽回來的，雷兄可否取消明天的參賽？」

寇仲道：「皆因我們要先走一步，到關中後才可再與老哥你相會。」

雷九指露出失望神色，旋又笑道：「此事待明天再說，今晚只是猜拳喝酒。來！我們飲杯！」

再飲一杯後，寇仲對徐子陵道：「兄弟！到後院玩兩手如何？保證我的刀法可打得你屁滾尿流。」

徐子陵哈哈一笑，長身而起道：「不要把話說得太滿，難道我會怕你？」

第六章

井中八法

黃易作品集

第六章　井中八法

「鏘！」寇仲掣出井中月，左鞘右刀，感覺自己至少有九分「天刀」宋缺的氣度。得意洋洋的笑道：「別怪我沒預先警告，現在小弟的刀法厲害得連自己都控制不住，你要當眞打般才行。」

正在小亭內捧起酒杯「隔岸觀火」的三人中之雷九指酒意上湧，戟指怪笑道：「若控制不住，怎算高手？」

寇仲變回揚州城時愛耍潑皮的大孩子般，反唇相稽道：「平時當然是能控制自如，但現在使的是『天刀』以外的另一種『醉刀』，所以愈不能控制愈是厲害。哈！這麼深奧的刀理一般低手怎會明白，給老子乖乖閉嘴。」

林朗和公良寄同時起鬨，他們曾親眼目睹徐子陵的身手，打死不肯相信寇仲比他更厲害。

卓立在寬敞院落小坪上的徐子陵聽他的酒後胡言，沒好氣的笑道：「這麼多廢話，說不定給我三拳兩腳徹底收拾掉，那時才難看。」

寇仲把刀鞘子隨意拋掉，環目一掃，發覺院落四周林木環繞，位於城東僻處，打得乒乒咚咚的，也不虞驚擾別人的好夢，大感滿意道：「來！來！讓我們手底下見個眞章，看看你那對像娘兒般嬌嫩的手是否像你嘴子那麼硬？」

雷九指等又是鼓掌喝采，一副唯恐天下不亂的湊興狂狀，爲兩人的試招平添不少熱烈的氣氛。徐子陵大感有趣，暗施「不動根本印」，酒意立時不翼而飛，雙目神光電閃，一股無比堅凝的氣勢以他爲核心向四外擴張。

寇仲生出感應，大嚇一跳。只見在月色灑照下，徐子陵面容不見半點情緒表情的波動，彷如入靜的高僧，寶相莊嚴，但自有一種說不出的風流瀟灑，合而形成奇特的魅力，極具震懾人心的氣度，令他生出似初次認識徐子陵的怪異感覺。寇仲暗喚一聲我的娘，連忙收攝心神，脊挺肩張後，微俯向前，眼神迎上徐子陵似可洞穿肺腑的目光，井中月遙指對方。

這回輪到徐子陵爲之動容，大訝道：「果然從宋缺處偷到點門道，減去以前外揚的霸氣，代之是莫測高深如高山大海的氣度。恐怕小弟要多耗幾招才能將仲爺收拾。」

寇仲哈哈笑道：「現在知道本少帥的厲害已太遲啦！我怕的是你不肯動手爲我止癢，你最好全力出手，免至輸得一塌糊塗後不肯認賬。」

說話間，兩人不斷催發氣勢，院內登時湧起慘烈澎湃的感應，冰寒和火熱的勁氣交撞衝擊，衣衫拂揚，情景詭異。雷九指三人下意識地退往亭子遠處，再說不出話來。在三人眼中，徐子陵宛若挺拔參天的蒼松古柏，秀氣逼人中隱透孤高不群的灑脫氣魄；寇仲則彷如險峻透雲，不可測度的崇山極嶺。都是那麼教人膽顫心撼，更令人感到兩人的勢均力敵。

徐子陵啞然失笑道：「見你還有點道行，讓你先出刀。」

寇仲哂道：「笑話！先出刀後出刀有何相讓可言，不過見在氣勢對峙上大家都佔不到便宜，小弟就做好心打破悶局，看刀！」倏地左腳踏前，一刀往徐子陵挑去。

雷九指三人看得目瞪口呆，兩人明明相距足有兩丈至三丈，可是寇仲只踏前一步，理該只是移動

三、四尺許，偏偏刀鋒卻貨眞價實的直抵徐子陵前胸，神奇得有若玩戲法。在徐子陵眼中，寇仲是利用踏前的步伐，帶動整個人，故看似一步，卻是飆前逾兩丈，弄出縮地成寸的幻覺。如此步法，徐子陵還是初次得睹。

寇仲的刀法更是凌厲，攻的雖只刀鋒所取的一點，刀氣卻將他完全籠罩，使他生出無論往任何方向閃移，在氣機牽引下，寇仲的井中月都會如嗅到血腥的餓狼，鍥而不捨的緊追噬來，微妙至極點。

徐子陵當然不會就此認輸，哈哈笑道：「果然有點兒門道。」

猛一扭側虎軀，右手半握智拳印，往上托打，正中刀鋒。雷九指三人本已驚呼失聲，此時立即改爲讚嘆！原來初時明明瞧得徐子陵的右手尚差半尺方擋得住寇仲的井中月，豈知偏偏正因這偏差，始能命中井中月的鋒銳，確是神妙至極點。

寇仲渾身一震，收刀後退，悠然立定嘆道：「終試到你這小子的深淺，內功心法也改變啦！整個人自成一體，無內無外，你手捏的是甚麼印式？」

徐子陵雙目瞇成兩線，其中精芒爍動，仍予人神藏內斂的含蓄，搖頭道：「甚麼印式並不重要，最重要是發出的眞勁，剛好把你的刀氣卸開，令你難以乘勢追擊，投降沒？」

寇仲毫情萬丈的嗤之以鼻道：「陵少你究竟是天眞還是幼稚，這麼可笑的言辭竟說得出口？若你能眞的把我的刀勁完全卸到一旁，我早餓狗搶屎的當場出醜。現在仍能卓立這裡吐出嘲弄你的話語，可知小弟仍是遊刃有餘。」

徐子陵點頭道：「本少確未夠道行要你左便左，右便右。不過你絕不是遊刃有餘。你既然這麼愛爭辯，答我一個問題。」

寇仲緩緩舉刀，直至頭頂，一股旋勁立即以他為中心捲起，地上的草葉均環繞他狂旋飛舞，冷然喝道：「有屁快放！」

雷九指等無論是看和聽均大感痛快過癮。兩人間的言語愈不客氣，愈令人感受到他們雙方眞摯不移，全無顧忌的兄弟之情。

徐子陵岔開去笑道：「我們就像回復當年在揚州偷學功夫後相鬥為戲的情景，唉！不知不覺又這麼多年，說起粗話來你這小子仍是那個調調兒，沒有一點長進。」

寇仲縱聲狂笑，舉空的刀子變成撐地的杖，捲飛的旋葉一層層地撒回地上，點頭哂笑道：「粗話也可進步的嗎？請陵少說幾句進步了的粗話來開開耳界吧！」林朗等也陪他大笑。

徐子陵啞然笑道：「算我說錯，剛才的問題是為何我能以奕劍法把你的井中月擋個正著？答不到作輸論。」

寇仲坐倒草地上，橫刀膝頭，沉思道：「你是把握到我的刀意，對吧？」

徐子陵道：「算你過關。為何你不能從有意的下乘之作，入無意的上乘之境？那我對付起來將會吃力得多，不像現在似飲酒吃火鍋般的容易。」

寇仲動容道：「確是高論。不過據敝岳老宋所言，無論有意或無意，均有偏失，最高明莫如在有意無意之間。不過此事知易行難，怎樣才可進入有意無意的境界層次呢？」

雷九指大聲喝過來道：「老哥我可把在賭桌領悟回來的心得說與兩位老弟參考。賭博最忌求勝心切，怕輸更要不得。唯有既不求勝，更不怕敗，視勝敗如無物，反能大殺三方，長賭不敗。這當然還需有高明的賭技撐腰。」

徐子陵鼓掌喝道：「說得好！少帥明白嗎？」

寇仲呆個半刻，哂道：「很難明嗎？來！再看我一刀。」

徐子陵搖頭道：「哪有這麼便宜的事，輪也輪到你來挨招，小心啦！」

不理寇仲仍坐在地上，騰空而起，飛臨寇仲斜上方，兩手由內獅子印轉作外獅子印，再化爲漫天掌影，鋪天蓋地往寇仲罩下去。寇仲看也不看，揮刀疾劈，漫天掌影立時散去。

「轟！」掌刀交擊，徐子陵給震得凌空兩個空翻，回到原處。旁觀的三人均泛起難以形容的感覺，只覺徐子陵的攻擊固是神妙無邊，令人難以抗禦，但寇仲的反擊，亦是妙若天成，沒有絲毫斧鑿的痕跡。

寇仲把刀收到眼前，另一手撫刀嘆道：「我的好兄弟啊！今晚此戰對我們益處之大，將會超乎我們的想像之外。看刀！」倏地彈起，刀化黃虹，朝徐子陵擊去。

轉瞬間兩人戰作一團，若非雷九指等人知道底蘊，眞會以爲兩人有甚麼深仇大恨，務要置對方於死地。激烈無比的搏鬥一時火爆目眩，掌來刀往，腳踢拳擊，一時隔遠對峙，互比氣勢；時而近身施招，招法細膩，時而遠攻疾擊，大開大闔。不論哪種情況，均令旁觀者看得透不過氣來。「噹！」兩人倏地分開，隔丈對峙，仍是氣定神閒，像從沒有動過手般。

徐子陵手作日輪印，大訝道：「我因近來迭有奇遇，故能藉九字眞言手印使外力內氣生生不息，來而復往，若天道之循環不休，大幅延長眞氣的持久力。所以剛才是要蓄意消耗你的眞元，再點醒你這小子。豈知你這小子竟能像在刀與刀間呼吸回氣的樣子，這是甚麼功夫？」

寇仲哈哈笑道：「原來你確是對我用陰謀詭計。我這種秘術學自老宋，每一刀均要收發自如，攘外調內，否則早給你打個灰頭土臉。嘿！剛才用不上奕劍法吧？」

徐子陵點頭道：「你剛才的數十刀充滿天馬行空的創意，與你以前的刀法風格雖同，但卻多出一種難以形容的勁道，在至簡至拙中隱含千變萬化，欠的只是功力火候，否則我已被你擊倒。現在該只有你待宰的分兒。」

聽到最後一句，寇仲啞然失笑道：「你的九字真言手印固然是震古鑠今的絕學，但你吹牛皮的本領更是天下無雙，來！給本少帥看看你如何宰我？」

徐子陵微微一笑，忽然一拳擊出。包括寇仲在內，四人都爲之發呆，不明所以。原來此拳不但予人輕如棉絮的感覺，事實上既帶不起半點拳風，亦沒半絲兒勁道。

當眾人都這麼想時，倏地「蓬」的一聲，凝定在半空的拳頭衝出凌厲無匹的勁氣狂飆，往寇仲直擊而去。雷九指等尚未來得及驚呼，寇仲一刀劈出。「颼」的一聲，寇仲和徐子陵同時往後挫退半步，一切又回復原狀。

寇仲動容道：「這是甚麼功夫？」

徐子陵也動容道：「你這一刀竟能將我高度集中的拳勁劈作兩半及時卸開，確是神乎其技，天下間怕沒多少人能辦得到。」

兩人互望一眼，齊聲大笑，說不盡的神舒意暢。

在各有遇合的情況下，兩人在武道修爲的各方面均有長足的進展。最令他們欣慰的是能從不同的性格愛好，發展出屬於和適合自己的心法武功。

寇仲笑道：「和你動手，差點比和宋缺刀來刀往更痛快。從嶺南坐船來此，我每天都乖乖的在船上摸索刀道，配上魯大師卷上歷代兵法家的心得要訣，創出八式刀招，小陵你想試試嗎？」

徐子陵欣然道：「以你現在心得經驗，這八式刀招當然極有來頭，我怎願錯過？」

寇仲道：「這八招均有點妙想天開，還須你助我反覆推敲才成。在此強敵環伺的當兒，我務要在今夜令這八招功行圓滿，明天可以之讓敵人大吃一驚。」

雷九指喝道：「這八招有何名堂？」

寇仲肅容道：「第一招叫『不攻』，所謂無恃其不來，恃吾有以待也；無恃其不攻，恃吾有所不攻。故名不攻。」

說到最後一句時，長刀猛抖，腳踏奇步，登時湧起凜冽刀氣，遙罩徐子陵，似攻非攻，似守非守。

徐子陵神動道：「果然厲害，你這不攻一出，我立時感到若不主動進攻，將陷於被動挨打的劣勢。能將螺旋刀勁用至這種地步，可算出神入化。」

寇仲繞著徐子陵緩緩移動，道：「不過此招只適合用在單打獨鬥的場面，若要主動出擊，先發制人，還需『擊奇』，所謂善出奇者，無窮如天地，不竭如江河，營而離之，並而擊之是也。看刀！」

忽地滿場刀光勁氣驀然收斂，寇仲身隨刀走，刀勁化作長虹，直朝徐子陵射去。縱使明知他要出刀，也想不到如此猛疾凌厲。

「鏘！」徐子陵左掌劈出，正中井中月，兩人乍合倏分，回復對峙之局。雷九指等被他這一刀的突然而來，似山洪暴發般的氣勢所懾，竟忘記喝采。

徐子陵深吸一口氣，壓下翻騰的氣血，咋舌道：「你可知差點要掉我的小命。這一刀厲害的是心法，你最成功處是能把所有力量全集中到一刀之上，可與對手立即分出勝負，壞處是若對方多過一人，你可能因不及回氣而予敵人可乘之機。」

寇仲微喘兩口氣，有點艱難地點頭道：「所以下一式叫『用謀』，用兵之法，以謀爲本，是以欲謀疏陣，先謀地利；欲謀勝敵，先謀固己。可惜你不能乘勢來攻，否則我可讓你試試這招。」

徐子陵興致盎然地問道：「第四招叫甚麼？」

寇仲道：「第四招是『兵詐』，名之爲一招，其實卻是另八式虛則實之，實則虛之，兵不厭詐的招數。無不是以前用過而卓有成效的刀法，再經改良，不過卻很難對你使用，皆因我沒法生出騙你的心情。」

徐子陵哂道：「你又不是沒騙過我，莫要矯情作態啦！」

寇仲老臉微紅抗議道：「那怎麼同？」

徐子陵笑道：「算我言重。不要小器，快使出第五式來看看！」

寇仲猛喝一聲，一刀劈出。不是劈向徐子陵，只是朝空疾劈，雖是勁氣捲天，卻似不能直接威脅徐子陵。不過這只是雷九指一衆人等的看法，身在局中的徐子陵又完全是另一番感受。寇仲確已臻成家立派的大家境界，這一刀把周遭的空氣完全帶動，像天魔大法般形成一個氣勁的力場，最厲害是由於不是直接攻來，反教人不知該如何應付，攻守均失去預算，更糟是難知其後著。

徐子陵動容道：「這是預支的奕劍術。」就在井中月劈至勢盡的一刻，他往左右各晃一下。

寇仲哈哈一笑，長刀劃出。「噹！」兩人刀掌齊出，硬拚一招，各自分開。

寇仲得意道：「這招就叫『棋奕』，小弟落子，再看你如何反應，所以沒有固定招式，不過用在你這懂得奕劍術的小子身上，自然不大靈光。」

又道：「我這井中八法的第六法名『戰定』，來自『非必取不出衆，非全勝不交兵，緣是萬舉萬當，一戰而定』這幾句話，來啦！」

接著是令雷九指等看得目瞪口呆的連續百多刀，每一刀均從不同角度往徐子陵攻去，刀刀妙至毫顛，似有意若無意，既態趣橫生，又是凶險至極點。以徐子陵之能，也擋得非常吃力！

寇仲倏又刀往後撤，喘著氣道：「好小子，眞有你的。其他三招我再沒氣力使下去啦！讓你先聽名字如何！」

徐子陵亦感吃不消，道：「說吧！」

寇仲苦笑道：「又是騙你啦，這三招我仍未想好，故沒有名字，過兩天再告訴你吧！」

昨晚的一戰對兩人均有「催生」的作用。即使是宋缺和寧道奇之輩，在修練的過程中亦無法找到寇仲之於徐子陵般的相捋對手，可任對方盡情狂攻試招，同時告訴對方所有敗筆誤著，更相互誠心接受忠告。昨夜一戰，對他們實有無比重要和深遠的意義。

徐子陵來到廳堂，林朗和公良寄執拾好簡單的行裝，正圍在圓桌前興高采烈地共進早膳。寇仲則精赤上身，讓雷九指爲他瘀痛的肌肉塗抹跌打酒，濃烈的氣味和飯香饌味瀰漫全廳，充滿生活的氣息。

見他出來，寇仲怨道：「看你這小子平日溫文爾雅，昨晚卻像瘋了般找我來揍，眞是慘過血戰沙場。」

徐子陵對他的誇大言辭湧起熟悉親切的溫馨感覺，在他身旁坐下伸手抓起個饅頭，送進嘴裡邊吃邊道：「此事的確非常奇怪，我也感到整個人像撕裂開來般疼痛。以前無論多麼激烈的戰鬥，只要不是眞的受傷，睡一覺醒來便像個沒事人似的，這回卻全不是那回事。」

寇仲享受雷九指爲他揉捏寬闊的肩膀，點頭道：「我剛想過這問題，會不會是因爲我們的『眞氣』質同性近，故難以發揮自療的功效？」

徐子陵沉默下來，待雷九指「侍候」完寇仲，忽然從懷內掏出用防水油布包起的魯妙子遺卷，送到雷九指眼前，道：「若雷大哥今晚不去參加天九大賽，裡面的東西就是你的。」

寇仲不由想起懷內的包裹和裡面那吉凶未卜，李秀寧託商秀珣轉給他而尚未拆閱的密函。自從大海逃生後，他一直不敢解開看個究竟，連他都不明白自己怎會有這心態。

雷九指愕然道：「裡面是甚麼東西？」

徐子陵淡淡道：「你是賭博的大師，這包裹便等於是把骰子掩蓋的盅子，賭注清楚分明，你要不要和我賭這一把。」

雷九指苦笑道：「這麼快便來挑戰師傅我，唉！你不想我今晚去便不去吧！老哥當然相信你們是爲我著想。」

寇仲大力拍檯，嚇了林朗和公良寄一跳，笑道：「不愧是賭精，你贏啦！裡面是師公的手卷，保證你看個愛不釋手。」

雷九指劇震下，露出不能置信的神色，以迅速的手法解開包裹，神情激動地撫摸遺卷，說不出話來。

徐子陵道：「分道揚鏢的時間到哩！」

徐子陵、寇仲和雷九指坐在碼頭附近一座茶寮內，目送林朗和公良寄的船離去。徐、寇兩人都經過雷九指繼承自魯妙子的易容術加以改裝，變成兩個腳伕模樣的粗漢，這類人在碼頭混粗活的地方最是常見，不會起眼。事實上以寇仲和徐子陵現時的功力，即使婠婠之能，想在他們提高警覺下暗躡他們，亦難比登天。

雷九指頗有點離情別緒，默默喝茶。寇仲卻是情緒高漲，不住向徐子陵開玩笑。

徐子陵在椅邊撐起腿子，擺出粗野模樣，目光掃過不遠處白清兒的官船，看到一批十多人的大漢正不斷把一箱箱的貨物送到船上，道：「你猜他們要運甚麼東西返襄陽？」

雷九指道：「該是海鹽！」

寇仲訝道：「你怎能這麼肯定？若是海鹽何須用木箱裝載，用籮不就成嗎？」

雷九指悠然道：「這些木箱均為上等桃木，用作箱子是大材小用，可知明雖是運鹽，實兼運木，無論攻城守城，均需木材，但這麼一下手法，可掩人耳目。」

徐子陵點頭道：「此話大有見地，但木箱仍可裝其他東西而非海鹽。」

雷九指微笑道：「我作出這判斷是基於兩個原因，首先就是箱子的重量，其次就是這批大漢是海沙幫的人，他們不賣鹽賣些甚麼？」

寇仲和徐子陵定神一看，果然發覺眾漢領口處均繡上海沙幫的標誌，不禁暗怪自己的疏忽，同時大感奇怪，李子通一向和蕭銑勾結，照理蕭銑該和沈法興不和才對，怎會容許沈法興的爪牙海沙幫在自己的地頭自由活動，大作買賣？

雷九指見兩人沒有答話，壓低聲音道：「老哥要先走一步，關中再見吧！」哈哈一笑，逕自離去。

直至雷九指的背影消沒在茶寮外，寇仲才道：「我想不到你會那麼隨便地將魯大師的秘卷送人。雖說姓雷這傢伙與魯先生有淵源，但到底是初識嘛！」

徐子陵思量片刻，有點感觸的道：「這些秘本我早瞧得滾瓜爛熟，所以不想留在身邊。唉！或者我根本除孑然一身外，不想再有任何牽掛。不要那麼瞪我，我並非你想像般要去出家當和尚，否則四大聖僧來擒我將是我置身沙門的良機。」

寇仲苦笑道：「你這小子總教我擔心。是否受到甚麼感情上的挫折或打擊？對生命你好像比以前更消極悲觀。」

徐子陵茫然望向舟船疏落的河道，緩緩道：「或者在很多事情上，我和你是與其他人有異，但實質上我們並不能眞正明白自己。對於生命，更絕不知道是怎麼回事。生命究竟是甚麼？生命的結果會是如何？每一個人終其一生都要面對內外兩種現實，無論仲少你多麼神通廣大，也只能從外在的一些蛛絲馬跡，去捕捉我內在的情況，得出來的只會是扭曲後的東西。尤有甚者，你只能從自己的想像角度出發，去了解別人的生命。每個人都是獨一無二的，所以我們是注定要誤解別人。」

寇仲怔怔的呆想片刻，點頭道：「你這番話確有深刻的道理，我的確不了解你，至少從未想過你會有這種想法。不過這種把事情看透看化的能力是有高度的危險性，會把你推向孤獨的深淵，對人與人的關係不感興趣。」

徐子陵微笑道：「放心吧！我只是一時有感而發，事實上你把握得我很準，我在成都時曾因石青璇的簫曲勾起愛慕之意，然後她告訴我要丫角終老，那像一盤冷水照頭淋下來，足可與那次你被宋玉致拒絕相比擬。此事我只會說給你一個人聽，哈！說出後舒服多啦！」

寇仲心中一熱，道：「女人口說的是一套，心內想的是另一套，只要陵少肯積極點去爭取，保證石青璇抵敵不住。九字眞言裡哪一字是可引起人愛念的？」

徐子陵笑罵一句「去你的」後，始淡然道：「對男女之情我是個很懶散的人，生命稍縱即逝！本身已是如此不足，何況其中的人和事。緣來緣去，不外如是。」

寇仲忽然興奮地拍他一記肩膊，欣然道：「無論如何，終有女子能令你動心，便有希望不用做遺世獨立的高賢隱士，過那些淡出鳥兒來的日子。我和你剛好相反，覺得生命悠長難度，最沉悶是每天均是重複昨天的歷遇，所以必須找些新鮮玩意來解悶。」

徐子陵忽然問道：「昨晚你說井中八法中最後三法未想好，是否眞的？」

寇仲道：「怎會是眞的？你該知我這人是說一不二的，只因一來有外人在場，其次是這三招講求險中求勝，須抱有與敵偕亡的決心，才能發揮，試問我怎對你使得出來？」

徐子陵嘆道：「坦白說，昨晚你和我試招時，處處均有保留，但已比『天君』席應更厲害，宋缺這一餐確餵得你很飽，眞怕你遇上師妃暄和四僧殺得紅眼時不愼傷人，那就糟透。」

寇仲笑道：「放心吧！我豈是那麼沒分寸的人？何況這次是鬥智不鬥力，否則我們就不會坐在這裡等開船。」

又皺眉道：「你有沒有覺得事情不合常理？師妃暄既要阻止我們北上，自應一刻都不肯放過我們的行蹤去向，偏是你卻一無所覺，我也沒察覺甚麼異樣情況，究竟是怎麼一回事？她究竟知不知道我們在這裡？」

徐子陵點頭道：「我也在心中嘀咕奇怪，昨晚她已露上一手，教杜伏威到賭場找你，照我看她該是親身追趕我們，而我們則肯定被她監視。她乃玄門高人，心靈的觸覺比我還要高明，再配上她超凡入聖的武功，所以我們會像傻子般懵然不察。」

寇仲苦惱道：「那就糟透！假若我們潛入水裡，而不久後白清兒的官船開出，只要有點腦筋的人都知我們是搭順風船。」

徐子陵從容笑道：「師妃暄雖是人間仙子，卻非眞神仙，只要是人，便會中計，否則石之軒豈不能橫行天下無人能制。現在離開船尚有個把時辰，不如我們也大搖大擺的買票坐客船離開，看看她有甚麼能耐如何？」

寇仲大喜道：「正合吾意！走吧！」

寇仲頹然回到徐子陵旁，壓低聲音道：「他娘的！根本沒有人肯開船。聽說朱粲那混蛋封鎖所有北上的水道，南方林士宏又是誰的賬都不買，東面則是老爹的江淮軍，往四川的只有林朗剛才那條船，看來要以重金買艘漁舟了。」

徐子陵道：「不一定要坐船，我們有手有腳，走路也行，就和師妃暄比比腳力。我們在半途上再潛上白妖女的船，當更可避人耳目，走吧！」

兩人沿長江西行，一口氣奔出三十多里路，來到一座山丘最高處，你眼望我眼，心中均感無比的震駭，因爲對師妃暄，他們完全的看不通摸不透。

寇仲極目遠眺四方和在右方滾流的大江，道：「我可百分百肯定師妃暄沒有跟蹤我們，她究竟會用甚麼手段來對付我們？」

徐子陵心中浮起師妃暄靈氣逼人的玉容，深吸一口氣道：「當日在入蜀前，師妃暄告訴我四大聖僧當年聯手追殺石之軒，曾三次圍擊他，仍是被他負傷逃去。我一直沒深思這幾句話。坐下再說。」

兩人盤膝坐下，背貼背的，把遠近山林草野全收在視野的角度內，若有人接近，休想瞞過他們。

寇仲道：「我明白你的意思，石之軒一向行蹤隱秘，像現在便沒人知他藏在哪裡。但仍給四大禿頭三次截上圍攻，可知四大禿頭必有一套追蹤的秘法，即使以石之軒之能亦難以倖免。」

徐子陵嘆道：「佛門雖一向低調，事實上卻是白道武林的骨幹，想天下和尚寺尼姑庵之多，只要有萬分之一的和尚、尼姑懂得武功，已非常可怕。再加上與他們有關係的門派幫會和信衆，可以做成一面無所不披的情報網，只要我們在任何大城小邑出現，很難避過他們的耳目。現在表面上是我暗敵明，實際上卻是敵暗我明。」

寇仲嘆道：「眞想狠狠和他們打場硬仗，不過你定不會同意。」

徐子陵道：「此戰看來避無可避，但無論我怎麼不在乎，亦絕不願被人活擒囚禁。愈接近關中，我們愈危險，皆因尚多出個李小子，對我來說，李小子的雄才大略比佛道兩門合起來的力量更難應付，我們如此硬闖關中，是否明智之舉？」

寇仲默然片晌，斷然道：「只要你說一句話，我可立即取消關中之行。」

徐子陵微笑道：「我只是有感而發，一向以來，我們慣於做別人眼中瞧來愚蠢不堪的事，何礙多此一樁？」

寇仲欣然道：「這叫英雄所見略同。我最受不了把自己當作武林泰斗，又或憑高門大族勢力出來作威作福的人。當這兩方面的勢力結合成無上權威後，我更看不順眼。便讓我兩兄弟向這麼一個權威挑戰。時勢是由有志氣和能力的人創造出來的，只有來自民間的人明白人民的疾苦。李小子好比秦始皇或項羽，都是出身皇族貴家；而小弟則有點似漢高祖劉邦，大家同是不折不扣的流氓，沒有貴胄的習氣。哈！這比喻不錯吧！」

徐子陵怔了半刻，苦笑道：「你眞有興趣當皇帝嗎？最怕你當上皇帝後學楊廣般不安於位，南征北討，日日找新意思怪玩意，百姓就要苦透。」

寇仲抓頭道：「坦白說，做皇帝確是非常悶蛋，據魯妙子說秦始皇於國事無論大小，他總要親自裁決，每日竟要用衡石秤出一定分量的文牘，非批閱完不肯休息。在帝位的十二年中，有五年是在巡狩中度過。」

徐子陵道：「我很難想像你可以這麼努力。而問題是即使你肯努力，百姓仍未必受惠。打天下是一回事，治天下則是另一回事。你或者是天下無雙的統帥，卻未必是治國的明君，你有考慮過這問題嗎？」

寇仲苦笑道：「你不時提醒我，我怎會忘記？若眞能一統天下，我會把帝位讓出來給有德行才智的人。」

徐子陵哂道：「這種事說說可以，實際上卻行不通。若是如此，你不如提早金盆洗手，回鄉下開間餐館算啦！」

寇仲嘆道：「陵少總愛在此事上咄咄逼人，甚麼都是你說的。好吧！便讓我來當皇帝。別的不行，用人我總還有兩把刷子，這種事要做過方知道。幸好我對歷史地理有些認識，可從歷代興衰中取長捨短，看看可否開出另一局面。唉！雖說我們這刻閒得無聊，要說些話兒解悶，但在入關一事仍成敗未卜前，討論如何做皇帝是否言之過早？」

徐子陵道：「入關後將是一條沒有回頭的不歸路，我實在不願看到你將來後悔莫及的模樣。所以你必須把事情的後果和責任想通想透，不要因一時意氣而被命運牽著鼻子走，否則終有一天錯恨難返。」

寇仲收斂笑容，面容露出深思的神色，一字一字的緩緩道：「這世上眞能令我寇仲動心的事物屈指可數，現時排在頭位的是能壓倒其他所有競爭者，成爲天下之主，以我相信對百姓有利的方式，去讓他們過幸福太平的日子。我或者不是治國的長才，兼且懶散，可是此刻天下需要的並非一個有爲的君主，而是像我們練《長生訣》般睡覺才是練功的最佳法門。正如老跋所言，隋朝已爲新朝打下堅實無比的基礎，無爲而治方是最好的治國良方，只要能讓人民休養生息，國家定可強大起來。」

徐子陵點頭道：「這番話很有見地，我也把握到你的眞正心意。好吧！看楊公寶藏可否助你完成夢想。」

寇仲伸手搭上他肩頭，低聲道：「眞捨不得你，唉！」

徐子陵淡淡道：「白清兒的官船來哩！」

太陽剛好沒入西山下。

兩人脫掉外衣，剩下裡邊的水靠，利用岸旁崖石的掩護，潛入水中，迎上白清兒的座駕舟，依計劃附在近船尾的位置，先來個貼耳細聽，登時把船上所有聲音盡收耳鼓內。那是個豐富和充滿空間層次、純由聲音形成的世界，有如目睹，清晰得令兩人嚇一跳，心知肚明昨夜的試招令他們獲益良多，功力火候更深進一層。此時船上守衛森嚴，不知爲了甚麼原因，白清兒等處在高度戒備狀態，這可從沒有人說半句閒話推測出來。兩人交換眼色，均感奇怪，暫時打消潛進船艙的意思。憑他們的身手和超人的感覺，只要避開白清兒、聞采婷那級數的高手，可在船上來去自如，但這當然是指當船上的數十名大漢沒有提高警覺的情況下方能做到。

由於榮鳳祥會參加今晚在九江的賭賽，而左游仙則要助輔公祐應付杜伏威，所以可推想兩人不在船上。聞采婷等陰癸派元老高手也可能去尋「弓辰春」的晦氣，故此船上眞稱得上高手的，或只白妖女一人，那就非常理想。

徐子陵見寇仲向他打出浮上水面的手勢，忙與他一起沿艙壁上攀，在水面冒起頭來，除非有人探頭細察，否則休想發現他們，不過那時他們早躲回水內去。

寇仲湊到他耳邊道：「爲保留眞氣，絕不宜長期藏在水內。」

徐子陵低笑道：「那次大海的經驗一定嚇得你很厲害，現在仍猶有餘悸的樣子。」

寇仲道：「確是見過鬼便怕黑，眞古怪，白妖女爲何這麼急趕回襄陽？否則夜裡哪犯得著全速行駛，太危險哩！」

此時白清兒的聲音在艙內響起，兩人立即運功竊聽。

白清兒像慌怕被聽到似地說了兩句在他們聽來模糊不清的話，似是「看過」和「沒有問題」。

接著是聞采婷的聲音道：「只要抵達江夏，有辟師叔接應我們，便甚麼人都不用怕。」聲音轉細，該是用上束音成線一類的功夫，以後再聽不到半句一字。

兩人均感愕然，只是白清兒和聞采婷等三大元老高手，該足可應付任何人，爲何仍像誠惶誠恐的樣子，而她們又作下甚麼虧心事？

寇仲駭然道：「誰能被聞采婷喚作辟師叔？」

徐子陵答道：「是一個外號『雲雨雙修』叫辟守玄的老傢伙，我是扮岳山時從尤鳥倦和安隆處聽回來的。林士宏是他的徒弟，此人該在魔門很有地位。」

寇仲喜道：「終於肯定林士宏是陰癸派的人，他的行事手段亦卑鄙至極點，遲些定要找個機會狠狠打擊他。」

徐子陵道：「遲些再算。現在該怎麼辦？這麼把自己吸附船身是很吃力的，不用幾個時辰，我們便要完蛋大吉。」

寇仲嘆道：「人人瞪大眼睛地瞧，我也想不到辦法。哈！不如我們在船身開他娘一個洞，鑽將進去後看看她們作過甚麼陰損事，船上定有見不得光的東西，說不定是個人來呢？」

徐子陵想起那數十個桃木箱，點頭道：「你的推測該八、九不離十，橫豎不能登船，索性弄個洞子進去，你來選地方。」

寇仲尚未有機會挑選進入的位置，船速忽然減緩，兩人愕然瞧去，只見大江前方燈火燦爛，至少有四艘戰船一字排開，雖未能把遼闊的大江截斷，亦對通行的船隻造成很大的威脅。且大江水流湍急，這段河面雖較平靜，要在河面保持這種陣勢，兼在黑夜之際，絕非易事，由此可推知攔江船隊必有操舟高手在船上主持，不是易與之輩。

此刻由於相距達半里，兩人又受燈火眩目，看不清楚四船的旗號。

寇仲愕然道：「白妖女無論是陰癸派或錢獨關愛妾的身分，都不好惹，誰敢來惹她？」

徐子陵對水戰已有些認識，道：「對方佔有順流之利，更是蓄勢以待，硬拚起來吃虧的必是白妖女一方無疑。嘿！我們要不要趁對方注意力集中到前方去，行險從船尾偷上船？」

寇仲皺眉道：「入中艙是不可能的，鑽入尾艙該難不倒我們，來吧！順便查看那數十箱東西是否眞的是海鹽。」

兩人連忙行動。今早他們在碼頭時，看見白清兒的手下把海沙幫送來的木箱，放進船尾的底艙去，那自然比潛入前或中艙容易很多。兩人由船尾翻上甲板，船上的人全聚在船首和望台處，在甲板上工作的人也只留神前方的攔江船，加上兩人身手高明，神不知鬼不覺地掀起尾艙蓋板，一溜煙的鑽進去，坐在重重疊疊高的木箱上時，官船緩緩停下。

一把平和深沉的男聲從前方遙遙傳來，道：「迦樓羅王座下右丞相孫化成，向清兒夫人問好。」

白清兒的嬌笑聲響起道：「原來是孫相，這麼排成船陣攔江問好，我白清兒尚是首次遇上，不知是否迦樓羅王別開生面的迎客方式？」

寇仲和徐子陵交換個眼色，均感奇怪。迦樓羅王便是以凶殘著名的朱粲，照理他現正和蕭銑開戰，又與飛馬牧場仇隙甚深，跟江淮軍的關係更好不到哪裡去，可說三面受敵，只要聰明點，便不該開罪緊握北上之路的戰略重鎮襄陽的錢獨關，所以這麼攔截白清兒的官船，實在不合情理。

尾艙雖漆黑一片，但難不倒他們的銳目，只憑耳朵，便知箱內不會藏有活人，否則總有呼吸的聲息。

孫化成淡淡答道：「夫人責怪得有理，化成卻是另有苦衷，皆因受人之託，不得不來向夫人問一句話。」

白清兒奇道：「孫相要問哪句話呢？」

孫化成道：「只是要問清兒夫人一句話，請問蓮柔公主是否在夫人船上？」

寇仲感到徐子陵虎軀微震，訝道：「你知這甚麼公主是誰嗎？」

甲板上近船首處的白清兒發出一陣銀鈴般的嬌笑，以帶有嘲弄的口氣道：「這事眞個奇哉怪也，我只知貴國有位媚公主，卻從未聽過蓮柔公主，孫相爲何會尋到奴家的船上來？不知是受誰所託？」

孫化成道：「既是如此，請夫人恕過化成無禮之罪。至於我們是受何人委託，請恕化成不便透露。夫人請便！」

尾艙內的徐子陵和寇仲聽得面面相覷，完全不明白孫化成聲勢洶洶地來開口要人，竟那麼給白清兒一個否認後，竟乖乖的打退堂鼓，實比他們攔江一事更不合情理。

徐子陵低聲道：「蓮柔是西突厥國師波斯人雲帥的女兒，統葉護的乾女兒，我在成都曾和她交過手，武功高強，輕功尤爲了得。當時與安隆和朱媚是一夥，想不到竟被陰癸派活擒成階下之囚。」

官船繼續航行，兩人均感氣氛異樣，船上百多人，沒有人交談說話，氣氛沉悶緊張。

他們雖豎高耳朵，卻再聽不到白清兒和聞采婷的對話。

寇仲皺眉道：「我敢肯定蓮柔現在正在主艙內，孫化成只因投鼠忌器，不敢揮艦強攻，故來一招空言恐嚇，最好是白清兒設法把人從陸路運走，他們便可加以截擊。」

徐子陵搖頭道：「若要搶人，最好就在江上，目標簡單明確。孫化成這招最厲害處是莫測高深，連我們這兩個旁觀者都摸不清他接踵而來的手段。若是由他想出來的話，則此人的才智實在不可小覷。」

寇仲苦思道：「成都被擒的波斯美女，怎會出現在一艘從九江駛往襄陽的船上？這兩者表面上沒半絲關係，究竟孫化成怎會掌握到這麼精確的情報？你可否把遇見蓮柔的經過說來聽聽。」

徐子陵扼要的述說一遍後，寇仲有如大夢初醒般一震道：「陰癸派定是和東突厥勾搭上啦！」

徐子陵先是愕然，接著也認爲寇仲的推斷很有道理。無論東、西突厥，均對中土有進侵的野心，但眞正的敵人，卻是對方而非中土任何一個割地稱王的霸主。在中原亂紛紛的時勢中，劉武周、梁師都之輩只配對突厥人俯首稱臣，縱使強如李淵、竇建德、杜伏威等，亦不敢正面與突厥人發生衝突，均採取敬而遠之的策略。陰癸派一向有勾結外人的紀錄，先是鐵勒人，這關係因曲傲敗於跋鋒寒之手而告終，陰癸派若勾搭上東突厥亦最自然不過的事。只有在這種情況下，陰癸派才會冒得罪統葉護和雲帥之險，將潛入巴蜀的蓮柔擒下送往襄陽，再交給東突厥的突利可汗。如此推之，則安隆和朱粲均和西突厥拉上關係，所以孫化成有攔江索人之舉。

風雲險惡的鬥爭正在進行中，由於有安隆這深悉陰癸派秘密的人參與，陰癸派再不能保持以前的隱秘。人雖在白清兒手上，但他們卻明顯處於上風，如要來搶人，必挾雷霆萬鈞之勢，即使船上除白清兒外尚有三大元老高手，也將無法抵擋。所以「雲雨雙修」辟守玄須在途中接應。只是沒想到孫化成會在蕭銑控制下的水域出現，且對她們的行蹤瞭若指掌。在電光石火的高速中，這些念頭一一閃過兩人腦際，把很多原本不明所以的事情想通。

徐子陵道：「陰癸派和東突厥搭上，很可能是由『魔師』趙德言在中間穿針引線。」

寇仲道：「何用趙德言？只看當日在洛陽突利碰上婠妖女色迷迷的樣子，這對狗男女自可一拍即合。」

徐子陵道：「陰癸派能把蓮柔運到這裡來，其中一定下過很大工夫，想不到終功虧一簣，在這裡被截上，當是她們始料所不及。安隆雖是老狐狸，怕仍未有這等本事。問題究竟出在甚麼地方？會不會是陰癸派中有內奸？」

寇仲笑道：「我們定是閒得發慌，竟會費神去想這些事，為何不來個英雄救美，害害清兒妖女？」

徐子陵深思道：「是否該靜觀其變？我可肯定孫化成必有後著，我們犯不著為朱粲打頭陣。」

足音響起，顯示有人往他們頭頂艙蓋的方向走過來。

寇仲湊過去道：「艙蓋張開時，我們一起出手，抓個人質在手再說。」

徐子陵大感有趣，憑他們聯手之力，猝不及防下，恐怕來的是祝玉妍仍要吃大虧。

足音在上面停下。白清兒的聲音響起道：「這批煙花和火器花了我們很多錢，若被毀去，實在可惜。」

寇仲和徐子陵大吃一驚，如此說來他們現在等於坐在一個火藥庫內。這些東西放到天上固然燦爛好看，但在一個密封的地方燒著確非說笑，再多練一百年功夫都消受不起。江南的煙花火箭名聞全國，海沙幫一向在江南活動，由他們把這批不知要來作甚麼特別用途的煙花火器賣給白清兒，亦是合理。但此事仍是出人意表，難怪雷九指會猜錯。

一把低沉蒼老的女子聲音道：「這批火器威力驚人，我認為比之蓮柔更重要，現在我們行藏已露，兩者間只能保存其一，我會以這批火器為首選，婷長老意下如何？」

另一把陌生的女音道：「我同意霞長老的看法，不過憑我們的實力，說不定兩者均可得兼，只要把敵人引開，這批火器當可安然返回襄陽。」

寇仲和徐子陵交換個眼色，看到對方心中的訝意。火器這種東西，只有在特定的環境中，才能發揮威力，例如作襲營燒糧的用途，如在兩軍對壘的情況下，則用處有限。但現在白清兒對這批東西看得比蓮柔這重要人質更重要，自然是不合情理。

聞采婷的聲音道：「雲長老的看法與我相同。由於這批火器，我們絕不宜在江上作戰，唯一方法是分兩路走，我們三人帶蓮柔從陸路離開，把敵人主力引去，而清兒夫人則原船奔赴襄陽，說不定兩者均可保存。」

她們仍是以聚音成線的功夫交談，但由於距離接近，寇徐兩人均聽得一絲不漏。

白清兒道：「火器失去後可以再買，人失去就難以復得，我們也很難向人交代，師尊更會怪我。為策萬全，讓清兒陪三位長老一道押人從陸路走，或可一舉兩得，使敵人更不會留意這條船。朱粲怎都要給獨關點面子的。」

聞采婷道：「這不失為一個好辦法，這麼決定吧！」足音遠去。

寇仲湊到徐子陵耳旁道：「怎麼辦？」

徐子陵見他兩眼生出電芒，微笑道：「想當偷火器的小賊嗎？」

寇仲興奮地道：「這比跟人競爭救波斯美女划算點。」

徐子陵搖頭道：「這批火器加起上來重量逾萬斤，我們如何搬運？」

寇仲道：「待眾妖婦妖女走後，我們出手把船上所有人制住，蒙了耳目，把船駛往隱僻處，將貨物搬到岸上，找地方藏好。再另找地方把人趕下船，然後揚帆北上，有多遠就駛多遠，到時再決定怎麼辦。」

徐子陵皺眉道：「為這批火器費這麼多工夫值得嗎？」

寇仲道：「我不知道，但看妖婦妖女們這麼看重這批傢伙，定是大有來頭，人總是貪便宜的，對吧？」

船身忽然急劇顫動，船速大幅減慢，該是抵達湍急的河段。驀地一聲淒厲的慘叫劃破寧靜的氣氛，接著是連串嬌叱和怒喝聲。兩人駭然對望一眼，再無顧忌，掀起艙蓋，探頭外望。只見官船果然來到兩旁危崖險灘並立的水峽，波濤洶湧，形勢險惡。

在燈火照耀下，船上人影晃動，刀光劍影，亂成一片，你追我逐下，一時也弄不清楚來了多少敵人。

寇仲領頭跳將上去，道：「到帆桅高處看熱鬧如何？」

徐子陵點頭答應，再不答話，展開身法，片刻後抵達設在主帆桅頂處的瞭望台上，駭然發覺負責瞭望的人伏屍繩欄處，致命傷是咽喉中的一支袖箭。

寇仲將他的屍身拋向大江，咋舌道：「這人即使在艙頂發箭，距離這裡至少有五丈遠，用的又是全憑手勁發出的短袖箭，確是厲害。」

徐子陵正用雙目遍搜下方，竟找不到來襲者的影子，船上的人紛紛往船艙擁進去，可是裡面卻不聞兵刀交擊的聲音，耐人尋味。

寇仲又道：「這死者屍身已冷，顯然被幹掉有好一陣子，嘿……」

「砰！」一聲巨響，把他們的注意力全吸引過去，定神俯看，一道人影破開艙門的側壁，來到左舷的艙壁和船沿的窄長走道處，騰身而起，翻上望台，守在那裡的四名大漢被他以重手法擊得左拋右擲，像送上去給他練拳腳似的。三道人影從破口追出，一個是白清兒，其他兩女以輕紗蒙臉，正是陰癸派的長老高手，不知是聞采婷、霞長老和雲長老中的哪兩位。

兩人更是駭然，原來偷襲者只有一個人，且極可能已擊殺或擊傷其中一名長老高手。再看清楚點，此人體型魁梧中顯出無限瀟灑，長髮披肩，卻是金光閃閃，騰躍挪移時像一片金雲般隨他飄揚飛舞，非常悅目好看。從他們的角度瞧下去，看不到他的面容，只覺他的輪廓突出，不類中土人士。

兩聲慘呼，又有兩人在他雷霆閃電般的凌厲掌法下傷倒墜地，第三人給他踢中小腹，整個人像投石機發出的石彈般，高拋數丈，沒入白浪翻騰的河面去。骨折肉裂的聲音，連在高起達八丈的望台上的寇、徐兩人亦隱約可聞，可見此人功力的強橫。他像是有心戲弄白清兒三人，左移右晃，專找人多處下手，出手則必有人喪命，偏教窮追不捨的白清兒等差一點兒才可把他截著，高明得教人難以置信。

寇仲眼睜睜瞧他縱橫船上，從船首殺到船尾，忽又破艙而入，瞬間後又從另一邊破洞而出，白清兒等仍未能摸上他半點邊兒，但船上已是伏屍處處。當他往一批聚在一起被他殺得膽顫心寒的人掠去時，不知誰先帶頭，那些人一聲發喊，齊齊跳河逃生，竟不敢應戰。白清兒嬌叱一聲，凌空撲去。另兩長老亦分由兩邊包抄，顯都動了真怒。那人一聲長笑，沖天而起，竟能凌空迴旋，堪堪避過白清兒的截擊，往另一批人投去。那批人亦立時乖乖投河逃命。

寇仲倒抽一口涼氣道：「此人輕功之高，可稱冠天下。」

徐子陵沉聲道：「我認得他的身法，與蓮柔同出一轍，定是西突厥的國師雲帥。」

寇仲尚未有機會答話，「轟」的一聲，官船猛撞在岸旁的一推亂石處，船桅立時斷折，帶得兩人往甲板倒下去。燈火全滅。

兩人受雲帥驚天動地的輕身功夫所懾，竟完全不知道官船失去控制後，撞往岸旁，到驚覺時，人隨帆桅往下倒去，有若墜進無底深淵，又或往地府陰曹直掉而下。事起突然，以他們之能，也在傾跌時失去平衡，滾倒瞭望台上，只能抓緊繩欄，耳際生風下，倏地人又凌空，腳下就是澎湃洶湧的江河水，水忽然浸至下半身，下一刻兩人再騰雲駕霧地升高十多丈，可見船身左右顛簸得多麼厲害。除了船體摩擦亂石的破碎聲和江水肆虐的可怕震響外，再聽不到雲帥和白清兒等的打鬥聲，四周盡是伸手不見五指的黑暗。「嚓啦」脆響，帆桅終於斷離船身，兩人同時掉進水中去。兩人哪還有空去管雲帥等人的勝敗，奮力往對岸游去，到爬上一個亂石灘後，遙望對岸擱淺在亂石間的殘破船影，只能相視苦笑。

寇仲嘆道：「這回可叫出師不利。想搭便宜船，怎知卻搭上沉船。想偷東西麼？偏是遇著忌水的火器，撈上來也沒用。」

徐子陵道：「正因火器忌水，所以才用上等桃木密封，且必有防水措施。只不過白清兒已失去人質，定不肯放棄這批火器。強搶似乎不太划算！所以我看你還是死了這條心。」

寇仲聳肩道：「你說怎樣便怎樣。唉！若我們能練得像雲帥般的輕身功夫，會對我們關中之行大大有利，對此你可有甚麼辦法？」

徐子陵凝望在烏雲蔽天下融入對岸陰黑中的船體，蹙起一對清秀修長的眉毛沉思片刻，道：「這事說難非難，說易非易。問題是我們自離開學藝灘後，從沒專心鑽研過怎樣去改善我們輕身提縱之術，你肚內又在打甚麼主意？」

寇仲抹掉猶掛眉毛上的水珠，道：「剛才白妖女撲向雲帥時，雲帥看似要凌空迎戰，豈知竟像蝙蝠般迴旋避開，予人吻合天地間某一種道理的感覺。事實上當你投石或射箭亦會天然地以某一弧度向目標射去，可知此乃物性，由物體本身的形狀和發力的手法決定。在用力來說，直線當然最快捷，但以弧度擊出的刀才是最難防和強猛的。」

徐子陵一震道：「你這番話令我記起雲帥迴旋飛掠時，外衣張得漲滿的，這等於你把一塊扁平的石塊順其形狀擲出，自然會取得弧形的軌跡。」

寇仲瞧瞧徐子陵身穿的緊身水靠，又看看自己的，苦笑道：「你這推斷八、九不離十，可惜我們沒法即時測試。不過總把握到一點訣竅，配上我們凌空換氣改向的本領，不難在迴旋飛行術上勝過雲帥，可是在提縱方面，卻仍難和他相提並論。」

徐子陵微笑道：「那只因我們沒刻意去追求而已！憑我們體內的氣勁，若能在發力和提氣輕身兩方面下工夫，定能再有突破。你有沒有感覺到雲帥那傢伙雖是被人四起截殺，仍有種氣定神閒的感覺，照我看那是因爲他正以一種奇異的方式來呼吸，故可愈奔愈快，愈跳愈高，和我們剛好相反，你也知我們與人纏戰時，腳步只會愈來愈緩愈重。」

寇仲動容道：「好小子，果是觀察力過人，由此可知我們以前並不眞正懂得把體內的寶貝氣勁發揮盡致，假若過得此關，我們的武功將會全面提升。以我們被和氏璧改造過的經脈，勁氣的猛烈程度當勝過很多人，問題是如何施展和利用？」

徐子陵默思片刻，忽然壓低聲音道：「記得雲玉眞的鳥渡術嗎？其訣要就是正反之力，但她的正反之力只是指外力，顯屬下乘，我們來自道家的眞氣卻是內呼吸，可轉爲體內的正反之力。婠婠的身法之所以能勝過我們，道理正在這裡。」

寇仲霍地立起，奮然道：「來比比腳力如何？」

徐子陵陪他站起來，雙目神光電射，道：「我們今晚的領悟非同小可，怎能只止於比腳力？還要比功夫，你現在體內的勁氣是在怎樣的情況下？」

寇仲拍拍肚皮，答道：「正在丹田氣海內迴轉運行，感覺像是有股動力可隨時帶動身體，可以之攻敵或提氣縱掠，和以前是兩碼子事，原來思想是這麼重要的。」

徐子陵道：「應說精神是最重要，所謂精氣神合一，該是這種境界。我們氣濁下墜，正因體內眞氣不繼，但只要我們能在施展身法時利用體內正反之氣的牽引和互擊，自有意想不到的效果。可是像你現在般只把眞氣聚成一股集中控於一處，仍和以前分別不大。」

寇仲劇震道：「我明白啦！現在成了，現在已氣分爲二，一向左旋，一爲右轉，該是你說的正反之氣吧！」

徐子陵愕然道：「竟是這麼容易的嗎？」

寇仲傲然道：「這叫氣隨意轉，不信你自己試試看。」

徐子陵默然半刻，暗運神功，忽然像一片被風刮起的落葉般，往外飄飛，長笑道：「好小子！來吧！」

寇仲石彈般沖天而起，掣出背後井中月，叫道：「追到天腳底都要追到你。」

徐子陵在觸地前倏地改變方向，沒進林木間去。

寇仲風馳電掣地掠到岸邊，跪倒地上，喘氣道：「差點累死，但卻非常痛快，是以前未曾有過的痛快。」一刀插入土內，以之支撐身體。

徐子陵來到他旁，一屁股坐倒地上，從崖沿俯首下望，見到的是晨光下擱淺在石灘上仍大致保持完整的船體，卻不見任何人蹤，沒好氣的道：「你這小子對那批火器仍是死心不息，兜個大圈後又帶我回到這裡來，要搬東西請趁早！讓人返回來見到我們趁火打劫，會很不好意思的。」

寇仲辛苦地笑道：「正合孤意。」

兩人趕了一天一夜的路，來到九江以西的長江旁另一大城江夏，由此坐船北上，一天可抵達竟陵。此城在竟陵失陷前，早落入江淮軍手上，直至此刻。

入城後，他們逕自投店落腳，安頓好後，到客棧隔鄰的飯店吃午膳，塡飽肚子，寇仲沉吟道：「到現在我們仍未弄清楚雲帥有沒有救回蓮柔？」

徐子陵道：「當然該已成功救走蓮柔，否則雲帥怎敢大開殺戒？這人極工心術，藉孫化成那麼攔江問話，吸引白妖女等人注意後，自己憑藉頂尖兒的輕身功夫，潛入船內，神不知鬼不覺的把女兒救走。」

寇仲接下去道：「這傢伙更猜到敵人會從陸路運走女兒，於是由自己扮作女兒趁機偷襲，這次陰癸派確是賠了夫人又折兵。難怪西突厥能與東突厥相持不下，皆因統葉護有能人相助。」

徐子陵笑道：「不過眞正佔便宜的卻是我們，若非受雲帥啓發，我們在身法上怎能有所突破？」

寇仲大力一拍他肩頭，點頭道：「我們確是眞正的贏家。言歸正傳，搭便宜船一事既告吹，現在我們又是唯恐天下不知的以眞面目大搖大擺入城，當然會惹來無窮後患，說不定今晚就被師仙子加上四大禿頭來個大圍攻，你說下一步棋該怎麼走？」

徐子陵皺眉道：「四大禿頭的稱呼太刺耳啦！你尊重點幾位得道高僧好嗎？」

寇仲從善如流地微笑道：「我忘了你和佛門的淵源，請陵少恕罪。噢，我差點忘記告訴你，你的落雁姊姊到了關中去呢。」

徐子陵動容道：「李密眞的投降李世民了？」

寇仲點頭應是，解釋道：「這是老爹告訴我的。不過李密豈是肯屈居人下的人？無論李家如何禮待他，亦是徒勞。不過李密的功夫確是非同小可，兼且他恨我們入骨，對他我們不可不防。以前能勝他皆因僥倖，不是我們的才智眞能勝過他或沈落雁。」

徐子陵訝道：「你少有這麼謙虛的，由此可知，你對關中之行並非像外表般信心十足。」

寇仲苦笑道：「任我如何狂妄，亦知敵我之勢太過懸殊，只要露出底子，我們肯定魂斷長安。最糟是到現在我仍未想到潛入長安的萬全之策，只能像現在般見步行步，感覺自是窩囊至極。」

徐子陵同意道：「我的習慣是想不通的不去多想。不過事情並非像你所說的悲觀，只要到得城內，自會有高占良等人接應，到時我們明查暗訪，抱著不計較得失的心情去尋寶，賭賭你老哥的運氣，看看你會不會恪守自己許下尋不到寶乖乖解甲歸田的承諾。」

高占良、牛奉義和查傑等雙龍幫的人，已依寇仲計劃早在多年前往長安作準備工夫，好能在起出寶藏後把庫藏內的大批財寶兵器，運離長安。

寇仲苦笑道：「陵少放心，我可對天下人失信，卻豈敢失信於你？至於高占良他們，除非眞的找到楊公寶藏，否則我並不打算跟他們聯絡。」

徐子陵奇道：「爲何你會有這決定？」

寇仲嘆道：「我對能否找到楊公寶藏，沒有半分把握。找不到的話自是一切休提，那何不如讓他們在長安落地生根，安安樂樂的過日子。否則一旦牽連上我們，徒使他們飲恨長安。」

徐子陵欣然道：「仲爺絕不是個自私自利的傢伙，否則不會這麼先為別人設想的。」

寇仲忽然目光閃閃地端詳徐子陵，苦笑道：「事實上陵少這麼積極陪我北上尋寶，是希望我甚麼都尋不到，好死卻爭天下的心，對嗎？」

徐子陵點頭道：「這會是我對你最後一次的盡人事。從做兄弟的角度出發，我自然希望你能完成帝王大業的鴻圖美夢；但若從作為百姓的角度去看，則只希望一個有為的人能迅速統一天下，把和平幸福還給他們，盼你能明白。」

寇仲微笑道：「你顯然認為李小子比我更適合當皇帝哩！」

徐子陵搖頭道：「這個誰能肯定？即使是師妃暄，也不過是作出一種選擇，而最影響師妃暄這決定的，是李世民的戰績、政績和聲勢，他除了有可令師妃暄悅服的胸懷抱負外，更是目前群雄中最有機會平定天下的人。而少帥你則因起步太遲，故遠遠落後。師妃暄不是不欣賞你，但卻從沒想過挑選你，道理是顯而易見的。」

寇仲雙目神光迸射，語氣卻出奇的平靜，淡淡道：「我要證明給自己看，她的看法是錯的。而這也是這個爭天下的遊戲最迷人之處。我知你不滿視爭天下為遊戲，但在我而言，生命本身亦不過是遊戲一場，並不存在尊重與否的問題。只有當作是遊戲，我才可以玩得有聲有色。」

徐子陵聳肩道：「這個我明白。總之你找不到寶藏，會乖乖的把少帥軍解散，一是返嶺南迎娶玉致，一是隨我到域外找老跋喝酒。」

寇仲苦笑道：「眞怕你故意不讓我找到寶藏。」

徐子陵笑道：「我怎會是這樣的人，更不願讓你怨我一世。哈！要不要另尋地方喝酒？」

寇仲奇道：「陵少從沒主動提出去喝酒的，爲何這般有心情？」

徐子陵聳肩道：「恐怕是失戀後的人都會愛上杯中物吧！」

寇仲捧腹狂笑起來，惹來飯店內其他客人的目光，不過只看兩人軒昂挺拔的身形，縱使寇仲的井中月像把生銹的破刀，仍沒有人敢出言干涉。

好一會寇仲稍斂笑聲，喘氣道：「你這小子竟來耍我，正如你以前說的，你的戀愛從未開始過，又何來失戀？哈！笑死我啦！」

徐子陵莞爾道：「你先答我一個問題，戀愛究竟是快樂還是痛苦？」

寇仲愕然思量半刻，道：「你這問題本來顯淺易答，例如有時快樂，有時痛苦，又或苦樂參半。可是以自己的情況想深一層，事情又非如此簡單。你這小子還是首次肯和我說及這方面的事，可見你眞的曾爲石青璇動心！」

徐子陵一派瀟灑道：「那感覺像大江的長風般吹來，又像長風般過不留痕跡，但卻在我心中添下一道傷痕，你說是痛苦嗎？的確是深刻的痛楚，但在某方面卻豐富了我的生命，使我感到生命的意義，這是否很矛盾？但卻是種令我感到自己異於往昔的奇異感覺。」

寇仲嘆道：「眞正的愛情肯定是痛苦的，就像你挪走護體眞氣，完全放棄防守，任由脆弱的心接受傷害或撫慰，再非刀槍不入。愈投入那感覺愈深刻，最奇妙是無論傷害或撫慰，都是那麼無可抵擋的強烈，直透內心，無比動人，使人連痛苦都覺甘之如飴。哈！分析得如何？」

徐子陵道：「相當深入，石青璇當時確傷得我很厲害。你也知一向以來我都愛把事情埋在心底下，現在竟然破例向你說出來，可知我的感受。聽你這麼說，舒服多啦。」

寇仲道：「有甚麼話是不可以說的？照我看，你要攫取石青璇的芳心並非難事，只是你生性高傲，不屑爲之吧。」

徐子陵沉吟道：「這事與驕傲無關，只覺得要苦苦哀求才得到的東西並沒甚麼意思。兼且人各有志，若因我的渴想而令她失去清靜無求的生活方式，實在是一種罪過。石青璇對我已成過去，這會是我最後一次想起她。」

寇仲掏出銀子結賬，長笑道：「來，讓我們去喝個不醉不歸。」

兩人踏出店門，街上行人稀疏，遠及不上九江的興旺熱鬧。

寇仲嘆道：「老爹是第一流的統帥，卻是第九流的皇帝，百姓聽到他來，都要執拾細軟有多遠逃多遠，難怪他徒勞半生，落得心灰意冷。」

徐子陵默然不語。

寇仲愕然道：「爲何像忽然失去說話的興致？」

徐子陵仰望天空，深吸一口氣道：「洛陽完啦！」

寇仲一震道：「王世充雖然不爭氣，但總在新勝之後，又兼併得大片土地，雖說老爹歸降李小子，但王世充該頂得一陣子吧！」

徐子陵搖頭道：「問題仍在李世民。憑他現在的聲威，又有慈航靜齋在背後撐腰，要分化失人心的王世充的力量，易如探囊取物。而襄陽正是關鍵處，你明白我的意思嗎？」

寇仲苦笑道：「當然明白。襄陽等於洛陽東面的偃師，滎陽的虎牢，但卻比兩者堅固百倍，只要襄陽肯聲援洛陽，李小子攻打洛陽將非全無顧忌。可是現在老爹投降李小子，只要屯重兵於竟陵，錢獨關勢將動彈不得，唉！我終於明白那批火器有甚麼用途，定是用來對付李小子的。」

徐子陵沉聲道：「洛陽若失陷，巴蜀會歸附關中，只要再取襄陽，半壁江山已在李家手上，那時憑李小子的才情和兵力，不以風捲殘雲之勢蕩平所有人包括你在內的群雄才怪！」

寇仲雙目精光閃閃，道：「我不會讓李小子這麼輕易奪得洛陽。記得虛行之說過的話嗎？只要利益一致，殺父仇人都可以合作，爭天下從來是不擇手段的，我已比很多人有原則和恪守道德。」

徐子陵皺眉道：「你在轉甚麼鬼念頭？」

「咿唉！」一輛馬車在兩人身前停下，窗帘掀起，露出一張熟悉親切、嬌秀無倫的臉龐，櫻唇輕張，嗔責道：「你兩個小子眞不知『死』字是怎樣寫的，還不滾上來！」

兩人「受寵若驚」，瞥見駕車的是老朋友駱方，大喜下鑽入車廂內。馬鞭揚空，再輕打在馬屁股上，車子疾馳而去。

第七章

漢水戰雲

黃易作品集

第七章　漢水戰雲

商秀珣嗔道：「你兩個像完全不知自己在幹甚麼似的？這麼大搖大擺的到江夏來，我這不大理外間事的人也曉得，有心算計你們的敵人更不會錯失良機。告訴我，你們是否想憑兩人之力，從這裡直打進關中。」

寇仲恭敬地道：「商場主你不是在牧場享清福嗎？為何會在老杜的地頭內出現？」

商秀珣別轉頭瞟了徐子陵一眼，見他也擺出無比尊重，洗耳恭聆的姿態，「噗哧」嬌笑道：「你們不用那麼誠惶誠恐的，人家又不是會吃人的老虎，只是愛鬧中鬧鬧脾氣吧！」

寇仲收回望往窗外的目光，大訝地瞧著身旁的美女道：「場主今天的心情為何這麼好？不但不計較我們的舊賬，還給足面子予我們兩個大小子。」

坐在兩人後面的徐子陵乘機道：「那回小弟在沒預先徵得場主同意，私下放走曹應龍，確有不當之處。」

寇仲接口道：「場主大人有大量，確令我們既慚愧又感動，哈！」

商秀珣扁扁秀美的櫻唇，故作淡然的道：「過去的事作為過去算了，難道要把你們煎皮拆骨嗎？我到這裡來是要見李秀寧，她今早才坐船到竟陵去。」

寇仲與徐子陵交換個眼神，均大感愕然，李秀寧等於李家的使節，她到江夏來，顯然與杜伏威歸降李家一事有關，只是時間上快得有點不合情理，其中定有些他們不清楚的地方。極可能李家一直有派說客來遊說杜伏威，只是最後由師妃暄親自向杜伏威證實白道武林對李家的支持，打動杜伏威向李閥低頭的心意。杜伏威一直是飛馬牧場的最大威脅，現在竟是迎刃而解，難怪商秀珣的心情如此暢美。乍聞李秀寧之名，寇仲心中眞不知是何滋味，臉上泛起一個苦澀的笑容，一時說不出話來。

徐子陵只好沒話找話說的問道：「商場主怎知我們在這裡？」

商秀珣道：「你們兩個那麼容易辨認，能瞞得過誰？只因杜伏威有令不得留難你們，你們才可無攔無阻闖入城來。據我所知，你們準備入關的事已是天下皆知，由這裡到長安，所有門派幫會均在留意你們的行踪，好向李閥邀功領賞，所以我眞不明白你們想攪出個甚麼名堂。」

寇仲勉力振起精神，問道：「我們現在到哪裡去？」

商秀珣若無其事的道：「當然是送你們出城。」

兩人愕然以對。

馬車馳出南門，守城軍弁顯然早被知會，省去例行的調查。

商秀珣忽然問寇仲，道：「你和尚秀芳是甚麼關係？」

在寇仲的腦海中，差點把這色藝雙絕的美女忘記，聞言猝不及防並帶點狼狽的反問道：「你爲何有此一問？」

徐子陵一邊聽他們對答，一邊留意馬車的方向，出城後沿江東行，若依此路線，沿途又不被山林阻路，三天後可返回九江，所以走的正是回頭路。

商秀珣美麗的大眼睛端詳寇仲好半晌，微聳香肩道：「原本與人家無關，只是秀寧公主告訴我，尚秀芳不時向她打聽你的行踪狀況，我還以為你們是相好的哩！」

寇仲既尷尬又似飽受冤枉的道：「我和她只是見過兩三次面吧！說的話加起來不夠十句，且是在大庭廣衆，人頭湧湧的情況下對晤，照我看李小子才是她的老相好。」

心中同時奇怪，以李秀寧的為人，該不會向別的女子透露尚秀芳與她的密話。

商秀珣失笑道：「你這人甚麼都要誇大！」側頭美目深注的瞧著徐子陵道：「你們眞要到關中去嗎？」

徐子陵苦笑道：「這問題最好由寇仲來回答。」

寇仲露出深思的神色，不答反問道：「場主是在何時曉得杜伏威歸順李閥的呢？」

馬車緩緩停下，左方是滔滔不斷的大江。

商秀珣收回盯緊徐子陵的目光，道：「我是今早去見秀寧公主時知道的。但自薛舉父子兵敗，秀寧公主便代表李家四處作說客，勸擁兵自守的各地幫派豪雄歸順，杜伏威是她最大的目標，她曾多次與杜伏威的人在竟陵接觸密談，但杜伏威始終不肯親身見她。當今早她告訴我這事時，我也大感愕然。」

寇仲沉聲道：「場主打算怎麼辦？」

商秀珣輕嘆一口氣，露出一絲苦澀，以帶點無奈的語調道：「依寒家歷代祖宗遺訓，除非是在自保的情況下，否則我們飛馬牧場絕不能介入政治或江湖的紛爭去。唉！秀珣從來沒有異性的知心好友，你們或可勉強算得上是兩個知交，依你們說這事教人家怎麼辦才好？」

徐子陵道：「場主不用為此心煩，你肯視我們作知己，對我們已是莫大榮幸，我們怎能陷場主於不義，以致違背祖宗的訓示。我們明白場主的處境。」

寇仲灑然道：「在現今的情勢下，場主全力助我亦難有作爲。所以不如保持中立的超然地位，憑場主與李家一向的交情，理該不會受到外間風風雨雨的影響。」

旋又想起另一事道：「煩場主通知馮歌將軍，著他和部下不用追隨我寇仲，最重要的是讓追隨他的人安居樂業，其他的事不用再理啦。」

馮歌乃獨霸山莊的老將，竟陵城陷，他帶領竟陵的民衆投奔飛馬牧場，被安置在附近的兩座大城暫居，經過這幾年的經營，早落地生根。寇仲本想利用他們和飛馬牧場的力量收服竟陵，再北圖襄陽，好與李家爭天下，但杜伏威的投降，卻將整個局勢扭轉往李家的一面，此計再行不通。

對寇仲的少帥軍來說，眼前形勢確是非常惡劣，完全處在被動挨打的死局中。徐子陵心中暗讚，寇仲雖不時把「不擇手段」四字掛在口邊，但卻不斷以事實證明他並非這種人。他和寇仲本就是一無所有的人，且少年時代受盡屈辱折磨，卻練就一身硬骨氣，絕不需別人的同情憐憫。

商秀珣別過俏臉，望往夕陽中的大江流水，美目像蒙上一層迷霧，唇角逸出另一絲苦澀的笑意，平靜地道：「事情怎會如斯簡單，這正是秀寧公主急於見我的原因。」

兩人愕然互望，均猜不到她接著要說的話。商秀珣有點軟弱的靠到椅背處，緩緩把絕世玉容轉向，讓寇仲和徐子陵分別瞧到她的正面和側臉的動人輪廓，在窗外透入的陽光作背光襯托下，這美女更不可方物，配上她淒迷的神情，美得可使看者心醉魂銷。只見她櫻唇輕啟的徐徐道：「大唐的宮廷在數天前發生一場激烈的爭辯，太子李建成和齊王李元吉聯成一氣，齊聲指責秦王李世民的不是，認爲他因眷念舊情，故沒有在洛陽對你兩人痛下殺手，致讓你兩人坐大，李淵不知是否受新納的董妃蠱惑，竟亦站在李建成、李元吉的一邊，令秦王欲辯無從。」

寇仲啞然失笑道：「我可證明李小子確已盡力對我們痛下殺手，只是世事往往出人意表吧。」

商秀珣白他一眼，不悅道：「虧你還說得出這般話，你可知李建成的行事作風與秦王完全是兩回事。」

徐子陵道：「李建成是否把對付我們的事攬到身上去？」

商秀珣道：「差不多是這樣，不過負責行動的卻是李元吉，不要小覷此人，據說他的武功更勝兩位兄長，在關中從未遇過敵手，且有勇有謀，近年更招攬了江湖大批亡命之徒作他的心腹，手段則比李世民狠辣百倍。」

寇仲關心的卻是另一件事，問道：「李秀寧對此有何表示？」

商秀珣橫他一眼道：「說來有甚麼用，你肯聽嗎？」

寇仲哈哈笑道：「李元吉縱使能在關中閉起門來稱王稱霸又如何？關中李家只有李世民堪作我的敵手，李元吉若把事情招攬上身，我會教他後悔莫及。」

商秀珣氣道：「你愛說甚麼話都可以。可知此事卻苦了我們？李建成要我們飛馬牧場和你們少帥軍劃清界線，你寇少帥來教我們怎麼辦好嗎？」

寇仲望向徐子陵，冷笑道：「這小子活得不耐煩啦！我們要不要再送李小子世民另一個大禮，把這大唐的太子宰掉？」

徐子陵沉著應道：「不要過於輕敵，李閥在諸閥中向居首位，人強馬壯不在話下，更有楊虛彥在背後撐腰，我們要收拾他談何容易。」

轉向商秀珣道：「所謂劃清界線，指的是甚麼事呢？」

商秀珣氣鼓鼓的瞧著寇仲好一會兒後，嗔道：「你這人只懂說氣頭話，於事何補？爲了你們，我正式向李建成表示不會歸附他們，更不會只把戰馬供應給他們，你滿意吧？」

寇仲一震道：「場主！」

商秀珣苦笑道：「若李家主事者是秦王，他大概會體諒我的苦衷，只要我們不是正式出兵助你，便不會給牽連在內。可是建成、元吉是心胸狹隘的人，所以你們若眞能把他們幹掉，我會非常感激。可是在目前的情勢下，那根本是不可能的事，你說人家怎能不爲你們心煩意亂呢。」

寇仲和徐子陵心中感動，想不到這深居於牧場內孤芳自賞的美女，對他們如此情深義重。

商秀珣目光移往窗外，捕捉著太陽沒入西山下最後一絲夕光，輕柔地道：「離此下游半里有一艘小風帆，你們可用之北上，也可東返彭梁，到哪裡去由你們決定。秀珣言盡於此，希望將來尚有可見面的一天吧！」

小風帆駛進漢水，逆水朝竟陵的方向駛去，漆黑的天幕上星光密布，壯麗迷人。

寇仲來到把舵的徐子陵旁，道：「美人兒場主雖是脾氣大一點，卻是我們眞正的朋友。」

徐子陵微微點頭，沒有答話。左方的渡頭和河彎處泊有十多艘漁舟，岸上林木深處隱有燈火，該是漁民聚居的村落，一片安寧和逸。

寇仲收回目光，低聲道：「照你看，四大聖僧阻止我們北上關中一事，李閥是否曉得？」

徐子陵搖頭道：「那並非師妃暄的行事作風，她絕不會和佛道兩門外的人聯手來對付我們，且她根本不用借助外力。」

寇仲得意洋洋的道：「這正是我想得到的答案。另一個問題是假若你是李元吉，手下有大批高手，又想證明給李淵和李建成看他比二哥李小子更行，背後還有楊虛彥在推波助瀾，他會怎樣對付我們？」

徐子陵隨口答道：「他會布下天羅地網，在我們入關前截殺我們。」

寇仲露出一個信心十足的笑容道：「美人兒場主曾說過一句對我非常誘惑的話，你猜不猜得到是哪一句？」

徐子陵苦笑道：「是否由這裡一直打上關中那一句？唉！你這傢伙真不知『死』字是怎麼寫的，且你曾答應過我盡量不與師妃暄作正面衝突的。」

寇仲摟上他肩頭笑道：「我當然是心口如一的英雄好漢，陵少放心，不過照我看無論我們如何隱蔽行藏，最終仍躲不過師妃暄和四大聖僧的。所以我們必須要有心理的準備。現在不如再想想如何搭便宜船好啦！」

徐子陵點頭道：「這才算像點樣兒，假設我們能潛上你的單戀情人的座駕舟，說不定可無驚無險的入關。」

寇仲不自然的道：「『單戀』這兩字多麼難聽，你難道看不出其實她對我也頗有情意嗎？否則不用請美人兒場主來向我示警。」

徐子陵微笑道：「襄王有夢或神女無心這種事每天在人世間發生，亦人之常情，有甚麼好聽難聽的，你若不肯對她死心，怎對得起宋玉致。」

寇仲啞然失笑道：「竟是預作警告哩！放心吧！我和李秀寧根本從未發生過甚麼情愫，想舊情復熾都不成。何況現在敵我分明，更不可能發生任何事。我現在是一心一意去尋寶，找不到就返鄉耕田，又或是隨你天涯海角的去流浪。」

徐子陵搖頭嘆道：「你這壞小子又在對我動心術，你即使不說出這番話，我也會全力助你尋寶的，好看看老天爺想如何決定你的命運。咦！」

寇仲亦生出警覺，朝河道前方瞧去，只見十多里外河彎處隱見火光沖天而起，像有船在著火焚燒。一震道：「不會是秀寧的座駕舟遇襲吧！」關心之情溢於言表。

徐子陵皺眉道：「這叫關心則亂，照時間計算，怎可能是李秀寧的船。」

寇仲稍覺安心，奇道：「究竟是誰的船？若是賊劫商船，我們這對替天行道的俠義之士，當然不能漠視。」

徐子陵淡淡道：「何不坦白地說是手發癢呢？」

寇仲雙目精芒電閃，平靜至近乎冷酷地道：「說穿就沒意思。現在我們的武功，已到達一個連我們自己都弄不清楚的境界。若非答應過你，眞想和仙子聖僧們硬撼一場看看。」

風帆在徐子陵的操控下急速轉彎，進入一截兩岸山峽高起，水流湍急的河道。喊殺聲隨風飄至。只見前面有兩方戰船正劇烈廝鬥纏戰，投石聲和箭矢聲響個不絕。其中一方的三艘戰船，兩艘已著火焚燒，火燄燭天，被另五艘戰船作貼身攻擊，戰況激烈。落在下風的一艘戰船正力圖突破重圍，在三里許外順流向他們的方向逸來，五艘敵船立即棄下其他兩船不理，啣尾窮追，以百計的火箭蝗蟲般向逃船射去。兩人均瞧得眉頭大皺，不知應否插手去管這閒事。「蓬！」逃船船尾處終於中箭起火。

兩塊巨石同時擊中逃船的船尾，弄得火屑飛濺，出奇地那船只略往左右傾側，立即回復平衡，全力往他們的方向逃過來。

寇仲搖頭道：「這船完蛋啦！它唯一的方法就是靠岸逃生。」

徐子陵道：「他們已失卻機會，你看不見其中兩艘追殺的戰船分從兩邊外檔趕上來嗎？正是防止他們靠岸。這些人手段眞辣，一副趕盡殺絕的樣子，彼此該是有深仇大恨。」

說話間，他們的風帆駛出近里許遠，與順流逸來的逃船拉近至不足一里的距離。火勢快將波及帆桅，那亦是逃船被判死刑的一刻。

寇仲抓頭道：「我們該怎麼辦？這麼面對面的迎頭碰上，十之八九會殃及池魚的。」

徐子陵哂道：「你不是說路見不平，拔刀相助，爲何臨陣退縮？」

寇仲道：「問題是我們怎知是否眞的不平？」

徐子陵微笑道：「所以我們要趕上去看看，這分明是一次有計劃的伏擊行動，目標是此船上的某一個人，爲了這人如此勞師動衆，你不感到奇怪嗎？」

寇仲凝望來船，沉聲道：「非常奇怪！唉！這回眞的玩完。」

「轟！」一方巨石正中船桅，桅桿立斷，連著風帆傾倒下來，逃船立時側翻，船上的人紛紛投河逃生。

徐子陵道：「我負責駕船，你負責救人，明白嗎？」

寇仲苦笑道：「那誰負責對付投石和箭矢？」

徐子陵淡淡道：「當然也是你，小心！」一扭舵盤，風帆往左彎去，避過正在沉沒的逃船，卻來到追來的兩船之間。

雙方愕然對望。寇仲和徐子陵同時頭皮發麻，在燈火映照下，西突厥的雲帥赫然出現在其中一船的指揮台上，幸好對方只當他們是路經的人，又急於追擊墮河的敵人，只是揮手示意他們立即離開。

寇仲壓低聲音道：「你看該作如何打算？」

徐子陵當然知道在這種情況下連自保也有問題，更遑論救人。且只要有人從河水中冒出來，保證會滿身披上箭矢的沉回去，絕無僥倖可言。

寇仲又道：「說不定這是陰癸派的船。」說這句話時，雙方擦身而過。

到小風帆把雲帥方面的船隊拋在後方，兩人同時吁出一口氣，暗叫好險。對方分明是朱粲的手下，正在協助雲帥攻擊某方的重要人物。幸好沒人認出他兩人來，否則必順手幹掉他們。在眾寡懸殊的情況下，敵人又有雲帥這種接近畢玄級數的絕頂高手在其中，他們唯一可做的事就是參與借水遁的行動。

寇仲回頭後望，苦思道：「雲帥要對付甚麼人呢？這波斯來的傢伙確高大好看，生的女兒當然不該差到哪裡去。」

徐子陵嘆道：「小子色心又起啦！」

寇仲昂然道：「好色之心，人皆有之，咦！」

風聲驟響，一人倏地從船尾翻上船來，長笑道：「兩位仁兄別來無恙，小弟對少帥之言頗有同感，未知子陵兄以為然否？」

兩人愕然瞧去，赫然是渾身濕透，卻無絲毫狼狽之態的突利可汗，名震域外的伏鷹槍收到身後，從左肩露出鋒尖，仍是一貫氣度恢弘，從容不迫的樣兒。

寇仲哈哈笑道：「原來是突利老兄，這回是否算是我們救了你？」

突利來到徐子陵另一邊，回頭瞥上一眼，仰首夜空，道：「該說是蒼天和你們聯手救我才對。小弟有一事請教，中原武林該沒有人認識雲帥，小弟也是剛才始知他到了這裡來，爲何你們一眼便把他辨認出來？」

徐子陵從容道：「此事自有前因後果。請讓在下先問一句，可汗到此是否想迎得波斯美人歸？」

突利訝然道：「你們確是神通廣大，小弟還以爲此事機密至極，豈知竟像天下皆知的樣子，可見人算不如天算。」

寇仲道：「我們怎會無端知曉，此事遲些再說，照我猜我們尚未脫離險境，當雲帥找不到可汗，說不定會掉頭追來，可汗有甚麼好主意？」

徐子陵頭也不回的苦笑道：「不用猜啦！他們追來了！」

寇仲頭皮發麻的別頭望往出現在後方的船影燈光，道：「這傢伙眞厲害，定是瞧見可汗附在船尾處，否則怎能這麼快的知機追來？」

突利可汗嘆道：「牽累兩位眞不好意思，不如讓小弟從陸路把他們引開，兩位可繼續北上。」

寇仲皺眉道：「可汗可有把握跑贏雲帥？」

突利臉色微變，他雖從沒和雲帥交手，但對他稱冠西域的輕身功夫早有所聞。

徐子陵明知不該介入東西突厥的鬥爭，但見到突利現在虎落平陽，形單影隻的苦況，同情之念大起，兼之雲帥與窮凶極惡的朱粲合作，絕不會比突利好到哪裡去，斷然道：「我們一起上岸吧！先起步的總會多占點便宜。」

突利雄軀微顫，雙目射出深刻及複雜的神色。

三人蹲在一座山的高崖處，俯瞰星夜下遠近荒野的動靜。

突利像有點忍不住的問道：「剛才你們一路奔來，是否尚未用盡全力？」

寇仲笑道：「可汗果然有點眼力。」

突利吁出一口涼氣道：「難怪李世民對兩位如此忌憚，不見非久，但兩位都給小弟脫胎換骨的感覺。我以前還認爲可摸清兩位深淺，現在始知是自以爲是的錯覺。」

徐子陵忽然道：「可汗與鋒寒兄的恩怨我們不管，但可汗兄總會令我們聯想起鋒寒兄和塞外策馬大漠的英雄豪傑。所以現在對可汗和陰癸派合作擄劫蓮柔，既不理解更爲可汗的清譽惋惜，可汗請恕我直言。」

寇仲加上一句道：「與可汗同船的是否錢獨關的手下？」

突利細心聆聽，先是露出不悅的神色，接著泛起一個充滿無奈意味的表情，嘆一口氣，又搖搖頭，道：「若我說這是我們大汗和趙德言的主意，小弟只是奉命執行，兩位定會以爲我在推卸責任。但事實上表面看來我雖是有權有勢，卻恰恰應了你們漢人『位高勢危』那句話，很多事是身不由己。像我和世民兄本是肝膽相照的好友，可是照目前的情況發展下去，終有一天要對仗沙場，教人扼腕興嘆。」

徐子陵皺眉道：「你們爲何要插手到中原來，在歷史上，從沒有外族能在中原立足，頂多是搶掠一番，而事後必遭報復，如此循環不休，於雙方均無好處。」

突利沉默片晌，緩緩道：「這正是問題所在。子陵兄有否設身處地，站在我們的立場去思考這個問題？」

徐子陵歉然道：「在下因對貴國所知不多，故很難以可汗的立場去加以思索。」

突利訝道：「坦白說，這個問題我並非首次跟人談上，但只有子陵兄肯承認自己所知的不足，其他人卻像天下所有道理全都集中到他身上的樣子，令人氣憤。」

寇仲笑道：「令可汗氣憤，可非說笑的一回事。」

突利嘆道：「問題其實出在我們，每當漢族強大，就是我們噩夢開始的時刻。」

寇仲銳利的眼神不住搜索遠近的山林原野，順口問道：「那你們爲何會分裂成東西兩國，所謂合則力強，而若非你們勢成水火，我們現在亦不用給雲帥趕得如喪家之犬。」

突利沉吟道：「表面的原因是出在人與人間的恩怨矛盾，只要多過一個人，就有恩怨衝突，何況是數以千萬計的人。但更深入的原因，卻是由於我們突厥人生活的方式，那亦是和漢人的根本差異。」

頓了頓續道：「我們是逐水草而居的游牧民族，備受天災人禍的影響，流動性強，分散而不穩定，地大人稀，無論多麼強大的政權，對管治這樣遼闊的土地仍有鞭長莫及之嘆，所以因利益引起衝突的事件從未間斷過，分裂是常規，統一才不合理。」

這番條理分明，客觀深刻的自我剖析，頓使寇仲和徐子陵對這個從域外前來中原搞風搞雨的突厥王族大爲改觀。

徐子陵岔開話題道：「休息夠了嗎？不如繼續行程如何？」

竟陵城出現前方地平處，朝陽在右方地平昇起，大地一片迷茫，霞氣氤氳，際此秋冬之交的時候，頗爲罕有。三人腳步不停的疾趕百多里路，都感到筋疲力竭，此刻竟陵在望，大有鬆一口氣的感覺，就在一處山泉旁喝水休息。徐子陵在山泉梳洗，寇仲和突利坐在泉旁一塊大石上，隨意舒展。

寇仲忍不住問道：「當日在洛陽見到可汗，可汗有大批高手伴隨，他們……」

突利打斷他道：「少帥是否想問他們昨晚是否給我棄在漢水？答案是我只是孤身一人來此，其他人都要留在長安撐住場面，皆因我不想李家的人知道我溜了出來。」又沉吟道：「雲帥一向以智勇著稱於西突厥，我們以爲他會憑超卓的輕功趕上我們，他卻偏偏沒這麼做，眞教人頭痛。」

寇仲道：「他追上來又如何？朱粲總不能率大軍來攻打竟陵，現在的問題是我們如何潛進城內？」

突利不解道：「入城只會暴露行踪，於你們有何好處？」

寇仲當然不會告訴他入城是爲打探李秀寧的消息，反問道：「肚子餓了，自然要找地方填飽肚子。現在可汗該遠離險境，不知有何打算？」

突利微笑道：「我有一個提議，少帥不妨考慮一下。」

寇仲欣然道：「小弟正洗耳恭聽。」

突利雙目射出銳利的光芒，正容道：「此提議對我們雙方均有利無害。在小弟來說，眼前當務之急，是要安返關中，而兩位亦須往關中尋寶，所以大家的目標並無二致。」

寇仲大訝道：「可汗竟仍認爲雲帥可威脅到你的安危？」

突利苦笑道：「實不相瞞，假若兩位不肯與我合作，我只有半成機會可活著回到關中。」

寇仲失聲道：「甚麼？」

徐子陵來到兩人旁邊，坐下道：「聽可汗這麼說，事情當非如我們想像般簡單。」

突利一對眼睛閃過深寒的殺機，點頭道：「對於該否向兩位透露事實，坦白說我猶豫過好一陣子，到剛才少帥對我表示要分道揚鑣，我才毅然決定坦誠相告，看看可否衷誠合作。」

寇仲道：「這個『誠』字正是關鍵所在，因為我和小陵都是見光即死的人，絕不能洩漏行藏。假若我們錯信可汗，或可汗恩將仇報的欺騙我們，那就太不值得。皆因我們連冒險的本錢都沒有。」

突利不悅道：「我突利豈會是這種人？若寇兄這麼不信任我，此事告吹作罷。」

寇仲哈哈笑道：「我只是以言語試探可汗而已，小陵怎麼看？」

徐子陵深深瞧進突利眼內去，沉聲道：「可汗為何對返回關中一事如此悲觀。」

突利雄軀微顫，深吸一口氣道：「子陵兄的武功已至深不可測的境地，你剛才瞧我的眼神如有實質，在我平生所遇過的人中，只有畢玄和趙德言兩人可以比擬，真令人難以置信。」

徐子陵給讚得不好意思。因他剛才欲測探他說話的真假，故暗捏不動根本手印，再功聚雙目看入他眼內去，假如突利在說謊，理該抵受不住他的眼神。

寇仲嘻嘻笑道：「這小子當然有點道行，時間寶貴，可汗請長話短說。」

突利再神色凝重的端詳徐子陵好半晌後，才道：「我中了頡利和趙德言的奸計。」寇仲和徐子陵聽得愕然以對。

突利粗獷的面容掠過憤怒的神色，低聲道：「大汗之位，本該是我的。」兩人知他還有大番話要說，沒有出言打岔。

突利臉上陰霾密布，語調荒涼的道：「我父始畢大汗正準備南下進攻貴國時，病發身亡，那時我仍年幼，給親叔坐上大汗之位，是為處羅可汗，我也沒話好說。處羅嗣位後，以隋朝義成公主為妻，趙德言就是她招攬來的，甫入我朝，趙德言提議把煬帝的皇后蕭氏和隋朝齊王楊暕的遺腹子楊政道迎至汗庭，其作用不用說兩位亦可猜到。」

寇仲皺眉道：「原來是這麼複雜的，楊政道的作用當然是亂我中原的一粒棋子，可是你們怎肯讓漢人隨意擺布？」

突利嘆道：「處羅雖迷戀義成公主的美色，但對趙德言極有戒心，只是在義成公主一再慫恿下，勉強以趙德言為國師。後來處羅得病，吃了趙德言以丹砂、雄黃、白礬、曾青、慈石煉製的五石湯，不但不見效，還發毒瘡而死，義成公主一夜間成了操控大權的人。」

徐子陵不解道：「你們族人怎肯容權力落在一個漢族女子之手？」

突利苦笑道：「那時群龍無首，族內亂成一片，照理最該坐上王座的，就是我和處羅的兒子奧射。豈知義成公主和趙德言、頡利暗中勾結，以迅雷不及掩耳的手法把所有反對者鎮壓，而頡利則坐上王座，還公然把義成再納為妻，無恥至極。」

寇仲咋舌道：「可汗你能活到現在，該是一個奇蹟。」

突利哂道：「此事豈有僥倖可言，我父在生時，英雄了得，聲威遠過處羅，而畢玄更處處維護我，想動我豈是易事。但若借雲帥之手，則是另一回事。」

徐子陵問道：「頡利在成為大汗前，是甚麼身分地位？為何這麼倒行逆施，竟無人和他算賬？」

突利道：「處羅和頡利都是我的叔父，論實力，頡利絕不遜於處羅，在我們族內，誰的力量強大，誰就可稱王，沒有甚麼道理可說的。」

寇仲道：「可汗的意思是否整件事根本是一個對付你的陷阱？但照我們所知，陰癸派確是真心助你們去擄劫蓮柔，難道祝玉妍都被趙德言騙了？」

突利道：「對趙德言來說，所有人都只是可被利用的。他一向爲求目的不擇手段，哼！幸好給我想通他的奸謀，否則我休想有命回去找他和頡利算賬。」

寇仲和徐子陵仍是聽得一知半解，但心中至少相信他大部分的話，否則雲帥怎能及時趕來中原，又能洞悉先機的先後襲擊白清兒和突利的船隊。

突利長長吁出一口氣，緩緩道：「若我猜想不錯，趙德言正在附近某處等待我。」

兩人同時想到安隆應是整件事中關鍵性的一個人物，甚至石之軒亦有可能是背後主使者之一。心中不由湧起寒意。

三人在城外隱秘處大睡一覺，到天黑時翻牆入城，隨便找間飯館，大吃一頓，順便商量大計。

突利向變成弓辰春的徐子陵和黃臉醜漢的寇仲道：「要證實我的話並不困難，只要我作個測試，便可知道是否頡利和趙德言出賣我。」

兩人大感有趣，連忙問計。

突利道：「爲了把握中原的形勢，我們在各處重要的城市，均設有眼線，他們大多以商家的身分作掩飾，竟陵便有一個這樣的人，是聽命於趙德言的漢人，只要我找上他，著他安排我潛返關中，再看看我的行踪能否保密，當可推知趙德言是否想殺我。」

寇仲點頭同意道：「這不失爲一個好方法。」

徐子陵問道：「當日可汗是怎樣從長安神不知鬼不覺溜出來的？」

突利微笑道：「子陵兄的思慮非常縝密，我明白你問這話的含意，是想知道隨我來中原的人中，是否有頡利和趙德言方面的內奸，對吧？」

徐子陵略感尷尬道：「我不好意思直接問嘛！」

突利坦言道：「大家既有誠意合作，就不用客氣。我突利和兩位雖認識不深，初碰頭時且處於對立的狀態，但卻早有惺惺相識之心，認定兩位乃英雄之輩，否則絕不會有與你們合作的提議。」

寇仲欣然道：「那我更老實不客氣，可汗離開關中一事，怎瞞得過你的老朋友李世民？」

突利道：「我並沒打算長期瞞他，只要他不知我在何時離開便成。在隨我來的從人中，有個叫康鞘利的人，此人智謀武功，均為上上之選，不在小弟之下。整個安排，正是由他策劃，若非他說蓮柔生性多情，我或可奪得她的芳心，小弟絕不會親來，致誤入陷阱。」

兩人才知其中尚有如此一個轉折。

寇仲又問道：「你是如何與祝玉妍扯上關係的？」

突利道：「當然是趙德言在中間穿針引線。陰癸派的人我只接觸過錢獨關和邊不負，其他事由康鞘利負責打點，他乃頡利的心腹，但和我的關係本來亦不錯，若非發生碰上雲帥這種事，我絕不會懷疑到他身上。至於他用甚麼方法和雲帥勾通，我仍未能想通。以雲帥的作風，是絕不會被人利用的。」

徐子陵道：「可汗聽過安隆這個與趙德言並列邪道八大高手的胖子嗎？」

突利緩緩搖頭，雙目射出關注的神色。

徐子陵扼要解釋一番後，道：「安隆不但和蓮柔同夥，與朱粲父女亦關係密切，只要安隆與康鞘利暗通消息，可汗所有行動會全在雲帥掌握中。而雲帥只會以為安胖子神通廣大，怎想得到竟是頡利和趙德言借刀殺人的毒計。」

突利呆住半晌，才懂得苦笑道：「若非有子陵兄提點，恐怕我想破腦袋仍想不透其中的關鍵。」

正若有所思的寇仲像醒過來般，道：「可汗知否你們在這裡的眼線，是用甚麼方法和遠在關中的康鞘利互通消息？」

突利道：「用的是產自敝國久經訓練的通靈鷂鷹，能日飛數百里，把消息迅速傳遞，既不怕被別的鳥兒襲殺，更不虞會被人射下來，且能在高空認人，是我們在戰場上最好的幫手。」

寇仲動容道：「竟有這麼厲害的扁毛畜牲，牠不會迷途嗎？」

突利傲然道：「訓練鷂鷹有套特別的方法，沒有人比我們更在行。若連山川河流都不能辨識，怎配通靈的讚語。只可惜我們承祖訓不可把練鷹秘技傳人，否則會向少帥透露一二。」

寇仲悠然神往道：「可汗可考慮一下應否違背祖宗的訓令。」

突利笑而不語。

徐子陵沒好氣道：「少帥的本意不是要研究鷹兒的本領吧？」

寇仲乾咳一聲，指指自己的腦袋道：「這傢伙聯想力太豐富，很容易岔到十萬八千里外的遠方。」接著擺出一本正經的樣子，道：「就算鷂鷹能日飛千里，一來一回，至少要兩天兩夜吧！若康鞘利定要殺可汗，此法既不實際也不可行。因為當安隆知道可汗在竟陵時，可汗早在兩日前起程，對吧？」

突利點頭道：「理該如此。」

寇仲信心十足的分析道：「可汗不是說過趙德言可能已潛入中原。假若他們的唯一目標是殺死可汗，那可汗便很有機會以自己作魚餌把他從暗處釣出來，反客為主的把他殺死。但這樣做卻有個先決條件，就是要先把雲帥和朱粲的聯合追兵解決，以免我們陷進兩面受敵的劣境。」

突利皺眉道：「我絕對同意少帥前半截的分析。因爲如果趙德言和康鞘利隱在附近某處，務要肯定我遭害才安心，我們的確很有機會把他釣出來，例如密切監視那眼線的動靜，看他與甚麼人通消息等等，再一重重的追尋下去，直至找到他們爲止。但爲何要節外生枝的去惹雲帥那方的人？」

寇仲微笑道：「道理很簡單，沒有人比你更清楚趙德言的行事作風和實力，可汗認爲我們殺死趙德言的機會有多大？」

突利苦笑道：「沒有半分機會。就算在敝國境內，趙德言身邊常有四個漢人高手作隨侍，四人均是他的同門師弟，跟他形影不離，我『龍捲風』雖自負，但自問擋不住其中任何兩人的聯手。若再加上個康鞘利，我們能跟他們拚個兩敗俱傷，已非常幸運，何況他理該尚有別的高手隨行。兼且此計尚有一個致命的破綻，根本行不通。」

徐子陵淡然道：「是否鷹兒的問題？」

突利愕然道：「子陵兄怎能一猜即中？」

徐子陵道：「可汗不是剛說過鷂鷹能在高空認人嗎？假若趙德言以鷹代犬來守門口，我們將永不能以刺殺的手段來對付趙德言。仲少正因想到此點，故提出將計就計，先解決雲帥，然後掉轉頭和趙德言硬拚。」

突利雙目湧起尊敬的神色，肅容道：「難怪兩位老兄能縱橫天下而不倒，確有非愚蠢若突利所能想像的才智本領。」旋又不解道：「請恕小弟直言，兩位實犯不著爲小弟冒此奇險，只要小弟逃返關中，自有保命之道。」

寇仲搖頭道：「可汗這種畏縮的反應只會令敵人變本加厲，非是久遠之計。照我看你逃返關中仍非辦法，而是必須回到支持你的族人境內，頡利才奈何不了你。」

突利嘆道：「我非是畏首畏尾，而是深知兩位處境之險，更甚突利百千倍。如若暴露行藏，會惹來以李元吉爲首的關中高手的圍攻截擊，突利怎過意得去。你們不是有過『見光即死』之語嗎？」

寇仲和徐子陵均大感意外，想不到這位表面看來只講功利、不擇手段的突厥王族，如此有情有義，肯爲他人設想。

徐子陵微笑道：「事實上我們正爲採取何種方法潛入關中而大傷腦筋，明的不成，暗亦難行。所以想出一個妙想天開的方法，姑名之爲『以戰養戰』。」

突利愕然道：「甚麼是以戰養戰？」

寇仲卻拍枱嘆絕道：「不愧是我的好兄弟，不用我說出來，已把我的心意完全摸透，還創出這麼妙絕天下的兵法名堂。哈！以戰養戰，憑這四字眞言，我們才有機會混入關中。」

突利雖仍對甚麼「以戰養戰」似明非明，但卻深切感受到他們兩人間水乳交融的了解和信任，對他這個在權力鬥爭和相互傾軋中長大的人來說，特別感動和震撼。

徐子陵望向突利道：「現時要對付可汗或我們的人馬，稱得上夠分量的共有四批人，可汗知道的有趙德言、雲帥和李元吉三批人，任何一方均有殲滅我們的足夠實力。可是若他們碰在一起，由於三方面各不相屬，甚至互爲猜忌，我們可利用種種微妙的形勢，製造他們的矛盾和衝突，這是以戰養戰的大致策略，運用之妙，存乎一心。」

寇仲伸手搭上突利的肩頭，湊過去故作神秘的道：「所謂兵愈戰愈勇，以戰養戰的基本精神，是要借這些大批送上門來的好對手，助我們作武道上的修行。天下最便宜的事莫過於此，對嗎？」

突利感受著寇仲親切的搭肩動作，他身體流動的本就是塞外民族好勇鬥狠的血液，聞言不由被激起萬丈豪情，奮然道：「好！直到此刻，我突利才明白甚麼叫英雄了得。就算要和兩位共赴刀山油鑊，我突利一定奉陪到底。」接著問徐子陵道：「尚有一批人是何方神聖？」

寇仲代答道：「就是師妃暄師仙子和代表佛門武功最高強的四個禿頭，嘿！不對！該是四大聖僧。」

突利倒抽一口涼氣，豪氣登時減去一小截，動容道：「是否昔年殺得『邪王』石之軒落荒而逃的四大高僧？」

寇仲訝道：「你的消息眞靈通。」

突利道：「我們一向留意中原的事，怎會錯過這麼重要的一樁。」

徐子陵淡淡道：「那可汗知否石之軒另一個身分？」

突利錯愕道：「甚麼身分？」

寇仲道：「就是隋廷右光祿大夫、護北蕃軍事裴矩。」

突利失聲道：「甚麼？」

兩人心中暗嘆，石之軒最厲害的地方，正在隱密身分的工夫上，此人不但魔功蓋世，文才亦非同凡響，否則怎會著出三卷能改變歷史的《西域圖記》。若非曹應龍背叛他，恐怕到今天仍沒有人曉得石之軒和裴矩同爲一人。

徐子陵道：「我們愈來愈懷疑趙德言於暗裡與石之軒互相勾結，因爲安隆一向對石之軒忠心耿耿，沒有石之軒的同意，安胖子怎肯聽趙德言的說話。」

突利色變道：「此事非同小可，裴矩乃我們的死敵，回去後我定要請出武尊他老人家主持公道。我父始畢大汗的臨終遺言，正是要我們拿裴矩的頭顱去祭奠他。」

寇仲興奮的道：「若這回有石之軒來湊熱鬧，那更精采絕倫哩！」

突利被兩人天不怕地不怕的豪氣感染，兼之他本身是崇勇尚武的人，遂把僅有的一點疑慮拋開，既興奮卻低聲道：「現在該怎麼辦呢？」

寇仲笑道：「好小子！不再怕甚麼仙子聖僧啦？」

突利渾身血液沸騰起來，罵了句突厥人的不文粗語後，斷然道：「這麼痛快的事，難逢難遇，若我仍要錯過，就是不折不扣的傻子。」

寇仲湊到他的耳邊，說了一番話後，突利欣然離去。

突利去後，兩人你眼望我眼，均有柳暗花明，別有洞天的刺激感覺。

寇仲為徐子陵添酒，笑道：「以戰養戰，虧你想得出來，這回關中之旅，已變成一種享受。」又道：「你說突利這小子是否可靠？」

徐子陵沉吟道：「他總令我想起老跋，突厥族的人或者比漢人好勇鬥狠，不易交結朋友，但一旦與他們交心，該比我們漢人可靠。」

寇仲點頭同意，思索片刻後，道：「剛才路經碼頭，我曾仔細留意泊在城外的船隻，沒有一艘是掛上李閥旗幟的，若李秀寧早已離去，我們便是痛失良機。」

徐子陵道：「這個非常難說，若你這位美人兒想把行踪保密，當然不會把招牌掛出來招搖惹人矚目。坦白說，由於有前車之鑑，即使我們趕上她的船，也絕無機會潛藏船上。」前車之鑑，指的自然是上回在飛馬牧場李密試圖擄劫李秀寧一事。所以李秀寧不但要行踪保密，且必有大批高手隨行保護，戒備重重，好讓她安然進行遊說的工作。在這種情況下，想搭順風船只等於痴人說夢。

寇仲微聳肩胛，作個並不在乎的表情，環目一掃舖內稀疏的顧客，頗有感觸的道：「人事的變遷眞大，想當年竟陵城破，整座大城仿如鬼域，現在雖說不上興旺，總算人來人往，像點樣兒。」

徐子陵道：「竟陵畢竟是重要的大城市，占有緊扼水陸要道的優勢。且物產豐饒，對平民百姓來說，只要能找到生活便成，管他是誰來統治。」

寇仲舉杯笑道：「說得好！讓小弟敬弓爺一杯。」

徐子陵沒有舉杯，低頭凝視杯內清洌的酒液，道：「最令我擔心的，仍是師妃暄一方的人。她令我感到向他們使詐，本身已是一種不道德的行爲。」

寇仲道：「我當然明白，否則當年偷東西後，你就不用負荊請罪的現身向她致歉，不過這回是她要來對付我們，我們只是不甘就範而作出自衛吧了！」

徐子陵無奈道：「現在只能見機行事。但我有個感覺，師妃暄在李元吉的人馬碰釘前，該不會妄先出手。因爲她選的人並非李建成而是李世民，借我們的手來挫李建成的聲威，在她來說乃上上之策。」

寇仲道：「仙子自有仙計，豈是我等凡人所能測度。她的矛盾實不下於我們，皆因主動在她。嘿！我可否問你一個問題？」

徐子陵戒備的道：「若是有關感情上的，不如喝酒算哩！」舉起杯子。

寇仲笑道：「逃避絕非妙法良方，那表示你不敢面對自己。來！先乾這一杯。」兩人一飲而盡。

此時店內食客大多飲飽食醉的離開，只剩下他們和另一枱客人，有點兒冷清清的感覺。

徐子陵嘆道：「除了揚州那個狗窩尙能給我們一點『家』的感覺外，我們從來都沒有家。」

寇仲訝道：「你是否想成家立室？但你比我更不似有這種需求。」

徐子陵道：「我並不渴望像一般人的要擁有嬌妻愛兒的一個安樂窩，只是希望遊倦時有一個安安靜靜的藏身之所。」

寇仲悠然神往道：「嬌妻也相當不錯，無論外面如何暴雨橫風，她那溫暖香潔的被窩總是個最佳的避難所，唉！」

徐子陵見他眼神溫柔，低聲問道：「是否想起你的玉致小姐。」

寇仲一震醒來，眼神回復銳利，沉聲問道：「假若石青璇和師妃暄都願和你同偕白首，陵少怎樣選擇？」

徐子陵微顫道：「終還是忍不住提出這問題，坦白告訴你吧！我永遠不希望要作出這個選擇。」

寇仲明白的點頭，長身而起道：「走吧！由明天開始，有得我們忙的哩！」

當晚兩更時分，一艘小風帆從竟陵開出，寒風苦雨中，沿漢水朝襄陽的方向駛去。操舟的正是徐子陵，他和寇仲扮作錢獨關方面的人，當然不會讓貴爲可汗的突利幹此操航掌舵的粗活。寇仲和突利坐在船頭處，監察河道和兩岸的動靜，順風下無驚無險的逆流而上近三十里，他們才鬆一口氣。

寇仲仰臉感受雨水灑在臉上的滋味，夢囈般道：「趙德言那眼線顯然已知我和小陵是誰，否則不會裝作不留意我們，更避開與我們目光相接觸。」

頭頂竹笠的突利點頭道：「我也注意到這情況，此所謂作賊心虛，最露骨是當我命他不准與任何人通消息，包括康鞘利在內，他竟沒有半絲訝異的神色，剛才開船前眞想一槍把他幹掉。」

寇仲微笑道：「可汗看不到開船前他的手在發顫嗎？我猜他回家後的第一件事是酬謝神恩。」

突利思索道：「我們能否把追兵全拋在後方？」

寇仲道：「這麼深夜起程，正爲製造這種形勢，讓他們沒充裕時間作周詳考慮。可是由於我們逆水行舟，定快不過他們以快馬從陸路趕來。照我估計，在抵達襄陽前會有一方人馬成功截上我們，而他們亦必須這麼做，因爲襄陽是淯水和漢水交匯處，歧路亡羊，追起來會困難多哩！」

突利點頭道：「他們最怕我從錢獨關處得到支援，這般看來，惡戰將難以避免。」

寇仲道：「錢獨關是另一個不明朗的因素，陰癸派乃中原魔門第一大派，論整體實力不在師妃暄和四大聖僧這支人馬之下。若這回吃了大虧，以她們睚眦必報的作風言，定不肯就此罷休，所以好戲將陸續登場。」突利默思不語。

寇仲問道：「『可汗』一辭是否皇帝的意思？」

突利答道：「大約是這樣，不過有大小之分，大汗才算眞正的君主，小汗等於你們的王子或太子，假若頡利完蛋，最有資格登上大汗之位的將是我突利。」

寇仲道：「這麼說，當年他要封你作小可汗，肯定是迫於形勢不得已的手段，現在坐穩帝位，便要想辦法務把你鏟除。所以這回頡利對你是志在必得，否則將痛失良機，哈！眞好。」

突利苦笑道：「好在哪裡？」

寇仲欣然道：「有所求必有所失，人急了就會做出錯事和蠢事，智者難免。」

突利用神打量他好一會兒後，頷首道：「到現在我眞正明白爲何李世民會視你爲他唯一勁敵，少帥是那種天生的領袖人材，我突利雖然自負，亦不得不承認和你並肩作戰時，受到你信心十足，智計百出的魅力感染，願意聽你調度，還覺得樂在其中，這是李世民也缺乏的特質。」

寇仲老臉一紅道：「可汗過獎哩！嘿！你回到貴國後，是否會去見頡利？」

突利道：「我的牙帳設在你們幽州之北，管治汗國東面數十部落，等於另一個汗庭，有自己的軍隊。他不仁我不義，我爲何仍去仰他的鼻息！」

寇仲拍腿道：「那就更理想，雲帥若不行，趙德言將被迫出手，那我們將有機會宰掉他，確是精采。」接而問道：「李元吉這小子武功如何？可汗有沒有和他玩過兩手呢？他是否比李神通更厲害？」

突利道：「他們三兄弟武功相差不遠，雖沒較量過，但我總覺得以李元吉最出色，縱或未能超越李神通，亦頂多只是一線之差。」

寇仲領教過李神通出手，聞言動容道：「那就相當不錯呢。」

此時風帆轉過急彎，河道筆直淺窄，在濛濛夜雨中，前方燈火通明，四艘戰船迎頭駛來。三人大吃一驚，怎想到會這麼快給敵人截上？

驀地兩岸同時亮起數以百計的火把，難以數計的箭手從埋伏的林木草叢中蜂擁現身，彎弓搭箭，令三人像陷身進一個噩夢深處。投石機和弓弦晃動的聲音從前方四船傳來，一開始即以雷霆萬鈞之勢，攻他們一個措手不及。

寇仲在石矢及身前閃電掣出井中月，撲前橫掃船上唯一的船桅，大喝道：「來得好！」

「鏘！」堅實的船桅應刀折斷，像紙條般脆弱。此刀乃寇仲全身功力所聚，確是非同小可。由於帆船順風而行，船桅斷折，帆裡自然往前疾傾，迎上射來的矢石。突利和徐子陵逢此生死關頭，都明白寇仲的用意，知道縱使跳船逃生，亦難避中箭身亡的結局。而唯一的生路是爭取喘一口氣的空間和時間。

「蓬！」突利雙掌疾推，重擊河面，船頭處登時濺起水柱浪花，失去桅帆的船兒改進爲退，往後猛移。徐子陵心中叫好，腳下用力，船兒應勁連續七、八個急旋，斜斜後錯達十多丈，若非他們是逆流而上，便難以利用水流取得如此理想的後果。投石勁箭全部落空。敵船全速追來，但他們已暫時脫離兩岸箭手的威脅。

寇仲大喝道：「走啦！兄弟！」拔身而起，往離他們不足五丈的左岸掠去，徐子陵和突利緊隨其後，轉瞬消沒在林木暗處。

「轟！」兩塊巨石同時命中他們的棄船，可憐的船兒頓時應石四分五裂，再不成船形。整個交接只是十多息呼吸的時間，但其中之凶險，卻抵得上高手間的生死對決。只要三人中有一人反應較慢或失當，他們勢將屍沉江底，絕無半分僥倖。要在深只兩丈許的水底躲避勁箭投石，即使以寇徐之能，亦是力有未逮。

寇仲和徐子陵均有歷史重演的怪異感覺，就像當年潛往洛陽，被李密和陰癸派千里追殺的情況。只不過是跋鋒寒換成突利，而沈落雁的怪鳥兒則換上更厲害的鷂鷹。

寇仲透過密林頂上枝葉的空隙，功聚雙目朝上瞧去，細雨霏霏的黑夜裡，只能勉強瞧到一個離地達百丈的小黑點，無聲無息地在頭上盤旋。皺眉道：「這頭扁毛傢伙究竟是雲帥養的還是趙德言養的呢？

可汗老兄你能否分辨出來。」

突利苦笑道：「你令我愈來愈自卑，我看上去只是一片迷濛。若非你告訴我，小弟根本不知道已被鷹兒盯哨。但就算是白天，也不容易分辨，除非牠肯飛下來。」

徐子陵道：「剛才在漢水伏擊我們的，肯定是朱粲和雲帥的聯軍，若是趙德言，不可能有這種陣容和聲勢。我們亦有些疏忽，想不到敵人以守株待兔的方式封鎖水道，再以鷹兒從高空監視竟陵一帶的動靜，從容布置，差點著了對方的道兒。所以此鷹該屬雲帥的可能性較大。」

三人一口氣遠遁百里，此時均有疲累的感覺，卻仍未能擺脫在高空的跟蹤者，若說沒有點沮喪氣餒就是騙人的。

寇仲嘆道：「朱粲老賊和我兩兄弟仇深似海，這次不傾全力向我們報仇才怪。目前我們的唯一出路，該是朝襄陽闖關。」

徐子陵道：「無論在甚麼情況下，我絕不要托庇於陰癸派，故此路不値得走。」

突利沉聲道：「我同意子陵兄的決定，且不知趙德言會玩甚麼手段，陰癸派則邪異難測，往襄陽只是徒多一項變數。」

寇仲毫不介意被否決他的建議，改而道：「沒有問題。不如我們裝作要去襄陽，其實卻另有目的地，這叫疑兵之計，只有在城市裡我們才可擺脫這高空的跟蹤者。」

突利思忖間，徐子陵問他道：「究竟牠能否看到我們？」

突利抬頭仰望，道：「鷹兒覓食時，會在低至三、四十丈的上空徘徊。像現在般高達百丈，只為要有更廣闊的視野，故無論我們在何方出林，亦逃不過牠遠勝常人的銳利目光。」

寇仲大感頭痛，吁出一口涼氣道：「你們的飛行哨兵眞厲害。」

徐子陵劍眉緊蹙，沉聲道：「我們必須先解決這頭畜牲，否則將盡失主動之勢。照我猜牠又該似是趙德言的眼睛，而非雲帥派來的，因爲一路坐船來時，我都有留意天空，卻見不到牠。」

寇仲點頭道：「陵少這番話很有道理，若竟陵的眼線在我們走後知會躲在附近某處的趙德言，而他立即放鷹追來，該剛好像現下般躡上我們。」旋又詫異的道：「鷹兒有否這般厲害？說到底這是牠並不熟悉的地方，難道趙德言告訴牠老扁毛你要沿河追去，見到那三個人後便窮追不捨，有機會就抽空回來通知我一聲嗎？」

突利色變道：「不好！你說得對！趙德言的人馬肯定在附近，以火光或什麼方法指揮遙控。只是我們卻看不見。」

徐子陵道：「暫時我們仍是安全的，在這樣的密林中，人多並不管用，假如我們把他們引進密林內，必可痛快大殺一番。」

寇仲苦笑道：「尙有個把時辰便天亮，那時輪到他們入森林來痛快一番哩！」

徐子陵首先挨著樹身坐下，兩人才醒覺到爭取休息的重要，學他般各自坐下。徐子陵道：「在追躡搜索的過程中，鷹兒於甚麼情況下會低飛？」

突利把伏鷹槍擱在伸直的腿上，沉吟道：「我們的鷹兒受過追躡敵人的訓練，不會受誘降往地面，就算須低飛觀察，也不會低於三十丈的高度。且牠們非常機伶，只要有少許弓弦顫動或掌音風聲，會立即高飛躲避，殺牠們絕不容易。」

寇仲狠狠道：「畜牲就是畜牲，無論多麼聰明仍是畜牲，怎鬥得過把牠一手訓練出來的人們呢？辦法肯定是有的。」

徐子陵道：「鷹兒肚子餓時怎麼辦？」

突利搖頭道：「鷹兒在執行主人指令時，只吃主人獎勵牠的美食。但在遠程傳訊的飛行中，牠會自行覓食。」

寇仲拍腿道：「那就成哩！我們將牠的偵察和覓食兩方面合起來，化為一條奪牠小命的妙計。來吧！牠雖無辜，但對不起也要做一次，希望牠來世投個好胎！」

林內忽然傳出追逐打鬥的聲音，接著是一聲慘叫，血腥味沖天而起。當然不會是眞有人受傷，而是給寇仲剁開一頭在附近出沒的不幸野狐。

徐子陵藏身林木高處，屏息靜待。鷂鷹果然通靈，聽到追打的聲音，立即迴旋而下，從百丈的高空急降至五十丈，可能因嗅到血腥的關係，出乎天性本能的再一個急旋，往下俯衝。徐子陵心中叫好，舉起手臂，暗揑印訣，聚集全身功力，蓄勢以待。他自學藝伊始，便愛上觀察天上鳥兒飛行的軌跡，從中領悟到不少武學的至理。想不到此刻卻反過來用以對付鳥兒，心中大感無奈，卻沒有別的選擇。細雨飄飄中，鷂鷹來至離他只十丈許處，只要進入五丈的距離，他肯定能隔空把牠活生生震斃。

正慶得計時，驀地鷂鷹一陣抖顫，於再衝下丈許後猛振雙翼，銳利的鷹目朝藏在樹頂枝丫的徐子陵如電射來。徐子陵心知糟糕，想不到鷹兒靈銳至此，積聚至顚峰的一拳驟然擊出。鷂鷹展翼急拍，扶搖而上，拳勁差一點才可命中，只揩到牠少許翼尖腳爪。鷂鷹「呱」的驚叫，甩掉幾片羽毛，不自然地在空中急飛片刻，驚魂甫定的投南而去，消沒不見。徐子陵躍返林內地面，寇仲和突利都對他的功敗垂成大感可惜。

徐子陵搖頭道：「不！我們成功了。」

寇仲一呆道：「陵少的意思是否指鳥兒受到內傷，心脈斷裂，回去後會吐血身亡。」

突利亦不解的聽他解答。

徐子陵問突利道：「鳥兒受驚後，是否會回到主人身旁？」

突利明白過來，點頭應是，旋又不解道：「即使子陵兒看到鷹兒的落點，推測到趙德言一方人馬藏身處，但我們對他們的實力強弱所知有限，這麼摸上去動手，會很吃虧的。」

寇仲微笑道：「可汗忘記了除他們外，尚有另一批人在尋我們晦氣。只要我們能令雲帥、朱粲等以爲趙德言是來接應可汗的援兵，便有好戲看啦！」

突利先是愕然，繼而大喜道：「果是妙計，但該如何進行？」

徐子陵道：「你們東突厥人有甚麼特別的遠距離通訊方式？」

突利探手懷內，掏出鐵製螺形的哨子，道：「憑這個可吹奏出長短不同的訊號，雲帥聽到後會知是我方的人。」

寇仲探手接過，邊研究邊道：「這麼精巧的東西爲何不早點拿出來？」轉向徐子陵道：「一向你的腦筋比我清醒，如今計從何來？」

徐子陵泛起一個頑皮的笑容，道：「以趙德言的才智，聞得哨聲，會有甚麼反應。」

突利道：「若我是他，當立即撤離，因爲雲帥對他絕無好感。」

寇仲道：「這次該輪到我們去追殺他吧！」

三人你眼望我眼，均看到對方眼內和臉上逐漸擴盈的笑意，然後齊聲怪叫，像三個童心未泯的孩子般，在徐子陵的領頭下，穿林過樹的往南方疾掠而去。

第八章

追兵處處

第八章　追兵處處

徐子陵來到密林邊緣一座山丘高處，從一堆亂石草叢後探頭外望，樹林外給草原和疏林覆蓋著的山野在細雨紛紛中黑沉沉一片，沒有絲毫異樣。突利和寇仲在遍搜兩側，肯定沒有敵人，此時到達他兩旁。三人均為中外武林出類拔萃的高手，耳目之靈勝逾常人百倍，兼之熟諳江湖門道，休想有人能藏在近處而瞞過他們。

寇仲問道：「如何？」

徐子陵搖頭道：「他們應在附近，但我卻不能肯定他們的位置。」

寇仲道：「若連你都不能肯定，可知他們距離頗遠。」探手一把摟著突利的肩頭，笑道：「吹法螺的時間到啦！」

突利哪想得到寇仲這麼熱情老友，既有點受寵若驚，亦有些啼笑皆非的感覺，擔心的道：「若雲帥方面的人不爭氣，根本聽不到哨聲，那我們豈非暴露行藏？一是被迫和趙德言他們硬拚，一是被追得喘不過氣來。」

寇仲差點想告訴他連席應都給徐子陵宰掉，所以排名稍高的趙德言亦非是那麼可怕，幸好及時忍住不說，低聲道：「這吹法螺的地點亦大有學問，可汗你往後潛行一里，然後吹響哨子，而我和陵少則在此伏擊敵人，宰他們幾個後再與你會合。」

突利心中嘆服，寇仲若非如此膽大包天，這天下也不會因他而改變了命運。

徐子陵低聲道：「可汗吹響哨子後，會有三種可能性：第一種是毫無動靜，即是趙德言方面仍按兵不動，而雲帥亦沒有追在附近。第二種情況是趙德言隔岸觀火，而雲帥的人卻向可汗吹哨子處殺過去。第三種情況最理想，是雙方人馬同時向哨音起處撲去。我們先要決定每種情況下應採甚麼行動。最好還約定一些哨號，若失散時亦可通訊。」

寇仲道：「陵少你來說，時間無多，天明後便不靈光啦！」

徐子陵扼要的把計劃說出，聽得兩人點頭稱善。最後更約定失散後重聚的位置地點，突利悄無聲息的去了。

寇仲湊到徐子陵耳旁道：「照我看兩方人馬都在林外等天明，趙德言因知道雲帥的人在附近，肯定不會輕舉妄動。不如我們主動找上他們玩玩，練成井中八法後，我從未眞的和人動過手，等得老子手癢難禁。」

徐子陵警告道：「我們根本沒有冒險的本錢，一旦受傷，又或眞元損耗得太厲害，等於被廢去武功，任人宰割，你想想後果。」

寇仲凝望天際和荒野被夜雨融渾為一體的迷濛處，岔開話題道：「適才在漢水被襲那種情況是我最害怕的，突變在你完全料想不到中發生，眞像夢魘般可怕，朱粲怎會忽然變得這麼厲害？」

徐子陵道：「我也有你的懷疑，怎麼說那裡該算是老爹的勢力範圍，朱粲又正與蕭銑鬥個你死我活，順手幫雲帥一個忙沒問題，但若勞師動眾到這裡來，就非常不合情理。而最惹我懷疑的地方，是以雲帥的輕功，絕無可能那麼容易給撇下和甩掉，以他獨戰陰癸派白妖女和三大元老高手的膽色，怎樣都該尾隨來試試我們的斤兩。」

寇仲色變道：「若非朱粲、雲帥，又非趙德言、康鞘利，那豈非是李元吉？我的娘！他們怎會來得這麼快的。」

徐子陵尚未來得及應他，淒厲若夜梟的哨子聲在後方里許處響起，把他們的膽子嚇得差點從喉嚨跳出來，但已來不及阻止，只能將錯就錯。沒有雲帥一方的人馬在附近，此哨聲若同時惹來李元吉和趙德言兩方高手，後者更有可從高空追敵的通靈鷂鷹，則哨子聲跟催命符並沒多大分別。兩人你眼望我眼，都是頭皮發麻。

「砰！砰！」破風聲起，接著幾朵煙花在兩人頭頂稍後的高空處爆開，化成千多點光照山林的金黃耀芒，非常好看。敵人的反應完全出乎兩人意料之外，弄不清敵人是要借此煙花訊號指示己方人的行動，或是只作為照明的用途，一時間不知該掉頭去與突利會合，還是繼續埋伏於丘頂，陷入進退維谷的兩難之局。

徐子陵低聲道：「走吧！」

寇仲一把扯著他道：「千萬不可，那可能誰都溜不掉。不管對方實力如何強大，死裡逃生的方法惟有從險中求得。來啦！」

徐子陵定睛瞧去，雖仍未見到敵人的蹤影，但耳鼓卻收到敵人從半里許外疾掠過來的衣袂飄動聲。

寇仲駭然道：「至少有一百人。」

百多點火頭，同時亮起，在煙雨下的火把光芒，帶上濛濛水氣，詭異非常。火把光十多點為一組，分布在兩人視野可及的各個山丘一類的制高點，形成一個廣大的包圍網，可以想見在他們視野之外，應當尙有比眼見更多由敵人布下的監視哨崗，動員的人該不少於千人之衆。天上的煙花光焰消斂，天地回復漆黑一片。兩人初時均感大惑不解，因以爲鷂鷹投向處理該是趙德言一方的人，所以他們直至前一刻，仍以爲來者是東突厥的人馬，此時才知猜錯。

寇仲倒抽一口涼氣道：「趙德言和李元吉的人已結成聯軍，我的娘。」

徐子陵一把扯下面具，雙目精芒爍動，沉聲道：「此事再沒有猶豫餘地，我們惟有全力出手，大開殺戒，利用天明前的黑暗和對我們有利的形勢，試試突圍，看他們憑甚麼本領攔截我們。」

寇仲亦學他收起面具，此時已可隱見數以百計的敵人，分成七至八組，有組織地以扇形的陣勢，漫山遍野地往他們的方向掩殺過來，聲勢驚人。

徐子陵以手肘輕撞寇仲一記，仰首上空，道：「看！鷹兒出動啦！」

寇仲舉頭上望，剛好捕捉到代表鷹兒的小黑點，虎目閃過殺機，平靜至近乎冷酷的道：「殺人的事交給我，你負責去保護突利小子，給這頭可惡的鷂鷹盯緊後，他勢將成爲衆矢之的，我們怎樣都不能讓他給人殺死，事情更非是我們想像般簡單。」

徐子陵明白他的意思，因爲照理李元吉無論在任何情況下亦不應與趙德言合成一夥，尤其牽涉到東突厥國的內部權力鬥爭，而眼前事實卻是如此，內中當然另有隱情。

在離天明前尙有大半個時辰的暗黑中，三組人除其中一組直往丘頂掠來，其他兩組分別在丘坡左右掠過。他們屛息靜氣的藏在亂石旁的矮樹叢內，透過枝葉細察向丘坡全速趕來的十多名敵人。這批人清一色夜行勁裝，武器由刀、劍到重型的矛、槍、斧等應有盡有，身法快慢有異，該是李元吉帳下的漢人高手，任何一人放在江湖裡，均有資格列入名家之林。

十多人旋風般在他們身旁丈許處掠過，寇仲扯一下徐子陵，兩人無聲無息的從藏身處掠出，咬住敵人的尾巴追去。當敵人跑下丘坡之際，寇仲拔身而起，掣出背上井中月，發出一下震動遠近山林的長嘯，井中月化作黃芒，凌空往押後的兩名敵人劈去。那兩人駭然回首，雙目盡被黃芒所懾，撲面蓋天而來的刀氣，更令兩人心膽欲裂。一方面是蓄滿勢子全力出刀，一方面則是猝不及防下臨危反抗，相距之遠，不可以道里計。

「噹！」其中一人的長矛被寇仲硬生生斬斷，餘勁把他震得狂噴鮮血滾下丘坡，另一人則被寇仲於劈斷長矛後，砍個正著，那人可算身手不凡，雖能勉強憑重斧擋住井中月，卻無法擋得住寇仲狂潮暴浪般的刀氣和眞氣，連人帶斧給劈得橫飛尋丈，跌入坡旁一堆矮樹裡，縱然不立斃當場，亦怕是出氣多入氣少。

在前面的十一人亦算反應迅快，在寇仲長嘯起時，紛紛返身應戰。一時刀光劍影，爲血戰拉開序幕。其中三人正要圍攻寇仲，寇仲腳點實地，二次騰身斜起，巨鷹般越過三人，投往最前方的敵手。徐子陵趁三人的注意力全集中在空中聲勢驚人的寇仲的當兒，以新領悟回來的身法，閃電般進入三人間空隙處，揮動雙拳在敵人的兵器中如入無人之境，呼吸間三人分別被他以重手法擊中，敵人連半招都未有機會使出，便摧枯拉朽的擊得左仆右跌，傷重不起。這是施展突擊最輕易的部分，接著將是最難應付的以寡敵衆的群戰。

剩下的八名李閥好手雖是形勢大亂，五人卻分出去對付寇仲，另三人則往徐子陵攻來。兩翼的敵人叱喝連聲，趕來援手。號角響起。

寇仲抱著殺一個得一個的心態，在落地前施出迅急移形換氣的本領，猛然移位，敵人的兵器全體落空。觸地後，他一個旋身，橫過斜坡丈許的空間，刀芒電閃，掃在攻來的敵人長劍處。那人本來是揮劍刺來，可是寇仲的一刀帶起令他感到躲無可躲的凌厲刀氣，且變化無方，身法又迅快至使他無法把握，更感覺到寇仲的殺意全集中到他身上，故左右雖有同夥，他仍是心寒膽喪，無奈地收回攻出的一劍，只求保命，再不敢有任何奢求。「噹！」那人虎口震裂，長劍墮地，寇仲瀟灑地飛起一腳，正中他小腹。那人往後拋飛，撞在己方另一人身上，兩人變作滾地葫蘆，往坡底滾下去，同告重傷，若非寇仲腳下留情，那人必難保命。五去其二，寇仲大發神威，井中月灑出數十道黃芒，把早已膽怯的敵人全捲進刀影內，一時兵刃交擊之音不絕如縷。

另一方的徐子陵當然明白寇仲的心意，知他希望趁突襲的有利形勢，把這組好手以迅雷不及掩耳的手法擊潰，然後在敵方援軍或像李元吉那般級數的高手趕來前，逃入密林深處，且戰且逃以游擊戰的唯一有利方式與敵周旋。思索間，他往左晃錯，避過敵人攻來聲勢十足的一槍，同時施展手法，閃電抓上對方長槍，略使巧勁，長槍頓時分中折斷。徐子陵腳踏奇步、左手斷槍疾掃，重擊在迎頭劈來的大刀近刀把處，右手撮指成刀，砍在另一人橫掃腰肢的重鐵棍上。在剎那間，三人同時與徐子陵硬拚一招，被他傳來的螺旋勁衝擊，再組不成先前互有聯繫的陣勢。此時兩翼的敵人潮水般湧至。

前方慘叫聲起，與寇仲交手的三人被他無可捉摸，勁氣強絕的刀法分別擊中，身體打著轉往外倒跌，情況慘烈至極。寇仲拔身而起時，與徐子陵交手的三人亦招架不住，給他以貼身搏擊的凌厲手法，擊得傷重墮坡。徐子陵倏地橫移三丈，來到一處丘頂上，才大鳥騰空般投往林木深處，避過給趕來援手的敵人纏上的危機。由此刻開始，他要與寇仲各自作戰了。

徐子陵把整個頭浸進冰寒的溪水中，精神大振。他身上的十多處傷口已停止淌血，但油盡燈枯的虛耗感覺，仍令他感到能躺下來好好休息乃老天爺最大的恩賜。縱使在劇烈的戰鬥中，他仍留有餘著，被他擊敗者只傷不死，不過休想能在短期內復原。激戰整個時辰後，初陽帶來對他們極端不利的日光。能於此際偷得空隙，來到林中這條與世無爭，靜靜淌流的小溪享受片刻，特別彌足珍貴。在這一刻，他再不去想正在身旁發生的鬥爭仇殺。一口接一口的清水喝進肚內去，他的氣力似乎亦正大幅提升。無比孤獨的感覺湧上胸臆。敵人實力之強，大大出乎他意料之外，當他想趕往與突利會合，但等待著他的卻是一批近三十人的突厥高手，給他們纏殺近十餘里，在被他擊傷近半數人後，才成功將他們擺脫。他強迫自己不去想寇仲和突利的命運，甚至於他自己未來的命運。

就在此時，左方三里許的遠處傳來一下尖銳的哨子響聲，正是突利和他們約好的暗號。徐子陵猛從水裡把頭抬出來。水滴似珍珠斷鍊般從頭髮和臉上流下，把上半身衣襟全沾濕了。他曉得突利正陷進重圍中，否則絕不會這樣把位置明告敵人。

徐子陵深吸一口氣，拔身而起，迅速穿過密林，疾趕兩里許的路後，林外長草原處兵刃交擊聲已是清晰可聞。他放開腳程，心中忽然燃起熾烈的怒火，那是對以強凌弱者激起的一種義憤。倏忽間他迫近戰鬥的現場，只見林外草原一個小湖旁的曠野處，渾身浴血的突利正奮其餘勇，獨力應付四名對他展開圍攻的突厥高手。地上伏屍處處，可見戰況之慘烈。二十多人散布各處，形成一個包圍網，顯是對突利仍是非常忌憚，正想以車輪戰法消耗他的體力。最吸引徐子陵注意的是卓立一旁袖手觀戰的七、八名突厥人，其中一人瘦硬如鐵，容貌清癯，身子像長槍般筆挺，右手執一把突厥人愛用的鋒快馬刀，左手持盾，頗有鶴立雞群的特級高手氣度。

徐子陵奔出密林，那人如電的目光往他射來，同時以突厥話發出指令，登時有七、八名突厥高手掉轉身往他如狼似虎的迎來，殺氣騰騰。「呀！」與突利交手的其中一人給突利挑中小腹，立即拋跌倒斃，但突利身上亦多添一道刀痕。那瘦硬如鐵的突厥人再發命令，又有另三人加入戰團，而他自己亦率領手下往突利疾逼過去，顯是想趁徐子陵趕上來之前，先一步把突利解決。

徐子陵一聲長嘯，斜掠而起。那批截擊他的高手似亦早猜到他有此一著，三人躍空截擊，四人則往四外散開，只要他給攔落地上，他們可把他重重圍困，反應確是出色，表現出豐富的作戰經驗。「噹！」那高瘦的突厥人驀然撲入戰陣，以左盾硬擋突利的伏鷹槍，在其他人的牽制下，右手馬刀狂風暴雨的往突利攻去，登時把整個形勢扭轉過來。

突利給殺得狼狽不堪，怒喝道：「康鞘利，今天不是你死就是我亡。」

他以漢語說出這番話，正是要讓徐子陵曉得殺他的人是誰。亦表示他不看好徐子陵的援手。徐子陵一聲長嘯，施展空中移形換氣的絕技，竟從斜掠改爲沖天而上，大鳥般往突利的戰圈投去，那幾個圍攻他的突厥人只能攔了個空。康鞘利偷空往他瞧來，臉色微變，高聲發令。圍在四方餘下的十多名突厥高手全體出動，往徐子陵撲來。經過剛才的激鬥，徐子陵早摸熟他們凶狠忘命的作戰方式，落地時猛喝一聲：「咄！」眞言一吐，全場十多人無不耳鼓震盪，手底微緩。徐子陵閃電前衝，趁此良機，左掌右拳，分往兩名從戰圈抽身出來的敵人攻去。拳風掌影猛然暴張，快逾電光石火，那兩人心志被眞言所奪，兼之與突利久戰身疲，同時中招拋跌。這次出手徐子陵再難留情，在倒地前兩人早已氣絕。

突利看得精神大振，兼且攻力減輕，奮起餘勇，幻出千百槍影，漩盤激舞，把包括康鞘利在內的敵人全逼退開去。但他們兩人的形勢仍未堪樂觀，只要敵人合攏上來，他們會陷進苦戰之局。

徐子陵以迅快如鬼魅的身法，閃入戰圈內，康鞘利欲再強攻突利之際，面前站著的已換過是徐子陵。「砰！」徐子陵側踢一腳，把想從旁偷襲的敵人踢得噴血狂飛，接著一拳轟出，重擊在康鞘利的盾牌上。康鞘利的右手馬刀本擬好凌厲的刀法，豈知狂猛如怒濤的灼熱眞氣透過盾牌攻來，以他之能，亦大感吃不消，馬刀使不出半招，「霍霍霍」的連退三步，心中驚駭欲絕。他本對徐子陵估計甚高，但仍想不到他厲害至此。

徐子陵來到突利之旁，連拍十多掌，一時氣勁橫空，撲上來的敵人慘哼連聲，狼狽退後，其中一人更應掌墮地。但他卻是有苦自己知，這樣以掌退敵極耗眞元，絕難持久，幸好卻給他爭取到一閃即逝的逃走機會。右手疾抓突利手臂，喝道：「來！」兩人一先一後，往小湖的方向撲去，兩人全力出手，哪有人能擋得片刻，幾下呼吸間，兩人奔至湖旁，似要投湖，忽又改向，沿湖落荒逃去。康鞘利等人窮追不捨，但已遲了一步。

寇仲在長草原中疾馳，細雨剛剛停止。四周處處劍影刀光，人聲沸騰，愈來愈多的火把光芒照亮了黎明前黑暗的天空。他成功的把數組李家武士以偷襲、伏擊、遊鬥的方式擊潰及摧毀，且狠下辣手，殺死殺傷對方大批戰士，衣服寶刀全沾滿敵人和自己的鮮血。最要命的是從他右背戳入的一槍，若非臨危運勁卸開，必直貫心房，但縱使及時躲閃亦給對方戳入近寸，傷及筋肌，被迫改以左手用刀。這時他已運功止血，但仍隱隱作痛，令他生出須逃走保命之心。但看眼前的形勢，這個如意算盤卻打不響。對李元吉的才智，不得不重新估計。假若眼前李閥武士的調動全由李元吉一手指揮，此人的能力絕對不可小覷。在寇仲的不爲意下，他已布下天羅地網，務要把徐子陵與他置於死地。

寇仲爲此心中殺機大盛，神智卻冷靜如恆，且不斷積蓄功力，準備突圍逃走。直至此刻，他仍能以剛領悟回來的身法，屢屢使敵人無法對他形成合圍的形勢。倘落入包圍網的情況一旦發生，勢是他授首身亡的時間。倏地前方風聲振響，一組十多人的李家戰士從高過人身的長草後閃出，與他正面相遇。

寇仲一聲不響，先來一招「擊奇」，刀化長虹，人隨刀走，「鏘」的一聲跟對方領頭者擦身而過。那人來不及擋格，只覺刀光閃電般掣動一下，眼前一黑，氣絕斃命，茫不知被命中何處。

只在反應上的一線之差，決定了這組李閥好手的命運。當他們力圖反擊的當兒，寇仲仗著體內正反氣勁巧妙的運動，以無可捉摸的高速身法閃入他們陣內，每一步均踏在他們陣勢的破綻空隙處，幻出重重刀浪，令他們守無可守，攻無可攻。每欲反擊，寇仲早改易位置，使他們反變爲往己方夥伴攻去。

「嗆！」一人連人帶斧，給寇仲劈得離地倒飛近丈，墮地伏屍。但亦因而牽動他右肩的傷口，劇痛之下，寇仲不禁緩了一緩，就是這麼輕微的錯失，左股又多添一道刀痕，可見戰況之激烈。寇仲殺機更盛，深吸一口氣，刀光暴張，登時有兩人中招棄械倒跌，傷重不起，令寇仲壓力大減。敵人見他在眨眼工夫連續殺死四人，輕易得如摧枯拉朽，無不心膽俱寒，其中三人更往外散開，避其鋒銳，同時放出煙花火箭，希圖召來援手。

寇仲心知肚明自己乃強弩之末，表面看來占盡優勢，實則卻無法盡殲餘下的十一名敵人，拖刀再斬一人後，迅速逸去，幾個閃動翻騰，把追兵遠遠拋在後方。環目一掃，四方盡是火把光芒，表示他正深深陷進敵人羅網之內，最糟是不知該往哪個方向闖去最爲上算。假若晨光來臨，他將更無倖理。忽然十多個火把在前方不遠處同時亮起，把他照個纖毫畢露。

寇仲大吃一驚，瞇眼朝眩目的火把光芒瞧去，只見周圍廣達二十多丈的長草全被削平，變成無阻視線的曠地。火把高舉處是一座小丘之頂，上面人影綽綽，爲首者銀衣勁服，在一衆李家武士簇擁下尤爲突出搶眼，只看他臉貌有三、四成肖似李世民，不用猜亦知對方是李元吉。他體型比李世民更驃悍魁梧，但眉目間卻多了李世民沒有的陰騭狠毒之氣，所以他雖算長相英偉，但總教人看不順眼。氣度沉凝處則無懈可擊，橫槍而立的風姿盡露眞正高手的風度。

寇仲朝他瞧去，他如電的目光亦越過二十多丈的空間朝寇仲瞧來，哈哈笑道：「寇兄確是不凡，元吉非常佩服，看箭！」最後兩字一出，埋伏在他左右草叢裡的百多箭手蜂擁而出，手上的弩箭同時發射，一時嗤嗤破空聲貫滿天地。寇仲使出迅速移形換氣的本領，倏地橫移近丈，避過箭矢。弩弓再響，寇仲閃向的一方又擁出另一批近百箭手持弩往他射來。

寇仲心中喚娘，知道若再閃避，勢將陷入敵人逐漸收攏的重圍中，可是任他武功如何高強，刀法如何厲害，都難以抵擋從弩弓射出來數以百計的勁箭。危迫下人急智生，先往地上撲倒，到尙差寸許貼到地面時，兩腳一撐，就那麼貼地前飛，炮彈般往衆箭手射去。勁箭在上方飛蝗般擦過，驚險萬狀。號角聲起，衆箭手一聲發喊，射出第一輪箭後即往後散退，後面長草裡又擁出二十多名李家武士，聲勢洶洶的迎上寇仲。忽然間四方八面全是李元吉麾下的武士高手，從小丘和埋伏處往寇仲合攏過來，李元吉則仍是好整以暇之態，一副隔岸觀火的悠閒情狀。

寇仲此時已射出近五丈距離，在快要與湧出的那批二十多人組成的武士短兵相接前，按地彈起。環目一掃，往他圍來的高手至少有三、四十人之衆，敵我之勢過於懸殊，無論他鬥志如何強大，亦知此仗絕不能以身輕試。現在是唯一可逃走的一刻，若給纏上，將是至死方休之局。

問題是該往何處逃走。心念一動，拔身而起，竟往李元吉所在的山丘投去。衆敵大感意外，呼喝叱罵連聲。李元吉亦爲之色變，一聲令下，左右十多個武士全體出動，殺下坡來。此著不但盡現寇仲過人的膽色，更表現出他臨危不亂的驚人才智。正因包括李元吉在內，沒有人想過他敢向主帥所在的位置強攻，所以山丘亦是包圍網最薄弱的地方。那是最強的一點，也是最弱的一點，深合奕劍之法。只要他能過得李元吉這一關，便可從羅網的缺口逸出去。在混戰之中，敵方本是最具威脅的箭手再無用武餘地。

「鏘！」寇仲兩腳觸地後硬從敵方兩名好手間闖過，對方兩人同時打著轉濺血倒跌，他的井中月再化作黃芒，準確地刺入另一人眉心之間。那人氣絕墮跌時，寇仲竭力探出右手，一把抓著他胸口，往上拋起，右背本已結焦的傷口頓時迸裂開來，鮮血湧流。他哪還有餘暇理會，拔身而起，避過敵人兵刃，後發先至的在五丈的高空趕上早先被拋高的敵人，閃電的伸手抓住他腳踝，就借那麼一點提氣上衝之力，改變方向，橫越逾十丈的遠距離，在撲下丘坡的十多名高手頭頂四丈上空長揚直過，往丘頂的李元吉投去。

李元吉狂喝一聲，手中長槍化作萬千光影，全力出擊。寇仲心叫僥倖。假若李元吉不顧自身安危，躍空迎擊，對方是蓄勢以待，而他則是久戰身疲，剛才那幾下又差點耗盡眞元，尚未有喘息回復的機會，戰果必然是他給逼得倒跌回去，落入敵人重圍內，宣告完蛋。但李元吉雖槍法凌厲，顯出驚人的功力，不過顯然不肯冒此危險。事實上亦很難怪他，因在一般的情況下，這麼穩守地上，該足夠把寇仲截死，哪知寇仲具有可以凌空迅速移形換氣的本領。寇仲猛換一口氣，伸展雙手振動空氣，在李元吉眼睜睜下像蝙蝠般似直實彎，就那麼一個迴飛，繞過李元吉，投往他身後的丘坡去。

突利一個踉蹌，滾倒地上，再無力爬起來。徐子陵把他從疏林的草地扶起坐好，探掌按在他背心處，將所餘無幾的眞氣輸入爲他療傷。

突利回過氣後，嘆道：「子陵你走吧！」

徐子陵收回手掌，斷然道：「不要再說這種話！」

突利仰望中天，太陽下一個黑點正以特別的方式交叉盤飛，苦笑道：「我們全無辦法擺脫敵鷹高空的追踪，終是難逃一死，不如由我引開此鷹，那子陵日後仍可爲我報仇。」

徐子陵感覺到他英雄氣短的蒼涼失意，微笑搖頭道：「並非沒有方法對付這頭東西，只是時機未至，事實上我們已成功把敵人撇在後方，眼前當務之急是要到襄陽城與寇仲會合，其他的多想無益。」

突利道：「以我目前的狀態，沒有一天半夜，休想抵達襄陽，敵人定可趕上我們，唉！還是讓我留下吧！」

徐子陵忽然岔開道：「康鞘利爲何會與李元吉結成一夥的？」

突利默然片刻，才道：「這實是頡利和趙德言對付李家的一條毒計。」

徐子陵爲之愕然。

突利續道：「頡利見李閥勢力漸增，心中憂慮，趙德言遂獻上分化李家內部之策，改而全力支持李家的太子李建成一系，助他排斥李世民。若能就此去掉李家最厲害和聲望最隆的李世民，李閥的強勢將不攻自破，中土的紛亂也會繼續下去，我們可坐收漁人之利。」

徐子陵恍然，旋又皺眉道：「但這仍解釋不到李元吉爲何敢公然來對付你。」

突利苦笑道：「因爲我是這條毒計的唯一反對者，我和世民兄情誼深重，怎做得出掉轉槍頭對付他的事。兼且我更希望世民兄得勢，可助我抗衡頡利的壓迫，李元吉視我爲眼中釘，乃必然的事。」

徐子陵本只想分他心神，怎知卻聽到這麼影響深遠的事情，好半晌始道：「來吧！我們繼續上路。」

突利反問道：「子陵兄不是說有方法對付天上的畜牲嗎？但為何又說時機未至？」

徐子陵湊到他耳旁說了一番話，突利立即精神大振，長身而起道：「可以不死，怎會有人想死？橫豎現在給人窮追不捨，我有個方法，或者可早點與寇仲會合，那時再行子陵兄的妙計也不遲。」

寇仲藏在山林隱蔽處，收止萬念，盡量爭取調息復元的時間。逃離敵人的包圍網後，他一口氣奔出近百里路，雙腳不停的狂奔兩個時辰，故意把體內真元損耗至半絲不剩。此乃行險之計，他估料李元吉的人若要找到他這逃命的專家，絕非短時間能辦到，甚至可能已失去追躡他的線索。破而後立，敗而後成。《長生訣》與和氏寶璧合成的奇異先天真氣，正有這種奇異的特性。回想起在大海中死裡逃生和與宋缺激戰後，一次比一次更快復元過來，更堅定他行此險著的決心。

坐下不到半個時辰，他便知選對方法。一股真氣迅快積聚，初起時只是遊絲般微不可察，轉瞬匯聚成流，振盪鼓動於經脈之間，令他有重獲新生的驚喜。現在已經過近兩個時辰的調息，快將功行圓滿，身上大小傷口全部癒合，只是肩傷太重，仍隱隱作痛。太陽降至西山之上，氣溫漸轉嚴寒。再走一晚，明朝可抵襄陽。唉！那兩個小子吉凶如何呢？就在此時，他聽到突利的哨子聲在左方七、八里處遙傳過來。

十多股濃煙，直衝雲霄，覆蓋達十多里的範圍，遮蔽了星光月色，亦失去鷹兒的蹤影。三人仰望上空，寇仲道：「這招果然妙絕，雀鳥最怕煙火，若昨晚使出這招，我們便不用差點給人把卵蛋也打出來。」

突利道：「子陵非是沒有想過，只因昨晚下起毛絲細雨，沒辦法燒東西，至今天曝曬整日，才可生起這些火頭。」

徐子陵道：「現在該怎麼辦，是打還是逃？」

寇仲露出詭異的笑容，道：「你說呢？」

徐子陵道：「若我們這麼往襄陽又或北上，早晚會重演昨晚的事，給李元吉和康鞘利的聯軍截著再狠揍一頓，如此既被動又危險，不如來個虛者實之，實者虛之，趁現在他失去跟踪我們的所有線索之際，耍他們一招。」

突利不解道：「怎樣才能虛者實之，實者虛之呢？」

寇仲環目四顧，指著不遠處一座大山道：「這處地形複雜，山脈連綿，要搜索三個像我們般輕功高明的人，比大海撈針只容易上一點點。我們索性在此山深處找個理想的地方，調息一晚，待敵人全越過前頭後，然後跟著他們尾巴趕上去，毫不留情的把他們殺個落花流水，好洩老子心頭一口惡氣。」

徐子陵豎起耳朵，露出傾聽的神色，道：「敵人追來哩！快決定怎樣做。」

突利點頭道：「一晚的調息對我至爲重要，依少帥之言吧！」

寇仲來到徐子陵旁，後者正伏在高起五十多丈高崖上的一株老松後，窺看星夜下廣袤的原野。逢此入冬之時，山風呼呼，若非兩人功力深厚，早捱不下去。

徐子陵道：「幸好我們從老跋處學得反追蹤的方法，否則這次定逃不過敵人的追躡，那批突厥人是追蹤的大行家，我從這裡把他們的動靜看得清清楚楚。」

寇仲道：「有否見到鷹兒呢？」

徐子陵道：「鷹兒在康鞘利的肩頭上休息，還套上頭罩，模樣古怪。」

寇仲笑道：「可能給煙火燻傷了鷹眼，哈！眞個妙不可言。」

徐子陵問道：「可汗的傷勢如何？」

寇仲道：「他無論內傷外創，都頗爲嚴重，幸好我功力盡復，所以可全力助他行氣療傷，現在他正在行功的緊要關頭，只要再有一晚工夫，明天他該可回復生龍活虎的狀態。」

徐子陵喟然道：「哪想得到我們會和鋒寒兄的仇人共患難，這回可說是出師不利，甫離竟陵，便給人躡上，三人盡傷。」

寇仲淡淡道：「只要死不去就成，我現在愈來愈忍受不得別人對我們的欺凌壓迫。李元吉這麼聯合突厥人恃強來對付我們，這口氣我怎樣都忍不下去。我可不是說笑的，不論他如何人多勢衆，只要保持我暗敵明，我會教他好看。」

徐子陵道：「你現在是要去起寶藏，不是和人鬥氣。這次若非突厥方面欠個『魔帥』趙德言，李家一邊的李神通沒有來，恐怕我們早完蛋大吉。其實你該感激李元吉才對，不是被他代替李世民，還有得你好受呢。」

寇仲道：「趙德言怎會不來？殺死突利對他來說乃眼前頭等大事。否則讓突利返回屬地，說不定東突厥再分裂爲甚麼！嘿！該是東東突厥或東西突厥，哈！說來多麼不順口。」

徐子陵提醒道：「昨晚敵人雖來勢凌厲，但因他們欠缺眞正的特級高手，勉強算也只有李元吉和康鞘利兩人，所以雖人多勢衆，但仍給我們以新領悟回來的輕身功夫和配合地勢，成功溜掉。但經此一役，李元吉和康鞘利當知自己的不足處，再次碰頭對仗時將不會是那麼好應付。」

寇仲欣然道：「這個我曉得。有時我的說話會誇大點，但絕不會蠢得去輕視敵人。事實上李元吉昨晚整個布置，從攔河迎頭痛擊到密林之戰，莫不頭頭是道，每次都差點可收拾我們。可惜成敗之差正是那麼的一線之隔。唉！我差點把雲帥忘掉，這波斯傢伙究竟滾到哪裡去？」

徐子陵道：「輕功愈高者，愈精於探察之道，如雲帥曉得頡利想殺突利，他說不定會反過來保護突利性命，東突厥的內部鬥爭愈烈，對西突厥愈有利。」

說這番話時，他探手過去，在寇仲手心寫上「雲帥來了」四個字。寇仲亦心生警兆，直至來人潛到登崖的一堆岩石處，始被他發覺，可見輕功非常高明，難怪徐子陵猜想是雲帥。而徐子陵剛說的那番話更是意有所指，希望雲帥聽得懂，再因利害關係，放過突利。

有人忽然在他們以為極隱蔽的地方出現，對他們的信心自然造成很大的打擊。而最大的苦惱卻是突利正在崖後某處行功療傷，若受到驚擾將功敗垂成，可能永不會復元過來，非是可從頭來過那麼簡單。兩人當然希望能拖得多久便多久，若對方在潛伏處聽足他們說一晚話，最是理想。

驀地一陣嬌笑，劃破山崖的寧靜，在兩人愕然相對下，一位千嬌百媚，栗髮棕目的波斯美人兒躍到崖上，把在緊身夜行勁裝包裹下似呼之欲出的動人身體傲然展示於兩人眼前，青春煥發的俏臉似笑非笑，野性的大眼睛滴溜溜的打量兩人。

徐子陵想不到來的不是雲帥而是他的愛女蓮柔，大感意外。尚未有機會說話，寇仲已冷然道：「原來是蓮柔公主芳駕光臨，公主眞個了得，竟有辦法尋到這裡來。」

蓮柔皺起眉頭上下打量寇仲好半晌後，微帶不悅道：「你這人幹甚麼啊？說話凶巴巴的，我偏不回答你。若子陵問我，人家才會回答。」

徐子陵大感頭痛，早在成都青羊肆的地牢內，他便領教過她看似天眞，其實狡猾如狐的性情手段。現在聽她說話的語調，又不知在耍甚麼噱頭。寇仲卻放下心來，蓮柔理該尚未找到突利，否則不用上崖來浪費時間。遂向徐子陵打出著他詢問蓮柔的手號。徐子陵雖感到處於下風，但因投鼠忌器，只好虛心向蓮柔請教。蓮柔露出得意神色，忽然撮唇尖嘯，天空頓時傳來振翼之音。兩人恍然大悟，暗怪自己疏忽，只去注意康鞘利的鵅鷹，卻忘掉雲帥是西突厥人，亦慣以鵅鷹爲探子。鵅鷹從高空疾衝而下，帶起一陣勁風，倏忽間破空降至蓮柔的香肩上。深邃銳利的鷹目閃閃灼灼的打量兩人。

寇仲訝道：「這頭鷹比康鞘利的細小些，毛色亦較深，是否不同種呢？」

他故意提起康鞘利，是要試探蓮柔的反應。蓮柔探手輕撫鷹兒，眼中射出愛憐神色。美人靈鷹，又站在星夜下的高崖上，兼且衣袂迎風飄拂，確有番說不出來的動人況味。徐子陵卻大感不妥，蓮柔和他們是敵非友，沒理由這麼把鷹兒召喚下來，給他們有殺鷹的良機。此女智計之高，不會遜於婠婠多少，這麼做定大有深意，偏是他一時掌握不到。

蓮柔像故意拖延時間般，好一會兒始答道：「這是隻產於西突厥的獵鷹，當然和東突厥人所養的不同。」

徐子陵心中一動，沉聲道：「敢問蓮柔公主，令尊是否正趕來此處？」

蓮柔愕然道：「令尊？甚麼叫『令尊』？人家的漢語不大靈光呢！子陵你須得有憐香惜玉之心，盡量遷就人家才成。」

寇仲醒悟過來，「鏘」的一聲掣出井中月，哈哈笑道：「好丫頭，竟在耍我們，這麼把獵鷹召下來，分明在通知你老爹我們的位置。橫豎你也非第一次給人生擒活捉，不爭在再被多擒一次啦！」

強大的刀氣，狂潮般湧往蓮柔。蓮柔露出不屑神色，把獵鷹送上高空，往小蠻腰一抹，拔出纏在腰間的軟劍，迎風一抖，挺個筆直，遙指寇仲，抗衡他可怕的刀氣。

徐子陵目光追著升上夜空的獵鷹，只見牠不但迅速急旋，還不住呱呱鳴叫。寇仲卻對蓮柔的軟劍大感有趣，笑道：「這樣的東西都可用來打架嗎？」說話間，「嗖」的一刀劈出，快逾閃電，正中蓮柔軟劍。「噹！」出乎寇仲意料外，本是柔可纏腰的劍，竟毫無花巧地和他的井中月硬拚一招，刀劍交觸時還火花四濺。蓮柔往後飄飛，沒在崖後。

兩人撲至時，蓮柔俏立低於崖頂的一方巨岩上，嬌笑道：「人家別的功夫或者及不上你們，但輕功一項卻絕不在兩位之下，你們要不要來和人家捉迷藏試試呢？」

兩人現在已可肯定蓮柔是孤身一人尋到這裡來，且尚未發現突利的藏身處。不過好景並不能持續多久，待雲帥和朱粲的人抵達時，將會是他們末日的來臨。

寇仲湊到徐子陵耳旁道：「不管多麼辛苦，也要在雲帥趕到前把她擒下來，那是唯一生路。」

徐子陵尚未回答，一聲冷哼，從山腰處響起。兩人心叫不妙時，另一冷哼再又傳來，來人已快抵山崖，可見其身法的迅快驚人。

寇仲當機立斷，喝道：「陵少再擒她一次。」邊說邊拔身而起，彈向近七丈的高空，登時把山崖和附近雜樹叢生的山嶺全收在眼底，捕捉到一道快似輕煙的人影從山坡逸出，往蓮柔掠去。

寇仲一聲長笑，使出「井中八法」中的「擊奇」，井中月化爲畫亮深夜的電掣黃芒，朝來人擊去。

徐子陵和寇仲的默契敢說天下無雙，寇仲的話尚未出口，他早往蓮柔「遊」過去。由於他曾有對付蓮柔的經驗，自應由他負此重責。只要能把蓮柔制著，便可與雲帥及隨之而來的大批朱粲麾下的高手講條件。至不濟也可多拖點時間，好讓突利能回復過來，那時跟敵人硬碰硬亦可多點本錢。

此女輕功之高，他早領教過，縱在難以發揮騰挪功夫的密室內，仍令他大絞腦汁，卒要利用她摸不透自己的底子，行險倖勝。眼前她卻蓄意躲閃，以待乃父駕臨，難易當有天淵之別。他和寇仲有一點是非常接近的，就是從不怕艱難和挑戰，面對近乎不可能辦到的事更令他精神提升至巔峰狀態，但眼下爲的竟是突厥的突利可汗，假若數天前有人作此預言，他定會嗤之以鼻。

蓮柔目射采芒，全神注視徐子陵接近的方式，瞧得黛眉緊鎖，失去方寸。只見徐子陵忽左忽右，似走直線時，其中又暗藏彎曲和比彎曲更巧妙的弧度，這種情況，若出現在兵器的進攻路線上，已臻大家的境界，而竟發揮在身法上，使得身負家傳絕世輕功之學的蓮柔，一時間亦驚駭欲絕，不知該避往何處。

徐子陵的似緩似快，使她感到無論閃往任何一個方向，都可能正落入對方算計中。而唯一生路，或者是全速後退，翻落山坡，與他比拚腳力身法，可是假若徐子陵並不追來，反與寇仲聯手對付雲帥，那豈非不妙之極。

她雖對父親信心十足，仍清楚知道天下間沒有人能抵擋得住寇仲和徐子陵聯手之威。更大的引誘是只要她父女能纏上兩人半晌光景，待援手趕來，將可於此崖嶺絕地，把這三人或擒或殺。故一時間芳心的矛盾焦躁，甚麼筆墨都形容不出來。

徐子陵正是看準這形勢，硬要迫蓮柔出手硬拚，在某一程度上，這特別的環境形成了一種開放式的密室。剎那間他遊至蓮柔左側與她相隔尋丈的另一方大石上，兩手反覆捏出內縛和外縛兩印，驚人的氣勁形成一股狂猛無匹的力場，全力往被眞氣推得髮衣飄舞，狀若御風女神的蓮柔攻去。

此時另一邊十丈許遠處的坡頂上，寇仲刀氣已把衝上來的雲帥鎖定。他曾目睹雲帥天下無雙的身法，知道和他比輕功只是個笑話，唯一之計是憑微妙的氣機牽引，一開始即迫他放手比拚，無可逃避。他的速度或者及不上雲帥，但刀氣卻肯定可追得上他任何身法的變化，而若非雲帥一心想去救援愛女，他也無法製造出這等有利形勢。

雲帥倏地立定，靜若淵嶽。要知他正以疾若流星的高速從山坡掠上山嶺邊緣，這麼說停便停，寇仲雖能以迅速換氣勉強辦到，但絕難似他般做來舉重若輕，瀟灑容易。只從這點，便知他比在輕功上已有突破的寇仲至少勝上一籌。雲帥右手一揚，手中多了把形如彎月，金光燦爛，似刀非刀，似劍非劍的奇異兵器，仰臉往寇仲瞧來。

兩人終於正面相對。雲帥是那種能令人一見難忘的人，身形並不魁梧，卻高挺瀟灑，渾身含蘊非凡的力量，氣質高貴，外貌只像是比蓮柔年紀略大的兄長。但他眞正吸引人處，是那對深且溫柔而微微發藍的眼睛，與其高聳的鷹鼻與堅毅的嘴角形成鮮明的對照，使人感到他兼具鐵血的手段和多情的內在。

寇仲一刀擊下。「叮！」雲帥的彎月刀變爲一道迅若閃電的金光，斜斜劈中井中月。刀氣立即消散。雲帥猛地劇震，往後搖晃，寇仲亦給反震之力，衝得往後拋飛。如此戰果，實出乎雙方意料之外。對寇仲來說，無論雲帥如何厲害，頂多只能化去他的刀招，而他將可接連使出「戰定」的百多刀，包保可把對方纏個不亦樂乎，脫身不得。豈知雲帥這一刀看似硬拚，其實卻是高明之極的卸招，可借勁使勁，把他帶送往山坡後方去。嚇得他連忙換氣移形，硬是提氣後撤，但所有後招卻就此報銷。

雲帥亦是大失預算，他本對寇仲有極高的評估，但心想無論寇仲功夫如何高明，仍難擋他積聚近六十年的功力。哪想得到力拚之下，竟占不到任何便宜，心中的震駭，不用說出來亦可想像。兩下呼吸的時間內，他終化去寇仲入侵的氣勁，此時寇仲亦翻落一株老松的橫枝上，擺開架式，令他坐失援救愛女的良機。雲帥騰身斜起，全力出手。

徐子陵和蓮柔的戰鬥也進入白熱化的階段。如若徐子陵是全心殺死蓮柔，這波斯美女此刻不死亦傷。當日密室之戰，徐子陵已可穩勝她一籌，在學得佛門秘不可測的眞言手印和擊斃「天君」席應後，兩人的距離更大幅拉遠。不過要生擒蓮柔卻是另一回事，兼且她奇功怪招層出不窮，配以雲帥親傳的輕功身法，令徐子陵也大感頭痛。

連避了她狂風暴雨，從不同角度位置攻來可剛可柔的軟劍十八招後，徐子陵終守得雲開見月明，覷準她的路子，施出「以人奕劍，以劍奕敵」的招數，一掌橫劈。「噹！」蓮柔嬌呼聲中，軟劍慘被擊中，甩手掉在岩石隙縫處。徐子陵一聲長笑，閃電欺前，伸指點出，戳向她左肩井的關鍵要穴。蓮柔不愧得雲帥眞傳，雖是半身氣血不暢、痠麻不堪，猶能嬌軀後仰，險險避開指風，再斜飛而起，穿過後方一株老松的兩條橫枝間的空隙，往山崖的方向投去，姿態美至極點。徐子陵哪有欣賞的閒情，斜衝而起，從老松頂上方掠過，追擊在丈許下翻騰不休的蓮柔。只要給他搶到可出手的位置，他肯定自己可在數招之內把她手到擒來。

寇仲和雲帥在空中以迅疾無倫的手法交換三招後，墮往一塊巨岩上再作近身搏擊，以寇仲之能，仍被雲帥如若鬼魅般難測的身法招數殺得汗流浹背。如非寇仲經過「天刀」宋缺的「悉心開導」，恐怕早落敗身亡。雲帥不但功力深厚，最難應付處就是他那難以捉摸的身法，配合他的彎月怪刀，每能產生意想不到的變化，教他應付得極爲吃力。彎月刀像一片片奪命的金雲，驟雨狂風的忽左忽右，可前可後地向他搖撼狂攻，使他沒有絲毫喘息的機會。

但更吃驚的卻是雲帥，他雖占盡上風，可是寇仲卻每能在毫釐之差間，以玄奧奇異的身法從他本有十成把握的指隙間閃逸出去。他眼力高明，判斷出寇仲是藉體內眞氣巧妙的運轉和變換，產生正反兩股力道，致能任意移形換位。不過知道歸知道，偏是毫無對付辦法，不驚奇才是怪事。要知他乃波斯的武學宗師，入事西突厥後兼採突厥武學之長，豈同小可，怎知遇上寇仲這年輕小子，全力下仍收拾不了他。假以時日，這還了得，想到這裡，不由更生殺機。

「噹！」寇仲仰身避過他橫削的一刀後，拗腰彈起，照頭一刀往他猛劈過來。雲帥回刀擋格，只覺寇仲的力勁如暴發的山洪般狂湧過來，冷哼一聲，拖刀卸勁，同時旋身。寇仲哈哈笑道：「早知你有此一著。」

雲帥只覺寇仲的井中月由貫滿氣勁、重逾萬斤突變爲虛虛蕩蕩，不但無力可卸，還使他用錯力道，心中大懍，倏地後移，避過寇仲接踵而來的另一刀，手上彎月刃化作萬捲金芒，以水銀瀉地、無隙不入的強攻猛擊，向寇仲展開另一輪激烈的攻勢。這套刃法乃雲帥壓箱底的本領，名爲「艷陽刃法」，意即陽光般的刀法，像天上的艷陽那樣君臨大地，普照天下，燦爛光明，無可抗避。整套刃法由一百零三式組成，每出一招，均有特別的心法、身法和步法配合，自他四十歲創成此法，從未遇上敵手。最特異處是每提一口眞氣連續施出十刀，然後才換氣，所以刀法迅疾，宛似陽光，縱使對手功力比他更深厚，也要因速度比不上他而敗亡。寇仲能迫他不惜耗費眞元，使出這套「艷陽刀法」，實足可自豪。

但寇仲卻無暇得意，勉強爭取回來的少許優勢立即冰消瓦解，一時間金芒處處，刀氣迫面而來，不要說看清楚對方的招數手法，連確認何者爲虛，何者爲實亦大有問題。雲帥則像化成一縷沒有重量的輕煙，隨呼呼吹來的山風飄移晃動，每一刻都不斷變換位置，每一刻都從他意想不到卻針對他弱點破綻的空隙攻來。寇仲再不依靠眼睛，只能倚賴感覺，施盡渾身解數，抵擋他舖天蓋地攻來的怪刃，並頂著他龐大無匹，逐漸增強的氣勁壓迫。兵刃交擊之音不絕如縷。寇仲像一口釘子般緊守方尺之地，死也不肯退避躲閃，心中深知若和這可怕的對手比拚身法，只會加速落敗的時間。

雲帥在換第五口氣劈出第四十一式時，驟聽到愛女蓮柔的嬌呼傳來，無奈下雲帥狠劈一刀，捨下寇仲騰身而起，暗叫可惜。不過即使殺死寇仲，若女兒小命不保，豈是划算。一向以來，他憑高明的眼力，迅速看破對手的虛實，再以奇招敗敵。但直至此刻，寇仲仍像個摸不到底的深潭，往往使他自以爲是必殺的刀招，結果仍徒勞無功，損不到對方半根毫毛。這種窩囊的感覺，最使自負的他感到難受。他占著主動之勢，要退便退，寇仲根本沒有辦法攔阻。

徐子陵剛追至崖上，凌空下擊，豈知蓮柔自知不敵，竟退至崖邊，嬌呼道：「不要逼過來，否則奴家躍下去死給你看。」

徐子陵落在她身前丈許處，尚未有機會說話，蓮柔竟兩掌翻飛，全力反擊。

同一時間背後上空刃氣壓體，寇仲的大叫傳過來道：「陵少小心，老雲來哩！」

剎那間他從占盡上風，陷入腹背受敵的劣境。換過是一般高手，此際定會往橫閃移，先避此燃眉之劫，但如此一來，他父女乘勢而來的聯手攻擊必然非常難擋，極可能未捱到寇仲來援，他早一命嗚呼。

兼且他清楚只要擋過他們父女這天衣無縫的一下夾擊，寇仲將會及時趕至。

徐子陵冷哼一聲，轉身背向，往從崖邊攻來的蓮柔硬撞過去，像要把自己送上去給她練掌勁似的。以蓮柔的刁鑽多詐，亦不由愕然，天下哪有如此自盡式的招數。徐子陵一對虎目頓時給雲帥彎月刃的金芒注滿，這把怪異的金刃正依從一道能把其特異形製性能發揮致盡的弧形軌跡，從上而下畫破山風，挾著可把人經脈摧毀壓裂的龐大氣勁，隨雲帥臨空而來。徐子陵不由心叫僥倖，若只分出一半精神和氣力來應付這高速玄奧兼且是雲帥全力出手的一刀，必是非死即傷的結局。

蓮柔的一對纖掌，亦來至背後三尺許處，若給她印實背脊，保證甚麼護體眞氣都不管用。「咄！」眞言猛吐，仿似從九天之外傳來，又像平地起個轟雷，雲帥和蓮柔猝不及防下，無不耳鼓震鳴，心神受制。蓮柔受的影響明顯比雲帥大得多，嬌軀劇顫，身法一滯，在比原來速度緩了一線下才印上徐子陵的背脊。徐子陵重施故技，先學羅漢的四肢伸張，把侵體的眞氣從四肢指尖散發大半，再一旋身，神蹟的轉到蓮柔的粉背之後。蓮柔登時魂飛魄散，剛才仍是餘音震耳之際，她兩掌同時擊在徐子陵的寬背上，最令她難明白的事發生了。徐子陵的外袍在眨眼的高速下似是輕震三下，但蓮柔靈敏的手卻清楚感覺到，這清秀俊偉懾人的漢族年輕高手的衣袍，事實上是連續漲滿和緊縮達三次之多，每次震盪均把她的掌勁消解了部分，到她雙掌拍到他背脊處時，她僅餘的掌勁竟不到原本的五成。尤有甚者，是無法擊個結實，就像想用力去抓泥淖裡的泥鰍，愈用力鰍兒溜出掌握愈快。來不及變招下，她眼前一花，面對的再非徐子陵的背部，而是乃父迎面劈來仿似天上太陽的彎月刃。

徐子陵暗叫僥倖，他若非學曉大金剛輪印法，又借體內奇異的眞氣把大金剛輪「轉動」三次，絕無可能化解蓮柔凌厲的掌勁，趁與蓮柔互相錯開的短暫光景，他迅速運轉體內眞氣，化去蓮柔所有入侵的氣勁，在離開蓮柔嬌軀五尺許遠時，他的眞氣已完全回復過來。哪肯錯過這千載一時的擒敵良機，倏地停步轉身，右手探出，往正朝乃父迎去的蓮柔隔空展爪，五指生出吸攝之力，只要蓮柔對乃父刃光作出本能的退閃反應，他將可因勢成事的把她手到擒來，在這近乎不可能的情況下完成這極有可能的「美事」，反守爲攻。寇仲則人刀合一，正從三丈外的高空流星般投過來。

雲帥陷入措手不及的狼狽情況下，哪想得到陷身絕境的徐子陵能一下子把整個劣勢完全扭轉過來。不過他乃武學的大宗師，一眼瞧穿徐子陵欲擒愛女的企圖，臨危不亂，外袍暴振，竟臨時改向，直飛變爲迴飛，微繞一個彎，避過愛女，原式不變的往愛女背後的年輕敵手攻去。金芒大振，直朝徐子陵捲至。

徐子陵思慮無遺，更因早見過他凌空迴飛的絕技，心中已有預防，當機立斷下，改抓爲掌，暗捏寶瓶印訣，氣勁驟改，化吸扯爲推撞，寶瓶氣勁透掌湧出，推得蓮柔腳步踉蹌身不由主的往前衝去。又大喝一聲「咄」，兩手變化出萬千印影，最後反覆使出內外獅子印，迎上雲帥的金刃。「噹噹」連聲，剎那間徐子陵連擋雲帥劈來的十刀，寸步不移地抵著這輕功蓋世的波斯武學大師。蓮柔嬌呼傳來。雲帥借力彈上半空，再落下時，蓮柔早落入寇仲的掌握中。風聲連響，十多道人影，出現在崖後的樹石之間，已是來遲一步。

第九章

迦樓羅王

黃易作品集

第九章　迦樓羅王

寇仲扯著嬌柔無力靠在他身上的蓮柔往山崖邊緣移過去，雲帥眼睜睜的瞧著，目露殺機，顯是動了眞怒。若非徐子陵在旁虎視眈眈，說不定他會憑絕世輕功行險一試。

到寇仲與徐子陵會合後，後來的十多人中有三人拔身而起，落到雲帥之旁，認得的有「四川胖賈」安隆和「毒蛛」朱媚，餘下一人乍看毫無特異之處，中等個子，身材適中，不蓄鬍鬚，但徐子陵和寇仲都感到這是個具有高度危險性的人物。這不單因他目帶邪芒，更因他的身法氣度，絕不在安隆之下。要知安隆乃位列八大邪道高手的人物，只憑這評估已可知此人非是等閒之輩。

雲帥卻像看不到其他人般，精光閃閃的眼神仍盯著寇仲，冷然喝道：「放開她！本人可予你們公平拚鬥的機會，否則一切後果自負。」

寇仲和徐子陵可說是從小給嚇著大的，怎會將他威脅的言語放在心上，對視一笑，前者哈哈笑道：「枉你身爲一國之師，這麼可笑的話竟然從尊口說出。我們既是憑眞功夫把你的寶貝女兒生擒活捉，想放人嗎？請拿出些眞功夫來給老子看看。」

安隆往他們瞧來的目光凶芒閃爍，顯是勾起舊恨深仇，卻沒有說話，擺明須尊重雲帥的決定。

朱媚亦是眼含怨毒，狠狠道：「你兩人都算有頭有臉，這樣挾持女流之輩，算甚麼英雄好漢。」

寇仲的眞氣終成功制伏蓮柔體內所有反抗的氣勁，使她連眼睛亦睜不開來，更不用說要移動或說話，全賴他抓著她玉臂始不致軟倒地上。他聞言好整以暇道：「媚公主你這番話確令人費解，首先我和陵少只是江湖混飯吃的小流氓，從來不算甚麼英雄好漢，其次女流之輩也可分很多種，假若能把祝玉妍挾持，恐怕任誰都只會讚你厲害了得，媚公主以爲然否？」

朱媚登時語塞，尙欲反唇強辯，她旁邊那中年人輕拍她一下，朱媚立即乖乖的把吐至唇邊的話收回，只怒瞪寇仲。徐子陵和寇仲大感奇怪，此人究竟是何方神聖，爲何朱媚這麼聽他的話。四人身後的高手早散向四方，把山崖圍得水洩不通，兩人除非跳崖逃走，否則休想離開。

猶幸對方尙未知突利正在後崖秘處療傷，否則兩人定要大感頭痛，這正是寇仲阻止蓮柔說話的作用。雲帥忽然朝那中年男子瞧去，那人微笑道：「雲國師可自行決定，朱某無不遵從。」

兩人心中劇震，終猜到來者乃朱媚之父，自號「迦樓羅王」的朱粲。只看他縱於國務繁重、兵凶戰危的當兒亦抽身來對付他們，可見對他們仇恨之深，即使傾盡天下江河之水，也難以洗脫。

雲帥目光回到寇仲身上，沉聲道：「開出放人的條件來，不要太過分。別忘記你們漢人有一句話，就是『寧爲玉碎，不作瓦全』。」

寇仲微笑道：「這才是實事求是嘛。條件很簡單，就是貴方人馬在明天黃昏前不得來找我們麻煩，更不可派人或鷂鷹來監視我們。唉！我本想要你把鷹兒殺掉，但這要求對可愛的鷹兒實在太殘忍，只好將就點算了。」

包括雲帥在內，朱粲方面人人大感愕然，非是條件太苛刻，而是因條件太好和太難拒絕。只有徐子陵心中明白，寇仲需要他們這張牌，好進行以戰養戰和利用之以制衡其他勢力。不過這和玩火沒多大分別，一個不好，會有自焚之禍。

雲帥點頭道：「假若你肯立即釋放柔柔，本人以西突厥國師之名作擔保，必如你所願。」

寇仲笑道：「這又有何難哉，大家就此一言爲定。」

攔腰抱起蓮柔，輕輕鬆鬆的把整個波斯大美人向雲帥拋來，蓮柔在空中不住翻滾，動人的胴體曼妙無窮，直至她安然落入雲帥臂彎中，在場衆多男人的心神才回復過來。安隆和朱粲仍是木無表情，絲毫不透露內心的情狀，朱媚一對美目卻亮起來，不住向安隆打眼色，顯是希望毀諾出手，一舉把兩人收拾解決。

雲帥略一檢視，知女兒只是經脈受制，經過行氣活血即可復原，雙目精芒大盛，朝兩人瞧去，點頭道：「兩位好好珍惜這半夜及一天的光陰，本人必雪此恨。」話畢就那麼橫抱女兒掉頭而去，一陣風般消沒在山坡之後。

情況頓時變得非常微妙，由於雲帥並沒有招呼其他人一道離開，好像他們是否動手對付兩人，全交由朱粲決定，氣氛轉趨緊張。朱媚更是眸珠亂轉，躍躍欲試，正要鼓勵乃父出手，竟給安隆一把拉住，這大胖子豎起拇指讚道：「英雄出少年，兩位小兄弟果然了得，安某人佩服佩服，只可惜難逃英年早逝之厄，就此拜別。」拖著絕不情願的朱媚，轉身離開。

朱粲亦往後退開，長笑道：「我們間的事只能以一方濺血曝屍來解決，兩位珍重啦！」

眨眼間，敵人走得一乾二淨，山崖回復寧靜，星空當頭下，寇仲苦笑道：「我是否做錯了？」

徐子陵搭著他肩頭，離開崖邊，欣然道：「你當然沒有做錯，照我看你已贏得雲帥的尊敬。」

寇仲愕然止步，不解道：「尊敬？你是否哄我，難道你聽不到他走時口口聲聲必雪此恨嗎？」

徐子陵分析道：「雲帥只是爲了朱粲父女和安隆才會對付我們，他的目標該是突利，與我們並沒有眞正解不開的仇怨。剛才你表現得那麼爽快大方，對比下朱粲安隆一向的作爲更顯得卑鄙低下，所以他故意不顧而去，沒留下半句話，看看朱粲安隆等人是否會尊重他的承諾。」又道：「況且我們一直沒對他的寶貝女兒施辣手，老雲是雞吃螢火蟲，心知肚明哩！」

寇仲心服道：「經陵少這麼分析，我也深有同感。不過照我看老雲這波斯傢伙生性高傲，絕不肯接受挫折失敗，所以他仍會全力追擊我們，此事後患無窮。哈！那波斯女確是動人，眞捨不得將她送還，摟在懷內不知有多舒服。」

徐子陵沒好氣的道：「你不如把精神留著想辦法應付她父親大人的快刀，單打獨鬥，我們仍稍遜老雲一籌。」

寇仲雙目亮起來，點頭道：「和老雲動手確可以學得很多東西，橫豎有空，讓我們研究切磋一下吧！」

徐子陵沉吟道：「首先我們要好好思量的，是爲何他能比我們快速，只要想通此點，我們並非沒機會勝他。」

寇仲扯著他又走回崖邊，到兩人四腳懸空的坐在崖緣處，廣袤的空間以星空和大片的原野作無垠的擴展，登時令他們心神開朗，煥然一新。

寇仲沉默片刻，始悠然道：「我和他交手的時間比較長，感覺特別深刻，此刻回想起當時的情景，敢肯定他之能使出這快速迅疾的刀法，是基於三個理由。」

徐子陵深吸一口迎面吹來的強勁山風，饒有興趣的道：「說來聽聽。」

寇仲欣然道：「這回我們重逢並肩北上，有空閒時從不放過研究武功的機會，可見只有在壓力下，人才會力爭上游，奮鬥不懈。」

徐子陵同意道：「這叫自強不息。不過若沒有像雲帥這類刺激，我們絕難像近兩天般不斷有新突破，以戰養戰，正就是要作這樣的追求。唉！我好像要給你引得岔開話題了。」

寇仲笑道：「好吧！言歸正傳，雲帥的刀法之所以既快速又勁道十足，皆因他能以圓為直，此亦是他那把怪刀的特性。除非我們能似他般也弄把這樣的彎刀，否則只會畫虎不成反類犬。」

徐子陵點頭道：「這確是其中一個關鍵，彎刀轉動變化的速度當然比直的刀子快上很多，更可利用其旋轉破空的特性，配以獨特的手法，此點眞的是我們無法偷師的。」

寇仲道：「但亦非全無辦法，你的手法一向以直為主，若多加點弧度圓角，會更是變化無方，陵少可多加考慮。」

徐子陵動容道：「提議相當不錯。」

寇仲道：「其次是他的身法步法，這方面我們怎樣都低他一籌。你有甚麼辦法加以汲收改進，否則再遇上他，仍只是看捱得多久的局面。」

徐子陵露出苦思的神色，忽然劇震道：「我想到啦！」

寇仲大喜道：「小子眞行，竟給你勘破這近乎沒有可能的事。」

徐子陵雙目異采連閃，望往崖下黑沉沉一片的密林草野，徐徐道：「還記得那次在學藝灘跳崖成功，終練成鳥渡術的情景嗎？」

寇仲露出緬懷的神色，又疑惑的道：「那跟這些有甚麼關係？」

徐子陵別過頭來瞧他道：「我是指從崖頂躍下去時的那一刻感覺，全身虛虛蕩蕩似的。現在我們的問題是當從一點移往另一點，惟恐力道不足，故全身勁氣貫脈，既費力又拖慢速度，假若我們只需在移動之初發勁，就像跳崖時那樣子，明白嗎？」

寇仲倏地彈起，然後「嗖」的一聲飄往三丈遠處，大嚷道：「成功哩！」

徐子陵心想難道眞的這麼容易，不過寇仲剛才的飄身，確比平時快上一點，猛一運轉眞氣，體內正反力道推動下，立即騰身而起。他再不像往常般繼續運勁，任由開始的力道帶得自己往寇仲投去，全身虛飄若羽毛，沒有半點重量似的，到落在寇仲身旁再運動另一股眞氣，略一點地，斜飛而起，橫過近七丈的遙闊空間，落在崖後一株老松橫伸出來的粗幹上。一重一輕，深合天然息養之道。這是平時無法辦到的，更遠沒現在般輕鬆容易，像不費力似的，且用不到往常一半的勁氣。

寇仲一聲長嘯，沖天而上，雙手抱膝，連續十多個翻騰滾轉，落在徐子陵旁。兩人齊聲長笑，充滿歡愉滿足的味兒。事實上他們自目睹雲帥絕世的輕身功夫後，千方百計改進這方面的不足，直至想通這心法，才功行圓滿。換過是其他人，縱然想得此點道理，亦無法做得成功，試問誰能像他們般把體內眞氣操控自如，收發由心。

寇仲笑罷道：「第三個條件是體內眞氣運轉的竅妙，爲今我們既剛剛學曉，就再不用費神去想。」

徐子陵倏地移往横幹外虛空處，一個觔斗，左右腳連續踢出，疾攻寇仲胸口，後者不慌不忙，退離樹幹，兩掌封格，「砰砰」兩聲，借力來到徐子陵頭頂上，井中月離背出鞘，旋斬徐子陵，叫道：「老雲最厲害是『有力卸力，無力借力』這八字眞言，看老子的功夫。」

徐子陵急速換氣，右掌掃出，雖然命中井中月，卻有無法用力的難過感受，皆因大半力道給寇仲以巧妙的手法和氣勁卸開。

寇仲大笑道：「這才是眞的！」

井中月微蕩開半尺許，又迴刀劈至，速度比上一刀迅疾多了，顯然不但掌握到卸力的法門，還有借力的竅妙。徐子陵往下墮去，左掌上托，掌勁迎上井中月的刀鋒。「蓬！」寇仲給衝得往上彈升時，徐子陵右拳疾出，在雙足觸地的刹那，拳風沖天而起，疾擊寇仲。

寇仲橫移避過拳勁，落在離他三丈的山岩上，駭然道：「你怎能在捱我一刀後，這麼快便能反擊？」

徐子陵微笑道：「這是另一種借力，我吸收你少許力勁後，再回贈給你，天下間恐怕只有我們從《長生訣》與和氏璧得來的武功才能辦到。」頓了頓後，續道：「當日在往巴蜀的棧道上，婠妖女曾借我的身體和尤鳥倦過招拚搏，那時我記起與你和老跋吸取和氏璧內異能的經驗，把婠妖女部分功力偷偷藏起，所以你剛才提起借力之法，我靈機一觸，故能活學活用，練成這天下無雙的借功大法，就算雲帥看到，也要教他慨嘆我們已青出於藍。」

寇仲動容道：「這確是曠古絕今的奇學，假若眞能運用得出神入化，就算對手比我們強，只要招式高下相差無幾，我們將可立於不敗之地，看刀！」

疾標前搶，井中月化爲一捲黃芒，直取徐子陵。徐子陵明白他心意，卓立不動，雙掌推出。「蓬！」寇仲刀沿砍中他雙掌後，略一回收，劈出第二刀。

徐子陵笑道：「成啦！」橫掌掃出，卸開刀勁。

寇仲大喜，凌空一個翻騰，嚷道：「試試大家同時借勁，看看有甚麼後果？」

「噹！」兩人齊聲悶哼，一往後挫，另一則給反震上半天，竟是誰都借不到半分勁力，毫無花假的全力硬拚一招。

寇仲落回地上時，發覺肩下傷口因用力過猛以致扯裂冒血，連忙叫停，且道：「是時候去看看我們的小可汗啦！」

突利的聲音從崖後的密林傳來道：「多謝寇兄關心，小弟早已復原，只因目睹兩位老哥練功正緊，不敢打擾吧！」

兩人大喜下，氣色回復正常的突利手持伏鷹槍落到兩人側處，欣然道：「適才發生的事，我聽得一清二楚，只因行功至緊要關頭，不敢中斷，兩位老兄對小弟的大仁大義，實令小弟汗顏慚愧。」

寇仲訝道：「聽可汗這麼說，似乎是對我們做過些甚麼虧心事，否則何用愧疚。」

突利一揖到地，坦然道：「單是突利把養鷹練鷹之法保留藏私，已是大大不該，這次突利若能安返敝國，必使人送少帥一頭異種良鷹，好使少帥能以之在戰場上剋敵制勝。」

這次輪到寇仲不好意思的道：「我要可汗教我練鷹之法，只是貪玩的戲言，可汗不必因此背棄祖先的遺訓。」

突利微笑道：「少帥確是心胸廣闊，不貪不求。但突利話已出口，絕不反悔。另一使小弟感到慚愧的，是沒有向兩位透露小弟根本沒有返回關中的意思。」

兩人大感錯愕。

突利壓低聲音道：「我的目的地是洛陽而非關中，因爲敝國刻下有個龐大的貿易使節團，正在洛陽與王世充作交易，稍後轉赴關中，負責者與我有密切關係，只要我能與他們會合，可轉危爲安。」

徐子陵皺眉道：「如此我們該恭喜可汗才是，可汗不需爲此介意。」

突利搖頭道：「兩位對小弟義薄雲天，不計較利害得失的所爲，小弟深受感動。所以我已改變主意，決定只要潛抵洛陽，將全力掩護兩位進入長安。表面上這使節團只代表頡利的方面，康鞘利和趙德言該不會起疑，李家更不敢截查，實爲入關的萬全之策。至於行動的細節，還須兩位動點腦筋。」

寇仲哈哈笑道：「趁日出前，我們不若先趕他娘的百來里路，到早膳時再談吧！哈！」

漢南乃襄陽和竟陵間另一城市，規模雖及不上襄陽和竟陵，但由於位在漢水之旁，緊握水陸要衝，故非常興旺。此城雖在江淮軍的勢力範圍內，卻不是由杜伏威直接管治，而是交由當地幫會自行處理城內事務，有點像襄陽城的情況。

這天黃昏時分，寇仲等趕了整天路後，來到往漢南的官道處，若沿官道再走十里，便可進城。因怕被李元吉和康鞘利方面的探子發覺行踪，他們專揀荒山野嶺趕路，到此刻大有重回人世的奇異感覺。透過官道旁的密林朝外瞧去，見到官道另一邊開出廣闊的曠地，以木竹搭起十幾個大大小小的棚子，聚集過百商旅行人，還有停泊在路旁空曠處的驢車馬車。棚子有賣茶的，也有提供膳食的，鬧烘烘一片。

寇仲愕然道：「怎麼一回事？」

突利解釋道：「這是到漢南西面最後一個大驛站。漢南以西所有城鎮的商人，若想把貨物從水路運往其他南北大城，善價而沽，須先把貨物運到漢南，故而這條官道一向人車往來不絕。」

寇仲不由想起龍游幫，點頭道：「原來漢南是轉運的中心，難怪如此熱鬧。嘿！我們要不要在這裡吃我們遲了近四個時辰的早膳呢？」

突利皺眉道：「這麼跑出去，怎逃得過敵人的耳目，我敢寫保書這幾個食棚內必有李元吉的探子在監察往來的人。」

徐子陵微笑道：「東躲西逃終不是辦法。由於眼前追捕我們的兩批敵人，均有能在高空認人的獵鷹，走荒山野嶺的路線未必是最安全的。」

寇仲嘆道：「陵少所有的想法和計策總是別出心裁，教人料想不到。給陵少這麼一說，引發小弟另一個更大膽的策略，擔保敵人要手忙腳亂，失去方寸。」

突利愈來愈習慣兩人出人意表的行事方式，欣然道：「快說來聽！」

寇仲功聚雙目，灼灼的眼神在幾個棚屋來回搜索，沉聲道：「你們說哪些人該是李元吉派來的探子？」

突利定神瞧去，只見聚在其中三個棚內的人大部分攜有兵器，一副在江湖上混飯吃的樣子，大感頭痛道：「這個很難說。」

寇仲得意道：「陵少怎說。」

徐子陵笑罵道：「有屁放出來吧！憋在肚裡面不辛苦嗎？」

突利不禁莞爾，本是緊張的心情放鬆下來。

寇仲好整以暇的道：「這三個棚子只有左邊的麵食舖靠門那三張枱子占的位置最佳，能一覽無遺的看到官道兩端的情況。所以若有李家的人，必是其中一枱的食客。」

兩人依言瞧過去，三張枱子各坐四至六人，其中一桌已用過膳食，正在喝茶閒聊，六個大漢人人體型驃悍，不時以目光掃視往來的商旅路人。

寇仲長身而起，道：「來吧！再加上他們驟見我們時的反應，包保沒有冤枉錯人。」

三人忽然出現在那目標食棚之外，大步進入，六名大漢同時色變，下意識的垂低頭，避免和他們目光相觸。由於三人形相特異魁梧，突利又不像中土漢人，登時吸引到棚內大部分人的注意。

寇仲一把抓著正匆匆在面前走過的夥計，高聲道：「給老子找張乾淨闊大的桌子。」

若非見寇仲一副江湖惡少的駭人樣兒，夥計定會破口大罵，此刻只能低聲下氣的苦著臉道：「大爺你也看到啦！所有桌子都坐了人，大爺和貴友若不想分開搭坐，請稍待片刻好嗎？」

寇仲一手指著懷疑是李家武士的六名大漢的桌子粗聲粗氣的道：「這張桌子不是可以騰出來嗎？吃完東西還賴在那裡幹甚麼？」

整座食棚十三張桌子五、六十人頓時靜得鴉雀無聲，連初出江湖混的人亦知寇仲三人是存心挑釁，且是衝著這表面看來人多勢眾，實力較強的六名大漢而來。六漢立即面轉顏色，十二隻眼睛怒火閃閃。

夥計進退兩難時，其中一個大漢站起來放下一串碎銀，勉強笑道：「兄弟們，走吧！」

其他五人一言不發的隨他匆匆離去，這結果大出棚內其他客人意外，亦猜到寇仲三人很有來頭，不是等閒之輩。寇仲若無其事的招呼突利和徐子陵兩人坐下，點了酒菜。此時棚內大致回復早先的情況，但再沒有人敢像先前般高聲談笑，對三人大生顧忌，更有人趕著結賬離開，剩下許多吃剩的飯菜。

寇仲像全不知身旁發生的事般，湊近突利問道：「你那個在洛陽做生意的使節團頭子，是否眞像你說的那麼靠得住。」

突利道：「你可以放心，這人叫莫賀兒，是契丹族的人，我曾有大恩於他，把他和族人從靺鞨人手上救回來，而此事頡利並不曉得，所以我這麼有把握。」

徐子陵道：「他究竟是代表契丹還是你們突厥？」

突利道：「主要是代表契丹，但因他是頡利汗廷的『次設』，所以你們中土各國亦視他為我們東突厥的使臣。」

寇仲頭痛的道：「甚麼是『次設』？」

突利道：「我們汗廷的官稱有葉護、次設、特難、次俟利發、次吐屯發等凡二十八等，葉護等於你們的宰相，次設該等於部級大臣。莫賀兒乃契丹的王子，不需在汗廷出力，任官只是表示向我們臣服的一種姿態。」

徐子陵不解道：「西突厥的大汗叫統葉護，豈非以官名為名字。」

突利解釋道：「他在當大汗前是西突厥的葉護，當上大汗仍沿用此舊名，誰敢說他？」

寇仲正要說話，在食棚另一角一把嬌柔好聽的女子聲音響起道：「江湖多惡人，我呂旡瑕卻從未見過有人比這三個不知死活的傢伙更惹人討厭，大師兄以為然否？」

另一把男聲答道：「師妹未見過，愚兄怎會見過呢？不過有膽到漢南來生事，恐怕都不會有好結果的。」

三人哪想得到在現今的時勢下，尚有這種「路見不平，警惡懲奸」的俠女俠士，均為之啞然失笑。事實上他們剛才早留心到此對男女的存在，不是因女的長得標緻，而是因為他們占坐兩張桌子，陪著他們的十一個年輕男子的衣飾兵器整齊劃一，頗有氣派。

突利低笑道：「他們該是天魁派的人，此派乃本地第一大派，在漢南、襄陽、南陽、淯陽均開設有道場，弟子過萬，掌門『環手刀』呂重在江湖和政府頗有影響力量，這師兄妹用的都是環首直身的長窄刀，該是他的嫡傳弟子無疑。女的又是呂姓，應是呂重的女兒。」

寇仲和徐子陵大訝，想不到突利對中原的事，比他兩人更清楚。

與呂旡瑕同來的衆男子此時縱聲哄笑，充滿嘲弄的味兒。其他人則靜默下來，等待接踵而來的好戲。因不知內中原委，棚內衆人對寇仲三人的強橫霸道，深感不滿。

徐子陵放下吃完的麵條，捧起清茶，邊飲邊道：「李元吉和康鞘利出師無功，此刻知道我們在這裡出現，會掣出甚麼法寶。」

突利像忘記了呂旡瑕等人的存在，更不理己方三人變成衆人目光集中的目標，說道：「就算李元吉是只知勇力的傻子，康鞘利亦該察覺缺乏眞正高手的缺點，所以這兩天必會設法召集高手，好一舉把我們殲滅。就像上戰場，無論有多少兵馬，必須有一支絕對忠心的精英親信，才能帶起整個局面。」

呂旡瑕的聲音又響起，隱含嗔怒的冷哼道：「剛才還學人作威作福，現在忽然卻變成縮頭烏龜，一聲不吭的。」

她師兄哈哈笑道：「師妹息怒，讓愚兄要他們來向你叩頭認錯。」

寇仲也像聽不到他們對答般，自顧道：「假設『魔師』趙德言眞在附近，當然會來湊熱鬧，除此之外還有甚麼硬手？李元吉當然不會求李小子派出『天策府』的高手吧？」

突利肅容道：「你們可知南海派的人在獨孤閥穿針引線下，比李密更早一步依附李淵，南海派的年輕派主梅洵還與李建成打得火熱，把妹子梅玲送給李建成做妃嬪。」

兩人想起「南海仙翁」晁公錯，均感愕然。

寇仲皺眉道：「梅洵定是笨蛋，有李世民這種明主不投靠，卻去和李建成混，放著是太子又如何。」

衣袂聲響，呂旡瑕那邊四、五人起立，昂然朝他們走來，一副吃定他們的模樣。

突利視若無睹的道：「此事哪輪到梅洵選擇，世民兄根本不贊成與南海派結成盟友。因爲南海派的目的是要借李家之力蕩平南方最大的宿敵宋缺，凡有腦袋的人均知宋缺是最不該惹的敵人，只有李建成急於擴張勢力而招納南海派。」

徐子陵眉頭大皺道：「那豈非來對付我們的人中，將極可能有南海派和獨孤閥的高手在內？」

在大師兄領頭下，五個天魁派的弟子在突利背後扇形散開，大師兄把一般江湖禮節盡撇一旁，就那麼氣燄逼人的向三人喝道：「你們自己走出來，還是要給我們轟出來？」

突利眼中殺機大盛。他身爲東突厥可汗，來到中原後儘管李密、王世充之輩見到他都要打躬作揖，這幾天虎落平陽早憋足一肚子怨氣，現在連天魁派的小輩亦來向他呼喝辱罵，哪還忍受得住。徐子陵知突利給激起血液中的凶性，探手按上突利手背，示意他切勿輕舉妄動，接而向寇仲打個眼色，著他擺平此事。

寇仲哈哈笑道：「這位兄台長得一表人材，不知是呂重老師的甚麼人？」

大師兄尚未答話，呂旡瑕嬌美的聲音傳來道：「大師兄勿要受他們蠱惑，爹怎會認識這些下三濫的人。」

大師兄有點尷尬的回頭瞥呂旡瑕一眼，臉轉回來時立即拉長臉孔，沉聲道：「本人乃呂重座下大弟子應羽，三位是哪條道上的朋友？」

他終是出身名門大派，對方既然叫得出呂重之名，當然先要弄清楚對方的身分。另一個更重要的原因是三人不但沒有絲毫害怕的神態，還沉著冷靜，一派高手風範，深深鎮懾著他。

寇仲嘻嘻笑道：「呂小姐眞厲害，連我們是下三濫的小混混這麼秘密的事都曉得。索性一併透露給小姐知道，剛才給我們趕走的更是下四濫的人，只因小姐不知道這秘密，故以爲我們是壞人吧！其實我們像小姐和貴大師兄般，乃行俠仗義的江湖好漢，大家是同一道上的人。」

徐子陵忍俊不住，爲之莞爾。突利瞧到徐子陵的表情，恍然醒悟寇仲繞了一個大彎來回敬呂旡瑕，暗指大家同是下三濫的人，不由怒火消斂，心中好笑。同時生出警惕，知道若論胸懷，自己實及不上他兩人。

天魁派中首先醒覺的是呂家小姐，嬌叱一聲從座位彈起來，怒道：「竟敢繞彎子來罵人。」其他師兄弟見小師妹大發嬌嗔，紛紛隨她起立，充滿劍拔弩張，風雨欲來的意味。

最外圍兩桌的客人恐殃及池魚，又捨不得錯過看這場熱鬧，離座後站在棚外觀看，豈知寇仲伸手攔著嚷道：「不結賬的不准走，難道要老子掏銀兩請客嗎？」

對寇仲這種「俠義」行爲，應羽等人不幫著攔阻不是，攔阻又沒有道理的，大感進退不得。衆食客乖乖結賬時，呂旡瑕在其他六個師兄弟簇擁下加入應羽的隊伍中，頓時聲勢大增。

寇仲一本正經的逼人付款給戰戰兢兢的夥計，邊向杏目圓瞪的呂旡瑕笑道：「小姐太多心，我只是指大家都是俠義道中人，剛才那些是朱粲的手下，爲朱粲到漢南打家劫舍探路，我們把他們嚇走，正是要爲漢南盡點棉力。」聽者無不色變。

漢南位於漢水南濱，漢水北行過襄陽後分叉爲由東至西的唐河、淯水、涅水、朝水四道支流。朱粲的迦羅國定都於淯水西岸的冠軍城，對襄陽一向虎視眈眈，但由於襄陽城兵強城堅，又有錢獨關坐鎮，加上朱粲爲應付蕭銑和杜伏威已是自顧不暇，故拿襄陽沒法。但他覬覦之心，路人皆見。如論聲譽，朱粲不會比曹應龍爲首的流寇好多少。若他領兵來攻，漢南確是大禍臨頭。而要攻下襄陽，漢南、南陽這些襄陽南北的水道大城，乃必爭之地。寇仲因深明此點，故意把李元吉的人說成是朱粲的人，好混淆視聽。

應羽劇震道：「此話當眞？」

另一人問道：「三位高姓大名。」

呂旡瑕怒色斂去，現出半信半疑的神情。直到此刻，她才用心看清楚三人，徐子陵固是俊逸瀟灑，寇仲則雄奇英偉，突利雖霸氣十足，亦是充滿陽剛的男性魅力。這麼特別的三個人聚在一起，頓然使她敵意大減。寇仲微微一笑，尚未有機會說話，急驟的蹄音自遠而近，漢南的方向塵土捲揚，十多騎全速奔至。

徐子陵和突利交換個眼神，均心中大訝，李元吉既知他們實力，仍敢這麼趕來和他們作正面硬拚，而非是召集所有人手後始部署圍攻，當有所恃。

寇仲瞇起一對虎目遙察敵勢，悠然坐回椅內去，舉杯微笑道：「小弟朱粲之外的另一批敵人來啦！各位若肯給點面子我寇仲，請立即離開，這一次由我請客，以免平白無端的淌進此渾水去。」「寇仲」兩字出口，眞的是如雷貫耳，鎭懾全場。

此時已可見來敵體型外貌，領頭者正是李閥出類拔萃的高手李元吉。

呂旡瑕驚異不定的瞧瞧急馳而來的驃悍騎士，美目又來回掃視三人，以她自己也難以解釋的心情問道：「來的是甚麼人？」

棚內眾食客早作鳥獸散，一窩蜂的擁離食棚，情況異常混亂。恐慌像瘟疫般散播開去，整個驛站忽然陷進人人自危，趕快逃命的氣氛情緒中。

寇仲柔聲答道：「來的是李淵三子齊王元吉，對在下上關中尋寶一事，呂姑娘該有所聞。」

徐子陵見李元吉等正奔入驛站的範圍，皺眉向應羽道：「應兄請立即領貴同門離開此是非之地，以免生出不必要的麻煩。」

應羽露出尊敬崇慕的神色，於此緊張關頭，終顯示出大師兄的風範，抱拳施禮，扯著頗不情願的呂旡瑕，在李元吉等一行十五人在棚外十多丈外甩蹬下馬，氣勢洶洶之際，匆匆離去。

當李元吉率眾向寇仲等大步走過來時，棚內除三人外再無其他食客，拿了寇仲「賠償金」的食棚老闆更跑得比誰都要快。事實上整個驛站的人無不盡速離開，皆因曉得這並非一般的江湖仇殺，而是李閥和少帥軍的鬥爭。

寇仲把杯子在桌上擺出一個三角形，好整以暇的道：「這是最厲害的陣勢，每一個人都可變成陣式的鋒尖，隨時變陣。」

徐子陵不由想起跋鋒寒，這正是當晚在洛陽等候師妃暄因和氏璧來向他們興問罪之師擬好的突圍方法，不過因形勢變化，派不上用場，終在今天用上，而跋鋒寒則變成突利。

寇仲續道：「可汗的伏鷹槍最擅攻堅，若無後顧之憂，定能把槍的長處盡情發揮，故突圍之初，可汗負責打頭陣。」

李元吉等一行共十五人，在棚外四丈許處立定，扇形散開，遙對三人，並不急於進攻。三人朝敵人瞧去，出奇地見不到康鞘利或其他突厥武士，認得的有本是李密爪牙的「長白雙凶」符眞、符彥昆仲，這兩人武技高強，顯示李元吉應援的高手已至，難怪敢在聞風後毫無顧忌以逼人姿態趕來動手。

對寇仲和徐子陵來說，其他人是初次碰頭，而特別吸引他們注意的有三個，其中以一個又矮又瘦的老頭兒形相最怪異，這老傢伙身高只及高大威武的李元吉肩頭，以皮包骨，像只要風大點就可把他刮上半空的樣子，可是從他閃閃的眼神可看出此人的內功已臻登峰造極的境界，屬於杜伏威、李密那一級的高手。且看他傲立李元吉之右，腰佩長劍，神態悠閒舒適，便知他並不把三人放在眼內。

突利見兩人打量此君，低聲道：「這人叫『老猴兒』李南天，是李閥內元老級的高手，李淵的堂兄，更是李淵近衛的頭子，想不到他竟也來了。」

寇仲問道：「在李元吉左邊那兩人是誰？」

突利道：「背負大刀，長得一張馬臉的大漢叫『雷霆刀』秦武通，是唐廷的著名猛將，一手『雷霆刀法』名震漠北，與天策府的龐玉、尉遲敬德等人齊名。另一個穿黑衣用槌槍的叫丘天覺，乃李建成的寵將，武功尤在秦武通之上，乃關中本地崛起的年輕高手。」

寇仲和徐子陵深悉龐玉等人的厲害，突利這麼作了比較，令他們清楚掌握到三人的武功深淺，同時明白到李元吉這般信心十足的原因。其他九人看模樣無不可列入高手之林，論整體實力已足可把三人遠遠拋在後方，何況李元吉的援兵正源源趕至，所以急於動手的該是他們而非李元吉。

寇仲長身而起，大笑道：「李元吉你既自命不凡，可敢和我寇仲單打獨鬥一場。」

李元吉身後一人搶出，掣出刀體彎長的柳葉刀大喝道：「殺雞焉用牛刀，寇仲你想尋死還不容易，讓本人來成全你。」

寇仲尚是首次遇上使柳葉刀的對手，哈哈笑道：「竟敢在關爺面前舞大刀，我就拿你來熱熱身子，給我報上名來，老子的井中月從不殺無名之輩。」

聽到最後這句從跋鋒寒處借來的豪情壯語，徐子陵爲之莞爾，助威道：「李元吉你可敢和我們兄弟賭一舖，貴屬下若能硬擋寇仲三刀，我們立即束手就擒，否則你就捲舖蓋滾回關中，不要在這裡煩我們。」

突利先聽到徐子陵稱他爲兄弟，心中湧起難以形容的熾熱感覺，接著再聽到所提出的那豪氣直沖霄漢的「賭博」，更令他渾身血液沸騰，鬥志攀上頂峰，學兩人般再不計較生死得失，只希望大殺一場。

李元吉方面所有人愕然以對，這代李元吉迎戰寇仲的人叫「柳葉刀」刁昂，乃關中第一大派隴西派掌門手下三大高手之一，在關中無人不曉，若說他連寇仲三刀都擋不過，說出來無人肯信，這一舖該怎樣都賭得過的。

但問題是人的名兒，樹的影子。像刁昂這種地方高手，較之名震天下的寇仲，根本難以作比，一向不愛吹法螺的徐子陵更敢「口出狂言」，自然是他憑高明眼力，瞧穿刁昂在寇仲手下走不過三招之數。

深知寇徐奇功怪招層出不窮的「長白雙凶」老大「長柯斧」符眞搶在李元吉前冷喝道：「刁兄不用受他言語所惑，放手殺敵制勝便成。」

刁昂本已受挫的信心登時再減弱三分，心知肚明與對方交過手的符眞是不看好三招賭約。李元吉方人人面目無光，均感徐子陵輕輕鬆鬆的一句話，已在形勢上把他們人多勢盛的一方壓得抬不起頭來，偏又無法改變，難道把刁昂喚回來，另以其他人出戰又或不顧顏面的來個群起攻之。事實上援手正從各處趕來，李元吉是樂得拖時間，只是要眼睜睜瞧著自己方面的人出醜，太不是滋味而已！

寇仲此時來到刁昂面前丈許處傲然凝立，笑嘻嘻道：「這位兄台怎麼稱呼？」

刁昂心中叫苦，知道若捱不過對方三刀，以後不用在李家混下去，強振精神，大喝道：「隴西派刁昂，領教少帥刀法！」倏地出刀，橫掃寇仲。

名家出手，果是不同凡響，不但勁力十足，角度刁鑽，最難得是把柳葉刀飄逸靈動的特性發揮得淋漓盡致，剛中帶柔，柔能生變，去勢難測。不過比之雲帥的彎月刀，高下卻有天壤雲泥之別。

寇仲微一晃錯，似往左閃又似朝右移，甚至令人生出要疾退的錯覺，忽然移到刁昂左側，以毫釐之差避過敵手凌厲的一刀。

刁昂正要乘勢追擊，寇仲的井中月已不知如何地到了右手，還如激電打閃的照頭朝他砍至。

符家兄弟同時色變，瞧出寇仲無論刀法身法均更勝從前，哪能不心膽怯寒。刁昂更是魂飛魄散，往橫疾退，全力再掃一刀。

寇仲哈哈一笑，腳踏奇步，竟改攻爲守，「錚」一聲架著柳葉刀。

刁昂大惑不解時，兩刀交擊，一股大力把他的刀勁完全卸開，那感覺比擋不住對方刀勁更慘痛，只覺本身勁力潮水般瀉泄，哪留得住勢子，踉蹌前跌。

李元吉方面人人大叫不妙時，寇仲運刀一絞，刁昂的柳葉刀脫手甩飛，翻翻滾滾的轉上半空，寇仲輕鬆寫意的迴手以刀柄似若輕柔無力的在跌到身側的刁昂肩頭撞上一記，後者頓時如斷線風箏般橫拋尋丈，倒地不起，揚起大捲塵屑。

寇仲哈哈一笑，不看刁昂半眼，還刀入鞘，負手望往臉色變得有多難看就有多難看的李元吉，搖頭嘆道：「陵少太高估他哩！」

李元吉身旁再撲出兩人，分別以鐵鏈夾棒和錐槍往寇仲攻來。這兩人均爲李元吉麾下高手，知道若不爲李元吉討回點面子，將無以交待。

從空中跌下的柳葉刀剛墮至寇仲身前五尺許處，寇仲大步跨前，左足挑出，正中柳葉刀刀把，柳葉刀化作芒虹，沿著一道深合自然至理的弧度，閃電般從下而上的激射而去，凌厲難測得像個奇蹟。

寇仲同時使出「井中八法」中的擊奇，人刀合一地化作一道黃芒，疾往兩人迎上，其詭異處連對方高明者如李元吉、李南天亦看不穿他究竟要攻擊哪一個人。

徐子陵心中湧起無以名之的感覺，知道寇仲自從「天刀」宋缺處得窺刀道之秘，再經這幾天的研練，刀法終作出全面的突破，臻至大成之境。

接著的事快速得眼睛跟不上，「鏘鏘」雙響連珠爆發，兩名李家高手，一人大腿中刀，慘呼跌退，另一人更是不堪，被寇仲連續兩刀，劈得連人帶夾棒，離地倒拋，直跌入李元吉陣中，重傷不起。霎眼工夫，敵方已有三人負傷落敗，如此戰績，任誰都始料難及。

寇仲殺得興起，直朝敵陣走去，龐大無匹的刀氣遙懾敵人，仰天長笑道：「誰想殺我，放馬過來吧！」

李元吉一聲怒喝，揮手脫掉外袍，露出武士服包裹下的彪悍體型，橫槍一擺道：「誰都不用幫忙！」說罷提槍跨步，往寇仲迎過去，迫到離寇仲丈半處，傲然道：「寇兄果是名不虛傳，元吉此槍名『裂馬』，以玄鐵打製幾經鍛煉而成，重一百二十斤，槍身前方有血擋，就算刺入寇兄體內，寇兄的鮮血仍難順槍淌流，致染污本人雙手。」

寇仲雙目神光如電，目不轉睛的盯著霸氣沖天的李元吉，嘴角飄逸出笑意，由微僅可察的一絲變爲艷陽般燦爛的笑容，搖頭嘆道：「齊王肯這麼便宜我寇仲，本人非常感激，請！」

李元吉後方李南天、秦武通等無不露出緊張神色，雖說他們對李元吉信心十足，可是對手乃橫行天下，沒有人能奈之何的「少帥」寇仲，李元吉捨群攻而以孤身犯險，不擔心就是騙人的。

突利和徐子陵則心中叫好，此乃千載難逢擊傷或擊殺李元吉的良機，寇仲絕不會錯過。不過李元吉非是蠢人，目睹寇仲的刀法仍敢單挑獨鬥，手底下當亦有兩下子。

此戰已如弦上之箭，勢在必發。

李元吉卻另有他的如意算盤。當他接到寇仲三人的消息後，猜到寇仲是想反客為主，測試他們應變的能力，故雖未能集結最強大的力量，仍立即趕來，否則三人一旦開溜，想再截著他們便非是易事。但只要能把寇仲等拖在此地，待援軍趕至，對方將插翼難飛。倏忽間李元吉收攝心神，把所有思維雜念排出腦海之外，心無旁騖的一槍刺出，主動進擊。

寇仲正嚴陣以待，好試驗昨晚與徐子陵推敲出來卸力借勁的奇妙功法，暗忖藉此奇功，必可取得先機，那時再憑井中八法，任李元吉有通天徹地之能，也要在措手不及下，給他殺個不死即傷。

他絕不敢小覷李元吉，皆因從李世民的厲害，推測出李元吉這被譽為尤在乃兄之上的高手非是等閒之輩。可是直至眞正交鋒，身在局中的目睹李元吉攻出這一槍，他方知道李元吉厲害至何等程度。

槍在轉，由緩而快的轉動，他握槍的雙手只像兩個保持槍勢角度的承托，裝有血擋的重鐵槍在刺至一半，已變成像一捲狂飆，形成一股渦旋的勁流，把寇仲遙遙罩蓋。最可怕處是李元吉的槍並不是直線擊來，而是似直實彎，循著一道在虛空中合乎天地理數的弧形軌跡，彎向寇仲。正如寇仲自己的評論，那比直擊要難擋百倍。

寇仲只一眼便知要從這種奇異和威猛無儔的槍法卸力借勁根本是痴人作夢，甚至是否該正面擋格也大費躊躇。正凝神觀戰的徐子陵和突利同時動容，用槍的突利更是心神劇震，事前哪想得到李元吉有這種能驚天地泣鬼神的絕世槍法。

寇仲倏地後移，同時掣出背上井中月，從下而上向前斜挑。李元吉狂喝一聲，全身毛髮全部直豎，形相變得威武至極點，裂馬槍在不可能中作出變化，一收一放，險險避過刀鋒，改由另一角度旋轉不休的攻向寇仲。以寇仲的膽色亦不由心中一寒。挑不中對方槍尖的感覺絕不好受，有種渾身氣勁無處可發洩的無奈感覺，幸好他對體內眞氣控縱自如，否則已吐血受傷。裂馬槍又從右側攻來，勁氣刺骨。寇仲這時想到的，再非殺敵取勝，而是怎樣先保住小命，待其鋒銳稍過，再設法尋隙反擊。換言之，在李元吉剛猛無匹，強擊攻堅的槍法下，他本是如虹的氣勢，受到嚴重的挫折。

李元吉雙目異芒大吐，顯示他把眞氣運轉至顚峰狀態，力求在數槍內一舉斃敵，冷喝道：「槍者！詭變之道，寇兄以爲如何。」

「噹！」寇仲迴刀橫砍，在槍尖及體的剎那，橫閃避開，同時一分不差的終成功命中槍鋒，制住全槍唯一既轉又不轉的鋒點，那遁去的一。螺旋勁以和裂馬槍反方向轉動的方式透槍而入。

徐子陵此刻才爲寇仲鬆一口氣，只有他看出寇仲差點一敗塗地，關鍵在於寇仲能否砍中對方槍鋒，那亦是兩人爭持較量的地方。若寇仲不能破去此一槍，李元吉的槍法將全面開展，直至寇仲飲恨槍下才會結束，誰都不能改變這情況。除非徐子陵和突利不顧江湖規矩的插手其中，當然對方的人亦不會坐視。

李元吉渾體劇震，閃電後移，兩手握緊槍身，可怕的旋勁終停下來。寇仲亦被槍尖反擊的氣勁硬撞得往後撤移，難以乘勢追擊。兩人互相凝望，回復對峙之勢，神情像首次相遇認識的模樣。

寇仲露齒笑道：「齊王槍法已達出神入化的境界，能遇上齊王這種對手，小弟實是三生有幸。」

齊王李元吉傲然道：「任你舌粲蓮花，仍難逃敗亡的厄運，不過你能破我這一槍，亦算有實學之輩，看槍！」

「看槍」兩字甫出口，裂馬槍爆作漫天槍影，鋪天蓋地的往寇仲掩殺過來。

寇仲哈哈一笑道：「齊王累啦！竟再使不出迴旋槍法。」驀然人刀合一，施出「井中八法」的擊奇，化作一道黃芒，硬撞進槍影最深嚴之處。太陽剛好落入西山之後，天地暗濛，寒風刮起，倍添此戰慘烈之意。兩方人馬均屏息靜氣觀戰，偌大的驛站再無他人，一片冷清。

徐子陵是場內唯一明白寇仲這句話的人，剛才他以反方向的螺旋勁入侵李元吉的裂馬槍，李元吉在首次遇上螺旋勁的措手不及下，雖勉強化掉，但已非常吃力，甚至可能受了點內傷，故難再重施故技。

「蓬！」氣勁交擊，漫天槍影像輕煙被狂風吹散般化爲烏有，在秦武通等提心吊膽下，只見寇仲刀出如風，追著且戰且退的李元吉連環出刀，一時槍聲嗤嗤、刀風呼呼響個不絕。

表面看來李元吉是落在下風，給寇仲殺得繞場疾走，只有寇仲知道對方守得固若金湯，使他無法占到任何優勢。一旦自己露出破綻，又或改攻爲守，那對方展開的反擊，將會是非常難於抵擋。李元吉的厲害，確大大出乎他意料外。就在戰況愈趨激烈之時，蹄音忽然響起，迅速移近。

李元吉長笑道：「回馬槍滋味如何？」迴槍疾掃寇仲。

寇仲此時差點要摟著李元吉親上幾口，表示內心深處感激涕零之情。李元吉神龍擺尾似的回馬槍戰術，可說是對他天性相剋的絕技，其且戰且走以化卸爲主的槍法，更使他無從入手，一籌莫展，最要命的是這樣交戰更大幅損耗他的眞元，迫得他爲保持強大的攻勢，不得不疲於奔命的連連追擊，繞了十多個圈子後，他心知肚明不能再久持下去。眼前李元吉這麼自以爲是的來一招全力反撲，等於久旱中的甘露，怎不教他感謝隆恩。他當然曉得李元吉是想把他纏死，好讓正在策馬奔來的援手趕至。

徐子陵和突利霍地起立，李元吉那方的人亦往戰圈逼近，形勢頓時緊張得像扯緊的弓弦。只要他兩人插手，會形成混戰的局面。

「噹！」寇仲與李元吉擦身而過，硬拚一招，火花迸濺，聲震全場。官道上塵土揚起，近二十騎全速馳來，聲勢懾人心魄。

寇仲的笑聲震天而起，在李南天等人的瞠目結舌下，刀光暴漲，在一個旋身後，以令人難以相信的速度，照頭劈向面露驚駭神色的李元吉。

除徐子陵外，在場諸人沒半個明白爲何會出現這種變化，李元吉自己亦弄不清楚是怎麼一回事。於槍刀交擊的一刻，他駭然驚覺寇仲本該重逾千斤的刀勁竟虛虛蕩蕩的，根本沒用上力道，想收槍回守之際，寇仲的井中月已迎頭劈來，凜冽的刀氣壓臉迫至。這根本是不可能發生的事，已成眼前鐵般的事實。

李元吉逢此生死關頭，顯示出眞正的功力，經千錘百煉而成的槍法，就那麼舉槍硬擋，險險架著寇仲這必殺的一刀。「篤！」一下深沉若悶雷的氣勁交擊聲響徹整個驛站，李元吉應刀跌坐地上，往外直滾開去，看似窩囊至極點，其實卻是唯一化解寇仲無可抗禦刀勁的唯一方法。

寇仲暗叫可惜，這麼借刀發勁，仍不能令對方噴半口鮮血，幸而李元吉捱了這刀後，該有一段時間不能逞強動手，否則將輪到他擔心能否突圍逃生。

李南天等人全體掣出兵器，一半人往他撲來，另一半人則往保護李元吉，怕他續施殺手。寇仲此時已是強弩之末，哈哈一笑，拔身而起，往徐子陵和突利投去。此時來騎剛馳入驛站，尚未弄清楚形勢時，寇仲早與徐子陵和突利會合，逃往食棚後的樹林內，消沒不見。

三人在漢南城外西南一處密林內的小溪旁坐下歇息，掬水飲用。對於該否入城，三人仍是猶豫難決。

徐子陵從樹頂落回地上，道：「鷹兒尚未見影踪，我們是否該立即加速趕路，北上洛陽？」

正把臉浸在溪水裡的寇仲咕噥不清的道：「可汗對鷹老兄比較熟悉，最好由他決定。」

突利挨坐樹幹，道：「一旦給鷹兒盯上，我們的行止將再無隱秘可言，所以如此北上，實在頗爲危險。只有在像漢南這種人煙稠密的大城市，我們才可輕而易舉的撇甩天上的眼睛。」

寇仲回到兩人身旁坐下，頹然道：「想不到李元吉這麼厲害，差點要了我的小命。」

突利訝然道：「少帥不是殺得他在地上打轉嗎？何出此言？」

寇仲苦笑道：「可汗是有所不知，我剛才的成功，帶有極大的僥倖成分。李元吉事後痛定思痛，下次再遇上我便未必再能像這回般占上便宜，難怪有人說李元吉是李閥的第一高手，他絕非浪得虛名。」

徐子陵沉吟道：「可汗乃用槍的大家，你覺得李元吉的槍法如何？」

突利凝想片刻，嘆道：「坦白說，我從未想像過有人可把槍使得像李元吉般神乎其技，尤其他最後施出回馬槍式的戰法，更令人頭痛，那是以守爲攻的最高境界。」

徐子陵道：「槍本身的長度本就對刀生出剋制的妙用，他的拖槍回戰策略更把這優勢發揮得淋漓盡致，不過卻非全無破綻，若不是仲少心切把他殺死，該不會陷進那種進退兩難的局面。」

寇仲露出全神思索並深有所悟的神色，徐子陵又問道：「可汗知否後來趕至的那批人是誰？」

突利道：「我也不敢肯定，不過領頭的人頗像南海派的年輕派主『金槍』梅洵，哈！中外南北用槍的高手忽然都碰在一起哩！」

寇仲大感頭痛道：「再加上康鞘利，我們的敵人可說高手如雲，硬碰硬是死路一條，逃走又怕了鷹兒的銳目，加上還有雲帥和朱粲那夥人，我們現在名副其實是四面楚歌，處處受敵。」

徐子陵問突利道：「假設雲帥的獵鷹見到李元吉方面的人，是否懂得向主人報訊？」

突利答道：「除非李元吉的人正在圍截我們，又或在我們附近出現，否則鷹兒只會把他們當作是一般路過的商旅。」

徐子陵道：「這就成啦！假設雲帥方面的人茫然不知李元吉那批人馬的存在，我們仍有機會加以利用。」

兩人精神大振，問道：「計從何來？」

徐子陵冷靜地分析道：「李元吉剛才應是從漢南趕來，可知現在這一帶保持中立的城市，均要給他李家幾分面子，所以我們入城會是自投羅網。但只要我們闖到與李家作對的勢力範圍，李元吉再不能像眼前般橫行無忌，妄逞威風，甚至要化整爲零的以避人耳目，我現在最想看到的，是天空上兩鷹相遇的情況。」

兩人眼睛同時亮起來。

第十章

絕境求生

黃易作品集

第十章　絕境求生

徐子陵悠然道：「是雲帥的獵鷹。」

寇仲駭然道：「我只看到一個小黑點，而你竟能看清楚鷹身的長相嗎？」

突利道：「陵少是從鷹兒飛行的方式習慣，辨識此鷹誰屬。養鷹的人都有這種本領，不過像陵少般這麼只看過數遍便分辨得來，包保全突厥沒有人肯相信。」

寇仲頹然道：「陵少的判斷當然不會錯，我們是否太幸運哩！竟把李元吉一方的人甩掉。」

突利大訝道：「看來你是衷心亟盼的希望李元吉趕上來再拚命，少帥有必勝的把握嗎？」

寇仲一對虎目精芒大盛，微笑道：「我剛說過勝敗無常，難以逆料，怎敢誇言必勝。我們少時有位白老夫子常教導我們孔孟之道，說甚麼『學而後知不足，教然後知困』。李元吉令我曉得自己的不足處在甚麼地方，如此對手，難求難得，所以我渴望與他再戰一場。」

徐子陵微笑道：「少帥大可放心，有安隆這穿針引線的人在暗中弄鬼，必教你心想事成，不成亦不行。」

三人言笑晏晏，像對被雲帥跟上來的事毫不放在心上。

突利迎著拂臉狂吹的山風深吸一口氣，道：「雲帥亦算是非常本事，竟可在隔別一日一夜後，這麼快追上我們。」

寇仲笑道：「他是動了眞火，務雪前恥。照我猜，他該是孤身一人追來，其他人遠遠給他拋在後方。若非他比我們誰都溜走得更快，眞想掉頭去殺他一個落花流水。眼下卻須找個人煙稠密的地方去躲他娘的一躲，好進行我們的反擊大計。」

徐子陵淡淡道：「你對山川地理的知識這麼豐富，請告訴我前路該如何走法？」

寇仲遙指飄浮於腳下雲海西北端盡處，滿有信心的道：「我們朝這方向走，撞上一道由西流來的大河，就該是朝水。朝水北濱有座大城叫順陽，順陽北二百里就是朱粲的老巢，座落湍水之南的冠軍。所謂『不入虎穴，焉得虎子』，我們索性直闖朱粲的大本營，鬧他一個天翻地覆，兩位老兄意下如何？」

突利大笑道：「我會爲李元吉的處境感到爲難，他的實力雖遠勝我們，但卻一直給我們牽著鼻子走。」

他已習慣寇仲的說話方式，天翻地覆只是稍經誇大的言辭，並非眞要憑三人之力，去冠軍捋朱粲的虎鬚。

徐子陵道：「抵達順陽後，我們最好改變外貌，扮作另一身分，若鷹兒純憑外表認人，我們將大有機會騙過牠。」

寇仲笑道：「那恐怕要扮成佝僂駝背的老人家，至緊要改變走路的方式，否則縱使變成個小黑點，也瞞不過牠那對鳥眼。」大笑聲中，三人攀山朝西北方向趕去。

個把時辰後，三人離開山區，果如寇仲所說的，一道大河從西而來，卻不見舟船來往，只有三艘漁舟在撒網捕魚，對岸林木間隱見村落。

寇仲在天空搜索片刻後，道：「鷹兒不見啦！」

突利道：「若論氣息悠長，牠怎及得上我們，怕是飛回雲帥旁休息進食了。」

寇仲喜道：「不趁此時渡河，更待何時。」

三人奮起全力，高速掠至岸旁，選取河道較窄處，再借拋入河中的粗樹枝之助，輕輕鬆鬆渡過闊達十多丈的河面。

避入岸旁叢林密處，突利有點不好意思的道：「小弟有另一個提議，少帥勿要介意。」

寇仲啞然失笑道：「可汗若有更好的提議，小弟歡迎還來不及，怎會介意。」

徐子陵莞爾道：「可汗是因你剛才自詡地理知識豐富，故而對應否表現出比你在這方面更在行而感到猶豫。唉！愛吹牛皮的小子。」

突利欣然笑道：「那我不客氣啦！坦白說，若想潛入冠軍，到南陽會比到順陽有利些。」

寇仲欲言又止，徐子陵耍他道：「是否想問南陽在哪裡呢？」

寇仲苦笑道：「不要把我看得那麼差勁行嗎？我對朱粲的領地非是沒有野心，所以曾下過苦功。南陽在冠軍下游處，順流而下一天可至，只因南陽乃朱粲勢力範圍內最興旺富庶的大城市，尤過冠軍，這種地方人多眼雜，所以我不選擇它吧！」

突利訝道：「我還以為少帥忽略了南陽，原來另有想法。不過南陽內有一個我突厥方面的族人，在該地大做羊皮生意，所以我們或可利用他，布局對付康鞘利和李元吉。」

寇仲乘機解窘下台，大力一拍突利肩頭笑道：「何不早說，我們立即動身，請可汗帶路。」

最後一句，終露出狐狸尾巴。

徐子陵一把按著兩人道：「看！」

長空上獵鷹畫空飛來，繞了一個大圈，望西飛去。

三人你眼望我眼。

寇仲首先醒悟道：「老扁毛定因剛才被山上雲海山峰所蔽，失去我們的行踪。這就更精采，康鞘利若跟到這邊來，必帶李元吉去投靠在南陽做大生意的族人，我們將可由明轉暗，教訓一下欺壓我們的惡人。」

三人均有滿天陰霾盡去的開朗，小心翼翼的往北潛去。

冠軍、南陽分別位於湍水西濱及南濱，一上一下，唇齒相依，控制著廣大山區與湍水上下游的交通，地理位置十分險要，只要其中一城被攻下，另一城勢難獨善其身。南陽的經濟之所以比冠軍更興旺，皆因自古以來都是商貿的轉運中心，衆多官道的樞紐，乃附近數百里內最大的驛站，也是迦樓羅國冠軍之外最重要的軍事重鎭。

南陽城牆四周環連，門闕箭樓，堅固雄偉，城牆以磚石嚴實包砌而成，沿內牆是供兵員迅速調動的馳道，道旁樹木葱蘢，緊靠城北的是洶湧的湍水，經引水道圍繞外牆成爲護城河。城中廛里繁盛，房舍櫛比鱗次，呈方城十字街形制，北面則因濱江而不規整。臨街民居均用插拱出挑檐廊，屋檐起翹，樓窗鏤花，別具特色。沿江北街一帶是商業集中地，商店攤鋪布滿街道兩旁，人馬往來不絕。天剛破曉，扮作漁民的寇仲、徐子陵和突利從城北碼頭處登岸，繳稅進城，離開大街，專往橫街窄巷蹓躂。

寇仲大訝道：「人說朱粲凶殘暴虐，其轄地甚至發生人吃人的慘事，但這城市卻絲毫反映不到如此情況，究竟是怎麼一回事？」

突利道：「道理很簡單，因為眞正控制這大城的，並非朱粲，而是由南陽三派四幫一會組成的聯合政府管治，只是要每月向朱粲進貢，朱粲便不再管南陽的內務。」

徐子陵和寇仲均感愕然。

突利道：「這是朱粲自己一手造成的，由於鎭壓剝削過度，三年前南陽的幫會門派曾聯同城民向他奮起反抗，把迦樓羅兵逐出城外，朱粲領兵來攻，卻久攻不下，只好接受現實，與三派四幫一會訂下這麼一個協議。事實上這麼做對朱粲有利無害，皆因朱粲國庫三分一的收入來自南陽。亦只有通過南陽，朱粲才能購入大批必需品，因為誰都不願和朱粲這輕信寡諾的人做生意。」

寇仲大感興趣道：「竟有此事，朱粲既是不守信諾的人，怎肯甘心接受這奇恥大辱？」

突利道：「他當然不會甘心，所以千方百計分化三派四幫一會的團結，不過由這些門派幫會推出來主持大局的楊鎭不但德高望重，更是手段圓滑，八面玲瓏的人。至少直到現在，朱粲仍未能重新掌握南陽的控制權。」

寇仲佩服道：「可汗眞厲害，對中土的事比我更清楚，可知你們布下的情報網效率之高。」接著停下腳步，道：「這家客棧如何？」

兩人點頭稱善，只看門面，便知這家客棧該是最廉宜的那一種，適合他們現在窮苦賤民的身分。三人開了一個房間，不管他天塌下來的大睡一場，醒來時天已入黑。到澡房輪番梳洗更衣，寇仲和徐子陵分別變為醜陋粗漢和弓辰春，又為突利戴上寇仲擁有滿臉絡腮鬍子深目鷹鼻的那張面具。

突利讚嘆：「這張面具確是巧奪天功，不過若我們這麼走到街上，有心者仍可一眼就把我們認出來。」

寇仲道：「我們要瞞的是無心者，況且誰想得到我們會到南陽來呢？管他娘的，我們先到附近塡飽肚子，順便商量下一步的反擊大計。」

三人大搖大擺的來到貫通南北城門的北大街處，熱鬧擠迫的情況把三人嚇了一跳，與早晨時的南陽像是兩個不同的地方，與旺處比洛陽不遑多讓。部分更是武林人物，三教九流，各色俱備，但人人謹守禮讓規矩，不會出現爭道碰撞的情況，令徐子陵想起成都。

三人找了間頗具規模的食肆坐下，點得酒菜時全肆告滿，內外兩進近五十張枱子全坐滿客人，嘈雜喧嘩，鬧哄哄的充滿活力。他們坐的是內進靠邊的一桌，寇仲甫坐下立即出手打賞，教夥計把多餘的椅子拿走，讓他們可獨占一桌。

突利忽然有感而發道：「我一生很少有這麼享受人生的一刻，眞切地體會到生命的珍貴，以前縱是擊敗強敵後，亦比不上現在滿足踏實的深切感覺。」

寇仲點頭道：「我明白可汗的感受，這幾天的經歷對可汗來說必然是新鮮刺激至極點。言歸正傳，可汗那位在這裡做羊皮生意的族人姓甚名誰，住在哪裡？」

突利啞然失笑道：「我還未厲害至可記得他的居處。此人原名科耳坡，另有個叫霍求的漢人名字，他該是南陽無人不識的人物，與當地武林權貴有良好的關係。」

徐子陵問道：「可汗提過的三派中，其中一派是否天魁派？」

突利道：「正是天魁派，不過若論勢力，應以名列江湖八幫十會的南陽幫居首，『偃月刀』楊鎭正是南陽幫的大龍頭。」

此時外進忽然傳來杯碟破碎和叱罵的吵聲，三人愕然望去，驀地一條人影直飛進來，仰天跌到其中一張桌上，登時人人四散逃避，杯盤碗碟掉地破碎，餸菜餚汁濺得桌子四周一片狼藉，椅翻桌塌，形勢混亂不堪。那人隨桌子的坍塌滾倒地面，看樣貌絕不過二十歲，閉目呻吟，竟爬不起來。

徐子陵見他眉清目秀，不像壞人，雖明知不該多管閒事，仍心中不忍，首先搶出把他扶起，按背輸入眞氣，道：「不要說話。」那青年略睜眼，射出感激神色，依言閉上眼睛。

寇仲和突利仍坐原位，目光灼灼的盯緊內外進的通道，看看是甚麼人如此強橫霸道，竟敢破壞這城市寧和的氣氛，公然在食肆內行兇。

「給我滾開！」一個貴介公子模樣，雙目神色狠毒，臉泛鐵青色的人在五名武裝大漢簇擁下，來到內進，向徐子陵毫不客氣的出言叱罵。其他食客顯然認識此君，人人臉色微變，噤若寒蟬。

有些人想溜走，此君又環目一掃道：「誰都不准走，我要你們瞧著我羅榮太教訓這天魁派不自量力的狗種，哼！明知小宛是我的人，竟想癩蛤蟆去吃天鵝肉。連呂重都不放在我眼內，何況你區區一個小嘍囉謝顯庭。」

羅榮太左旁大漢怒喝道：「你聽不見嗎？還不爬開去，是否想管我們湍江派的閒事？」

三人一聽，心想這還了得，就算不關天魁派的事，這麼恃強凌弱已令人看不過眼，更何況關乎到贏得三人好感的天魁派。

突利正要發難，寇仲微笑扯著他道：「是否三派之一？」

突利點頭後，寇仲低聲道：「讓陵少處理吧！」

此時徐子陵的眞氣在謝顯庭體內運轉一周天，打通他被擊閉塞的經脈，謝顯庭勉力站起來道：「大恩不言謝，一人做事一人當，恩公不用理我。」

徐子陵逕自扶他在旁邊一張尚未傾跌的椅子坐下，像看不到羅榮太那批凶神惡煞的人般，微笑道：「我和貴派應羽兄是朋友，謝兄放心休息，我自有辦法應付。」

羅榮太聽得雙目凶光迸射，打出手勢，剛才喝罵的大漢頓時搶出，來到徐子陵背後，撮指成刀，疾劈徐子陵後頸，功架十足。

徐子陵倏地退後，大漢明明見到徐子陵送上來給他練掌似的，豈知眼前一花，竟劈在空處，駭然收掌時，徐子陵又再出現眼前，尚未弄清楚是怎麼一回事，徐子陵硬撞入他懷內，背脊像彈簧般弓張，大漢頓時慘叫一聲，被內勁震得離地倒飛，向羅榮太投去。

內進或站或坐近百名客人誰也想不到徐子陵高明至此，差點齊聲叫好。對湍江派的霸道作風，人人看不順眼。

羅榮太也是了得，踏前一步，伸手把倒跌回來的大漢接個正著，先卸去其附體眞勁，連退兩步，然後站穩，命其他手下把他扶著。

寇仲哈哈一笑，長身而起，吸引所有人注視的目光後，悠然道：「看在你榮大少尚有幾分功夫份上，便由老子來宰你，保證是整整齊齊的十八塊，每塊斤兩絲毫不差。」

「篤！」突利把短桿的伏鷹槍重重在地面頓了一下，生出仿若能搖撼整間食肆震攝人心的響音，不滿道：「老兄你太不夠朋友，剛才阻止小弟出手，原來是搶著自己來拔頭籌，這場本該是我的。」

「呀！」那被徐子陵震拋的大漢差點跪倒地上，全賴夥伴摻扶，更添三人聲勢。

寇仲裝出驚慌神色，向突利拱手道歉道：「大哥息怒，這傢伙一於讓給大哥過過槍癮，十八個洞和十八塊分別不大。最不好是這小子令我想起另一個人，所以忍不住爭吃這頭啖湯，大哥請勿見怪。」

全場所有人只有徐子陵知道寇仲口中的另一個人是指香玉山，羅榮太和他確有幾分酷肖，當然香玉山的外貌較易騙人。旁觀者心中大樂，喜見惡人自有惡人磨。

羅榮太的臉色由青轉白，張開兩手阻止手下上前拚命，冷喝道：「既有敢管閒事的本領，敢否報上名來？」

就算初出江湖的人，都知他是色厲內荏，在找下台階的辦法。豈知突利毫不合作，提槍起立，倏地移到羅榮太前，一槍刺出。羅榮太駭然拔劍擋格，其他人扶著那受傷大漢，被伏鷹槍帶起的強大氣流迫得踉蹌跌退，威勢全失。

「噹！噹！噹！」羅榮太確有橫行的本領，施出渾身解數，連擋三槍。突利哈哈大笑，槍勢變化，如若長江大河，槍影漫堂的把羅榮太捲入其中。眾人尚未看清楚時，羅榮太慘哼一聲，給突利一個迴手以槍尾掃中腿側，登時長劍甩手掉地，羅榮太橫拋開去，壓塌另一張擺滿酒菜的桌子，把謝顯庭剛才的遭遇重演一回。

寇仲放下銀兩，嚷道：「兄弟們！我們走吧！」

四人來到街上，徐子陵見天魁派弟子謝顯庭的情況大有改善，放開攙扶他的手道：「小兄弟快回去吧！」

突利道：「青樓那種煙花之地，最易招惹爭風吃醋的是非，謝小弟還是少去爲妙。」

謝顯庭嫩臉一紅，垂頭道：「多謝三位大俠出手相救，不過我和小宛並不是在青樓認識的，我們我們是眞誠相愛，唉！」

寇仲輕拍他肩頭，笑道：「人不風流枉少年。但首要保住性命，沒命便不能風流，要不要我們送你回去。」

謝顯庭俊臉陰晴不定，好一會兒毅然道：「三位大俠請再幫小子一個大忙，萬勿將此事告訴大師兄。」

徐子陵皺眉道：「紙怎包得住火，羅榮太被我們重創，此事定難善罷，你該立即把事情讓你大師兄知道，使你和他都能作好準備。」

突利道：「呂重老師不在南陽嗎？」

謝顯庭立即兩眼一紅，眼眶內淚花打轉，垂頭淒然道：「師傅給人來踢館打傷了。」

三人聽得面面相覷，像呂重這種江湖名宿，講的已非武功高低，而是身分地位。就算武功強勝過他，亦等閒不敢向他挑釁生事，現在給人來挑場，可從而推之表面平靜的南陽，內中的鬥爭已到達白熱化的階段，難怪羅榮太敢公然欺壓天魁派的弟子。

寇仲搭著謝顯庭的肩頭，轉入橫巷去說話，道：「甚麼人這麼大膽？」

謝顯庭舉袖拭淚，悲憤莫名的道：「就是季亦農那奸賊。」

三人愕然道：「季亦農是誰？」

謝顯庭忍不住問道：「三位大俠是否剛來此地？季亦農是三派四幫一會裡陽興會的會主，近年來與湍江派、朝水幫、灰衣幫勾結，密謀取代楊鎭他老人家的大龍頭之位。家師因極力反對，故被他們視爲眼中釘。最可恨是他引進外人，這次來踢場的人表面上像與此事毫無關係，但明眼人都知是季亦農在背後主使的。」

徐子陵道：「動手傷人的究竟是何方神能？」

謝顯庭憤然道：「那人只說姓雲，沒有人知道他的家派來歷。」

寇仲沉吟半晌，道：「你先回道場再說，照我看你不該把剛才的事隱瞞，否則羅榮太的人來尋仇，你師兄們將會措手不及。」

謝顯庭垂頭道：「大俠教訓得好。」

又往三人瞧去，道：「三位大俠高姓大名，讓小子回去也有個交待。」

徐子陵微笑道：「我們和應兄是朋友一事，確非順口胡謅，你只要回去形容一下，應兄便知我們是誰。」

三人回到客棧，擠在窄小的房間內，均覺好笑。

坐在榻上的寇仲把面具脫下，隨手拋在一旁，往後仰躺，嘆道：「管他娘的是否已暴露行藏，不如我們立即趕往冠軍，看李元吉是否敢跟來。」

徐子陵在他左旁榻沿坐下，思索道：「你這叫作賊心虛。這處並非李家地頭，他們憑甚麼得到消息，就算他們聯絡上霍求，而霍求又眞的神通廣大至能知曉在南陽發生的一切事情，仍要費一段時間才推測到是誰出手教訓羅榮太，那我們還有充裕的時間部署。」

坐在房內唯一椅子中的突利點頭道：「陵少說得對。今晚我們先摸摸霍求的底子，明早再分頭行事，看看李元吉和雲帥的人馬是否會入城，然後再從容定計。」

寇仲兩手伸張，呻吟道：「三派四幫一會，我們知道的有天魁派、羅榮太所屬的湍江派、季亦農的陽興會，此外是朝水幫、灰衣幫，還有大龍頭楊鎮的南陽幫；剩下的一派一幫叫甚麼？」

突利答道：「是荊山派和鎮陽幫，少帥的記憶力很不錯，別人說過一次便記牢了。」

寇仲抱頭道：「我已記得頭昏腦脹，眞不明白他們在爭甚麼？若南陽的幫派陷於四分五裂之局，最高興的人只會是朱粲。」

徐子陵忽道：「有人來哩！」

足音自遠而近，足音輕而均勻，顯示來人功底相當不錯，故引起徐子陵的警覺。

足音及門而止，接著敲門聲響，應羽的聲音在門外低聲道：「應羽求見！」

突利跳起來把門拉開，把應羽迎進房間，徐子陵友善地拍拍他和寇仲間的床沿空位子，著他坐下。

應羽有點受寵若驚的坐好，道：「顯庭眞不長進，竟學人去玩青樓女子，幸好得三位拔刀相助，否則後果不敢想像。」

寇仲拗腰坐起來，笑道：「窈窕淑女，君子好逑。戀愛是沒有成規或階級界限的。照我看顯庭與小宛是眞誠相愛，否則羅榮太不用訴諸武力來拆散他們。」

應羽爲之愕然，有點難以接受的只是搖頭。若非說話者是名震天下的寇仲，恐怕他早出言反駁。

寇仲親熱地摟著他肩頭，煞有介事的分析道：「青樓姐兒愛的只有三樣東西，告訴我，顯庭有金嗎？」

應羽搖頭。

寇仲不理會徐子陵和突利的表情目光，續問道：「他武功高嗎？有甚麼特別的本事嗎？」

應羽弄不清楚他問這連串問題的動機，繼續茫然搖頭。

寇仲笑道：「這就是啦！顯庭既乏金又欠本事，那小宛愛的當然就是他這個人，如此有情有義，你這作大師兄的若把他們拆散，豈非殘忍不仁。你平心靜氣的想想吧：假若有人來拆散應兄和貴師妹，你會有甚麼感受？」

應羽的臉登時脹紅，囁嚅道：「可是我和瑕師妹根本沒甚麼，唉！我該怎麼說呢？」

寇仲肅容道：「大家兄弟，應兄先坦白告訴我，你是否喜歡瑕師妹呢？」

突利和徐子陵為之啼笑皆非。逢此各有頭痛煩惱事情的時刻，寇仲竟對別人的兒女私情盤根究底的去「關注」，真不知他是何居心。

果然應羽道：「現在家師受辱被創，天魁派覆亡在即，我……唉！」

寇仲微笑道：「兵家有所謂談笑用兵，我們則可助應兄來個談情用兵，此著是一舉三得；既治好令師的傷勢，重振天魁派的威名，更可奪得美人歸。而我們則倚貴派之助，掌握城內發生的大小事項。應兄對這提議意下如何？」

徐子陵和突利這才明白過來，目前他們最苦惱的事，是如何得到敵人動靜的情報，因為就算三人同時出動，也守不住四個城門。

應羽劇顫道：「少帥為何對我這麼好?兒女私情只是小事，若能讓家師早日康復，令敝派免去覆亡之禍，應羽……」

寇仲又打斷他道：「這叫緣分。不過應兄有一樣說錯哩!兒女私情不是小事而是！嘿，終生的大事。只有出之以誠，你才能奪得令師妹的芳心。少說廢話，讓我們先看看呂老師的情況，說到療治內傷，誰比我和陵少在行。」

應羽感激的眼神移到徐子陵身上，又瞧往突利，後者緩緩撕下面具，微笑道：「小弟突利，來自東突厥。」

寇仲收回按在呂重背後的手，在徐子陵、突利、應羽和呂旡瑕關注的目光下，露出凝重的神色，看得四人的心直往下沉。

呂重勉力睜開眼睛，艱難的道：「老夫傷勢如何？少帥直言無礙，老夫已作了最壞的打算。」

寇仲道：「呂老師傷勢頗重，幸好老師功底深厚，在中掌時緊護心脈，否則早性命不保。」

呂旡瑕熱淚泉湧，悲呼道：「少帥能治好爹的傷嗎？」

寇仲微笑道：「呂小姐請放心，應兄乃我們心儀的好朋友，我們若不能在一夜之內使尊翁完全復元，怎對得住應兄。」

這叫司馬昭之心，路人皆見。寇仲為應羽「造勢」之法，實在太過露骨。應羽是既歡喜又尷尬，徐子陵和突利卻為之汗毛倒豎。

但呂旡瑕聽得乃父有救，當然照單全收，感激地瞥了應羽一眼，半信半疑的道：「一晚便成嗎？」

呂重嘆道：「少帥不用安慰老夫，老夫自知傷勢嚴重，六脈被陰寒之氣所閉，就算能勉強保命，沒有一年半載也難以活動自如。」

寇仲尊敬的道：「我寇仲豈敢向呂老師胡言亂語。我們來自道家《長生訣》的先天真氣，天性能剋制這類邪功異法，且經驗豐富。陵少你來出手，說到療傷，當然以你比我為優，其他的就難說啦！」

徐子陵訝道：「甚麼邪功異法？」

邊說邊踢掉鞋子，跨上臥榻，盤膝坐在呂重背後。雙掌齊出，按在呂重背心上。

徐子陵虎軀立震，望向寇仲，後者道：「明白了嗎？」

徐子陵臉上驚容一閃即逝，頷首表示明白。

其他三人一頭霧水，呂旡瑕芳心大亂的問道：「怎樣呢？」

徐子陵眞氣源源不絕的送入呂重體內，仍能從容肯定的道：「不出三個時辰，令尊將會完全康復過來，不會留下任何後患。」

呂旡瑕和應羽顯然對沉默寡言的徐子陵更信任。懸到半天的心終放下來。又見呂重臉色立即轉佳，連盤坐的姿態都輕鬆過來，登時有陰霾盡散，雨過天青的感受。

寇仲道：「我們出去再說。」

來到與寢室相連的偏廳，寇仲問起踢場擊傷呂重那人的模樣，呂旡瑕仔細形容後，寇仲點頭道：「假若我沒猜錯，此人定是陰癸派的元老高手『雲雨雙修』辟守玄。」

呂旡瑕和應羽愕然道：「陰癸派是甚麼家派，爲何從未聽過呢？」

突利卻是恍然大悟，陰癸派的魔手終伸入朱粲的地盤來，這更是合情合理。陰癸派在長江之北只有襄陽一個據點，若要從而擴張，選取聲勢較弱的迦樓羅國來開刀，最是順理成章。說不定陽興會的季亦農本身是陰癸派的人，只要他坐上楊鎮的位置，南陽等於落入陰癸派手上。

寇仲解釋道：「這是江湖上最隱秘和邪異的一個家派，呂老師定會曉得，只是沒有告訴你們吧！看情況眼前最聰明的做法，是待呂老師明天痊癒後，立即撤離南陽。聽說你們天魁派在很多地方開設道場，對嗎？」

應羽面露難色，苦惱道：「少帥既有此提議，可知陰癸派是我們惹不起的。不過家師與楊鎮幫主乃生死之交，絕不肯捨他而去。」

突利問道：「楊鎮現在何處？」

呂旡瑕答道：「楊世伯前天到冠軍去，尚未回來，否則他會替我們作主。」

寇仲和突利交換個眼色，均推想到季亦農是要趁這機會發動，削弱南陽所有支持楊鎮的力量。

寇仲斷然道：「成功失敗，就在今夜；『先發者制人，後發者制於人』，我們就和季亦農玩一手，看他能變出甚麼花樣來。」

話猶未已，有弟子慌張來報道：「湍江派的人來哩！」

在進入道場的大堂前，寇仲一把扯著應羽，湊到他耳旁低聲道：「像你現在這副神氣，怎能贏得瑕師妹的傾慕。萬事有我們為你撐腰，最重要擺出是呂老師繼承人的樣子，橫豎不能善了，還怕他娘的甚麼？」

應羽微一點頭，猛地挺起胸膛，領先大步入廳，戴回面具的突利和寇仲緊隨其後，接著是呂旡瑕、謝顯庭和另四名應羽手下最高輩分的大弟子。

湍江派的掌門人羅長壽四平八穩的坐在大堂靠西的太師椅內，如電的目光越過應羽落在突利和寇仲兩人身上，他身後高高矮矮的站有十多人，人人目露凶光，一副大興問罪之師的惡形惡相。羅長壽兩旁太師椅亦各坐一人，左邊的大漢一身灰衣，是灰衣幫的副幫主「惡郎君」夏治平；右邊是朝水幫內五堂總堂主「鐵尺」祈三，均爲南陽武林響噹噹的人物。

應羽挺起的胸膛頓時凹陷下去，執正弟子下輩之禮，向三人躬身致敬。

羅長壽冷哼道：「呂重在哪裡？」

天魁派各人無不色變，羅長壽如此直呼呂重之名，太不給面子了。

應羽給寇仲提醒的輕推了一下，才懂得領衆人在大堂另一邊的椅子坐下，應羽居中，寇仲和突利分傍左右，呂旡瑕等都學對方弟子般站到應羽椅後，頓成對峙的形勢。

「砰！」灰衣幫的副幫主夏治平顯出「惡郎君」的本色，一掌拍在椅旁的酸枝几上，震得几上的茶杯叮叮咚作響，怒道：「應羽你啞了嗎？呂重究竟在哪裡？難道不屑見我們一面？」

「鐵尺」祈三陰惻惻的笑道：「夏副幫主勿要動氣，說不定呂場主沒臉見人哩！」

寇仲和突利心知對方最忌憚呂重，故出言試探他的情況。而若非呂重受傷，他們亦未必敢這麼欺上門來。

應羽終於動氣，沉聲道：「家師有事外出，若三位想見敝師，勞駕明天再來。」

羅長壽仰天長笑，目光掠過寇仲和突利，回到應羽臉上，冷然道：「好！呂重不在，找你也是一樣。令師弟夥同外人，打傷羅某人的兒子，這筆帳該怎麼算？」

寇仲差點忍不住出口嘲弄，還幸強忍得住，向應羽投以鼓勵的眼神。

應羽亦是心中有氣，收攝心神，裝出冷靜沉著的模樣，不亢不卑的答道：「羅幫主言重。令郎榮太公子恃強橫行，在公衆地方向敝師弟行凶，幸得應羽的結拜兄弟仗義出手。縱使顯庭有不對之處，榮太公子也可以直接和我說話，這麼做就太不尊重我們天魁派。」

結拜兄弟的身分是他們進來前商量好的。因爲若依三派四幫一會表面的盟友關係，照江湖規矩，外人確沒有置喙的餘地。

羅長壽登時語塞，想不到一向戰戰兢兢、漫無主見的應羽可以變得這般辭鋒銳利。

「惡郎君」夏治平厲叱道：「應羽你竟敢目無尊長，衝撞幫主，是否吃了熊心豹子膽。」

呂旡瑕終忍不住，嬌叱道：「敬人者人亦敬之，副幫主還講不講道理。」

夏治平雙目凶光大盛時，祈三笑道：「虎父無犬女，不愧『環首刀』呂重的女兒。讓祈叔叔來和你論道理，你大師兄忽然鑽出來的拜把兄弟高姓大名，屬何家何派，這次到南陽來有何貴幹？」

寇仲心叫來得好，敵方三大頭頭中，以這祈三最爲沉著多智，先舉茶杯輕飲一口，好整以暇道：「我叫胡三，他叫胡四，與季亦農份屬同門，不信可問問季老他眞正的出身來歷。這次是路過貴境，皆因我們專職是殺惡人，殺光一地的惡人便要到別處找惡人。唉！惡人難求，我們的生意愈來愈難做。」

對方人人勃然大怒時，突利早憋得滿肚子不耐煩，猛地站起，喝道：「少說閒話，給老子畫下道來，究竟是一窩蜂上還是單打獨鬥？」

一擺手上伏鷹槍，登時湧起一股凜冽迫人的勁氣，威武無儔。

羅長壽、夏治平和祈三縱然武功遠及不上突利，但終是打滾多年的老江湖，眼力高明，只看突利這「胡四」橫槍傲立的迫人氣勢，便知對方已臻第一流高手的境界，心中大爲凜然。

祈三最是狡猾，嘿嘿笑道：「應賢侄若想憑武力解決，破壞南陽的和氣，我們一派二幫當然要和貴派周旋到底，只不知這是否呂兄的意思。」

這次輪到應羽乏言以對，突利單手把槍收往背後，啞然失笑道：「祈總堂主說得好，原來我們是一場誤會，不過羅幫主錯在不該與祈總堂主和夏副幫主同來問罪，擺明是要將小事弄大，非是要保持和氣。先前若非我胡四槍下留人，羅幫主可能香燈不繼，現今是戰是和，羅幫主請賜天魁派一句話。」

他乃東突厥第二把交椅的人物，權傾外域，此刻滔滔放言，自有一股震懾人心的氣度。祈三頓時閉口，讓羅長壽作出決定。夏治平欲言又止，終沒說話。

羅長壽臉色變得頗為難看，陰晴不定，好一會兒拂袖而起，冷喝道：「明早我們再來，我要親自跟呂重評理。」

羅長壽等人含怒離去，應羽愁眉不展道：「現在與羅長壽撕破臉皮，下一步該……唉！」

底下給寇仲暗踢一腳，應羽立即振起精神，勉力裝出豪氣的樣子，續下去道：「該如何先發制人呢？」

突利悠然道：「湍江派、潮水幫、灰衣幫、陽興會的兩幫一會一派既聯結為一黨，其他荊山派和鎮陽幫，究竟站在哪一方？」

呂旡瑕輕移嬌軀，來到應羽身旁，憤然道：「他們懾於陽興會日漸擴張的勢力和季亦農的武功，對他是敢怒而不敢言。這回爹出事後，我們想請他們出來主持公道，他們竟避而不見。」

寇仲道：「大龍頭楊鎮人雖不在，但南陽幫總有其他主事的人，不會對季亦農的横行無忌坐視不理吧？」

應羽嘆道：「南陽幫最著名的高手孟得功和范乃堂均隨大龍頭去了冠軍，大龍頭本倚仗家師為他主持大局，家師卻給人打傷，使我們陣腳大亂。唉！噢！」

寇仲又暗踢他一腳，問道：「你們這麼多幫派一起管治南陽，防務與財政等事務如何分配？」

呂旡瑕道：「財政由大龍頭掌管，其他工作則由各幫派輪流擔當，例如這個月的防務輪到南陽幫負責，所以大龍頭放心到冠軍去。」

突利向寇仲道：「我們是否應直殺往陽興會，把季亦農幹掉，將事情徹底解決。」

應羽色變道：「萬萬不可，兩幫一會一派加起來人數超過兩萬之衆，況且這樣自相殘殺，必是兩敗俱傷之局，最後只會便宜朱粲那老賊。」

寇仲笑道：「應兄弟放心，可汗只是說笑。事情既不能力戰，便要智取，還要不授人口柄。讓我們分頭行事，首先聯結南陽幫，掌握全城的情況，尤其是敵對幫派調兵遣將的行動。若本人所料不差，『雲雨雙修』辟守玄那傢伙快要登門造訪哩！」

情報像雪片般不斷飛到城南的天魁道場，羅長壽等人離開後，直奔陽興會見季亦農，接著敵對派系開始調動手下，把主力集中往陽興會在城北的總壇。

暫保中立的荊山派和鎭陽幫，亦聚集人馬，以求自保。南陽幫更是全神戒備，俾可應付以季亦農爲首一方的突擊。一時全城形勢緊若引滿之弓，形勢一發難收。

照寇仲猜估，季亦農事實上面對同一難題，就是要避免元氣大傷，免被朱粲有機可乘。否則恐怕他已率人來攻打天魁道場。

除派出作探子的人外，天魁派在南陽近二千弟子，全奉召回道場守護，枕戈待旦的誓保師門。

在呂重療傷的寢室內，徐子陵的雙掌離開呂重的背脊，步出房門，呂旡瑕迎上來焦急道：「爹的情況如何？」

徐子陵微笑道：「呂小姐放心，事情比我們猜想的更容易，令尊已能自行運氣調息，再有個把時辰，該可完全復元過來。」

衆人齊鬆一口氣，呂旡瑕更流出喜悅的淚珠，想入室探看，給應羽軟言阻止以免影響呂重行功。寇仲、徐子陵和突利步至後園，到亭子坐下商量大計。

寇仲道：「李元吉一夥該尚未入城，至少未與霍求聯絡。至於雲帥嘛！這個波斯傢伙來去如風，誰都盯不牢他，有否入城只有天才曉得。」又向徐子陵述說剛才發生的事和眼前南陽山雨欲來的緊張形勢。

徐子陵沉吟道：「現在是甚麼時辰？」

突利輕鬆的道：「早得很，只是初更時分。」他一生在兵凶戰危、鬥爭傾軋中長大，對這類情況司空見慣，根本不當作一回事。

徐子陵道：「只要對方猜不到我們的眞正身分，今晚定會率衆來攻。」

寇仲道：「我們卻有另一個看法：敵人理該不願演變爲兩敗俱傷之局，他們的目標只是呂重。據應羽說，三天後他們將舉行第二屆的龍頭推選，重創呂重只是殺雞儆猴的手段，好迫荊山派和鎭陽幫捨『偃月刀』楊鎭而選季亦農。那即使呂重仍站在楊鎭的一方，仍是二比六之數，季亦農將可名正言順的坐上大龍頭的位置，勝過以鮮血洗城的蠢方法。」

徐子陵恍然道：「原來如此，難怪呂重只傷不死。不過他老人家的功底非常深厚，亦因此成爲季亦農的眼中釘。倘他明日能生龍活虎的走到街上，對季亦農的威信勢將造成嚴重的打擊。」

寇仲道：「只要現時中立的兩派支持楊鎮，加上天魁派，將是四對四平手之局。據以前的協議，楊鎮可再延任一年，然後舉行第三次推選。在南陽，誰能掌握稅收財政，誰的權力最大，除季亦農這別有居心的人外，其他人最終都要屈服。」

突利興致盎然的道：「今晚我們是否該活動一下筋骨，若南陽變成我們的地頭，李元吉等休想能活著離開。」

寇仲道：「此事說難不難，說易不易，陵少有甚麼好提議？」

徐子陵道：「能爲己爲人，當然是一舉兩得的最理想做法。不過現時的南陽像一團烈火，一個不好，會把全城燒成頹垣敗瓦，禍及無辜的平民。我們三個終是外人，不宜直接插手其中。照我看應待呂重老師康復後，由他這德高望重的人出面兵不血刃的把事情擺平，我們則負起保他平安的重任。」

突利一呆道：「我倒沒想得這麼深入，聽來還是子陵說得有道理。」

足音輕響，應羽來報道：「有一艘船剛駛抵城北的碼頭，報稱是與霍求作交易的。南陽幫的人曾登船查問，接觸到的是可汗的族人。據說他們會在明天進城。」

寇仲大喜道：「終於來哩！」

應羽爲之愕然，不明白追兵殺至，寇仲竟這麼喜形於色。

徐子陵笑道：「應兄請坐，季亦農方面有甚麼新的動靜？」

應羽在石凳子坐好後愁眉不展道：「剛得到消息，季亦農聯同其他兩幫一派的龍頭，往見荊山派掌門人任志，顯是想說服他加入他們的陣營。唉！若任志給季亦農打動，形勢將大爲不妙。」

寇仲嘆道：「我非是說應兄的不是，像應兄這種神氣態度，怎能贏得你瑕師妹的傾心？」

應羽一怔道：「我的態度有甚麼不對？」

寇仲擺出軍師的神態，胸有成竹的分析道：「愈是危急的情勢，女兒家愈希望身邊有個能倚仗的男兒漢。現在正是應兄表現英雄氣概的時候，像現在般唉聲嘆氣，一副六神無主的樣兒，怎能令她將芳心許給你。機會稍縱即逝，應兄定要好好把握。」

徐子陵沒好氣道：「人家師兄妹情深義重，哪輪得到你來多事。」

應羽忙道：「少帥是旁觀者清，觀察入微，家師雖有意撮合我們，可是瑕師妹卻多次暗示我並非她心儀的人，看來我只好認命。」

突利加入道：「應兄弟是否察覺自己愈遷就她，她愈愛向你使性子發脾氣？」

應羽一震道：「可汗怎能有如目睹似的，情況確如可汗所形容的，我究竟犯了甚麼差錯？」

突利哈哈笑道：「你的差錯是不明白女人只是匹野馬，不多打兩鞭絕不肯甘心馴服。」

徐子陵苦笑道：「應兄切勿聽他的，那只是突厥人的方式，移植到中土可能會弄巧反拙。」

突利捧腹大笑時，寇仲悉心指導的道：「事實放在眼前，你師妹喜歡的不是應聲蟲，而是充滿英雄氣概，擔得起大事、敢作敢爲的好漢。萬事有我們給你撐腰，你有甚麼好害怕的？想想吧！無論你強充好漢或低聲下氣，敵人都不會改變，對嗎？」

徐子陵灑然道：「應兄還是做回自己的本分吧！姻緣這種事若是勉強得來的就沒有意思。不過寇仲有一點是對的，在這生死存亡之際，應兄絕不能畏首畏尾，該挺起胸膛爲貴派的存亡奮鬥，不計成敗後果，更不需理會令師妹是否會因此而對你生出傾慕之心。」

應羽給激勵得雙目生輝，點頭道：「三位大哥說的都是金石良言，我應羽……」

急驟的足音，中斷他的說話，呂旡瑕挾著香風，俏臉含嗔的匆匆來到，極爲生氣的道：「顯庭這小子眞不長進，在這吃緊的時刻，竟私下溜出去，若遇上湍江派的人就不得了。」

應羽正想說「怎麼辦才好」，見三人均眼睜睜的瞧著他，醒悟過來，沉聲道：「瑕師妹勿要動氣，顯庭當是往月蘭舍尋小宛。」

呂旡瑕沒好氣的道：「這個誰都曉得，問題是他是羅長壽欲得之而甘心的目標，外面又處處是他們的眼線，顯庭爲一個賣笑的女人這麼鹵莽行事，落在羅長壽手上就糟糕哩！」

應羽斷然道：「顯庭和青樓女子相好一事，暫不管他是對是錯，現在最重要是把他追回來，否則若落入季亦農手中，將大大不妙。」

呂旡瑕微一錯愕，朝他用神打量，秀眸射出訝異的神色。

寇仲點頭讚許，起立道：「告訴我月蘭舍在甚麼地方，由我去把他抓回來，這裡有可汗和陵少坐鎮便成。」

當小亭只剩下突利和徐子陵兩人，後者忽然環目四顧，虎目異采連閃。

突利嚇了一跳，學他般留意四周，肯定絕無異樣，不解道：「是否有敵人來了？」

徐子陵先搖頭，接著又點頭道：「不知如何，我剛才忽然心緒不寧，像有大禍臨頭的樣子。這種情況罕有在我身上發生，恐怕不是甚麼好兆頭。」

突利感到寒意從脊椎直升到腦枕，與徐子陵相處這麼久，當然曉得他靈性的敏銳大異常人，吁出一口涼氣道：「照道理季亦農縱有辟守玄助他，亦奈何不了我們，子陵爲何有此不祥預感？」

徐子陵的臉色變得更凝重，道：「危險的感覺愈趨強烈哩！可汗請去和應羽研究一下可有迅速撤走的方法，我到外院巡視，看有甚麼不妥當的地方。」

寇仲展開身法，逢屋越屋的往位於城北大街的月蘭舍掠去。夜風呼呼，天氣清寒！

寇仲倏地從瓦背翻入一道橫巷中，左彎右曲的急跑一段路，到再翻上一座大宅人家的瓦頂時，卓立瓦脊，低喝道：「來吧！」

白衣赤足的婠婠活似一縷沒有實質的輕煙，從屋脊另一端冉冉升起，落在屋簷處。在夜風吹拂下，她不染一絲雜塵白雪般的長衣迎風往後飄舞，盡顯她曼妙的體態和動人的線條，美目淒迷，神色幽怨，再不若往日教人心寒的意態篤定。

寇仲心中暗嘆，千算萬算，也沒算過婠婠會出現在這裡，所有如意算盤立即全打不響。舉手扯下面具，緩緩納入懷裡，同時暗聚功力，準備出手應敵。

婠婠忽然掠近尋丈，在他身前六尺許處站定，檀口輕啓，吐氣如蘭的幽幽道：「少帥好嗎？」

寇仲苦笑道：「本來一切如意，心想事成，但現在婠美人兒你芳駕光臨，極可能是我樂極生悲的先兆，還有甚麼好與不好可說呢？」

婠婠沒有答他的話，仰起螓首，美目深注往星月交輝的澄明夜空，嘆道：「子陵是否在天魁道場內。告訴他！婠婠永遠忘不了他。」

寇仲心中升起一股寒意，差點掉頭拔足往道場趕回去，但又曉得這是婠婠擾他心神的高明手段，中計的後果是橫屍街頭。連忙收攝心神，把千般憂慮排出腦際之外，沉聲道：「我們不是定下協議，我們去起出楊公寶藏，你則可在寶藏內取某一物嗎？」

婠婠的目光回到他臉上，平靜問道：「寇仲你有多少把握，可避過師妃暄和佛門四僧的追捕？」

寇仲愕然道：「你的消息倒靈通。」

婠婠玉容回復止水般的平靜，淡淡道：「與其讓你們落入師妃暄之手，永遠到不了關中長安，不如由我們把你抓起來，看看你在嚐盡天下酷刑後，是否仍嘴硬得能不吐寶藏的秘密。」

「鏘！」寇仲掣出井中月，冷笑道：「閒話少說，手底下見眞章方是這世上唯一眞理，其他是像你剛才般說的全是廢話。」

婠婠一對美目又射出複雜深刻得令人難明的神色，淒然笑道：「你和子陵都是能使婠婠傾心的英雄人物，只恨我卻終要毀掉你們，實在教人心痛。但我們亦是逼不得已，南陽乃我們必欲得之的重要據點，絕不容你們插手干涉。現在寇少帥的利用價値完全消失，該是時候送少帥上路哩！」

寇仲哈哈笑道：「空口白話說來有甚麼意思，看刀！」

施出井中八法「擊奇」，井中月化作長芒，閃電般往這陰癸派最出類拔萃的新一代傳人擊去。

「蓬！」雙袖揚起，重重拂在井中月刀鋒處，寇仲只覺刀勁全被她那對天魔袖吸納過去，立時招不成招，駭然後退。

婠婠卻沒有乘勢追擊，柔聲道：「寇少帥你將比你的兄弟幸運得多，因爲我們已決定對你狠下殺手，子陵卻會求死不得，除非他能覷機自盡。」

寇仲再次提聚功力，冷哂道：「不要吹大氣，要擒下我的好兄弟只是痴人說夢。」

婠婠嘆道：「你們正是因自信而累事，今晚師尊將親自出手對付子陵，少帥要不要坐下好好的想想那結果。」

寇仲心神劇震時，婠婠全力出手。

徐子陵繞著廣闊近一里的天魁道場外圍迅速飛掠，在星月映照下道場外的街道房舍一片寧洽，沒有絲毫異樣的情況。最後他來到主堂高聳於其他所有建築組群的屋脊頂處，迎風獨立，極目四顧。

驀地在道場圍牆外西南方的房舍瓦頂上，現出十多道人影，活像來自幽冥黑暗世界的眾多幽魂惡鬼，筆直往道場飛掠而來。領先的一人高髻雲鬢，臉蓋重紗，體型高眺誘人。

徐子陵登時倒吸一口涼氣，扯掉面具，揚聲喝道：「想不到竟是祝宗主法駕親臨，在下至感榮幸。」聲音說話傳遍整個道場。

弓弦聲響，埋伏在那個方向的弟子怎知道「祝宗主」是何方神聖，齊齊彎弓搭箭，朝進入道場範圍的敵人射去。徐子陵心叫不好，已來不及阻止。又知縱使能阻止他們，結果亦不會有任何分別。

寇仲在剎那間把精氣神提升至最巔峰的狀態，在這生死存亡的危急關頭，他要把所有因關心徐子陵而來的焦慮全排出腦海之外，心志不分的先去應付眼前的危難，否則他將如宋缺所評的根本不配用刀。在這種時刻，仍分心去想另外的事，不但於事無補，更是自取滅亡。他雖曾與婠婠多次交手，卻從未眞正摸清她的深淺。他目前唯一有利的地方，就是婠婠不曉得他近日的突破和進度。只要他能好好利用此點，說不定可突圍逃生，趕回去與徐子陵會合。就算要死，他們也要死在一塊兒。

婠婠攻至。這美女烏黑的秀髮飄揚上方，像無數有生命的毒蛇，催動毛髮至乎此等驚世駭俗的地步，他尚是首次目睹。

四面八方盡是袖影狂飆，像一面無所不被的網，把他籠罩其中。寇仲冷喝一聲，隨口叫一聲得罪，腳下用力，踏處瓦片頓時寸寸碎裂，寇仲像陷進深洞般，隨著碎瓦木樑，墮進下面人家的房舍去，同時一刀上刺，迎上婠婠天魔袖拂出其中暗含的指勁殺著。

「叮」的一聲，刀鋒硬攖指勁，一股活像能糾纏永世的陰寒之氣透刀入侵，寇仲經脈欲裂下，終於踏足實地。腳尖觸地，寇仲已把眞氣運轉一周天，化去對方能撕心裂肺的可怕氣勁，同時往前彈出，「砰」的一聲撞破大門，來到宅堂前的廣場處，再斜飛而起，落往圍牆去。

這幾下應變發生在數息之內，寇仲已脫離險境，避過婠婠的鋒銳。

婠婠凌空追至，天魔帶毒蛇般從羅袖滑出，疾取寇仲後頸，剛好趕在寇仲踏實牆頭的一刻擊中他，時間拿捏之妙，即使對方乃索命之敵，寇仲仍要佩服得五體投地。

這才是婠婠的眞功夫，以往她因種種原因，故出手均未盡全力，此刻一意殺他，聲勢自大不相同。整個空間像凹陷下去，既無法用力，縱勉強逞強亦是力不從心，只是那種難受至極點的感覺，足可令人心煩氣躁，不戰而敗。

但寇仲自有應付之法，頓時運動體內正反之氣，像一座自給自足的城堡般，雖在敵人強大的軍隊包圍下，仍能運作自如，猛換一口眞氣，在踏足牆頭的剎那間橫移半丈，井中月反手掃劈，正中婠婠的天魔飄帶。

以婠婠的眼力和狡猾多智，仍猜不到寇仲有此應變能力，尤有甚者，就在被寇仲掃中帶端的剎那，不但絲毫不覺對方反震勁道，飄帶竟被帶得卸向前方，眞氣洩蕩。如此奇異的怪勁，她尚是首次在寇仲處碰上。

她本身乃吸取別人眞氣的專家，天魔氣講求以無形之力，盜取對方有實之質，敵人發力愈猛，愈是正中下懷，婠婠深悉其中妙用。故此刻見對手以彼之道還施彼身，不驚反喜氣隨心轉，加送一道眞氣，並鬼魅般凌空移位，使寇仲攻勢落空。天魔飄帶更化成十多朵圈影，再朝寇仲當頭罩去，變招之快，教人難以想像。

寇仲剛暗慶計謀得逞，正要借力揮刀反攻，豈知不運氣猶可，忽然整條手臂疼痛陰寒，差點寶刀甩手墮地時，婠婠已像吊靴鬼般貼身飄至，他那頹喪失敗的感覺似若由雲端飛快掉進泥淖去，連嘆窩囊的餘閒也沒有。幸好他臨危不亂，一個觔斗往前翻騰而去，離牆時右足後撐，點在婠婠目光不及牆頭稍下的地方。

果然婠婠如影附形的追來，天魔飄帶變戲法似的一化爲二，循著兩道弧線軌跡，從左右外檔彎迴捲拂，假設寇仲原式不變，在越過窄巷前，左右耳鼓穴會同時中招，那時任寇仲是大羅金仙，也要返魂無術。

幸而一切盡在寇仲意料中，倏地改變方向，沖天而起，彈石般投往遠處，婠婠雖及時變招追擊，剛好差了一線，只能以其中一帶在他左腿處輕拂上一下，就那麼給他以毫釐之差逸出她的魔手。

寇仲化去入侵的天魔勁，落在另一所宅舍屋脊高處，橫刀而立，雙目神光迸射，目不轉睛的盯著像魔女下凡，御風飄來的陰癸派絕色美女。他已爲自己製造種種有利的形勢，避過她鋒銳最盛的幾招強擊，此時到了全力反撲的時刻，此刻他無論信心和鬥志，均處於最佳的狀態，若奈何不了對方，將顯示他和婠婠仍有一段不能縮減的距離。

豈知臨空而至的婠婠卻由快轉緩，還令人難以置信的在空中旋轉起來，由羅袖延伸出來的一對飄帶織成完美無瑕的圓球帶網，把她緊裹其中，往寇仲投來。

寇仲瞧得頭皮發麻，別無選擇下斜掠往上，一刀劈出。

「陰后」祝玉妍騰身而起，姿態優雅的從容避過所有箭矢，輕輕鬆鬆的落在屋脊的另一端，與徐子陵只隔丈許，柔聲道：「荊州一地，在南北分裂時向爲南方政權必爭之地，故有『南方之命，懸於荊州』之語，實乃南方盛衰之關鍵。南陽乃荊州北部要塞，交通便利，地勢險固，戶口繁盛。我們既得襄陽，若再取南陽，將成犄角之勢，互爲呼應。你兩人不知好歹，竟敢來壞我們的大事，實咎由自取，勿怪我們不顧協定。」

祝玉妍當然不會這麼有閒情逸致來和徐子陵這後進小輩聊天，她是要手下得以對天魁弟子痛施殺手，藉以擾亂徐子陵的心神，好讓她能生擒徐子陵，逼問楊公寶藏的下落。

徐子陵心內滴血，偏要對四周正被屠殺的天魁派弟子的慘況視而不見，聽而不聞，還要祈禱突利能帶領呂重、應羽等知機逃遁，其中的痛苦，絕非任何筆墨可形容萬一。慘叫呻吟痛哼之聲不住從四方八面傳來，天魁道場忽然變成人間地獄，伏屍處處。

徐子陵深吸一口氣，沉聲道：「徐某人今日若幸能突圍逃生，日後對祝宗主今晚的殘酷手段，必有回報。」

祝玉妍冷笑道：「好大的膽子！你仍妄想可像以前般風光嗎？」藏在袖內的左手緩緩探出，玉指遙點眼前像彗星般崛起武林年輕有爲的對手。

徐子陵的目光不由自主的給她從袖內伸出來的玉手小臂完全吸引，心中湧起難以言宣的感覺。

在星月交輝下，祝玉妍沒有任何瑕疵的手閃亮著超乎凡世的動人光采，無論形態動作，均齊集天下至美的妙態，含蘊天地間某一難言的隱秘，一時間徐子陵像忽然陷進另一世界去，與身旁充滿血腥屠戮的悽慘現實再沒有任何關係。

一縷低吟從祝玉妍隱在重紗之後的檀口吐出，進入徐子陵耳鼓後漸化爲天籟妙韻。這魔門最有地位的絕頂高手，全力展開天魔大法，無隙不入的向徐子陵全面進攻。

「蓬！」寇仲的刀似乎和婠婠的飄帶硬撼，事實上拚的只是蜻蜓點水的以刀鋒輕輕在帶影最密集處畫上一記，卻發出勁氣交擊的爆響。兩人同時大吃一驚。

令寇仲駭然的是婠婠的天魔飄帶似有生命的靈蛇般捲纏而上，強大的天魔勁則似千重枷鎖般把他緊吸不放，縱想抽刀退走，亦有所不能，唯一的方法，是棄刀而逃。於此魂飛魄散，空有絕世刀藝卻無用武之地的時刻，他想起李元吉的回馬拖槍法。

婠婠吃驚的是看不穿他刀法的變化，明明是一刀迎面劈來，到最後攻至時卻是飄帶被他刀鋒畫中，使她所有厲害殺招全施展不開。幸好天魔大法最厲害處正是千變萬化，無有窮盡。頓時施出天魔帶最凌厲的殺招「纖手馭龍」，昔日飛馬牧場商家兩大元老高手，便是在她這種至死方休的手法下慘遭不幸。

就在她慶幸妙法得逞之際，井中月忽然生出一股往左擺動的強大拖扯之力。婠婠心裡暗驚，嬌叱一聲，運勁往反向抗衡。兩人同時往瓦背落下去。

寇仲長笑道：「婠美人中計啦！」井中月一擺，順著她的勁道拖刀，一下子逸出她飄帶糾纏，雙足踏在瓦背上。

婠婠嬌哼道：「看你還有甚麼伎倆。」

飄帶消沒羅袖之內，接著一個旋身，欺入他懷裡，寇仲駭然疾退時，婠婠兩袖往上掀起，露出賽雪欺霜的小臂，左右手各持精光燦閃的鋒快短刃，分取他咽喉和小腹，凌厲至極。最詭異是她只以赤足的一對拇指觸地，白衣飄舞，整個人像沒有重量似的，以無比輕盈和優美的姿態，往他攻來。她的每個姿態均妙不可言，偏是手段卻凶殘狠辣，招招奪命，形成強烈的對比，教人意亂神消。

「叮叮！」在沒法展開刀勢下，寇仲勉強以刀鋒挑開她上攻的一刃後，再以刀柄挫開她向腰腹畫來的刃斬，險至毫釐。寇仲再退一步，心叫不好。

果然婠婠占得先手，立即得勢不饒人，天魔雙斬水銀瀉地的貼身往他攻來，她攻擊的方式不拘一法，全是針對寇仲當時的情況，尋瑕覓隙，殺得寇仲險象橫生，隨時有魂斷當場的危機。婠婠由秀髮至秀足，全身上下無一不可作攻擊的用途，詭奇變化處，任寇仲想像力如何豐富，非是目睹身受，絕想不到會是那麼「多采多姿」。

在眨幾下眼的高速中，「叮噹鏗鏘」之聲響個不停，寇仲把井中月由刀柄至刀鋒每寸的地方用至極盡，又以寬肩手肘硬頂了她十多下勁道十足的肩撞肘擊，雙腳互踢十多記，終給她的秀髮揮打在背肌處，登時衣衫碎裂，現出數十度深達兩、三分的血痕，人也斷線風箏的抛跌開去，滾落瓦背。這還是他憑著新領悟回來的身法，才製造出此等戰果，令婠婠本可奪他小命的殺招，變成只是皮肉之傷。

火辣的劇痛下，寇仲踏足長街，一輛馬車正從寂靜的長街另一端奔來，而婠婠的天魔雙斬，則當頭罩下，不給他絲毫喘息的機會。寇仲腦際靈光一閃，伏倒地上，然後箭矢般貼地疾射，來到急奔而過的馬車底下，看似是要通過車底從另一邊逃生，事實上他卻是緊附車底，隨車而去。

婠婠凌空一個翻飛，降往對街，才知中計，冷哼一聲，朝奔出近十丈的馬車電掠而去。

馬車忽地加速，任御者如何拉勒叱止，四匹健馬仍像瘋了的牽曳狂奔，顯是藏在車底的寇仲做了手腳。

婠婠怒叱一聲，把身法提至極限，迅速把與馬車的距離拉近至五丈。四丈、三丈，眼看可趕上，忽然最前方的一匹健馬與馬車分離，四蹄直放，再轉入橫街。

婠婠如影附形，放過馬車，轉追這離車之馬，天魔飄帶電射而出，捲向馬兒的後腿。

寇仲哈哈一笑，從馬肚翻上馬背，反手一刀，往馬股下方掃去，正中天魔飄帶。

「霍！」勁氣交擊下，婠婠嬌軀一顫，登時速度減緩。她在力戰之後，適才又發力追趕，已損耗她眞元甚鉅，縱使以她精純的魔功，也大感吃不消。更知寇仲有馬作腳力，以逸待勞，而自己則只能仗身形步法從後急趕追擊，難以發揮天魔大法變幻莫測的威力。無奈下只好頹然放棄，停下來眼睜睜的目送寇仲消沒在長街彎角處。

面對祝玉妍集魔音魔相魔功大成的凌厲攻勢，徐子陵暗捏不動根本印，登時視象和聽覺的幻象盡消，心志變得堅剛如磐石，不爲對方搖動分毫。四周天魁派弟子被屠殺的死前慘呼，亦不能影響他澄明通澈的心境。有生必有死。整個人間的世界在他此刻來說只是一個短暫的幻象，除本心外再無他物。

徐子陵低喝一聲「咄」，兩手變化出大金剛輪印，迎擊祝玉妍照臉拂來的天魔袖。「蓬！蓬！蓬！」

徐子陵施盡渾身解數，腳踏奇步之下，更變化出外獅子和內獅子印，寸土不讓的硬擋祝玉妍從不同角度拂來的三袖後，終被迫和祝玉妍從羅袖探出來的玉掌狠拚一招。

天魔功如狂濤怒潮、缺堤洪水般沖來，徐子陵噴出一口鮮血，才退後兩步，便橫飛開去，堪堪避過祝玉妍從裙底閃電踢向小腹的一腳。

徐子陵又左右各晃一下，連祝玉妍也不知他要逃往何處時，他早閃到祝玉妍身後，兩手穿花蝴蝶的化作千萬掌影，往這可怕的大敵攻去。

祝玉妍想不到他仍有反擊之力，看似隨意的旋身拂袖，驅散徐子陵的漫天掌影，然後櫻唇輕吐，吹出一口香氣。

徐子陵給她這玄奧無匹的一袖拂得踉蹌跌退，所有後著無以爲繼，祝玉妍覆蓋臉上的重紗往上揚起，露出她動人的玉容。

她一對美眸射出似憐似怨的神色，配合她顏容某種不能言傳的感人表情，確深具勾魂攝魄的奇異力量。這魔門最負盛名的高手，同時檀口吟唱，嬌軀緩緩舞動，其婀娜多姿使人意亂情迷之態，能教鐵石心腸的人，或修練至凡心盡去的佛門高僧亦破戒動心。最奇異處是空氣中彷彿充滿了能直鑽心脾的清香，使人魂爲之銷。

徐子陵暗叫僥倖，若非他扮岳山時曾見過祝玉妍青春煥發得令人難以相信的廬山眞貌，此刻定因驟見玉容下給震撼致心神搖蕩，露出心靈的空隙，被她能迷惑感官的天魔大法乘虛入侵，不戰而潰。這可是他唯一反敗爲勝的機會，裝出目瞪口呆的神情，卻暗捏不動根本印。

祝玉妍緩緩飄來，舉指遙點。徐子陵驀地狂喝，口吐眞言：「咄！」一拳擊出。

祝玉妍顯是想不到徐子陵的心神竟能不受她魔功所惑，嬌軀猛顫，雙目藍芒大盛，指化爲掌，速度驟增，快似鬼魅的閃往徐子陵左側，重劈在徐子陵拳側處。

徐子陵雖清楚瞧到她應變的方式和招數，偏是正欲變招時，拳頭已被劈中，絲毫沒法改變這形勢。當對方玉掌切在拳側時，似若輕柔乏力，但他的腦袋卻如受雷殛，視聽亦同時模糊起來，若非仍緊守心頭的一點靈明，恐怕會驚恐得發瘋狂呼。如此魔功，確是驚天動地，防無可防。

祝玉妍亦給他正尋隙而發的全力一拳，震得橫飄到左方瓦背上。

徐子陵勉力倒縱而起，凌空兩個翻騰後，連續運轉體內眞氣，視聽之力才回復過來，居高臨下，見到修羅地獄般的可怕景況。

天魁道場大部分的房舍全陷進火海中，伏屍處處，但屠殺仍在激烈進行中，敵方數以百計的黑衣人對餘生者展開無情的追殺攻伐。濃煙蔽天，星月無光下，眼光所及處盡是狼奔豕突的慘烈情景。

徐子陵自知再無力挽回大局，若此時不走，待陰癸派各魔頭盡殲道場內其他人後，他更走不了。但如何可擺脫祝玉妍呢？他落在另一所房子的瓦脊處，祝玉妍飛臨頭頂上方，一對玉掌全力下擊，勁氣壓得他呼吸頓止，全身乏力。

《大唐雙龍傳》（全套二十卷）卷九終

新人間叢書116

大唐雙龍傳修訂版〈卷九〉

作者—黃易
主編—葉美瑤
編輯—邱淑鈴
校對—余淑宜・蕭淑芳・黃易・小樂
企畫—王嘉琳
董事長
總經理—趙政岷
總編輯—余宜芳
出版者—時報文化出版企業股份有限公司
10803台北市和平西路三段二四〇號三樓
發行專線—(〇二)二三〇六—六八四二
讀者服務專線—〇八〇〇—二三一—七〇五・(〇二)二三〇四—七一〇三
讀者服務傳真—(〇二)二三〇四—六八五八
郵撥—一九三四四七二四 時報文化出版公司
信箱—台北郵政七九～九九信箱
時報悅讀網—http://www.readingtimes.com.tw
電子郵件信箱—liter@readingtimes.com.tw
印刷—盈昌印刷有限公司
初版一刷—二〇〇二年十月二十一日
初版九刷—二〇一六年七月二十二日
定價—新台幣二五〇元

ISBN 978-957-13-3779-X
Printed in Taiwan

國家圖書館出版品預行編目資料

大唐雙龍傳修訂版／黃易著．--初版．-- 臺北市：時報文化， 2002〔民91- 〕
冊；　公分．--（新人間；116）

ISBN 978-957-13-3779-X（卷9：平裝）

857.9　　91013842